QUI NE TENTE RIEN

Du même auteur

À pile ou face, Les Escales, 2019 ; Pocket, 2020

Le Destin d'un homme, Les Escales, 2018 ; Le Livre de Poche, 2019

Le temps est venu, Les Escales, 2017 ; Le Livre de Poche, 2018

Plus fort que l'épée, Les Escales, 2016 ; Le Livre de Poche, 2017

Juste retour des choses, Les Escales, 2015 ; Le Livre de Poche, 2016

Des secrets bien gardés, Les Escales, 2014 ; Le Livre de Poche, 2015

Les Fautes de nos pères, Les Escales, 2013 ; Le Livre de Poche, 2014

Seul l'avenir le dira, Les Escales, 2012 ; Le Livre de Poche, 2013

Et là, il y a une histoire, Éditions First, 2011

Le Sentier de la gloire, Éditions First, 2010 ; Le Livre de Poche, 2011
Prix Relay du roman d'évasion

Kane et Abel, Éditions First, 2010 ; Le Livre de Poche, 2012

Seul contre tous, Éditions First, 2009 ; Le Livre de Poche, 2010 ;
Prix Polar international du Festival de Cognac

Jeffrey Archer

QUI NE TENTE RIEN

Traduit de l'anglais
par Oscar Perrin

LES ESCALES

Titre original : *Nothing Ventured*

Édition française publiée par :
© Éditions Les Escales, un département d'Edi8, 2020
92, avenue de France
75013 Paris – France
Courriel : contact@lesescales.fr
Internet : www.lesescales.fr

ISBN : 978-2-36569-519-0
Dépôt légal : juillet 2020
Imprimé en France

Couverture : Hokus Pokus créations

Mise en pages : Nord Compo

Cher lecteur,

Après avoir mis un point final au dernier tome de la saga des Clifton, plusieurs lecteurs m'ont écrit pour me faire part de leur désir d'en savoir plus sur William Warwick, le héros des romans de Harry Clifton.

Je dois avouer que j'y avais déjà songé avant de me mettre à écrire Qui ne tente rien, *le premier tome de la saga William Warwick.*

Qui ne tente rien *commence lorsque William, à la fin de ses études, décide d'intégrer la Metropolitan Police contre l'avis de son père, qui aurait préféré le voir rejoindre son cabinet d'avocat. William persévère et, dans ce premier roman, nous le suivons en patrouille où il rencontre une galerie de personnages, plus ou moins gentils, alors qu'il essaye de passer son examen d'inspecteur pour obtenir un transfert à Scotland Yard.*

Dans cette saga, vous assisterez à la tentative d'ascension de William, d'agent de police à directeur de la Metropolitan Police.

Je travaille actuellement au deuxième ouvrage de la série, qui se concentrera sur la carrière de William comme jeune brigadier au service des stupéfiants.

Deviendra-t-il directeur ? Cela dépendra autant de la détermination et des capacités de William Warwick que de mes espoirs de longévité – la mienne, et non la vôtre.

Jeffrey Archer
Septembre 2019

Ceci n'est pas un roman policier,
c'est l'histoire d'un policier.

1

14 juillet 1979

— Tu n'es pas sérieux ?

— On ne peut plus sérieux, Père, tu t'en serais rendu compte si tu m'avais écouté ces dix dernières années.

— Mais on t'a proposé une place en droit à Oxford, dans mon ancien college, et quand tu auras ton diplôme, tu pourras me rejoindre au cabinet. Qu'est-ce qu'un jeune homme peut vouloir de plus ?

— Choisir sa propre carrière, et non simplement marcher dans les pas de son père.

— Serait-ce vraiment si terrible ? Après tout, j'ai mené une carrière passionnante et enrichissante, et, si tu me le permets, j'ai quand même rencontré un certain succès.

— Et même beaucoup de succès, sauf qu'il ne s'agit pas de ta carrière, mais de la mienne. Et peut-être que je ne souhaite pas devenir un illustre avocat pénaliste qui défend une ribambelle de criminels qu'il n'inviterait jamais à déjeuner à son club.

— Tu sembles oublier que ce sont ces mêmes criminels qui ont financé tes études, et ton style de vie actuel.

— Je n'ai pas le luxe de l'oublier, Père, et c'est d'ailleurs la raison pour laquelle j'ai l'intention de passer ma vie à m'assurer que ces malfaiteurs fassent de longs séjours en prison, et non qu'ils soient libres de poursuivre une longue carrière criminelle grâce à ton talent d'avocat.

William crut qu'il était parvenu à réduire son père au silence, mais il avait tort.

— Peut-être pourrions-nous trouver un compromis, mon garçon ?

— Cours toujours, Père, répliqua William d'un ton ferme. Tu as l'air d'un avocat qui plaide pour une réduction de peine quand il sait que son dossier est bancal. Mais pour une fois, tes mots éloquents n'atteindront pas leur cible.

— Ne me permettras-tu même pas de t'exposer ma plaidoirie avant de la balayer du revers de la main ? rétorqua son père.

— Non, parce que je ne suis pas coupable, et je n'ai pas à prouver mon innocence à un jury simplement pour te faire plaisir.

— Mais accepterais-tu de faire quelque chose pour me faire plaisir à moi, mon cher mari ?

Dans le feu de l'action, William avait oublié que sa mère se tenait à l'autre bout de la table, suivant avec attention et silencieusement la joute entre son mari et son fils. William était prêt à affronter son père, mais il savait qu'il n'était pas de taille face à sa mère. Il se tut une nouvelle fois. Un silence que son père utilisa à son avantage.

— À quoi pensez-vous, madame le juge ? s'enquit Sir Julian, touchant les revers de sa veste et s'adressant à sa femme comme à un juge de la haute cour.

— William ira à l'université, celle de son choix, répondit Marjorie, il étudiera le sujet qu'il souhaite et, une fois diplômé, entamera la carrière qui lui plairas. Et plus important, quand il le fera, tu l'accepteras de bonne grâce et ne mettras plus jamais le sujet sur le tapis.

— Je dois admettre que, même si j'accepte ta sentence éclairée, je trouve la dernière clause un peu difficile à respecter.

La mère et le fils éclatèrent de rire.

— Ai-je le droit de plaider les circonstances atténuantes ? demanda innocemment Sir Julian.

— Non, répondit William, parce que je n'accepterai les conditions de Mère que si dans trois ans tu soutiens sans réserve ma décision de rejoindre la Metropolitan Police.

Sir Julian Warwick, avocat de la Couronne, se leva de sa place en tête de table, adressa une légère révérence à sa femme et dit, à contrecœur :

— Si cela plaît à madame le juge.

*

William Warwick voulait devenir détective depuis l'âge de huit ans, lorsqu'il avait résolu l'affaire de « la disparition des barres chocolatées Mars ». Du gâteau ! Une piste si aisée à suivre, avait-il expliqué au maître d'internat, qu'elle n'avait pas nécessité de loupe.

Les indices – des papiers d'emballage – avaient été retrouvés dans la corbeille du bureau du suspect, et le coupable n'avait pas été capable de prouver qu'il avait dépensé son argent de poche au magasin de bonbon ce trimestre.

Pour William, ce qui avait compliqué la situation, c'était qu'Adrian Heath était l'un de ses meilleurs amis, et qu'il était parti du principe que cette amitié durerait toujours. Quand il en avait parlé à son père, pendant les vacances scolaires, le vieil homme lui avait dit : « Nous devons espérer qu'Adrian tire les leçons de cette expérience, sinon, qui sait ce qui adviendra du garçon ».

Malgré les moqueries de ses camarades, qui rêvaient de carrières de médecin, d'avocat, de professeur, et même de comptable, le conseiller d'orientation ne fut pas surpris quand William lui annonça qu'il voulait devenir enquêteur. Après tout, les autres garçons l'avaient surnommé Sherlock Holmes avant même la fin du premier trimestre.

Le père de William, Sir Julian Warwick, baronnet, avait voulu que son fils étudie le droit à Oxford, comme lui-même l'avait fait trente auparavant. Mais malgré les efforts de son père, William était résolu à entrer dans la police dès la fin de ses études. Les deux hommes, têtus, arrivèrent finalement à un compromis approuvé par la mère de William. Ce dernier irait à l'université de Londres étudier l'histoire de l'art – une matière que son père refusait de prendre au sérieux – et si, après trois ans, William voulait toujours être policier, Sir Julian accepterait de céder. William savait que cela n'arriverait jamais.

Au cours des trois heureuses années passées au King's College de Londres, William tomba de nombreuses fois amoureux. D'abord de Hannah et de Rembrandt, puis de Judy et de Turner, et enfin de Rachel et de Hockney, avant de s'arrêter au

Caravage : une liaison pour la vie, même si son père lui avait fait remarquer que le maître italien était un assassin et aurait dû être pendu. « Une bonne raison d'abolir la peine de mort », avait répondu William. Une fois de plus, père et fils s'étaient retrouvés en désaccord.

Pendant les vacances d'été, quand il eut quitté l'école, William fit un tour d'Europe, Rome, Paris, Berlin et Saint-Pétersbourg, pour rejoindre les longues files d'adeptes voulant vénérer les maîtres du passé. Une fois son diplôme en poche, son père lui suggéra d'envisager une thèse sur le côté obscur du Caravage. « Le côté obscur », avait répondu William, « était exactement ce qu'il avait l'intention d'explorer », mais il voulait en apprendre plus sur les criminels du XXe siècle, et non du XVIe.

*

À trois heures moins cinq, l'après-midi du dimanche 5 septembre 1982, William se présenta au Hendon Police College, dans le nord de Londres. Il apprécia presque chaque minute de sa formation, du moment où il jura allégeance à la reine jusqu'à son défilé de fin d'études seize semaines plus tard.

Le lendemain, on lui remit un uniforme en serge bleu marine, un casque et une matraque, et il ne put s'empêcher d'admirer son reflet dans chaque vitrine. Un uniforme de police, l'avait averti le commissaire divisionnaire lors de son premier jour, pouvait changer la personnalité de quelqu'un, et pas toujours pour le mieux.

Les cours à Hendon avaient commencé le jour suivant et étaient répartis entre la salle de classe et le gymnase. William mémorisa des paragraphes entiers de lois jusqu'à pouvoir les réciter par cœur. Il se délecta de l'analyse de scènes de crimes et de la criminalistique, en revanche, il découvrit bien vite, lorsqu'on le mit sur un circuit automobile, que sa conduite était plutôt médiocre.

Des années de joutes oratoires avec son père à la table du petit déjeuner avaient préparé William à l'exercice du faux tribunal, et il se débrouilla très bien en cours d'autodéfense, où il apprit à désarmer, menotter et maîtriser quelqu'un de plus fort que lui. On lui enseigna également les compétences d'un agent de police en termes d'arrestation, de fouille et de perquisition, ainsi que l'usage raisonné de la force et, plus important encore, le discernement. « Ne t'en tiens pas toujours au manuel, lui avait conseillé son instructeur. Il faut parfois faire preuve de bon sens, et quand tu auras affaire au grand public, tu verras qu'il n'est pas si répandu ».

Les examens à l'école de police étaient très fréquents, comparé à l'université, et William ne fut pas vraiment surpris qu'une partie des étudiants restent sur le carreau avant la fin du cursus.

Après son défilé de fin d'année et ce qui lui avait semblé deux semaines de relâche interminables, William avait enfin reçu une lettre lui ordonnant de se présenter au commissariat de Lambeth, à huit heures le lundi suivant. Un quartier de Londres qu'il n'avait jamais visité auparavant.

*

L'agent de police 565LD rejoignit la Metropolitan Police avec le statut de diplômé mais décida de ne pas profiter du système de promotion accéléré qui lui aurait permis de gravir plus rapidement les échelons, parce qu'il voulait, dès son premier jour, s'aligner sur un pied d'égalité avec les autres recrues. Il savait qu'en tant que stagiaire, il devait passer au moins deux ans en patrouille avant d'espérer devenir inspecteur, et à vrai dire, il était impatient de plonger dans le grand bain.

Dès le début de son service en tant que policier stagiaire, William avait été placé sous l'aile de l'agent Fred Yates, vingt-huit ans de service derrière lui, à qui le commandant avait demandé de « prendre soin du garçon ». Les deux hommes avaient peu de choses en commun, à part leur désir d'être flic depuis leur plus tendre enfance, et les efforts déployés par leurs pères pour les empêcher de poursuivre cette carrière.

— ABC.

Voilà ce que Fred avait dit en guise d'introduction quand on lui avait présenté le bleu. Il n'avait pas attendu que William l'interroge pour lui fournir une explication.

— N'accepte rien, bataille sur tout, ne crois personne. C'est la seule règle que je suis.

Les premiers mois, Fred avait présenté à William le milieu des cambrioleurs, des trafiquants de drogues et des proxénètes, ainsi que son premier cadavre. Avec le zèle du chevalier Galaad,

William voulait mettre derrière les barreaux chaque délinquant et rendre le monde meilleur ; Fred, lui, était plus réaliste, mais il n'essaya pas une seule fois de calmer le feu de l'enthousiasme de William. Le jeune agent de police découvrit très rapidement que le grand public ne sait pas si un policier porte son uniforme depuis quelques jours ou quelques années.

— Le moment est venu de contrôler ton premier conducteur, annonça Fred en s'arrêtant à un feu de circulation lors de la deuxième journée de patrouille de William. On va rester ici jusqu'à ce que quelqu'un grille le feu, alors tu t'avanceras et tu lui feras signe de se ranger sur le côté.

William eut l'air inquiet.

— Je m'occuperai du reste. Tu vois cet arbre, à une centaine de mètres ? Cache-toi derrière et attends mon signal.

William, dissimulé derrière le tronc, entendait les martèlements de son cœur. Il n'eut pas à patienter très longtemps avant que Fred lève la main et crie :

— La Hillman bleue ! Attrape-la !

William fit un pas sur la chaussée, leva le bras et fit signe à la voiture de se ranger sur le bas-côté.

— Ne dis rien, ordonna Fred en rejoignant le petit nouveau. Observe attentivement et prends-en note.

Ils s'avancèrent tous deux vers la voiture tandis que le conducteur baissait sa vitre.

— Bonjour, monsieur, lança Fred. Avez-vous remarqué que vous venez de griller un feu rouge ?

Le conducteur acquiesça en silence.

— Puis-je voir votre permis de conduire ?

Le conducteur ouvrit la boîte à gants, en tira son permis et le tendit à Fred. Après avoir étudié le document quelques instants, Fred reprit :

— C'est particulièrement dangereux à cette heure de la matinée, monsieur, il y a deux écoles dans les environs.

— Je suis désolé, répondit le conducteur. Ça n'arrivera plus.

Fred lui rendit son permis.

— Cette fois, ce ne sera qu'un avertissement, notifia-t-il, tandis que William notait le numéro de la plaque d'immatriculation dans son calepin. Mais peut-être pourriez-vous être plus vigilant à l'avenir, monsieur.

— Merci, monsieur l'agent.

— Pourquoi seulement un avertissement ? voulut savoir William alors que la voiture s'éloignait lentement. Tu aurais pu lui mettre une amende.

— Son comportement, expliqua Fred. Cet homme était poli, il a reconnu son erreur et s'est excusé. Pourquoi énerver un citoyen qui respecte normalement les règles ?

— Qu'est-ce qui t'aurait incité l'arrêter dans ce cas ?

— S'il avait répliqué : « Vous n'avez rien de mieux à faire, monsieur l'agent ? » Ou pire : « Vous ne devriez pas être en train de poursuivre de vrais criminels ? » Ou alors, mon préféré : « Vous savez que c'est moi qui paye votre salaire ? » Là, je l'aurais arrêté sans la moindre hésitation. Une fois, j'ai dû traîner un type au poste et le garder au frais quelques heures.

— Il avait été violent ?

— Non, pire. Il m'avait dit qu'il était un ami proche du préfet. Je lui ai répondu qu'il pouvait l'appeler depuis le poste.

William éclata de rire.

— Bon, ajouta Fred. Reprends ta place derrière l'arbre. La prochaine fois, c'est toi qui poseras les questions et j'observerai.

*

Sir Julian Warwick, avocat de la Couronne, était assis en bout de table, la tête dans le *Daily Telegraph*. Il laissait échapper un occasionnel « tss-tss », tandis que sa femme, à l'autre extrémité, poursuivait son combat quotidien contre les mots croisés du *Times*. Les bons jours, Marjorie aurait rempli la dernière ligne ou la dernière colonne avant que son mari ne se lève pour se rendre au Lincoln's Inn, où étaient situés les bureaux d'une partie des avocats de Londres. Les mauvais jours, elle était obligée de lui demander son aide, service qu'il facturait habituellement cent livres de l'heure. Il lui rappelait régulièrement qu'elle lui devait plus de 20 000 £. Aujourd'hui c'était le dix horizontal et le quatre vertical.

Sir Julian avait lu la moitié du journal quand sa femme réfléchissait encore à la dernière définition. Il n'était toujours pas convaincu par le bien-fondé de l'abolition de la peine de mort, surtout lorsque la victime était un policier ou un fonctionnaire, mais le *Telegraph* ne l'était pas davantage. Il tourna la dernière page pour découvrir comment le club de rugby de Blackheath s'en était sorti face à Richmond au cours du derby annuel. Après avoir lu le compte-rendu du match, il abandonna la rubrique des sports, considérant que le journal offrait une trop grande place au football. Une preuve supplémentaire du déclin de la nation.

— Très jolie photo de Charles et Diana dans le *Times*, commenta Marjorie.

— Ça ne durera jamais, répondit Julian, en se levant avant d'avancer vers l'autre bout de la table pour, comme chaque matin, embrasser sa femme sur le front.

Ils échangèrent leurs journaux, afin qu'il puisse étudier les chroniques judiciaires pendant son trajet vers Londres.

— N'oublie pas que les enfants viennent déjeuner dimanche, lui rappela Marjorie.

— William a déjà passé son examen d'inspecteur ? demanda-t-il.

— Tu sais aussi bien que moi, mon chéri, qu'il n'a le droit de le passer qu'au bout de deux ans de patrouille, c'est-à-dire dans six mois.

— S'il m'avait écouté, il serait avocat, à l'heure qu'il est.

— Et si toi tu l'écoutais, tu saurais que ce qui l'intéresse, c'est arrêter des criminels et non pas trouver un moyen de les tirer d'affaire.

— Je n'ai pas encore abandonné la partie, répliqua Sir Julian.

— Tu devrais être heureux que notre fille, au moins, ait choisi de marcher dans tes pas.

— Ce n'est pas du tout ce qu'a fait Grace, grogna Sir Julian. Cette jeune femme est prête à défendre tous les minables sans le sou qu'elle rencontre.

— Elle a un cœur en or.

— Eh bien, c'est de toi qu'elle le tient, rétorqua Sir Julian en s'intéressant à la seule définition que sa femme n'avait pas trouvée : « *Soldat svelte qui acheva sa carrière bâton à la main.* Quatre lettres. » Field marshal Slim, déclara Sir Julian d'un air triomphant. Le seul homme à être entré dans l'armée comme simple soldat et à être devenu Field marshal.

— On dirait William, fit remarquer Marjorie.

Mais seulement quand la porte fut close.

2

William et Fred quittèrent le commissariat un peu après huit heures pour leur patrouille du matin.

— Pas beaucoup de crimes à cette heure de la journée, assura Fred au jeune agent de police. Les malfrats sont comme les richards, jamais debout avant dix heures.

Ces dix-huit derniers mois, William s'était habitué aux précieux conseils que Fred répétait inlassablement et qui s'étaient avérés bien plus utiles que le contenu du manuel du Met sur les devoirs d'un officier de police.

— Quand passes-tu ton examen d'inspecteur ? demanda Fred tandis qu'ils descendaient Lambeth Walk d'un pas tranquille.

— Dans un an, répondit William. Ne crois pas te débarrasser de moi de sitôt, ajouta-t-il à l'approche d'un marchand de journaux.

Il jeta un œil au gros titre :

— « La policière Yvonne Fletcher tuée devant l'ambassade de Libye. »

— Assassinée, plutôt, précisa Fred. La pauvre fille.

Il se tut quelques instants.

— J'ai été agent de police toute ma vie, finit-il par ajouter, ce qui me va très bien. Mais toi…

— Si j'y arrive, l'interrompit William, c'est à toi que je le devrai.

— Je ne suis pas comme toi, Enfant de Chœur, dit Fred.

William craignait d'être coincé avec ce surnom pour le restant de sa carrière. Il aurait préféré Sherlock. Il n'avait jamais avoué à ses amis au poste qu'il avait effectivement été enfant de chœur, et avait toujours voulu paraître plus âgé, bien que sa mère l'ait une fois averti : « À l'instant où cela arrivera, tu voudras avoir l'air plus jeune. » Personne n'est jamais satisfait de son âge, pas vrai ? songea-t-il.

— Quand tu seras préfet, reprit Fred, je serais coincé dans une maison de retraite, et tu auras oublié mon nom.

L'idée de devenir préfet n'avait jamais traversé l'esprit de William, mais il était certain qu'en aucun cas il n'oublierait l'agent Fred Yates.

Fred remarqua un jeune gars qui sortait en courant du magasin de journaux, M. Patel sur ses talons, mais jamais celui-ci n'aurait pu le rattraper. William se lança à leur poursuite, avec Fred, à quelques mètres derrière lui. Ils rejoignirent M. Patel au moment où le garçon tournait au coin d'une rue. Il leur fallut encore une centaine de mètres avant que William puisse l'attraper. Ils ramenèrent le jeune homme chez le marchand de journaux, où il rendit à M. Patel un paquet de Capstan.

— Voulez-vous porter plainte, monsieur ? demanda William, qui avait déjà son calepin ouvert, stylo à la main.

— À quoi bon ? répondit le marchand en remettant le paquet de cigarettes sur le présentoir. Si vous le mettez en prison, son petit frère prendra la relève.

— C'est ton jour de chance, Tomkins, déclara Fred, en donnant une calotte au garçon. Tu as intérêt à être en classe quand on viendra te rendre visite, sinon j'irai raconter à ton paternel ce que tu faisais. Cela dit, dit-il en se tournant vers William, les clopes étaient probablement pour son père.

Tomkins fila. Au bout de la rue, il se retourna en criant « Sale keuf ! » et leur fit un doigt d'honneur à chacun.

— Tu n'aurais peut-être pas dû te contenter de lui tirer les oreilles.

— De quoi parles-tu ? interrogea Fred.

— Au XVIe siècle, quand on prenait un garçon en train de voler, on lui clouait une oreille à un poteau, et la seule façon qu'il avait de se libérer, c'était de se l'arracher.

— Ce n'était pas une si mauvaise idée. Je dois bien admettre que j'ai du mal à me faire aux pratiques policières modernes. D'ici ta retraite, tu devras probablement appeler les criminels « monsieur ». Enfin, il me reste dix-huit mois avant de toucher ma pension et d'ici là, tu seras à Scotland Yard. Moi, quand je suis entré dans la police il y a près de trente ans, ajouta Fred, qui allait donner sa ration quotidienne de conseils, les gars comme ça, on les menottait au radiateur, on allumait le chauffage et on ne les détachait que quand ils passaient aux aveux.

William éclata de rire.

— Je ne blague pas, renchérit Fred.

— Combien de temps ça prendra, tu crois, avant que Tomkins se retrouve en prison ?

— Je parierais plutôt sur un séjour en maison de correction avant la prison. Mais ce qui est le plus énervant, c'est qu'une fois en taule, il aura sa propre cellule, trois repas par jour et tout un entourage de criminels professionnels qui se feront une joie de lui apprendre les ficelles du métier avant qu'il obtienne son diplôme de l'école du crime.

Chaque jour, William se rappelait quelle chance il avait eu d'être né dans un milieu privilégié, avec des parents aimants et une grande sœur qui l'adorait. Pourtant, il n'avait jamais admis devant ses collègues avoir étudié dans l'une des plus prestigieuses écoles privées d'Angleterre avant de suivre un cursus d'histoire de l'art au King's College. Et il ne mentionnait jamais non plus que son père recevait d'importants paiements de la part de certains des criminels les plus notoires du pays.

Alors qu'ils continuaient leur patrouille, plusieurs riverains saluèrent Fred, et certains adressèrent même un bonjour à William.

Quelques heures plus tard, de retour au poste, Fred ne prit pas la peine de signaler le jeune Tomkins à l'officier de permanence ; il pensait la même chose de la paperasse et des pratiques policières modernes.

— Tu veux une tasse de thé ? lança Fred en se dirigeant vers la cantine.

— Warwick ! appela une voix derrière eux.

William se retourna et vit l'officier de permanence aux cellules qui le pointait du doigt.

— Un prisonnier a fait un malaise dans sa cellule. Apportez cette ordonnance à la pharmacie et revenez avec les médicaments. Faites vite !

— Oui, brigadier, répondit William.

Il attrapa l'enveloppe et courut jusqu'à la pharmacie Boots, sur la grande rue, où une courte file de clients patientait tranquillement devant le comptoir. Il s'excusa auprès de la femme à l'avant de la queue et tendit l'enveloppe à la pharmacienne.

— C'est une urgence, précisa-t-il.

La jeune femme ouvrit l'enveloppe et lut avec attention les instructions avant de répondre :

— Ça fera une livre soixante, monsieur l'agent.

William fouilla ses poches à la recherche de monnaie, qu'il donna à la pharmacienne. Elle encaissa l'argent, puis prit, sur le rayonnage, une boîte de préservatifs qu'elle lui tendit. William resta bouche bée, incapable de prononcer un mot. Il sentait le poids de tous les sourires narquois dans son dos. Il allait filer quand la pharmacienne lança « N'oubliez pas votre ordonnance, monsieur l'agent » et lui rendit l'enveloppe.

Plusieurs regards amusés le suivirent jusque dans la rue. Il attendit d'être hors de vue pour ouvrir l'enveloppe et lire le message.

> *Cher monsieur, chère madame,*
>
> *Je suis un jeune agent de police timide, qui a enfin obtenu un rendez-vous avec une fille. J'espère conclure ce soir, mais je ne veux pas qu'elle tombe enceinte, pourriez-vous m'aider ?*

William éclata de rire, puis mit la boîte de préservatifs dans sa poche et retourna au poste ; sa première pensée : si seulement j'avais une petite amie.

3

L'agent de police Warwick revissa son stylo-plume, convaincu qu'il avait réussi son examen d'inspecteur « haut la main », comme disait son père.

Quand il retourna dans sa chambre à Trenchard House, la résidence pour jeunes policiers, ce soir-là, la main n'était plus si haute et, au moment où il éteignit sa lampe de chevet, il était certain de passer encore une année à patrouiller en uniforme.

— Comment t'en es-tu sorti ? s'enquit le policier à l'accueil lorsqu'il se présenta au service le lendemain matin.

— J'ai misérablement échoué, répondit William, en examinant le registre de service.

Fred et lui devaient patrouiller dans la cité Barton, pour au moins rappeler aux criminels locaux que Londres avait encore quelques policiers qui surveillaient les rues.

— Alors il faudra que tu réessayes l'an prochain, dit le brigadier, qui refusait de rentrer dans son jeu.

Si l'agent de police Warwick voulait se morfondre dans son pessimisme, ce serait sans lui.

*

Sir Julian continuait d'aiguiser le couteau à viande.

— Une ou deux tranches, mon garçon ? proposa-t-il à son fils.

— Deux, s'il te plaît, Père.

Sir Julian découpa le gigot avec l'habilité d'un grand sculpteur.

— Alors, as-tu réussi ton examen d'inspecteur ? demanda-t-il à William en lui tendant son assiette.

— Je ne le saurai pas avant quelques semaines, répondit William en passant à sa mère un plat de blettes. Mais je ne suis pas très optimiste. Tu seras néanmoins très heureux d'apprendre que je suis en finale du tournoi de snooker du commissariat.

— De snooker ? répéta son père, comme si le jeu lui était inconnu.

— Oui, voilà autre chose que j'ai appris ces deux dernières années.

— Mais vas-tu gagner ?

— Il y a peu de chances. Je joue contre le favori, qui a remporté la coupe six fois consécutivement.

— Donc, tu as raté ton examen d'inspecteur et tu t'apprêtes à être second dans...

— Pourquoi appelle-t-on ça des blettes, voilà une question que je me suis toujours posée. C'est un nom assez étrange, vous ne trouvez pas ? intervint Marjorie, essayant de couper court à un autre duel père-fils.

— Ce n'est que le nom vulgaire, répondit Grace. En réalité, la plante s'appelle la bette, mais personne n'utilise ce terme, à part les pédants.

— Je parie que le dictionnaire insiste pour promouvoir l'emploi du mot « bette », renchérit Marjorie, avec un sourire à sa fille.

— Et si tu l'as réussi, reprit Sir Julian, refusant d'être interrompu par des considérations étymologiques sur les blettes, combien de temps te faudra-t-il avant de devenir inspecteur ?

— Six mois, peut-être un an. Je vais devoir attendre qu'une place se libère dans un autre secteur.

— Tu iras peut-être directement à Scotland Yard ? suggéra son père en haussant un sourcil.

— Impossible. Il faut d'abord faire ses preuves dans une autre division avant de pouvoir se porter candidat pour la quête du Saint-Graal. Mais je vais visiter Scotland Yard pour la première fois demain.

Sir Julian immobilisa son couteau.

— Pourquoi ? s'enquit-il.

— Je ne suis pas sûr de le savoir, admit William. Le commissaire m'a appelé vendredi et m'a prié de me présenter auprès du commissaire divisionnaire Hawksby à neuf heures lundi matin, sans rien ajouter.

— Hawksby... Hawksby... fit Sir Julian, tandis que les rides de son front se creusaient. Mais d'où est-ce que je connais ce nom ? Ah oui ! Nous avons déjà croisé le fer sur un dossier de fraude lorsqu'il était commandant. Un témoin impressionnant.

Il s'était si bien préparé que je n'ai pas pu l'atteindre. Ce n'est pas un homme à sous-estimer.

— Dis-m'en plus, lui demanda William.

— Il est plutôt petit pour un policier. Méfie-toi : ce sont souvent ceux qui ont les plus grands esprits. On le surnomme Hawk le Faucon. Il rôde avant de fondre sur sa proie, de l'emprisonner dans ses serres et de dépasser d'un coup d'aile tout ce qui se dresse en travers de son chemin.

— Toi y compris, visiblement, glissa Marjorie.

— Qu'est-ce qui te fait dire ça ? demanda Sir Julian en se servant un verre de vin.

— Tu ne te souviens que des témoins qui ont eu raison de toi.

— Touché, répliqua Sir Julian en levant son verre, sous les applaudissements spontanés de Grace et William. Transmets mes hommages au commissaire divisionnaire Hawksby, ajouta-t-il, par-dessus l'agitation.

— C'est bien la dernière chose que je compte faire. J'aimerais laisser une bonne impression, pas me créer un ennemi juré.

— Ma réputation est si terrible ? s'étonna Sir Julian, avec un soupir exaspéré digne d'un amoureux déçu.

— Au contraire, ta réputation est trop bonne, j'en ai peur. La seule mention de ton nom au poste provoque des grognements de désespoir à l'idée d'un criminel de plus qui devrait passer le restant de ses jours derrière les barreaux mais qui sortira libre.

— Qui suis-je pour remettre en cause le jugement de douze hommes, bons et honnêtes ?

— Ça t'a peut-être échappé, Père, intervint Grace, mais les femmes peuvent être jurées depuis 1920.

— Hélas ! répondit Sir Julian. Je ne leur aurais même pas accordé le droit de vote, moi.

— Ne réagis pas, Grace, lui conseilla sa mère. Il essaye juste de te provoquer.

— Quelle est la prochaine cause perdue à laquelle tu vas t'attacher ? lança Sir Julian à sa fille, en enfonçant le couteau.

— Les droits héréditaires, répondit Grace en buvant une gorgée de vin.

— Ceux de qui en particulier ?

— Les miens. Tu es peut-être Sir Julian Warwick baronnet, mais quand tu mourras…

— Ce qui n'est pas pour tout de suite, j'espère, glissa Marjorie.

— William héritera de ton titre, reprit Grace en ignorant sa mère, malgré le fait que je sois l'aînée.

— Quelle terrible situation ! l'imita Sir Julian.

— Ce n'est pas drôle, Père, et je prédis que tu verras la loi changer de ton vivant.

— Je vois mal les lords de la Chambre se ranger à ta proposition.

— C'est pour cette raison qu'ils sont les prochains sur la liste, parce qu'une fois que la Chambre des communes se rendra compte qu'il y a là des voix à gagner, un autre bastion sacré s'effondrera sous le poids de sa propre absurdité.

— Comment comptes-tu procéder ? voulut savoir Marjorie.

— Nous commencerons par le haut, par la famille royale. Nous avons déjà un pair à vie prêt à présenter à la Chambre une loi sur la primogéniture, qui permettrait à une femme de succéder à un monarque si elle est l'aînée, et non d'être reléguée en faveur d'un frère cadet. Personne n'a jamais suggéré que la princesse Anne ferait un moins bon travail que le prince Charles. Et pour appuyer notre point de vue, nous citerons les reines Elizabeth I, Victoria et Elizabeth II.

— Ça n'arrivera jamais.

— De ton vivant, Papa, répéta Grace.

— Je croyais que tu étais contre les titres de noblesse, Grace, dit William.

— C'est vrai. Mais ici, c'est une question de principe.

— Eh bien, je te soutiens. Je ne veux pas être Sir William.

— Et si tu deviens préfet, et que tu obtiens le titre de plein droit ? interrogea son père.

William hésita pendant un moment, assez long pour que son père finisse par hausser les épaules.

— La pauvre jeune femme que tu as défendue la semaine dernière a réussi à s'en tirer ? demanda Marjorie à Grace, espérant une trêve des hostilités.

— Non, elle a pris six mois.

— Et elle sortira dans trois, précisa son père, et retournera alors tout droit sur le trottoir.

— Ne commence pas avec ça, Papa.

— Et son proxénète ? s'enquit William. C'est lui qui devrait se trouver derrière les barreaux.

— Je le plongerais dans l'huile bouillante, et avec plaisir, répliqua Grace, mais il n'a même pas été inculpé.

— Dans de l'huile ? répéta son père. Encore un peu et tu vas te mettre à voter conservateur.

— Ça, jamais ! s'exclama Grace.

Sir Julian reprit le couteau à viande.

— Quelqu'un en veut encore ?

— Puis-je savoir si tu as fait des rencontres récemment ? demanda Marjorie en se tournant vers son fils.

— Plein de gens, Mère, répondit William, amusé par ses euphémismes.

— Tu sais très bien ce que je veux dire, le réprimanda-t-elle.

— Aucune chance. J'ai travaillé sans arrêt le mois dernier, sept nuits d'affilée, qui se terminent à six heures du matin, heure à laquelle tout ce dont j'ai envie, c'est de sommeil – avant de devoir me présenter deux jours plus tard pour un service du matin. Alors soyons honnêtes, Mère, l'agent de police Warwick ne vaut pas vraiment le coup.

— Si tu avais suivi mes conseils, dit son père, à l'heure qu'il est, tu serais un avocat bon à marier, et je peux t'assurer qu'il y a de nombreuses jeunes femmes très attirantes au barreau.

— Moi, j'ai rencontré quelqu'un, lança Grace, ce qui fit taire son père pour la première fois.

Il posa son couteau et sa fourchette et prêta une oreille attentive.

— Elle est avocate à la City, toutefois je pense que Papa ne la verra pas d'un bon œil parce qu'elle est spécialiste du divorce.

— J'ai hâte de la rencontrer, dit Marjorie.

— Quand tu veux, Mère, mais je te préviens, elle ne sait pas qui est mon père.

— Suis-je un mélange entre Raspoutine et le juge Jeffreys des Assises sanglantes ? demanda Sir Julian, en plaçant la pointe du couteau contre son cœur.

— Tu n'es pas aussi gentil, répondit sa femme, mais tu as plein de bons côtés.

— Cites-en un, la pria Grace.

— Il y a une définition dans les mots croisés d'hier qui m'échappe encore.
— Je suis disponible pour une consultation, annonça Sir Julian.
— Coupant à travers bois.
— Sciant ! répondirent les trois autres à l'unisson, avant d'éclater de rire.
— Allons, un peu d'humilité. Qui veut de la tarte ? proposa Sir Julian.

*

William avait dit à son père qu'il avait peu de chance de gagner, mais maintenant, c'était dans la poche, ou pour être plus précis, celle au coin de la table. Il s'apprêtait à empocher la dernière boule sur la table et à remporter le tournoi de snooker du commissariat de Lambeth, mettant ainsi un terme aux six victoires consécutives de Fred Yates.

Une victoire ironique, pensa William, puisque c'était Fred qui lui avait appris à jouer. En vérité, William n'aurait jamais mis les pieds dans la salle de billard si Fred n'avait pas suggéré que cela l'aiderait à faire connaissance avec certains des gars qui avaient des doutes à propos de l'Enfant de Chœur.

Fred avait appris à son pupille à jouer au snooker avec le même zèle qu'il avait mis à lui enseigner les ficelles de la vie en patrouille, et désormais, pour la première fois, l'élève allait battre son maître à son propre jeu.

À l'école, William avait excellé comme trois-quarts aile sur le terrain de rugby en hiver, et au sprint en été. Pendant sa dernière année à l'université, il avait reçu la médaille tant convoitée pour sa victoire au championnat interuniversitaire. Son père lui accordait même un sourire en coin à chaque fois que, comme il disait, il déchirait le ruban de la ligne d'arrivée au sprint des 100 yards, mais William suspectait que les mots « ligne de baulk », « break maximum » et « bille off » ne fassent même pas partie de son vocabulaire.

William jeta un œil au tableau de score. Trois partout. L'issue de la partie reposait sur la dernière manche. Il avait bien commencé par un break de 42, puis Fred était doucement remonté au score ; rien n'était encore joué. William avait

26 points d'avance mais les couleurs étaient sur leurs mouches ; quand viendrait son tour, tout ce que Fred aurait à faire, c'était d'empocher dans l'ordre les sept dernières billes pour remporter le trophée.

La pièce au sous-sol était pleine d'officiers de grades divers ; certains étaient perchés sur les radiateurs, d'autres assis sur les marches de l'escalier. Le silence tomba sur l'assemblée quand Fred se pencha sur la table pour s'atteler à la bille jaune. William se résigna : sa chance de devenir champion lui passait sous le nez ; les billes jaunes, vertes, marron et bleues disparurent tour à tour dans les poches, Fred n'avait plus qu'à s'occuper de la rose et de la noire pour vider la table et remporter la victoire.

Fred aligna la bille objet avant de frapper la bille de choc. Mais son coup était un peu trop ferme, et si la bille rose fonça vers la poche du milieu et disparut dans le trou, la blanche s'arrêta tout contre la bande, ne laissant qu'un coup difficile, même pour un pro.

La foule retint sa respiration tandis que Fred se penchait sur la table. Il prit son temps pour aligner la dernière bille qui, s'il l'empochait, le ferait gagner : 73-72, il serait alors la première personne à remporter la compétition sept années consécutives.

Il se redressa, visiblement nerveux, et remit du bleu sur sa queue en essayant de se ressaisir avant de se pencher à nouveau sur la table. Il se courba, les doigts écartés et se concentra pour frapper la bille de choc. Anxieux, il suivit des yeux la bille noire qui se dirigeait vers la poche d'angle ; une partie de ses soutiens l'encourageait à avancer, mais, à leur grand dam, elle s'arrêta à quelques centimètres du bord. L'assemblée laissa échapper un soupir exaspéré, consciente qu'il restait à William un coup que même un novice aurait pu empocher ; un nouveau nom était sur le point d'être ajouté au tableau d'honneur, ils le savaient tous.

Le concurrent prit une grande inspiration et jeta un œil au tableau d'honneur : le nom de Fred était imprimé en lettres d'or pour les années 1977, 1978, 1979, 1980, 1981 et 1982. Mais pas 1983, pensa William, en remettant du bleu sur sa queue. Il se sentait comme Steve Davis au moment où il s'apprêtait à remporter le championnat du monde.

Il était sur le point d'empocher la bille noire quand il aperçut Fred, à l'autre bout de la table, un air de résignation et d'abattement sur le visage.

William se pencha sur la table, aligna les deux billes et frappa avec perfection la bille de choc. Il suivit la bille noire qui toucha le bord de la poche, chancela dangereusement, mais resta en équilibre à la lisière, sans tomber. La foule ébahie laissa échapper un cri de surprise. Le jeunot avait cédé sous la pression.

Fred ne gâcha pas cette seconde chance et la pièce explosa en liesse lorsqu'il empocha la dernière bille pour remporter la manche, et le championnat : 73 à 72.

Les deux hommes se serrèrent la main et plusieurs officiers vinrent leur taper dans le dos à grand renfort de « Bien joué », de « C'était très serré », ou encore de « Pas de chance, William ». William s'écarta au moment où le commissaire remit à Fred la coupe, que le champion leva bien haut sous un concert d'acclamations.

Un homme plus âgé, vêtu d'un élégant costume croisé, qu'aucun des deux concurrents n'avait remarqué, se glissa discrètement hors de la pièce, quitta le poste et ordonna à son chauffeur de le ramener chez lui.

Tout ce qu'on lui avait raconté sur le jeune homme était donc vrai, et il avait hâte que l'agent Warwick rejoigne son équipe à Scotland Yard.

4

À peine sorti de la station de métro St. James's Park, l'agent de police Warwick aperçut, de l'autre côté de la rue, l'emblématique panneau triangulaire qui tournait : New Scotland Yard. Il le contempla avec émerveillement et appréhension, comme un jeune acteur s'approchant du National Theatre ou comme un artiste émergent pénétrant dans la cour de la Royal Academy pour la première fois. Il releva son col pour se protéger du vent mordant et rejoignit la horde matinale des travailleurs en route vers leurs lieux de travail.

William traversa Broadway et s'avança en direction du quartier général de la Metropolitan Police Force, un immeuble de dix-neuf étages couvert par des années de crasse et de crimes. Il présenta son badge au policier qui gardait l'entrée et se dirigea vers la réception. Une jeune femme souriante leva les yeux vers lui.

— Je suis l'agent Warwick. J'ai rendez-vous avec le commissaire divisionnaire Hawksby.

Elle passa son doigt sur le planning de la matinée.

— Ah oui. Vous trouverez le bureau du commissaire divisionnaire au cinquième étage, au bout du couloir.

William la remercia et se dirigea vers les ascenseurs, mais face au nombre de personnes qui attendait, il se décida pour les escaliers. Il passa devant le premier étage, les stupéfiants. Le service des fraudes au deuxième, la brigade criminelle au troisième, avant d'atteindre le cinquième, où il fut accueilli par les services de blanchiment et de luttes contre le trafic des biens culturels.

Il poussa une porte qui donnait sur un long couloir très éclairé. Il marchait lentement, conscient qu'il avait encore un peu de temps à perdre. Mieux valait avoir quelques minutes d'avance qu'une seule minute de retard, selon l'évangile selon saint Julian. Il y avait de la lumière dans chaque bureau. La lutte contre le crime ne connaissait point de repos. Par une porte entrouverte, William remarqua, posé contre un mur, un tableau qui le laissa sans voix.

Deux hommes et une jeune femme examinaient la peinture avec attention.

— Beau travail, Jackie ! félicita le plus âgé des deux hommes, dans un fort accent écossais. C'est une victoire qui te revient.

— Merci, patron, répondit-elle.

— Espérons, dit le plus jeune, en montrant du doigt le tableau, que cette œuvre mettra Faulkner derrière les barreaux pour au moins six ans. Ça fait une éternité qu'on attend de coincer ce salaud.

— Je suis bien d'accord, agent Hogan, ajouta l'autre, qui pivota et aperçut William dans le couloir. Je peux vous aider ? demanda-t-il d'un ton sec.

— Non, merci, monsieur.

Tant que tu es agent de police, l'avait prévenu Fred, appelle tout le monde « monsieur ». Comme ça, tu ne peux jamais complètement te tromper.

— J'admirais juste le tableau.

L'homme âgé s'apprêtait à fermer la porte quand William ajouta : « J'ai déjà vu l'original. »

Les trois policiers se tournèrent pour mieux voir l'intrus.

— C'est l'original, répliqua la jeune femme, d'un ton irrité.

— C'est impossible, répondit William.

— Qu'est-ce qui vous en rend si certain ? interrogea l'un des collègues.

— L'original était exposé au Fitzmolean Museum à Kensington, jusqu'à ce qu'il soit volé il y a quelques années. Un crime jamais résolu.

— Nous venons de le résoudre, déclara la femme avec conviction.

— Je ne crois pas, rétorqua William. L'original portait la signature de Rembrandt dans le coin inférieur droit, ses initiales : RvR.

Les trois policiers regardèrent le coin inférieur droit de la toile, mais nulle trace du monogramme.

— Tim Knox, le directeur du Fitzmolean, sera là dans quelques minutes, petit, ajouta le plus âgé. Je crois que je vais me fier à son jugement plutôt qu'au vôtre.

— Oui, bien entendu, monsieur, convint William.

— Avez-vous la moindre idée de la valeur de ce tableau ? demanda la jeune femme.

William entra dans la pièce pour observer la toile de plus près. Il pensa qu'il valait mieux ne pas leur rappeler les mots d'Oscar Wilde concernant la différence entre le prix et la valeur.

— Je ne suis pas un expert, reconnut-il, mais je dirais quelque chose comme deux ou trois cents livres.

— Et l'original ? demanda la jeune femme, de moins en moins confiante.

— Aucune idée, mais tous les grands musées du monde voudraient ajouter ce chef-d'œuvre à leur collection, sans compter une partie des grands collectionneurs, pour qui l'argent n'est pas un problème.

— Donc vous ne savez pas combien il vaut ? insista le jeune policier.

— Non, monsieur. Un Rembrandt de cette qualité est rarement mis sur le marché. Le dernier à avoir été mis aux enchères était à Sotheby Parke-Bernet à New York.

— Nous savons où se trouve Sotheby Parke-Bernet, dit le plus vieux, sans dissimuler son sarcasme.

— Alors vous savez qu'il a été adjugé pour vingt-trois millions de dollars, répliqua William, regrettant immédiatement ses mots.

— Nous vous remercions de nous avoir fait partager votre opinion, petit, mais nous ne vous retiendrons pas plus longtemps, vous avez sûrement des choses plus importantes à faire, conclut-il avec un signe de tête en direction de la porte.

William essaya de se retirer avec grâce alors qu'il regagnait le couloir ; mais il entendit la porte se refermer brusquement derrière lui. Il regarda sa montre : 7 h 57. Il se dirigea à grandes enjambées vers le bout du couloir, de peur d'être en retard.

Il frappa sur la porte qui annonçait, en lettres dorées : « Commissaire divisionnaire Jack Hawksby, Officier de l'Ordre de l'Empire britannique » et entra pour trouver une secrétaire assise derrière un bureau. Elle arrêta de taper à la machine, leva les yeux et demanda :

— Agent Warwick ?

— Oui, répondit William, nerveux.

— Le commissaire divisionnaire vous attend. Allez-y, annonça-t-elle en montrant une porte du doigt.

William frappa à la deuxième porte et attendit qu'on l'invite à entrer.

Un homme entre deux âges, élégamment vêtu, aux yeux bleus pénétrants et au front ridé qui lui donnait quelques années de plus, se leva pour l'accueillir. Hawksby lui serra la main et lui indiqua une chaise. Il ouvrit un dossier et l'étudia quelques instants avant de parler.

— Laissez-moi commencer par vous demander si vous êtes un membre de la famille de Sir Julian Warwick, l'avocat ?

Le cœur de William se serra.

— C'est mon père, répondit-il, présumant que l'entrevue allait s'interrompre brusquement.

— Un homme que j'admire beaucoup, reprit Hawksby. Il n'enfreint jamais les règles, il ne contourne jamais les lois, mais il défend tout de même les charlatans les plus suspects comme s'ils étaient des saints, et je ne crois pas qu'il en ait rencontré beaucoup dans son travail.

William eut un rire nerveux.

— Je voulais vous voir personnellement, reprit Hawksby, qui ne perdait visiblement pas son temps à faire la conversation, parce que vous avez été reçu premier à votre examen d'inspecteur et avec une avance considérable.

William ne savait même pas qu'il avait été reçu.

— Toutes mes félicitations, ajouta le commissaire divisionnaire. J'ai également noté que, malgré votre diplôme universitaire, vous avez choisi de ne pas profiter de notre système de promotion accéléré.

— Non, monsieur. Je voulais…

— Faire vos preuves. Tout comme moi. Maintenant, vous ne l'ignorez pas, Warwick, si vous devenez inspecteur, vous serez transféré dans un nouveau service. Avec cette information à l'esprit, j'ai décidé de vous envoyer à Peckham pour apprendre les ficelles. Si vous êtes bon, nous nous reverrons dans quelques années et je déciderai à ce moment-là si vous êtes prêt à nous rejoindre ici, à Scotland Yard, pour vous confronter aux criminels de premier ordre ou si vous devrez rester dans la périphérie et continuer votre apprentissage.

William s'autorisa à esquisser un sourire, et se renfonça dans son siège, avant d'être pris de court par la question suivante.

— Vous êtes absolument certain de vouloir devenir inspecteur ?

— Oui, monsieur. Depuis l'âge de huit ans.

— Ce ne sont pas des criminels en cols blancs comme ceux que rencontre votre père que vous affronterez, mais des vrais rebuts de l'humanité. Vous devrez tout affronter : du suicide d'une femme enceinte qui n'a plus pu supporter la violence de son compagnon, au jeune toxicomane, à peine plus âgé que vous, retrouvé une aiguille dans le bras. En toute honnêteté, vous ne serez pas toujours capable de trouver le sommeil. Et vous serez moins bien payé qu'un manager chez Tesco.

— Vous me rappelez mon père, et lui non plus n'a pas réussi à me détourner.

Le commissaire divisionnaire se leva.

— Dans ce cas, très bien, Warwick. Je vous revois dans deux ans.

Ils échangèrent une nouvelle poignée de main ; l'entrevue de rigueur était terminée.

— Merci beaucoup, monsieur, dit William.

Une fois la porte doucement refermée derrière lui, il voulut sauter de joie et crier « Alléluia », mais il tomba nez à nez sur trois visages qui le fixaient, devant la porte.

— Nom et grade ? interrogea l'homme âgé qu'il avait vu plus tôt.

— Warwick, monsieur. Agent William Warwick.

— Assurez-vous que l'agent Warwick reste où il est, brigadier, ordonna l'homme à la jeune femme, avant de frapper à la porte et d'entrer dans le bureau.

— Bonjour, Bruce, salua Hawksby. J'ai entendu dire que vous alliez arrêter Miles Faulkner. Ce n'est pas trop tôt.

— J'ai bien peur que non, monsieur. Mais ce n'est pas pour cela que je voulais vous voir...

Voilà tout ce que William put entendre avant que la porte se referme.

— Qui est-ce ? demanda Warwick à la jeune femme.

— Le commandant Lamont. Il est à la tête de l'Office de lutte contre le trafic des biens culturels et rend des comptes directement auprès du commissaire divisionnaire Hawksby.

— Vous travaillez aussi pour les Biens culturels ?

— Oui, je suis le brigadier Roycroft, et le commandant est mon patron.

— Je vais avoir des ennuis ?

— Et pas qu'un peu, agent. Disons que je suis heureuse de ne pas être à votre place.

— J'essayais juste d'aider...

— Et grâce à votre aide, vous avez fait capoter une opération sous couverture de six mois.

— Mais comment ?

— Je crois que vous n'allez pas tarder à le découvrir, affirma le brigadier Roycroft alors que la porte s'ouvrait pour laisser passer le commandant Lamont, qui lança un regard noir à Warwick.

— Entrez, Warwick, ordonna-t-il. Le commissaire divisionnaire veut à nouveau vous parler.

William avança d'un pas mal assuré dans le bureau de Hawksby, présumant qu'on allait lui annoncer qu'il retournait à la patrouille. Le sourire du commissaire avait été remplacé par un air sévère et cette fois, il ne prit pas la peine de serrer la main de l'agent 565LD.

— Vous êtes pénible, Warwick, commença-t-il, et je vous le dis d'ores et déjà, vous ne mettrez pas les pieds à Peckham.

5

— Ton dernier jour en uniforme, déclara Fred alors qu'ils quittaient le poste pour entamer la patrouille du soir.

— Sauf si je n'ai pas l'étoffe d'un inspecteur, répondit William. Dans ce cas-là, je serais de retour en un claquement de doigts.

— Balivernes ! Tu vas te faire un nom, tout le monde le sait.

— Seulement grâce à toi, Fred. Tu m'as plus appris sur la vraie vie que l'université.

— C'est simplement parce que tu as vécu une vie protégée, Enfant de Chœur. Contrairement à moi. À quel service vas-tu appartenir ?

— Aux Biens culturels.

— Je pensais que c'était simplement un passe-temps pour les gens qui ont trop d'argent, pas un crime.

— Ça peut être un crime très lucratif pour ceux qui ont découvert comment contourner la loi.

— Explique-moi.

— Il y a une arnaque qui tourne en ce moment, expliqua William, où des voleurs professionnels volent des tableaux sans intention de les revendre.

— Tu m'as perdu. Pourquoi voler quelque chose qu'on n'a pas l'intention de revendre ou de fourguer à un receleur ?

— Les compagnies d'assurances sont parfois prêtes à passer un marché avec un intermédiaire pour récuperer le tableau plutôt que de payer la somme complète du contrat.

— Des receleurs dans des costumes Armani ? s'étonna Fred. Et comment fais-tu pour les coincer ?

— Il faut attendre qu'ils deviennent trop gourmands, et que la compagnie d'assurances refuse de payer.

— Ça m'a l'air de faire beaucoup de paperasse, je n'aurais jamais fait un bon inspecteur.

— Où est-ce qu'on patrouille ce soir ? demanda William, conscient que Fred ne suivait pas toujours les ordres à la lettre.

— On est samedi. Il faudrait aller vers la cité Barton et s'assurer que les Suttons et les Tuckers ne se cherchent pas des noises. Puis on retournera sur Luscombe Road avant la fermeture des pubs. On te trouvera peut-être un cas d'ivresse publique, ça te fera une jolie arrestation pour ton dernier soir de patrouille.

William avait passé deux années en stage avec Fred, pourtant, il ne savait presque rien de sa vie privée. Il pouvait difficilement s'en plaindre, lui aussi était très secret, mais puisque c'était leur dernière patrouille ensemble, il décida d'interroger Fred au sujet de quelque chose qu'il avait souvent cherché à comprendre.

— Pourquoi es-tu entré dans la police ?

Pendant un long moment, Fred garda le silence, presque comme s'il ignorait la question.

— Puisque je ne vais jamais te revoir, Enfant de Chœur, finit-il par répondre, je vais te le dire. En vérité, c'était plus par accident qu'autre chose.

William ne fit aucun commentaire tandis qu'ils empruntaient une allée qui menait à l'arrière de la cité Barton.

— Je suis né dans un HLM à Glasgow. Mon père a passé la plus grande partie de sa vie au chômage, c'est ma mère qui gagnait la croûte.

— Qu'est-ce qu'elle faisait ?

— Elle était barmaid, mais elle a très vite compris qu'elle pouvait gagner beaucoup plus en faisant des à-côtés. Le problème, c'est que je ne suis toujours pas bien certain de ne pas être le résultat d'un de ces à-côtés.

William ne dit rien.

— Mais quand elle a commencé à vieillir, la source s'est tarie, et puis mon père lui filait des yeux au beurre noir lorsqu'elle ne ramenait pas assez d'argent le samedi soir pour sa prochaine bouteille de whisky et pour parier sur un canasson qui finirait quatrième.

Fred s'interrompit ; William pensa à ses propres parents, qui, le samedi soir, allaient souvent au restaurant puis au théâtre. Il avait du mal à appréhender la tyrannie de la violence domestique. Jamais il n'avait ne serait-ce qu'entendu son père lever la voix sur sa mère.

— Londres, ça fait une trotte depuis Glasgow, glissa William, essayant d'en apprendre plus.

— Pour moi, ce n'était pas assez loin, continua Fred, éclairant l'allée avec sa torche et souriant lorsqu'un jeune couple se sauva. J'avais quatorze ans lorsque je suis parti. J'ai embarqué sur le premier cargo qui a bien voulu de moi. J'ai vu la moitié du monde avant mes dix-huit ans, quand j'ai atterri à Londres.

— C'est là que tu es entré dans la police ?

— Non. Je voyais encore les policiers comme des ennemis. J'ai passé quelques mois à remplir des rayonnages de supermarchés avant de devenir chauffeur de bus. Je me suis vite ennuyé, alors j'ai décidé de rentrer dans la police ou dans l'armée. Si la police ne m'avait pas accordé un entretien en premier, je serais peut-être général aujourd'hui.

— Ou mort, ajouta William, tandis que Fred et lui pénétraient dans la cité.

— De nos jours, tu as autant de chance d'être tué en service qu'à l'armée. J'ai perdu sept collègues ces vingt dernières années, et beaucoup d'autres ont été gravement blessés et handicapés au point de quitter la police. Au moins, à l'armée, tu sais qui est l'ennemi, et tu as le droit de le tuer. Nous, on doit gérer des trafiquants de drogues, des agressions aux couteaux, des guerres de gangs, pendant que la majorité du grand public préfère détourner les yeux.

— Alors pourquoi continuer si tu pouvais choisir une vie beaucoup plus simple ?

— On est peut-être issus de deux milieux très différents, Enfant de Chœur, mais toi et moi, on a une chose en commun : on est un peu cinglés, mais au moins on fait le travail pour lequel on est destinés. Et regardons les choses en face, je n'ai jamais eu un travail aussi stimulant et gratifiant que flic du Metropolitan.

— Gratifiant ?

— Pas côté finances, même si avec les heures supplémentaires, la paie n'est pas si mal. *Deprehendo deprehensio vitum.* Les heures sup résolvent les crimes.

William éclata de rire et Fred reprit :

— Ne t'inquiète pas, c'est tout ce que je sais dire en latin. Ce qui me plaît le plus dans ce travail, c'est que les journées ne se ressemblent jamais. Et, plus important encore, ici c'est mon domaine et je connais presque tous ceux qui y vivent. Ce n'est peut-être pas toujours une famille unie et heureuse, mais c'est ma famille ; je ne l'admettrai probablement pas à la cantine, mais j'aime bien me faire des illusions et me dire que j'ai eu une bonne influence.

— Et tu as deux décorations pour le prouver.

— Sans compter trois mises à pied, mais il ne me reste que quelques mois avant de raccrocher ma matraque, alors je ne vais pas me mettre à faire de bêtises maintenant. Je ne voudrais pas faire quelque chose qui mettrait en jeu ma pension, ajouta-t-il en quittant la cité Barton.

— C'est calme ce soir, remarqua William.

— Ils nous ont vus arriver, et comme les rats, ils ont filé vers les égouts les plus proches. Ils réapparaîtront dès que nous serons hors de vue. Mais bon, mieux vaut ne pas avoir d'ennuis pour ton dernier soir en patrouille, n'est-ce pas, inspecteur ?

William rit, et s'apprêtait à poser une nouvelle question quand Fred jeta un œil de l'autre côté de la route et s'exclama :

— Cette pauvre cloche. Enfin, je suppose qu'elle ne peut pas le savoir.

William s'attendait à une nouvelle leçon de philosophie-maison, sauf qu'il ne voyait pas ce dont parlait Fred.

— Numéro vingt-trois, indiqua Fred. Madame Perkins.

— Un cambriolage il y a quelques semaines, répondit William. Une télé et un magnétoscope, si mes souvenirs sont bons.

— Cinq sur dix. Maintenant pour les cinq autres points.

William fixa le numéro 23, mais n'en sut pas plus.

— Qu'est-ce que tu vois, Enfant de Chœur ?

— Deux cartons d'emballage vides.

— Et qu'est-ce que tu en déduis ?

William essaya de penser comme un vrai limier, un titre seulement donné à ceux qui, comme Fred, étaient capables de sentir le crime avant même qu'il soit commis.

Fred laissa échapper un soupir exagéré.

— La compagnie d'assurances de Madame Perkins vient probablement de lui verser de l'argent, elle est donc maintenant l'heureuse propriétaire d'une nouvelle télévision et d'un magnétoscope. Mais ce qu'elle ignore c'est que les cambrioleurs reviennent souvent sur les lieux du crime quelques semaines après, bien conscients qu'ils trouveront une télé flambant neuve à voler. Et dans son cas, elle en fait même la publicité. Tout ce que le malfrat a à faire, c'est d'attendre qu'elle rende visite un soir à Madame Cassidy, au numéro 91, pour pénétrer chez elle et la dépouiller une deuxième fois.

— Qu'est-ce qu'on devrait faire ? interrogea William.

— Aller discrètement lui parler pour lui suggérer de détruire les indices, dit Fred en frappant à la porte du numéro 23.

Mme Perkins leur ouvrit presque immédiatement, et une fois que Fred lui eut expliqué la raison pour laquelle deux policiers se tenaient sur le pas de sa porte, elle retira rapidement les cartons, le remercia et leur proposa une tasse de thé.

— C'est très gentil de votre part, Madame Perkins, mais nous ferions mieux d'y aller.

Il porta la main à son casque avant de reprendre la patrouille.

— Quand est-ce que tu commences ton nouveau poste ? demanda Fred au bout de quelques mètres.

— Je m'accorde quelques semaines de vacances en Italie avant de me présenter à Scotland Yard le premier octobre.

— Il y a plein de jolies filles en Italie, d'après ce qu'on raconte.

— La plupart dans des cadres.

— Des cadres ?

— Dorés.

Fred éclata de rire.

— Je ne suis jamais allé en Italie, ni même à Scotland Yard d'ailleurs, mais j'ai entendu dire qu'ils avaient la meilleure table de snooker du Met.

— Je reviendrai te raconter comment...

— Tu ne reviendras jamais, Enfant de Chœur. Lambeth est le premier barreau de ce qui, je crois, sera pour toi une très haute échelle. Mais je te préviens, au cours de ton ascension, tu rencontreras beaucoup de serpents qui seront très contents de te renvoyer au bas de l'échelle, et certains porteront des uniformes bleus, affirma-t-il en s'assurant que la porte d'un magasin était bien fermée.

William gloussa. Pas un seul service pendant lequel il n'apprenait pas quelque chose de Fred.

— 'Soir, Jacob.

— Salut, Fred.

William baissa les yeux vers l'homme qui, assis en tailleur sur le trottoir, tétait une bouteille de whisky à moitié vide.

Lors de ses premières patrouilles, Fred lui avait expliqué qu'il existe quatre sortes d'alcooliques : les dormeurs, qui tombent dans une hébétude alcoolique, et qui, quand ils se réveillent, rentrent chez eux ; les inoffensifs, qui noient leur chagrin et causent rarement des problèmes ; les amoureuses, qui veulent vous ramener chez elles et essayer votre uniforme ; et enfin les agressifs, qui cherchent la bagarre et pour qui un policier est une proie rêvée. Fred pouvait identifier chacune de ces catégories à bonne distance, surtout ceux qui voulaient se battre et finissaient souvent en cellule pour la nuit, et se changeaient généralement en quelqu'un de complètement différent au petit matin. Ces deux dernières années, William avait rencontré les quatre types, et grâce au bon sens et au bon direct du droit de Fred, il n'avait récolté qu'un ou deux bleus.

— Quelle catégorie ? demanda William.

— Il noie son chagrin. Les Spurs de Tottenham ont dû perdre cette après-midi.

— Comment tu le sais ?

— Jacob est sage comme une image quand ils gagnent, mais en cas de défaite, c'est une cause perdue.

Ils tournèrent dans Luscombe Road pour voir quelques riverains qui rentraient du Marlborough Arms.

— C'est décevant, dit Fred. Luscombe Road n'est plus ce qu'elle était depuis que la municipalité l'a nettoyée. J'espérais tomber sur un vendeur de drogue, ou même sur Lenny la Balance, pour que tu gardes un souvenir de ta dernière nuit en patrouille.

— On pourrait toujours arrêter cette fille, suggéra William en désignant une femme dans une courte jupe en cuir noir qui discutait avec un homme par la fenêtre d'une voiture.

— À quoi bon ? Elle passera la nuit en cellule, réglera son amende demain matin et sera de retour ici demain soir. Ce n'est pas les filles que j'aime pincer, mais plutôt les maquereaux qui vivent sur leur dos. Et un en particulier, ajouta Fred.

Le conducteur s'éloigna en vitesse à la vue des deux policiers dans le rétroviseur. Ils flânèrent vers le centre-ville, Fred divertissant William avec ses anecdotes, certaines déjà entendues mais qui méritaient une deuxième écoute, et d'autres qui s'étaient peut-être embellies avec le temps.

William s'apprêtait à questionner Fred sur ses projets pour la retraite quand son mentor lui attrapa le bras et le tira dans l'ombre d'un porche ; du sympathique policier de quartier, il était devenu le policier venant de repérer un vrai criminel.

— Nous avons de la chance ce soir, annonça Fred, en désignant d'un signe de tête une armoire à glace qui tenait une fille terrifiée par la gorge. Ça fait des années que je cours après ce salaud. Ne t'embête pas à lui lire ses droits. Ça peut attendre qu'il soit en cellule.

Fred dégaina sa matraque, sortit de l'ombre et se mit à courir en direction de l'agresseur, ce qui fit fuir d'autres filles comme des pigeons dès qu'elles le virent. William le suivit et rattrapa vite le vétéran, qui avait non seulement trente ans de plus mais n'avait pas gagné le 100 yards lors de sa dernière année de scolarité.

Le malfrat se retourna et, apercevant William qui se ruait vers lui, lâcha la fille, qui tomba à genoux en gémissant. C'est alors que William entrevit le couteau, mais il n'était qu'à quelques foulées et prêt à plaquer. Il se précipita, frappant l'homme juste au-dessous des genoux ; ils s'écrasèrent tous les deux sur le sol. Quand William se releva, l'homme était déjà sur ses pieds. William leva instinctivement le bras pour se protéger au moment où le couteau plongeait vers lui. La dernière chose dont il se souvint fut le choc de la lame qui pénétrait dans sa poitrine.

— Policier à terre, policier à terre ! Envoyez une ambulance à Luscombe Road ! cria Fred dans sa radio tandis qu'il se jetait sur l'assaillant.

*

Il ouvrit les yeux. Il cligna et regarda la pièce inconnue. Ses parents et sa sœur se tenaient d'un côté, et un gradé qu'il ne connaissait pas était posté près de la porte. Les trois losanges sur ses épaulettes indiquaient qu'il était commandant.

William adressa un sourire faiblard à sa famille en essayant de se redresser, mais il ne parvint qu'à se surélever de quelques centimètres, soudain conscient que sa poitrine était couverte de bandages. Il se renfonça dans le lit.

— Comment va Fred ? furent ces premiers mots hésitants.

Aucun d'eux ne semblait décidé à répondre. Enfin, l'officier de police s'approcha et dit :

— Je suis le commandant Cuthbert. Je suis désolé, agent Warwick, mais je vais devoir vous poser quelques questions à propos de samedi soir, parce que, comme vous le savez, nous ne pouvons retenir un suspect plus de vingt-quatre heures si nous n'avons pas assez de preuves pour l'inculper.

— Bien sûr, monsieur, répondit William, essayant à nouveau de se redresser.

Le commandant ouvrit une grande enveloppe en papier kraft et en tira plusieurs photos en noir et blanc de différents hommes, dont l'un resterait gravé à jamais dans la mémoire de William.

— Est-ce l'individu que vous avez essayé d'arrêter samedi soir ? interrogea Cuthbert.

William acquiesça.

— Mais pourquoi me demander ça, Fred ne peut pas l'identifier lui-même ?

Le commandant Cuthbert resta silencieux et rangea les photographies dans l'enveloppe.

*

L'église paroissiale de Saint-Michel-et-Saint-Georges était rarement pleine, même pour le concert de Noël annuel organisé par le maire, mais cette fois, les bancs furent tous occupés bien avant l'arrivée du chœur dans la nef. L'agent Fred Yates, Médaille de la bravoure de la Reine, recevait des funérailles policières, tandis qu'une haie d'honneur d'hommes en uniforme était postée devant l'entrée de l'église.

Le cortège funéraire était escorté par la police montée et le cercueil de Fred était recouvert du bleu et argent de la Metropolitan Police, ainsi que de la Médaille de la bravoure de la Reine et d'un trophée en argent. À l'intérieur de l'église, des gradés étaient assis à l'avant, tandis que ceux qui n'avaient pu trouver de place devaient se contenter d'être debout au fond. William, dans un fauteuil roulant, fut poussé dans l'allée par son père et l'assemblée se leva pour l'accueillir. Un clerc les accompagna jusqu'à des places réservées au premier rang.

Lui qui veut être vaillant

William parvint à tenir bon, jusqu'à ce que le cercueil, porté par huit officiers de police, avance lentement en direction du chœur, où il fut incapable de retenir ses larmes. Depuis les marches de l'autel, le prêtre lu les prières des riverains du secteur de Fred, dont bon nombre n'allaient que rarement, voire jamais, à l'église. Ils étaient venus lui rendre hommage, alors même que certains ne connaissaient pas son nom de famille. William regarda autour de lui et remarqua Mme Perkins dans l'assemblée.

Être un pèlerin.

Quand l'assistance s'agenouilla pour prier, William baissa la tête et se souvint des mots de Fred : « J'aime me faire des illusions et me dire que j'ai eu une bonne influence ». Il aurait simplement voulu que Fred puisse voir toute l'influence positive qu'il avait eue.

Les cantiques furent chantés à gorge déployée par les collègues et les amis de Fred, ce que William savait qu'il aurait apprécié ; en revanche, il aurait décrit l'éloge funèbre fait par le commissaire principal du poste comme excessif. William pouvait presque entendre les ricanements de Fred quand le commissaire évoqua ses décorations. « Et mes mises à pied alors ? » pouvait-il l'entendre dire.

Après la dernière bénédiction du prêtre, l'assemblée se leva et les porteurs reprirent leur rôle, conduisant la bière dans l'allée et au-dehors de l'église, vers la tombe. William essaya, en vain, de se lever devant le cercueil, mais l'officier de permanence et le commissaire durent venir l'aider.

En rentrant ce soir-là, son père suggéra que ce ne serait pas déshonorant si William ressentait l'envie de quitter la police. Il était certain que ses collègues comprendraient.

— Tu pourrais suivre des cours du soir, étudier le droit et me rejoindre au cabinet, tu combattras toujours des criminels, mais de jour, dans la sécurité d'une salle d'audience, plutôt que la nuit dans les rues.

William savait que son père avait raison. Mais c'était Fred qui eut le dernier mot.

On est peut-être issu de deux milieux très différents, Enfant de Chœur, mais toi et moi, on a une chose en commun : on est un peu cinglés, mais au moins, on fait le travail pour lequel on est destinés.

6

Le commissaire divisionnaire Hawksby était assis en bout de table, comme se devait d'être un président de conseil d'administration. Les trois autres membres du conseil attendaient qu'il commence la réunion.

— Je voudrais d'abord accueillir la nouvelle recrue de l'équipe. Bien que l'agent Warwick n'ait encore que peu d'expérience en tant qu'inspecteur – *quel euphémisme,* pensa William –, il possède une expertise en art, son domaine d'études à l'université. Il a d'ailleurs refusé de faire une thèse de doctorat pour rejoindre la Metropolitan. J'espère donc que son savoir nous aidera à faire la différence en vue de l'arrestation de Miles Faulkner. Bruce, ajouta-t-il en se tournant vers l'officier chargé de l'affaire, peut-être pourrez-vous nous expliquer les derniers développements.

Le commandant Lamont avait plusieurs dossiers devant lui mais n'en ouvrit aucun, la plupart des informations étaient déjà gravées dans son esprit. Il regarda directement l'agent Warwick, puisqu'il n'avait rien de nouveau à annoncer à ses deux autres collègues.

— Ces sept dernières années, nous avons essayé d'appréhender un voleur qui, à tous égards, est un criminel de premier ordre, et jusqu'à maintenant, il n'a fait que nous damer le pion. Miles Faulkner a mis au point un système presque infaillible pour voler des œuvres d'art majeures et gagner une fortune sans avoir l'air d'enfreindre la loi.

Plusieurs questions vinrent à l'esprit de William, mais il décida de ne pas interrompre son nouveau chef.

— Premièrement, vous devez comprendre, Bill...

— William, monsieur.

Lamont fronça les sourcils.

— Si vous avez vu le film *l'Affaire Thomas Crown,* il faut tout oublier. C'est de la fiction pure. Divertissante, je l'admets, mais toujours est-il que ça reste de la fiction. Miles Faulkner n'est pas Steve McQueen. Il ne vole pas des chefs-d'œuvre pour le plaisir, afin de les cacher dans un sous-sol où il passe des heures à les admirer. Ça, c'est pour les cinéphiles qui veulent s'imaginer pendant quelques instants ce que ça ferait de berner nos collègues de Boston, tout en couchant avec une femme magnifique qui s'avérerait être la courtière en assurances sur le dossier. Néanmoins, c'est la seule personne du film qui ressemble un tant soit peu au monde réel : la courtière en assurance – sauf que, dans notre cas, il y a plus de chances pour qu'il s'agisse d'un cadre intermédiaire entre deux âges, du genre gratte-papier, qui rentre tous les soirs à six heures pour retrouver son épouse et ses deux enfants. Et qui, plus important, n'est pas à la hauteur de Faulkner.

— Vous nous suivez toujours, Warwick ? s'inquiéta Hawksby.

— Oui, monsieur.

— Alors vous allez pouvoir nous dire ce que le commandant Lamont s'apprête à ajouter.

— Que Faulkner vole des tableaux de valeur à des musées ou à des collectionneurs avec l'intention de passer un marché avec la compagnie d'assurances concernée, qui est prête à se mettre d'accord sur un montant inférieur à celui de la police.

— En général, la moitié de la somme, reprit Lamont. Ainsi Faulkner fait toujours un profit important.

— Aussi intelligent qu'il soit, il ne peut pas gérer seul une opération aussi complexe.

— Non, effectivement. Il a une petite équipe, très professionnelle, qui travaille avec lui, mais à chaque fois que nous arrêtons l'un de ses associés, ils gardent le silence.

— Une fois, intervint le brigadier Roycroft, nous avons même pris deux des voleurs la main dans le sac. Sauf que Faulkner était à Monte-Carlo au moment du vol, paisiblement endormi auprès de sa femme, qui a confirmé son alibi.

— Nous pensons donc que son épouse est aussi l'une de ses plus fidèles associées ? demanda William.

— Elle lui a servi d'alibi de nombreuses fois par le passé, expliqua Hawksby, mais nous avons récemment découvert l'existence d'une maîtresse.

— Ce n'est pas encore un crime, commenta William.

— C'est vrai. Mais si sa femme venait à le découvrir...

— Vous n'avez pas pu retourner l'un des deux voyous que vous avez arrêtés, en passant un marché ? interrogea ensuite William.

— Aucune chance, répondit Lamont. Faulkner a un accord tacite avec les deux, sans clause de sortie.

— Ils ont tous les deux pris six ans, continua Hawksby, et leurs familles à l'extérieur ont été bien traitées, même si nous n'avons pas pu relier le crime à Faulkner. Un troisième malfrat, impliqué dans le cambriolage du Fitzmolean, a eu les lèvres cousues comme avertissement de ce qui arriverait s'il décidait de témoigner contre ses complices.

— Mais si Faulkner est le receleur...

— Faulkner, du moins d'après sa déclaration d'impôts, est fermier, répondit Lamont. Il vit dans un manoir à neuf chambres dans le Hampshire, avec un terrain de trois cents hectares sur lequel paissent quelques vaches, qui ne vont jamais à l'abattoir.

— Je présume que quelqu'un doit négocier avec les compagnies d'assurances ?

— Faulkner confie cette partie-là à un autre de ses acolytes, reprit Lamont. Me Booth Watson. Un avocat qui agit toujours pour le compte d'un client anonyme. Peu importent les pressions que nous exerçons sur lui, il se contente de nous opposer le secret professionnel.

— Mais si Booth Watson sait qu'il traite directement avec un criminel, n'est-ce pas son devoir de signaler...

— Nous n'avons pas affaire à ton père, Warwick, intervint Hawksby, mais à un homme qui a comparu deux fois devant le Conseil de l'ordre pour conduite indigne de sa profession. Par deux fois, il a échappé de peu à la radiation du barreau.

— Pourtant il continue à exercer.

— Oui, cependant, il plaide peu ces derniers temps, expliqua Hawksby, puisqu'il a découvert un moyen de facturer des frais exorbitants sans avoir à quitter son cabinet. Dès qu'une œuvre d'art importante est volée, ce n'est pas une coïncidence si le premier coup de téléphone de la compagnie d'assurance est pour Me Booth Watson, à qui ils demandent d'agir comme intermédiaire. Surprise, le tableau réapparaît quelques jours plus tard, en parfait état, et la compagnie d'assurances passe un marché, souvent sans même prendre la peine de nous prévenir.

— J'ai du mal à croire que Faulkner ait remporté une série de victoires sans accrocs, dit William. Ça me semble aussi peu crédible que *L'Affaire Thomas Crown*.

— Vous avez raison, répondit Hawksby. Au moins l'une des compagnies d'assurances les plus établies a refusé de payer, et le musée en question n'ayant pas assez d'argent pour offrir une récompense, Faulkner s'est retrouvé avec un tableau sur les bras.

— Dans ce cas, le Rembrandt volé à la Fitzmolean est peut-être encore quelque part.

— Sauf si Faulkner l'a détruit pour s'assurer qu'on ne puisse pas remonter jusqu'à lui.

— Personne ne détruirait un Rembrandt !

— Attends d'avoir rencontré l'homme avant de tirer ce genre de conclusion. Nous n'avons pas affaire à un amateur d'art, mais à quelqu'un qui livrerait sa mère, si ça lui permettait de s'en tirer.

— Qu'est-ce qu'on sait d'autre sur Faulkner ? demanda William, contrit.

Le brigadier Roycroft, contrairement à son collègue, ouvrit un dossier.

— Né à Sevenoaks en 1942, enfant unique d'un agent immobilier et d'une coiffeuse. Mais ce n'est pas ce qu'il raconte à ses amis du club de golf. Il a reçu une bourse pour Harrow à l'âge de onze ans, et lors de sa dernière année, il a gagné le premier prix d'art de l'école. Après Harrow, il est entré à la Slade School of Art, mais s'est vite rendu compte qu'il avait beau être l'un des plus brillants élèves de sa promotion, il n'allait, pour citer le rapport du chef d'établissement, « jamais gagner sa croûte en tant qu'artiste ». Ils lui ont recommandé de devenir enseignant. Il a ignoré leur conseil.

— Au moment de quitter Slade, poursuivit Lamont, il avait mis au point le rôle qu'il allait jouer dans le milieu de l'art. Mais il avait besoin d'acquérir un peu d'expérience avant de se lancer tout seul. Il a rejoint une galerie réputée du West End comme apprenti, où il a découvert les sommes que l'on pouvait gagner dans le monde de l'art, surtout si l'on est sans scrupules. Il a été viré après quelques années, dans des circonstances que nous ne connaissons pas précisément, mais aucune galerie n'a accepté de l'embaucher par la suite. Il s'est évanoui dans la nature, jusqu'à ce qu'un Salvador Dali se volatilise à Courtauld, bien avant la mise en place du service des Biens culturels.

— Qu'est-ce qui vous fait dire qu'il était impliqué dans ce vol ? questionna William.

— Nous l'avons identifié sur une vidéo de caméra de surveillance en train de prendre une photo du tableau un mois avant le vol. Une erreur qu'il n'a jamais refaite depuis, expliqua Hawksby.

— Il a dû gagner une somme conséquente avec celui-là, et quelques autres, puisqu'il a une fois de plus disparu des radars jusqu'au vol du Rembrandt au Fitzmolean sept ans auparavant. Mais cette fois-là, Me Booth Watson n'a pas pu trouver d'accord avec les assureurs, ce qui semble être à ce jour son seul échec. Même si la façon dont le vol a été commis aurait impressionné Thomas Crown lui-même.

William resta silencieux.

— Une voiture de police se trouvait devant le Fitzmolean un samedi après-midi, juste après la fermeture du musée. Deux hommes en uniforme sont entrés en prétextant que l'alarme s'était déclenchée, ils ont assommé le gardien et l'ont attaché. Dix minutes plus tard, ils ressortaient par la grande porte, le Rembrandt sous le bras.

— Il n'y avait pas de gardiens ?

— Ils disent qu'ils patrouillaient à l'étage et ne sont redescendus qu'une demi-heure plus tard, à 16 h 48.

— 16 h 48 précisément, c'est significatif ? interrogea William.

— Perspicace ! s'exclama Lamont.

— Manchester United jouait contre Liverpool dans la Coupe d'Angleterre cet après-midi-là, et le match était diffusé en direct sur BBC1. Le coup de sifflet final a retenti à 16 h 46.

— Où était la télévision ?

— Dans la cantine du personnel, au sous-sol, répondit Lamont. Je suppose que Faulkner était au courant, parce que les voleurs sont arrivés juste après le début de la deuxième mi-temps, et nous avons découvert par la suite que les deux gardiens étaient des fervents supporteurs de Manchester United, chose que Faulkner devait savoir.

— Si le diable est dans les détails, alors c'est lui le diable, ajouta Hawksby.

— Donc, vous comprenez à qui nous avons affaire, dit le brigadier Roycroft. Un criminel très professionnel et parfaitement organisé, qui n'a qu'à voler un tableau de maître toutes les *x* années pour vivre la vie de château et qui est capable de le faire en seulement quelques minutes.

— J'ai dû louper quelque chose, fit remarquer William. Pourquoi Booth Watson n'a-t-il pas passé un marché avec les assureurs aussitôt le Rembrandt volé ?

— Le Fitzmolean était très mal assuré. Un problème qui menace d'ailleurs de concerner plusieurs musées importants en ce moment. La valeur de leurs tableaux et de leurs sculptures s'est envolée ces dernières années et ils ne peuvent tout simplement plus se permettre de les assurer pour des sommes réalistes.

— Cependant, glissa Lamont, ce revers a appris une chose à Faulkner. Ne jamais voler à un musée qui n'est pas complètement assuré ou qui n'a pas assez d'argent pour offrir une récompense.

— Des questions, Warwick ? demanda Hawksby.

— Oui, monsieur. Le Rembrandt que vous pensiez être l'original s'est avéré être une copie, nous le savons.

— Où voulez-vous en venir ? interrogea Jackie, encore vexée par son erreur.

— Quelqu'un a bien dû peindre cette copie.

— Faulkner peut-être ? suggéra Lamont. Après tout, il a commencé par des études d'art.

— Pas si l'on en croit l'opinion de la Slade sur son talent. Mais cela signifie qu'il connaît un artiste susceptible de faire ce travail. Ils ont pu être camarades à la Slade.

— Si c'est le cas, convint Lamont, vous êtes sans nul doute l'homme fait pour découvrir qui est cette personne.

— Je suis d'accord, ajouta le Commissaire divisionnaire Hawksby, en jetant un œil à sa montre. Vous avez d'autres questions, agent Warwick ?

— Une seule, monsieur. Comment avez-vous mis la main sur la copie ?

— Nous avons réussi à convaincre un magistrat local que nous avions de bonnes raisons de penser que Faulkner était en possession d'une œuvre d'art majeure volée au Fitzmolean. Il a signé un mandat de perquisition nous permettant de fouiller l'appartement de Faulkner cette nuit-là. Jusqu'à votre arrivée, nous pensions avoir remporté le jackpot.

— Vous avez eu l'occasion d'étudier le reste de sa collection quand vous étiez chez lui ?

— Oui, répondit Lamont, aucun d'entre eux ne figurait sur la liste des toiles volées, et il a pu produire des justificatifs pour chaque tableau.

— S'il réinvestit ses gains mal acquis dans des œuvres, alors il n'aura certainement pas détruit le Rembrandt, j'en suis d'autant plus convaincu.

— Ne pariez pas votre retraite dessus, avertit Hawksby en refermant le dossier. Nous avons fait le point sur cette affaire, mais je n'ai pas besoin de vous rappeler que ce n'est pas la seule sur laquelle nous travaillons. Ne négligez pas les autres dossiers qui prennent la poussière sur vos bureaux. J'ai déjà du mal à justifier nos dépenses auprès du directeur, et quelques condamnations, même mineures, nous aideraient beaucoup. Le gouvernement semble plus intéressé par les chiffres que par l'arrestation de véritables criminels. Allez, tous au travail !

Tout le monde autour de la table rassembla ses dossiers et se dirigea vers la porte. Mais avant que Warwick puisse quitter la pièce, Hawksby lui dit :

— Warwick, un mot s'il vous plaît.

Le commissaire attendit que la porte fût close pour parler.

— William, je sais que vous êtes brillant, vos collègues aussi le savent, alors inutile de constamment leur rappeler que vous avez transformé ce qu'ils pensaient être un triomphe en une catastrophe. Si vous voulez vous retrouver un jour à ma place, n'énervez pas inutilement les gens avec qui vous travaillez. Je vous suggère de demander ponctuellement des conseils, et pas seulement d'en dispenser. Peut-être devriez-vous passer un peu plus de temps dans la salle de billard, il semble que ça vous a aidé à Lambeth.

William se souvint des paroles de son père : « Ce n'est pas un homme qu'on sous-estime. »

Il quitta silencieusement la pièce, la tête basse. En traversant lentement le couloir, il repensa aux paroles du commissaire divisionnaire. Il n'avait pas encore mis les pieds dans la salle de billard de Scotland Yard. Quand il retourna dans l'espace de travail qu'il partageait avec ses collègues, deux dossiers l'attendaient sur son bureau. Il en était à la moitié de celui étiqueté « Churchill » lorsque le brigadier Roycroft apparut à côté de lui.

— À votre avis, par lequel devrais-je commencer, brigadier ? lui demanda-t-il.

— Rappelez-moi où vous en êtes, répondit Jackie.

— « Winston Churchill » ou « poussière lunaire » ?

— La poussière lunaire ne devrait pas vous poser trop de problèmes. Le professeur n'est clairement pas un criminel, et très franchement, M. Underwood, le sous-secrétaire à l'ambassade américaine, exagère. Mais nous ne voulons pas d'incident diplomatique, alors procédez avec prudence.

— Et Churchill ?

— Churchill sera plus compliqué, mais comme Hawk nous l'a rappelé, aujourd'hui, tout ce qui compte, ce sont les chiffres, alors assurez-vous d'arrêter le coupable et de le mettre en examen, même si je suspecte qu'il ne prendra pas plus de six mois de sursis. Au moins, nous en aurons un de plus au tableau. Mais le plus important, et je suis sûre que vous ne l'avez pas oublié : vous devez trouver le faussaire du Rembrandt dans l'espoir qu'il nous mène à Faulkner. Un conseil, Bill, dit-elle avec insistance : n'envisagez même pas de rentrer chez vous tant qu'il y a de la lumière sous la porte du bureau de Hawk.

— Merci pour le tuyau, répondit William en rouvrant le dossier sur l'affaire de la poussière lunaire.

Après en avoir lu tous les détails, il était d'accord avec Jackie : le professeur était peut-être naïf, et même coupable, mais ce n'était sûrement pas un criminel.

Quand Big Ben sonna six heures, William décida qu'il était trop tard pour téléphoner au sous-secrétaire à l'ambassade américaine, puisque M. Underwood, lui, n'avait pas à attendre que la lumière sous la porte du bureau de Hawk soit éteinte pour rentrer chez lui.

7

— Puis-je parler à M. Chuck Underwood ?

— De la part de ?

— De l'agent de police William Warwick, de Scotland Yard.

— Je vais voir si le sous-secrétaire est disponible.

William attendit si longtemps qu'il se demanda si la ligne avait été coupée. Enfin, une voix se fit entendre à l'autre bout du fil.

— Warwick ?

— Oui, monsieur.

— Qu'est-il arrivé au brigadier Roycroft ?

— J'ai repris le dossier, monsieur.

— Y a-t-il un rang en dessous d'agent de police ?

— Seulement policier stagiaire, monsieur, ce que j'étais il n'y a pas si longtemps.

— Et ce que vous redeviendrez si je ne récupère pas ma poussière lunaire.

— J'y travaille, monsieur, mais j'aurais besoin de vous poser quelques questions.

— Pas encore !

— À l'origine, le gouvernement américain a donné la fiole de poussière lunaire au professeur Francis Denning de l'université de Manchester comme cadeau ?

— Oui, c'est vrai, mais sous certaines conditions. Nous avons été clairs à ce sujet : la fiole ne devait être confiée à personne d'autre, et en aucun cas devait-elle être vendue.

— Et tout cela a été mis par écrit ?

— Bien entendu, et nous avons les documents qui le prouvent. Et maintenant, vous devez le savoir, le Dr Keith Talbot a mis la fiole en vente à Sotheby's.

— Oui, je suis au courant, monsieur. J'ai le catalogue sous les yeux.

— Alors vous verrez en page 31, lot 19, une fiole de poussière lunaire, rare, rapportée par la mission Apollo 11 par M. Neil Armstrong.

— Cependant, répondit William, feu le professeur Denning a légué la fiole au Dr Talbot dans son testament.

— Il n'en avait pas le droit, agent Warwick, comme je l'ai expliqué au brigadier Roycroft.

— Vous l'avez fait, monsieur. Mais vous comprenez que nous devons suivre la procédure.

— Et sa vitesse d'escargot, visiblement, bien que notre service juridique soit à votre entière disposition.

— C'est une bonne chose à savoir, monsieur, parce que nous ne voudrions rien faire qui puisse nuire à la bonne entente entre nos deux pays, n'est-ce pas ?

— Épargnez-moi vos sarcasmes, Warwick, et récupérez ma poussière lunaire !

La communication fut coupée. William fit pivoter sa chaise, Jackie lui adressa un large sourire.

— On finit par l'apprécier, dit-elle, mais Underwood fait partie de ces Américains pour qui la Grande-Bretagne est l'un de leurs plus petits États. La prochaine fois, il vous rappellera que le Texas fait trois fois la taille du Royaume-Uni. Donc, si vous voulez éviter un incident diplomatique, je vous suggère de récupérer sa poussière lunaire.

— Compris, répondit William. Mais, tout aussi important, comment j'obtiens un billet de train pour Manchester ?

— Allez voir Mavis au service Déplacements, au rez-de-chaussée. Mais je vous préviens, si vous pensez que M. Underwood est un dur, à côté de Mavis, il n'en est rien. Si elle avait son mot à dire, la Reine voyagerait en deuxième classe, et nous autres, on lancerait des pelletées de charbon dans la chaudière de la locomotive.

— Merci de m'avoir prévenu.

*

— Mavis...

— Madame Walters pour vous, jeune homme. Vous ne pourrez pas m'appeler Mavis avant d'être au moins commandant. Recommencez.

— Mes excuses, répondit William. Madame Walters, j'aurais besoin...

— Nom, grade et service ?

— Warwick, agent de police, Biens culturels.
— Et qu'est-ce que vous espérez ?
— Devenir directeur.
— Essayez encore, rétorqua Mme Walters, qui esquissa tout de même un sourire.
— Un aller-retour pour Manchester.
— Quel est l'objet de votre déplacement, et combien de temps resterez-vous à Manchester ?
— Je me rends à l'université, j'espère faire l'aller-retour dans la journée.
— Alors vous prendrez le 7 h 42 depuis la gare d'Euston et le dernier train en semaine repart à 22 h 43. Ne le manquez pas, ou vous passerez la nuit sur un banc du quai douze. Vous avez le droit à un repas, dont le prix ne doit pas excéder deux livres quatre-vingts. Vous pouvez en demander le remboursement sur votre feuille de mission 232, mais j'aurais besoin du ticket.
Mme Walters se mit à remplir un mandat pour un billet de train direction Manchester Piccadilly.
— Si vous allez à l'université, il vous faudra prendre le bus 147. N'oubliez pas votre parapluie.
— Mon parapluie ?
— De toute évidence, vous n'êtes jamais allé à Manchester.

*

— Bonjour, Monsieur Warwick, dit la jeune femme à l'accueil. Je m'appelle Melanie Clore. En quoi puis-je vous être utile ?
— Vous avez une vente programmée pour le 17 juillet...
— Quel lot voulez-vous que nous retirions de la vente ?
— Comment pouvez-vous savoir que...
— La police ne vient jamais chez Sotheby's pour mettre quelque chose en vente.
William lui adressa un sourire.
— Le lot numéro 19. Une fiole de poussière lunaire ramenée par Neil Armstrong de la mission Apollo 11.
Miss Clore vérifia le catalogue.
— Proposé à la vente par Dr Keith Talbot, qui a produit un testament certifiant que la poussière lunaire lui revenait.

— L'ambassade américaine revendique la propriété et ajoute que si la vente a lieu, ils comptent traîner tout le monde en justice.

— Chose que nous voudrions éviter, n'est-ce pas, M. Warwick ?

— Ça ne m'inquiéterait pas, fit remarquer William, si je pensais que le Dr Talbot avait la loi de son côté.

— Même si c'était le cas, la bataille juridique pourrait durer des années.

— Mon patron aimerait que je résolve l'affaire en quelques jours.

— Vraiment ? Bien, si le Dr Talbot est prêt à signer une autorisation écrite, je me ferai une joie de vous remettre la fiole, et de vous laisser la rendre aux Américains. Espérons simplement que le Dr Talbot n'est pas un deuxième M. Finlay Isles.

— Me risquerais-je à demander qui est M. Finlay Isles ?

— Il nous a intenté un procès en 1949 à propos d'un tableau d'une valeur d'une centaine de livres, et nous attendons toujours que le tribunal décide qui en est le véritable propriétaire.

— Comment est-ce possible ? demanda William.

— C'est un Turner, qui vaut maintenant plus d'un million.

*

Alors que le train cliquetait sur les rails en direction de Manchester le lendemain matin, William étudia une nouvelle fois le dossier de la poussière lunaire, mais n'apprit rien de nouveau.

Il laissa son esprit divaguer vers le Rembrandt disparu et la façon de retrouver le nom de l'artiste qui avait fait la copie. Il était persuadé que, pour avoir réalisé une réplique si ressemblante, le peintre avait dû travailler avec l'original. William avait toujours du mal à envisager qu'un ancien étudiant de la Slade soit capable de détruire un trésor national, mais il se souvint des paroles de Hawk : « Attends d'avoir rencontré l'homme avant de tirer ce genre de conclusion. »

William avait lu le dossier de Faulkner de bout en bout, et bien que ce dernier fasse peu d'apparitions publiques, il ne manquait jamais la première d'un nouveau James Bond ; il collectionnait également les éditions originales des livres de Ian Fleming. William avait récemment lu une chronique dans le

Daily Mail : la projection de *Jamais plus jamais* aurait lieu dans un mois à l'Odeon Leicester Square. Mais comment se procurer un billet ? Et même s'il y parvenait, jamais Mme Walters ne le ferait passer en note de frais.

Il repensa au Dr Talbot. Il avait appris, par un coup de téléphone, que le professeur donnerait un cours dans l'amphithéâtre du département de géologie à onze heures. William se demanda quel genre d'homme était Talbot ; l'idée de l'empire américain s'abattant sur un innocent professeur de géologie du nord de l'Angleterre l'amusait. Il savait à qui allait sa sympathie. Il rangea le dossier dans sa mallette et en tira le dernier numéro de *Royal Academy Magazine*, mais décida, après avoir feuilleté quelques pages, de le garder pour le trajet du retour.

Quand le train arriva à Manchester Piccadilly à 10 h 49, William fut l'un des premiers à tendre son billet au portillon. Il dépassa à grandes enjambées une file de taxis pour rejoindre la queue à l'arrêt de bus. Quelques minutes plus tard, il monta dans le 147, qui le déposa devant l'entrée principale de l'université. Comment Mme Walters pouvait-elle savoir cela ? Il sourit en apercevant un groupe d'étudiants qui entraient sur le campus d'un pas nonchalant, le genre d'attitude qu'il n'adoptait plus depuis son entrée à la Metropolitan. Il demanda à l'un d'entre eux le chemin du département de géologie et arriva avec quelques minutes de retard, mais après tout, il n'était pas là pour assister au cours. Il grimpa les escaliers jusqu'au premier étage, entra dans l'amphithéâtre par la porte de service et rejoignit la dizaine d'étudiants qui écoutaient attentivement le Dr Talbot.

Depuis son siège au dernier rang, William étudia le professeur avec attention. Le Dr Talbot ne devait guère faire plus d'un mètre cinquante et avait une masse de cheveux noirs qui vraisemblablement n'avait pas vu l'ombre d'un peigne ou d'une brosse depuis quelque temps. Il portait une veste en velours côtelé, une chemise à carreaux et une cravate bolo. Sa longue robe noire d'enseignant était couverte de craie. Il parlait d'une voix claire et autoritaire, lançant quelques coups d'œil occasionnels vers ses notes.

William fut si captivé par le récit de Talbot concernant la découverte, au début des années soixante-dix, d'un fossile qui avait complètement réfuté l'hypothèse de l'espèce unique qu'il fut déçu quand la cloche sonna midi pour signifier la fin du cours. Il attendit que tous les étudiants soient sortis et que le Dr Talbot ait rassemblé ses notes pour remonter lentement l'allée centrale afin de confondre le cerveau criminel.

Talbot leva les yeux et regarda William à travers ses lunettes bon marché.

— Est-ce que je vous connais ? demanda-t-il.

William lui montra son insigne et Talbot agrippa le bord du grand bureau en bois en face de lui.

— Je croyais pourtant avoir payé cette amende de stationnement.

— Je suis sûr que vous l'avez fait, monsieur. Toutefois je dois quand même vous poser quelques questions.

— Bien entendu, répondit Talbot, qui tripotait sa robe.

— Puis-je commencer par vous demander comment vous êtes entré en possession d'une fiole de poussière lunaire ?

— C'est donc de cela qu'il s'agit, alors ? demanda Talbot, incrédule.

— Oui, monsieur.

— C'est un cadeau de feu le professeur Denning, qui me l'a léguée dans son testament. Les Américains la lui ont offerte après la publication de ses découvertes relatives à la surface de la lune.

— Et pourquoi vous léguer un artefact historique de cette importance ?

— J'étais son assistant à l'époque de ses recherches, et après sa retraite, j'ai pris sa place à la tête du département.

— Eh bien, je suis désolé de vous annoncer, Dr Talbot, que les Américains aimeraient récupérer leur poussière lunaire.

— Qu'est-ce qui leur fait croire qu'elle leur appartient ? La lune n'est pas à eux.

— C'est vrai. Néanmoins c'est eux qui ont ramené cette poussière à bord d'Apollo 11 et le professeur Denning a dû oublier qu'il avait signé un papier stipulant qu'il ne la céderait pas.

— Et si je refuse de la rendre ? demanda Talbot, d'une voix un peu plus assurée.

— Les Américains lanceront des poursuites judiciaires, et j'ai le sentiment que leurs poches sont bien plus pleines que les vôtres.

— Pourquoi ne l'achètent-ils pas simplement lors de la vente à Sotheby's ?

— J'admets que ce serait une solution facile, répondit William. Mais à leurs yeux, il ne fait aucun doute que la poussière lunaire leur revient de plein droit, et Sotheby's a déjà retiré le lot de son catalogue. Croyez-le ou non, la fiole est maintenant enfermée dans un coffre haute sécurité !

Talbot éclata de rire et, pointant sa main comme un pistolet sur William dans une piètre imitation de Clint Eastwood interprétant l'inspecteur Harry, lança :

— Vas-y, allez ! Fais-moi plaisir !

— Si vous êtes prêt à signer une autorisation écrite, monsieur, je pourrais récupérer la fiole chez Sotheby's et la remettre à l'Ambassade américaine, ce qui résoudra le problème.

— Vous savez, M. Warwick, si j'étais millionnaire, je défierais les Amerloques, même si la poussière lunaire ne vaut pas plus que quelques milliers de livres.

— Et je serais de votre côté, mais je crains que nous perdrions.

— Vous avez probablement raison. Alors, où dois-je signer ?

William ouvrit sa mallette, en tira trois formulaires identiques et les plaça sur le bureau.

— Ici, ici et ici.

Talbot lut attentivement les documents avant d'apposer sa signature au bas des pages.

— Merci, monsieur, dit William en rangeant deux des formulaires et en tendant le troisième au professeur.

— Vous avez le temps de déjeuner avec moi ? demanda Talbot, en ôtant sa robe dans un nuage de craie.

— Seulement si vous connaissez un pub où on peut manger pour deux livres quatre-vingts.

— On peut faire encore mieux que ça.

*

Sur le trajet du retour vers Euston, William vérifia les signatures du Dr Talbot. Il avait profité d'un excellent déjeuner dans la salle des professeurs en compagnie du docteur, qui s'était révélé féru d'art et grand admirateur d'un artiste local rencontré lors de ses études. Le Dr Talbot avait acheté un dessin de L. S. Lowry sous le manteau pour cinquante livres, somme déjà au-dessus de ses moyens à l'époque et encore aujourd'hui, mais il avoua à William qu'il ne s'en séparerait jamais.

— Quels artistes devrais-je suivre en ce moment, en tenant compte de mon salaire ? l'interrogea William.

— Diana Armfield, Craigie Aitchison et Sydney Harpley. Vous les trouverez tous exposés cet été à la Royal Academy.

William nota les noms.

Au cours du déjeuner, William avait suggéré, par plaisanterie, qu'ils devraient échanger quelques grains de sable de Blackpool contre la poussière lunaire, certain que le sous-secrétaire américain ne ferait pas la différence. Talbot avait ri, mais souligné que son confrère au Smithsonian lui le remarquerait, même s'il n'avait certainement jamais mis les pieds à Blackpool.

William ouvrit enfin son exemplaire de *RA Magazine* pour s'informer des expositions immanquables qui allaient commencer. Il en choisit trois, qu'il entoura, et nota les dates dans son calepin : *Picasso, les prémices* ; Hockney, *La Californie sinon rien* ; et l'exposition annuelle de la Royal Academy, où il irait voir les trois artistes recommandés par le Dr Talbot. Mais il oublia vite tout cela quand, en tournant la page, il découvrit que, dans quelques jours, le Dr Tim Knox, le directeur du Fitzmolean, donnerait une conférence sur l'histoire du musée, suivie d'une visite guidée. Les billets coûtaient cinq livres, et il n'y avait que cinquante places. Il se demanda si Mme Walters trouverait les frais justifiables. Dans tous les cas, hors de question de rater ça.

Cette nuit-là, avec sa mallette verrouillée pour seule compagne, William ne trouva pas le sommeil. Il aurait voulu déchirer les deux exemplaires du formulaire, mais il devait accepter que les Américains obtiendraient ce qu'ils voulaient.

*

Le lendemain matin, William ne se rendit pas directement à Scotland Yard, mais prit le métro pour Green Park, puis marcha jusqu'à New Bond Street. Il se tenait devant la salle des ventes depuis un certain temps quand le portier ouvrit à neuf heures.

Melanie Clore étudia attentivement la signature du Dr Talbot et la compara à celle du document de vente, avant d'accepter de se séparer du lot 19. Elle disparut ensuite pour aller chercher la fiole dans le coffre et revint quelques minutes plus tard.

William n'en crut pas ses yeux : la fiole était plus petite que son auriculaire. Il l'enveloppa dans un mouchoir et la rangea dans sa boîte, puis il signa d'autres formulaires avant de partir pour Grosvenor Square. Quinze minutes plus tard, il grimpa les marches de l'ambassade américaine et se présenta au sergent de la Marine à la réception. Il demanda à voir M. Underwood.

— Vous avez rendez-vous, monsieur ?

— Non, répondit-il en montrant son insigne.

Le marine appuya sur trois boutons du téléphone, et quand quelqu'un décrocha, il répéta la requête de William.

— Je crains que le sous-secrétaire soit en réunion en ce moment, mais il pourra recevoir M. Warwick à quatre heures cet après-midi.

— Dites-lui que j'ai sa poussière lunaire, suggéra William.

Il entendit la voix qui ordonna : « Faites-le monter ».

William prit l'ascenseur jusqu'au quatrième étage, et trouva le sous-secrétaire qui l'accueillit dans un couloir. Ils se serrèrent la main et Underwood lança :

— Bonjour, inspecteur.

Mais il attendit que la porte de son bureau soit fermée pour ajouter :

— Vous êtes plutôt rapide pour un anglais.

William ne dit rien, mais il sortit la petite boîte de sa mallette. Il l'ouvrit, défit doucement le mouchoir et, comme un magicien, révéla la fiole de poussière lunaire.

— C'est tout ? demanda Underwood, incrédule.

— Oui, monsieur, répondit William en lui tendant la cause de tant de dérangement.

— Merci, dit Underwood en plaçant la boîte sur son bureau. Je ne manquerai pas de vous contacter en cas de problème.

— Seulement si l'on vous vole l'une de vos ogives nucléaires, rétorqua William.

8

— Puis-je demander une note de frais de cinq livres pour assister à une conférence d'histoire de l'art au Fitzmolean ?

— Est-ce directement relié à une affaire sur laquelle vous travaillez ? interrogea Mme Walters.

— Oui et non.

— Il faut choisir.

— Oui, c'est relié à une affaire sur laquelle je travaille, mais je dois avouer que j'y serais allé de toute façon.

— Alors non. Autre chose ?

— Pourriez-vous m'obtenir une place pour la première du nouveau James Bond ?

William se prépara pour l'explosion.

— Est-ce directement relié à un crime sur lequel vous enquêtez ?

— Oui.

— À quel rang voudriez-vous être assis ?

— Vous plaisantez ?

— Je ne plaisante jamais, agent Warwick. Quel rang ?

— Derrière Miles Faulkner. C'est un…

— Nous savons tous qui est Miles Faulkner. Je vais voir ce que je peux faire.

— Mais comment…

— Ne posez pas la question. Et si vous n'avez rien d'autre à me demander, filez.

*

William arriva au Fitzmolean avec quelques minutes d'avance. Il s'arrêta sur le trottoir du Prince Albert Crescent pour admirer le manoir de style palladien niché derrière l'Imperial College. Il savait que, depuis le vol du Rembrandt, pour des raisons de sécurité, seules cinquante personnes étaient autorisées à visiter le musée en même temps. Il avait réussi à obtenir le billet numéro quarante-sept pour la conférence du soir. Une demi-heure plus tard, ils avaient tous été vendus.

Il présenta son ticket au garde en uniforme qui lui indiqua le deuxième étage, où il se joignit à une petite assemblée d'enthousiastes bavards qui attendaient avec impatience l'arrivée du Dr Knox, le plus grand spécialiste national de la Renaissance.

William se réjouissait d'assister à la conférence et espérait que le directeur aurait peut-être une théorie sur ce qu'il était advenu du Rembrandt disparu.

À sept heures moins une, une jeune femme se présenta devant le groupe et frappa dans ses mains avant d'annoncer :

— Bonsoir, mesdames et messieurs. Je m'appelle Beth Rainsford et je suis l'une des assistantes de recherche du musée.

Une fois le silence revenu, elle poursuivit.

— Je suis désolé de vous apprendre que le Dr Knox a une laryngite et qu'il peut à peine parler. Il s'en excuse.

Un grognement s'éleva dans la salle, et quelques mécènes se dirigèrent vers la sortie.

— Cependant, le directeur est certain qu'il sera rétabli d'ici jeudi. Si vous ne pouvez pas revenir ce jour-là, votre billet vous sera intégralement remboursé. Et si certains d'entre vous souhaitent rester, je serais heureuse de vous guider à travers une visite de la collection. Mais ne vous en faites pas, ajouta-t-elle, vous serez quand même remboursés.

Un rire parcourut la salle.

Ce qui avait été une assemblée de cinquante se transforma vite en un petit groupe d'une dizaine de personnes, dont William faisait partie. Après tout, il avait été incapable de quitter des yeux la remplaçante du directeur. Ses cheveux auburn parfaitement coupés encadraient un visage ovale qui n'avait pas besoin de maquillage pour provoquer un second regard. Pourtant, ce n'était pas cela, ni sa silhouette mince, qu'il trouvait si captivant. C'était son enthousiasme communicatif lorsqu'elle parlait des Hollandais autour d'elle, parés de leurs fraises blanches et de leurs chausses noires. William jeta un coup d'œil à sa main gauche quand elle désigna un tableau, heureux de constater qu'elle ne portait pas d'alliance. Tout de même, songea-t-il, une telle apparition devait avoir un petit ami. Mais comment le découvrir ?

— Le Fitzmolean, expliquait Beth, des étincelles dans ses profonds yeux marron, est né de l'imagination de Madame van Haasen, l'épouse de l'éminent économiste Jacob van Haasen. Une femme remarquable qui, après la mort de son mari, a rassemblé une collection de Flamands et de Hollandais, que seules celles du Rijksmuseum et de l'Ermitage surpassent. Dans son testament, elle a légué à la nation l'intégralité de sa collection, en mémoire de son époux, pour qu'elle soit exposée dans la maison qu'ils avaient partagée pendant les quarante-trois années de leur vie conjugale.

Beth se retourna et guida sa troupe dans la salle suivante. Elle s'arrêta devant le portrait d'un jeune homme.

— Frans Hals est né à Anvers autour de 1582. On considère que son œuvre la plus accomplie est *Le Cavalier riant,* conservé au sein de la Wallace Collection.

William essayait de se concentrer sur Hals, mais décida de revenir le jeudi suivant, certain que le Dr Knox n'aurait pas le même effet distrayant sur lui. Il suivit de nouveau Beth jusqu'à un grand cadre doré vide, avec la légende « Rembrandt, 1606-1669 » inscrite sur une petite plaque au-dessous.

— Ici, dit-elle révérencieusement, se trouvait le chef-d'œuvre de Rembrandt, *Le Syndic de la guilde des drapiers,* avant qu'il ne soit volé au musée il y a sept ans. Malheureusement, le tableau n'a pas été retrouvé.

— La galerie a-t-elle proposé d'offrir une récompense en échange de son retour ? demanda une voix qui semblait originaire de Boston.

— Non. Malheureusement, il n'est jamais venu à l'esprit de Madame van Haasen que quelqu'un volerait l'un de ses chefs-d'œuvre, probablement parce qu'elle n'a payé ce tableau que six mille dollars à l'époque.

— Quelle serait sa valeur aujourd'hui ? interrogea une voix plus jeune.

— Le tableau est inestimable, répondit Beth, et irremplaçable. Les plus romantiques d'entre nous croient qu'il est encore quelque part dans la nature, et que le *Syndic* reviendra un jour chez lui.

Quelques applaudissements suivirent cette déclaration, puis Beth reprit :

— Rembrandt était un homme ambitieux, et il fut à une époque l'artiste le plus populaire de l'âge d'or néerlandais. Hélas, il a vécu au-dessus de ses moyens et a fini par devoir vendre aux enchères une grande partie de ses biens, y compris plusieurs de ses œuvres majeures, pour rembourser ses dettes. Il a évité de peu le dénuement et la prison. Après sa mort en 1669, il a été enterré dans une fosse commune, et son travail fut passé de mode pendant plus d'un siècle. Mais Madame van Haasen n'avait aucun doute sur son génie, et a beaucoup travaillé à restaurer sa réputation de grand maître hollandais. Les férus d'art venaient du monde entier pour admirer *Le Syndic*, considéré comme l'une de ses plus grandes œuvres, et Mme van Haasen n'a jamais caché que c'était son tableau préféré de toute la collection.

Beth fit avancer son groupe vers la toile suivante, et continua à répondre aux questions bien après l'heure prévue. La visite s'acheva devant *Les Noces de Cana* de Jan Steen, qu'elle décrivit comme « l'artiste-conteur ».

— Y a-t-il d'autres questions ? s'enquit-elle.

William décida d'attendre que le reste du groupe soit parti pour poser la sienne.

— Quelles explications fantastiques !, s'exclama-t-il.

— Merci, répondit Beth. Vous aviez une question ?

— Oui. Dîneriez-vous avec moi ce soir ?

Elle ne répondit pas tout de suite, puis parvint à dire :

— Je crains que non. J'ai déjà rendez-vous.

William sourit.

— Bien, ce fut une soirée mémorable. Merci beaucoup, Beth.

Alors qu'il se tournait pour partir, il entendit une voix derrière lui :

— Mais je suis libre demain soir.

*

Quand William arriva au bureau le lendemain matin, il trouva un post-it jaune sur le dessus de sa pile de dossiers.

URGENT – Appelez Liz : 01 735 3000.

— Qu'est-ce que ça signifie ? demanda-t-il à Jackie.

— Tout ce que je sais, c'est que Hawk a précisé que c'était urgent. Vous devez noter très exactement tout ce que Liz vous dira et lui envoyer un compte-rendu.

— Très bien, répondit William en composant le numéro.

Un instant plus tard, une voix de femme se fit entendre à l'autre bout de la ligne.

— En quoi puis-je vous être utile ?

— Ici l'agent de police Warwick de Scotland Yard. Je souhaite parler à Liz.

— Connaissez-vous le nom de famille de Liz, ou le service pour lequel elle travaille ?

— Non, tout ce que je sais, c'est que je dois lui parler de toute urgence. Elle attend mon appel.

— Monsieur, vous êtes au standard de Buckingham Palace. Nous ne connaissons qu'une seule Liz, et je ne crois pas qu'elle soit disponible pour le moment.

William devint écarlate.

— Je suis vraiment désolé. J'ai dû composer un mauvais numéro.

Au moment où il raccrocha, Jackie et le commandant Lamont éclatèrent de rire.

— Je suis sûre qu'elle va rappeler, lança Jackie.

— D'ailleurs, ajouta Lamont, Hawk a reçu un appel de l'ambassadeur américain qui nous remercie d'avoir rapporté la poussière lunaire. Bien joué, petit gars, peut-être qu'il est temps que tu t'attaques à Winston Churchill.

William ouvrit le dossier « Churchill » et essaya de se concentrer, mais son esprit revenait sans cesse à la soirée de la veille. Il n'arrivait pas à se souvenir de la dernière fois qu'une jeune femme avait autant occupé ses pensées. Ce soir, il quitterait le bureau avant sept heures sans faute, même si la lumière filtrait toujours sous la porte du commissaire divisionnaire.

Il se focalisa sur l'ingénieuse combine d'un faussaire à la petite semaine pour arrondir ses fins de mois. Quand il atteignit la dernière page, William comprit qu'il devrait visiter un grand nombre de libraires du West End s'il espérait prendre le malfaiteur la main dans le sac. Il prévint le commandant Lamont, occupé par la traque d'un voleur de bijoux international, qu'il allait faire du travail de terrain à l'ancienne et ne serait peut-être pas de retour avant la fin de la journée.

William décida de commencer par Hatchards sur Piccadilly, dont le gérant – il vérifia à nouveau le nom – Peter Giddy, avait déposé la première plainte.

Il quitta Scotland Yard et se dirigea vers le Mall – devant Buckingham Palace, il ne put s'empêcher de se sentir ridicule en pensant à l'appel – puis remonta St. James's Street jusqu'à Piccadilly, où il passa sous un porche orné fièrement de trois armoiries royales, preuves que la boutique avait reçu le Royal Warrant réservé aux entreprises qui fournissaient la famille royale. William demanda à la femme à l'accueil s'il pouvait voir M. Giddy.

Une fois que le gérant eut vérifié l'insigne de William, il le conduisit jusqu'à son bureau au quatrième étage où il lui offrit une tasse de café.

— Qu'est-ce qui vous a rendu suspicieux ? s'enquit William en s'asseyant, calepin à la main.

— Au début, je ne l'étais pas, admit Giddy. Après tout, Churchill était un homme politique, il paraissait logique qu'il ait signé beaucoup de ses livres. Cependant, il est très rare de tomber sur une édition complète de *La Deuxième Guerre mondiale* où les six volumes sont signés. Mais quand j'ai vu un lot chez Heywood Hill et, une semaine plus tard, chez Maggs, j'ai commencé à avoir des doutes.

— Vous souvenez-vous de quelque chose en particulier au sujet de l'homme qui vous a proposé ces livres ? demanda William.

— Plutôt quelconque. Soixante, soixante-cinq ans, cheveux gris, un peu voûté, taille moyenne et avec un accent à couper au couteau. En vérité, l'archétype d'un client de Hatchards.

William sourit.

— Je présume qu'il ne vous a pas donné son nom.

— Non, il a dit qu'il ne voulait pas que ses enfants sachent qu'il vendait un objet de famille.

— Mais vous avez dû faire un chèque ?

— C'est ce que je fais habituellement, mais il a insisté pour avoir du liquide. Il est venu quelques minutes avant la fermeture, conscient que la caisse serait pleine.

— Combien vaut une édition complète sans signatures ?
— Une centaine de livres, avec les jaquettes d'origine.
— Et avec les signatures ?
— Trois cents, jusqu'à trois cent cinquante, si les livres sont en très bon état.
— Puis-je demander combien vous lui avez donné ?
— Deux cent cinquante livres.
— Donc notre homme a pu acheter une édition complète pour une centaine de livres, ajouter les six signatures et faire un profit de cent cinquante livres. On est loin de l'attaque du train postal de 1963, commenta William.
— Je suis d'accord, dit Giddy, qui visiblement ne trouvait pas cela drôle. Mais si l'un de nos clients découvrait qu'on lui a vendu un faux, et que la presse s'en emparait, nous pourrions perdre notre Royal Warrant.
William acquiesça.
— Vous pensez qu'il va revenir ?
— Aucune chance. Il ne prendra pas le risque d'essayer la même combine une deuxième fois dans la même librairie. Et très franchement, il y a assez de libraires pour l'occuper pendant des années.
— Par où pensez-vous que je devrais commencer ?
— Je peux vous donner une liste de librairies spécialisées en premières éditions signées, répondit Giddy.
Il lui tendit un petit dépliant pris dans un tiroir de son bureau.
— Merci, dit William en feuilletant les pages.
— Ne vous inquiétez pas, il y en a au moins une dizaine à moins d'un kilomètre à la ronde, ajouta le gérant, alors qu'il raccompagnait William à l'ascenseur.
L'agent Warwick passa le reste de la journée à aller de librairie en librairie, et découvrit bien vite que le faussaire de Churchill était un bourreau de travail. Quand il n'achetait pas, il vendait. Le genre d'artisanat que le gouvernement avait à cœur d'encourager.
Chacun des gérants lui promit de le prévenir si un individu répondant à la description leur proposait d'acheter une édition complète de *La Seconde Guerre mondiale* signée, mais

tous étaient d'accord avec Giddy : il y avait peu de chance que l'homme revienne une deuxième fois dans la même boutique.

— Si vous le voyez, appelez Scotland Yard, au 230 1212. Mon poste, lui, est au numéro 2150, disait William, avant de se diriger vers le magasin suivant.

William n'arrêta pas son enquête avant que la dernière porte se referme derrière lui à six heures. Il alla en métro jusqu'à Victoria, puis courut à petites foulées pour rejoindre Trenchard House. Il prit une douche rapide et se changea, s'octroyant un temps inhabituellement long pour choisir ses habits. En fin de compte, il se décida pour un blazer bleu, une chemise blanche portée col ouvert et un pantalon gris, écartant la cravate aux couleurs de son école.

En claquant la porte derrière lui, il se rendit compte qu'il devrait prendre un taxi s'il ne voulait pas être en retard ; une dépense que Mme Walters n'aurait pas approuvée. Le taxi le déposa devant l'Elena, sur Fulham Road, avec sept minutes d'avance.

— C'est un rendez-vous très spécial pour moi, Gino, expliqua William, après que le chef de rang se soit présenté. Un premier, en réalité. Je vais peut-être avoir besoin de votre aide.

— Je m'occupe de tout, M. Warwick. Je vais vous installer dans l'alcôve, vous serez plus tranquille.

— Oh mon Dieu, la voilà, murmura William.

— Ah, signorina, s'exclama Gino, avec une légère révérence en lui prenant la main. M. Warwick est arrivé et il est assis à sa table habituelle.

William se redressa, essayant de ne pas la fixer. Elle portait une simple robe jaune qui découvrait ses épaules et qui lui arrivait un peu en dessous du genou, avec un foulard en soie vert pâle et un collier de jade qui complétait la tenue.

Gino lui tint sa chaise, tandis que William attendait qu'elle fût assise.

— Ça doit être l'un de vos repaires, fit remarquer Beth en s'installant.

— Même pas, c'est la première fois. Une recommandation d'un ami.

— Mais le serveur a dit…

— Je l'ai rencontré il y a cinq minutes, avoua William alors que Gino revenait pour leur donner la carte.

Beth rit.

— Maintenant, M. Warwick, vous prendrez la même chose à boire que d'habitude ? demanda le serveur.

— Et quelle est ma boisson habituelle ? demanda William.

Gino eut l'air déconcerté, jusqu'à ce que William ajoute :

— Beth sait que je ne suis jamais venu. Que nous recommandez-vous ?

— Pour la magnifique signorina…

— Gino, n'exagérez pas.

— Vous ne pensez pas qu'elle est magnifique ?

— Si, mais je ne veux pas qu'elle s'enfuie avant même l'entrée.

Beth jeta un coup d'œil par-dessus son menu.

— Pas d'inquiétude, je ne m'enfuirai pas. Enfin, pas avant le plat de résistance.

— Que désirez-vous boire, signorina ?

— Un verre de vin blanc, s'il vous plaît.

— Nous prendrons une bouteille de Frascati, déclara William, se souvenant que c'était ce que son père commandait, mais il n'avait aucune idée du prix de la bouteille.

Une fois que Gino eut pris les commandes, Beth demanda :

— C'est William ou Bill ?

— William.

— Travaillez-vous dans le milieu de l'art ou êtes-vous un rat de musée ?

— Les deux. Je suis devenu un rat de musée très jeune, mais je travaille maintenant au service des Biens culturels à Scotland Yard.

Beth hésita un moment avant de dire :

— Donc vous visitiez le Fitzmolean dans le cadre de votre travail.

— Jusqu'à ce que je vous voie.

— Vous êtes pire que Gino.

— Et vous ? interrogea William.

— Non, je ne suis pas pire que Gino.

— Non, je ne voulais pas dire… entreprit William, péniblement conscient du temps qui s'était écoulé depuis son dernier rendez-vous galant.

— Je sais ce que vous voulez dire, plaisanta Beth. J'ai étudié l'histoire de l'art à Durham.

— Je savais que j'étais allé dans la mauvaise université.

— Où étiez-vous ? demanda-t-elle alors que Gino revenait avec deux bols de *stracciatella* fumants.

— À King's. Également en histoire de l'art. Et après Durham ?

— Je suis allée à Cambridge où j'ai fait une thèse sur « Rubens le diplomate ».

— J'ai failli faire une thèse sur « le Caravage le criminel ».

— Ce qui explique pourquoi vous êtes entré dans la police.

— Et vous avez tout de suite été embauchée au Fitzmolean après ça ?

— Oui, c'était mon premier emploi après Cambridge. Et comme tout le monde a dû le constater, hier était ma première tentative de discours en public.

— Vous avez été formidable.

— Je m'en suis à peine sortie, vous vous en rendrez vraiment compte quand vous assisterez à la conférence de Tim Knox la semaine prochaine.

— Je n'imagine pas ce que ça doit être de remplacer son patron au débotté.

— C'était terrifiant. Bon, puis-je me risquer à demander si vous avez fait des progrès pour retrouver mon Rembrandt disparu ?

— « Votre » Rembrandt ?

— Oui. Enfin, tous ceux qui travaillent au Fitzmolean sont assez possessifs avec *Le Syndic.*

— Je peux le comprendre. Seulement, après sept ans, j'ai peur que l'enquête soit au point mort.

— Vous ne pouvez pas vraiment avoir travaillé sur l'enquête ces sept dernières années, n'est-ce pas ?

— Moins de sept semaines, admit William. Cependant, je suis certain que le Rembrandt retrouvera sa place avant la fin du mois prochain.

Beth ne rit pas.

— Je veux encore espérer qu'il est quelque part et qu'il finira par revenir au musée.

— J'aimerais vous donner raison, répondit William alors que Gino reprenait leurs bols vides. Mais personne d'autre dans le service n'est d'accord avec moi.

— Vous pensez qu'il a été détruit ? s'enquit Beth. Je refuse de croire que quiconque puisse être aussi philistin.

— Même si cela lui évite une peine de prison de plusieurs années ?

— Vous voulez dire que vous savez qui l'a volé ?

William ne répondit pas, et fut soulagé de voir Gino apporter leurs plats de résistance.

— Je suis désolée, reprit Beth. Je n'aurais pas dû poser la question. Si je peux faire quoique ce soit pour vous aider, n'hésitez pas à me solliciter.

— Il y a bien quelque chose. Nous sommes récemment entrés en possession d'une très bonne copie du *Syndic* et je me demandais si vous connaissiez un spécialiste de ce genre d'exercice ?

— Ce n'est pas vraiment mon domaine, admit Beth. Je travaille avec des artistes morts, et seulement s'ils sont néerlandais ou flamands. Mais je suppose que vous avez déjà visité la Fake Gallery à Notting Hill ?

— Jamais entendu parler, reconnut William qui, oubliant qu'il n'était pas en service, toucha la poche de sa veste à la recherche de son calepin.

— Il existe un certain nombre d'artistes qui collaborent avec cette galerie et peuvent exécuter un faux de n'importe quel maître, vivant ou mort.

— C'est légal ?

— Aucune idée. Ça, c'est votre registre, répondit Beth avec un sourire. Mais, si vous ne remuez pas ciel et terre pour retrouver mon Rembrandt, c'est que vous devez essayer de résoudre une affaire encore plus importante.

— Le vol d'une petite fiole de poussière lunaire, et plusieurs éditions signées de *La Seconde Guerre mondiale* de Churchill.

— Êtes-vous autorisé à m'en dire plus ?

Beth ne put s'arrêter de rire quand William lui parla du Dr Talbot et du sous-secrétaire américain. Elle eut même une suggestion lorsqu'il évoqua les fausses signatures de Churchill.

— Peut-être devriez-vous chercher des éditions complètes sans signatures, vous aurez alors un coup d'avance sur le faussaire.

— Bonne idée, s'exclama William, décidant de ne pas lui révéler que c'était précisément ce qu'il avait fait ce jour-là.

Nous devrions peut-être nous revoir régulièrement, vous avez clairement l'étoffe d'un inspecteur.

— Et vous, vous devriez donner des conférences au Fitzmolean.

Ils éclatèrent de rire.

— Qu'est-ce que les premiers rendez-vous peuvent être gênants, remarqua William.

— C'est un premier rendez-vous ? demanda Beth avec un chaleureux sourire.

— Je l'espère.

— Du café ? proposa Gino.

William n'avait pas vu le temps passer jusqu'à ce que Beth murmure :

— Je crois que le personnel aimerait rentrer.

Il regarda autour de lui et se rendit compte qu'ils étaient les deux derniers clients. Il réclama rapidement l'addition.

— Vous vivez près d'ici ? interrogea-t-il.

— À Fulham. Je suis en colocation avec un ami. Mais pas de problème, je peux prendre un bus.

— Je n'ai pas vraiment les moyens de me payer un ticket de bus, avoua William après avoir jeté un coup d'œil à l'addition. Puis-je vous raccompagner ?

— J'espère vous revoir vite, signorina, dit Gino en leur ouvrant la porte.

— Je n'ai pas encore décidé, répondit Beth, en lui rendant son sourire.

Au moment de traverser la rue, William lui prit la main, et ils ne s'arrêtèrent de discuter de tout et de rien qu'en arrivant devant la porte d'entrée de chez Beth, où il se pencha pour l'embrasser sur la joue. Alors qu'elle mettait la clef dans la serrure, il demanda :

— Vous viendriez à la Fake Gallery avec moi ?

— Vous êtes toujours de service, agent Warwick ? s'enquit-t-elle.

— Tant qu'il y a une chance de retrouver votre Rembrandt, mademoiselle Rainsford.

9

La règle était simple. Si le téléphone sonnait, vous preniez l'appel, comme au central de taxi. Vous notiez les détails, avant de faire un compte-rendu au commandant Lamont, qui décidait quel agent se chargerait de l'affaire, si affaire il y avait.

L'appel venait très souvent d'un citoyen à qui l'on avait volé un trésor de famille et qui voulait savoir ce que la police comptait faire. Il fallait alors expliquer que la plupart des cambriolages étaient du ressort du commissariat de quartier ; le service des biens culturels n'étant constitué que de quatre agents, il leur était impossible de suivre chaque enquête. Cependant, le commissaire divisionnaire Hawksby n'avait cessé de leur rappeler que, pour une vieille dame, perdre sa broche victorienne revenait à perdre les joyaux de la Couronne, et pour beaucoup de gens, cet appel était leur seul lien direct avec la police.

— Quand vous raccrochez, expliqua-t-il à William, assurez-vous d'avoir rendu un citoyen heureux et satisfait. On ne veut pas qu'il soit convaincu que la police n'est pas de leur côté.

William répondit au téléphone.

— Excusez-moi de vous déranger, dit une voix éloquente. J'espère que je ne suis pas en train de vous faire perdre votre temps.

— Ce ne sera pas le cas si vous pensez qu'un crime a été commis, assura William.

— C'est bien le problème. Je ne suis pas sûr qu'il y ait eu crime, mais on dirait qu'il y a anguille sous roche.

William laissa échapper un sourire en entendant l'expression désuète.

— Puis-je commencer par vous demander votre nom, monsieur ? s'enquit-il, stylo en main, sachant que la plupart du temps, l'appelant raccrochait après cette question.

— Jeremy Webb. Je travaille pour la London Silver Vaults Association à la City. Vous ne nous connaissez peut-être pas.

— Mon père m'y a amené une fois pendant les vacances scolaires pour acheter un cadeau d'anniversaire à ma mère. Je n'ai jamais oublié ce moment. Il devait y avoir au moins plusieurs dizaines d'exposants, tous en pagaille...

— Trente-sept boutiques, précisa Webb. Je suis le président de la London Silver Vaults Association cette année, c'est la raison pour laquelle je vous appelle. Certains de nos membres m'ont fait part d'un problème.

— Quel genre de problème ? interrogea William. Prenez votre temps, monsieur Webb, et n'hésitez pas à mentionner tous les détails, peu importe s'ils vous semblent insignifiants.

— Merci. La LSVA rassemble un groupe de membres associés dont la principale activité est d'acheter et de vendre de l'argent, le métal. Ça peut aller de la cuillère victorienne à un grand centre de table pour une salle à manger. L'argent, je suppose que vous le savez, doit être poinçonné et validé par le bureau de l'essayeur avant de pouvoir être décrit comme « argent fin ». Aucun collectionneur digne de ce nom n'envisagerait d'acheter une pièce sans poinçon.

William tenait toujours son stylo, conscient que M. Webb finirait par toucher au but.

— Au cours du mois dernier, la LSVA a reçu la visite régulière d'un homme qui ne veut acheter que de l'argent vieux d'au moins un siècle. Il ne semble pas se soucier de savoir s'il s'agit d'une médaille du couronnement de George V ou d'un trophée universitaire de saut en longueur. L'un des quatre poinçons indique la date de fabrication, et certains de mes collègues ont remarqué que cet homme vérifie toujours la date au compte-fils avant de s'intéresser à l'objet en lui-même.

— Au compte-fils ?

— Désolé, s'excusa Webb. C'est une petite loupe, utilisée par certains corps de métier.

— Je vois, répondit William, mais il n'était pas certain d'où tout cela allait le mener.

— L'autre chose qui a rendu mes collègues suspicieux, c'est qu'il paye toujours en liquide.

— Avec de grosses coupures ?

— Non. À ce sujet, nous suivons scrupuleusement les recommandations du Trésor contre le blanchiment d'argent. Est-ce que vous me suivez, monsieur l'agent ?

— Oui, monsieur Webb. Connaissez-vous le nom de cet homme ?

— C'est là que le bât blesse. Nous prenons toujours le nom et l'adresse de chaque client, mais cet homme nous a donné des coordonnées différentes.

William fut soudainement plus intéressé.

— L'un de vos vendeurs a-t-il la moindre idée de qui il s'agit ?

— L'un d'eux pense le reconnaître, mais ne sait pas d'où. Il prétend ne pas parvenir à se souvenir de son nom.

— Vous dites « prétend ». Vous n'en êtes pas convaincu ?

— Il y a quelques années, le vendeur en question a été condamné à six mois de prison pour recel de biens volés. Le service d'insertion et de probation nous a demandé de lui accorder une seconde chance, ce que nous avons fait – à contrecœur. Mais nous l'avons mis en garde : au moindre écart, il sera renvoyé.

— Comment s'appelle-t-il ?

— Ken Appleyard.

William en prit note.

— Et au vu de votre expérience dans ce domaine, monsieur Webb, avez-vous une théorie qui expliquerait pourquoi cet homme-mystère achète tant d'argent ancien ?

— Au début, j'ai pensé qu'il était question de blanchiment d'argent, mais il n'a pas cessé de revenir. Donc, à moins d'être idiot, cela n'a aucun sens. Puis je me suis demandé s'il ne le faisait pas fondre, mais là encore, ce n'était pas très logique puisque le cours de l'argent a récemment baissé. Je dois bien avouer que je suis complètement perdu. Néanmoins, mon conseil d'administration a pensé qu'il valait mieux vous prévenir, par précaution.

— Je vous en suis reconnaissant, monsieur Webb. Je vais rendre compte de vos inquiétudes à mon supérieur, et je vous tiendrai au courant.

Le téléphone à peine raccroché, William prit l'ascenseur jusqu'au premier sous-sol, où se trouvait l'ordinateur central de la police, sans prendre la peine d'aller parler à Lamont. Un agent de police qui avait l'air encore plus jeune que lui y entra le nom de Ken Appleyard, et en quelques instants, tout l'historique de son casier judiciaire fut imprimé. Il confirmait qu'Appleyard avait pris six mois pour recel. William fut heureux de constater qu'aucune autre condamnation n'y figurait et que, depuis sa sortie de prison, Appleyard n'avait pas eu ne serait-ce qu'une amende de stationnement.

William retourna dans son bureau avec l'acte d'accusation. Lamont était au téléphone, mais lui indiqua une chaise à côté de lui. William savait que le patron aidait Interpol dans une enquête sur un réseau de contrebande de diamant qui opérait depuis le Ghana et Dubaï. Une fois le téléphone raccroché, Lamont concentra toute son attention sur William.

— Que pensez-vous qu'il mijote, patron ? interrogea William, à la fin de son compte-rendu.

— Aucune idée. Mais la première chose à faire, c'est de découvrir l'identité de cet homme-mystère ; tant que nous l'ignorons, nous ne faisons que tâtonner dans le noir.

— Par où dois-je commencer ?

— Suivez votre seule piste. Allez chez Silver Vaults et parlez avec Appleyard. Mais procédez avec prudence. Son séjour en prison sera un sujet délicat, surtout avec ses collègues aux alentours. Essayez d'avoir l'air d'un client, plutôt que d'un flic.

— Compris, monsieur.

— Et, William, pourquoi n'avez-vous pas encore arrêté le faussaire des Churchill ?

— Il fait le mort, monsieur. Mais s'il refait surface, je le pincerais et lui ferais passer un mauvais quart d'heure.

Lamont sourit et retourna à son trafic de diamant.

*

William savait exactement où se trouvaient les Silver Vaults, mais avant de partir, il téléphona à son père pour lui demander s'il était libre pour le déjeuner : il avait besoin de ses conseils.

— Je peux t'accorder une heure, répondit Sir Julian, pas plus.

— C'est tout ce que j'ai le droit de prendre, Papa. Oh, et je ne peux contribuer à l'addition qu'à hauteur de deux livres quatre-vingts.

— J'accepte tes clopinettes, mais c'est considérablement moins que mon tarif horaire. On se retrouve devant le Lincoln's Inn à une heure pile. Tu pourras me dire ensuite si ta cantine est meilleure que la nôtre.

William quitta le Yard et prit le bus jusqu'à la City. Après une courte marche sur Chancery Lane, il entra dans le London Silver Vaults. Une liste des étals était affichée au mur de la réception : le magasin de M. Appleyard était le numéro 23.

William emprunta un large escalier jusqu'au sous-sol, où se trouvait une longue salle avec des étals des deux côtés. Il aurait voulu s'arrêter pour regarder plus attentivement quelques pièces incroyables qui attiraient son regard, mais il ne s'autorisa aucune distraction.

Appleyard montrait un sucrier à un client quand William remarqua son nom au-dessus du stand. Il s'arrêta à l'étal d'en face, souleva un poivrier à l'effigie d'une suffragette et l'étudia sous toutes les coutures. Le cadeau de Noël idéal pour Grace, pensa-t-il. Il s'apprêtait à demander le prix quand le client d'Appleyard s'éloigna ; il s'avança d'un pas nonchalant.

— Bonjour, monsieur. Vous cherchez quelque chose en particulier ?

— Quelqu'un, répondit discrètement William en montrant son insigne.

— Je n'ai rien fait de mal, déclara Appleyard d'un air de défi.

— Personne n'a dit le contraire. Je veux simplement vous poser quelques questions.

— À propos de l'homme qui achète de l'argent ancien ?

— Bingo.

— Je n'ai pas grand-chose à vous apprendre. Je l'ai croisé à Pentonville, mais je ne me souviens pas de son nom. J'ai passé des années à essayer d'oublier cette partie de ma vie, pas à la ressusciter.

— Je peux le comprendre. Mais vous me seriez d'une grande aide si vous pouviez vous rappeler quoi que ce soit à propos de cet homme – âge, taille, signes distinctifs.

Appleyard regarda dans le vague, comme s'il essayait de l'invoquer.

— Crâne rasé, cinquante, cinquante-cinq ans, plus d'un mètre quatre-vingt.

— Savez-vous pourquoi il était en prison ?

— Aucune idée. C'est la règle d'or là-bas, on ne demande jamais ce qu'un autre prisonnier a fait, et on ne dit jamais pourquoi on s'y trouve.

William nota consciencieusement cette information dans un coin de sa mémoire. Appleyard se tut quelques instants avant d'ajouter :

— Il avait un petit tatouage sur l'avant-bras droit, un cœur avec marqué « Angie » au travers.

— C'est une information très précieuse, M. Appleyard, répondit William en lui tendant sa carte. Si vous pensez à quoi que ce soit d'autre, n'hésitez pas à m'appeler.

— Vous n'aurez pas besoin de mentionner cette visite à mes collègues ?

— Je suis juste un client comme les autres, dit William en se dirigeant vers le stand en face, où il s'informa du prix du poivrier en forme de suffragette : une semaine de salaire.

Il y avait assez d'horloges carillonnant autour de lui pour rappeler à William qu'il devait retrouver son père dans un quart d'heure, et il savait que le vieil homme commencerait son repas sans lui s'il était en retard.

Il monta les escaliers quatre à quatre et fonça dans la rue puis tourna à droite, toujours au pas de course. Il arriva devant l'entrée du Lincoln Inn à 12 h 56 et aperçut son père de l'autre côté de la place, qui marchait à grands pas vers l'immense salle.

— Qu'est-ce qui t'amène dans les parages ? demanda Sir Julian en guidant son fils le long d'un couloir décoré de portraits d'illustres juges.

— Le travail et les loisirs. Je t'expliquerai pendant le repas. Mais d'abord, comment va Mère ?

— Très bien, elle t'embrasse.

— Et Grace ?

— Toujours aussi toquée. Elle défend un rastafari qui a cinq femmes et quatorze enfants, et qui essaye de faire croire qu'il est mormon et qu'il n'est donc pas soumis aux lois sur la polygamie. Bien entendu, elle va perdre, mais elle perd toujours.

— Elle te surprendra peut-être un jour, déclara William alors qu'ils entraient dans le réfectoire.

— C'est une cafétéria, prend un plateau, ordonna son père, en ignorant la réponse de son fils. Évite la viande à tout prix. Les salades sont généralement sans risque.

William choisit une assiette de saucisse purée et une tarte à la mélasse avant de se diriger vers une table au fond de la pièce.

— Est-ce une visite de courtoisie ou as-tu besoin d'un conseil ? demanda Sir Julian en prenant la salière. Mes tarifs sont de cent livres de l'heure et le compteur a déjà commencé à tourner.

— Alors tu devras le déduire de mon argent de poche, parce que j'ai besoin de ton avis sur plusieurs choses.

— Vas-y.

William expliqua longuement pourquoi il avait passé la matinée au bout de la rue, chez Silver Vaults.

— Fascinant, commenta son père, alors que William arrivait à la fin de son récit. Tu dois donc maintenant trouver qui est l'acheteur-mystère et pourquoi il fait fondre de l'argent qui a plus d'un siècle.

— Sauf que nous ne pouvons pas être sûrs que ce soit ça.

— Alors quoi d'autre ? À moins qu'il s'agisse d'un riche collectionneur excentrique ? Et si c'était le cas, il ne donnerait pas différents noms et adresses.

— Tu as une autre idée, Père ?

Sir Julian resta silencieux jusqu'à ce qu'il ait fini sa soupe.

— Des pièces, dit-il. Forcément des pièces.

— Pourquoi ?

— Il faut nécessairement que ce soit quelque chose de beaucoup plus précieux que l'argent en lui-même, sinon cette histoire ne rime à rien.

Sir Julian repoussa son bol de soupe vide et attaqua sa salade.

— Et ton autre problème ?

— As-tu déjà rencontré un avocat nommé Booth Watson ? Et si oui, que penses-tu de lui ?

— Ce n'est pas un nom que l'on prononce dans la bonne société, répondit Sir Julian, d'un ton soudain sérieux. Il se fait une joie de tordre la loi jusqu'à ce qu'elle se brise. Pourquoi cette question ?

— J'enquête sur l'un de ses clients… commença William.

— Alors je dois mettre fin à cette conversation, je n'ai aucune envie d'apparaître devant la cour à côté de cet homme.

— Ça ne te ressemble pas, Père. Tu parles rarement en mal de l'un de tes confrères.

— Booth Watson n'est pas un confrère. Il se trouve simplement que nous exerçons le même métier.

— Pourquoi le tiens-tu autant en grippe ?

— Tout a commencé quand nous étudiions à Oxford et qu'il s'est présenté à la présidence de la Law Society. Franchement, j'étais prêt à soutenir n'importe quel candidat face à lui. L'homme que j'avais suggéré a été élu, et Booth Watson m'en a tenu responsable. Nous n'avons pas échangé un mot courtois depuis. Et d'ailleurs, c'est lui là-bas, de l'autre côté de la pièce. Il mange seul, c'est tout ce que tu as besoin de savoir sur lui. Ne le regarde pas, il te ferait un procès pour intrusion.

— Qui défends-tu en ce moment ? s'enquit William pour changer de sujet, incapable de résister à lancer un regard vers l'endroit indiqué par son père.

— Un chef nigérian qui a découpé sa femme et envoyé quelques-uns des morceaux à sa belle-mère.

— Alors tu ne vas pas le faire acquitter ?

— Aucune chance, Dieu merci. D'ailleurs, je songe à ne plus me charger d'affaires de meurtres. Agatha Christie s'est arrêtée au bon moment.

— Comment ça ?

— Poirot n'a jamais eu à composer avec l'ADN, qui va bientôt rendre impossible la construction d'une défense raisonnable. Non, à l'avenir je vais me concentrer sur la fraude et la diffamation. Des procès plus longs, de plus grands dépassements d'honoraires, et cinquante pour cent de chances de gagner, expliqua-t-il avant de s'essuyer la bouche.

William regarda sa montre.

— Il faut que j'y aille.

— Compris, mais d'abord, parle-moi de ta vie sociale, parce que ta mère va me poser la question.

— Elle est un peu plus prometteuse. J'ai rencontré quelqu'un d'assez exceptionnel. D'ailleurs, je la revois ce soir.

— Puis-je le dire à ta mère ?

— Non, s'il te plaît, pas un mot, sinon elle va nous inviter à déjeuner dimanche, et je n'ai pas encore préparé Beth à cette épreuve.

— Prudence est mère de sûreté, répondit Sir Julian, en riant à son propre jeu de mots fumeux.

En sortant du réfectoire, William ne put s'empêcher de jeter un nouveau coup d'œil à Booth Watson, qui entamait sa tarte à la mélasse.

— Je suis content de t'avoir vu, mon garçon, dit Julian alors qu'ils sortaient du bâtiment.

— Moi aussi, Père.

William sourit en regardant son père qui s'éloignait à vive allure. Il lui devait tant !

10

À peine arrivé au Yard, William fit un compte-rendu de son entrevue avec Appleyard à son supérieur.

— Il nous a fourni une information qui pourrait être utile, affirma Lamont. Tu l'as remarquée ?

— Le tatouage ?

— Banco ! Parce que si tu trouves Angie, elle pourrait te guider droit à ton acheteur-mystère.

— Mais tout ce qu'on a, c'est ce tatouage.

— Et ça pourrait suffire.

— Comment ça ?

— Pense comme un criminel, petit, et pas comme un enfant de chœur, répondit Lamont en se renfonçant dans sa chaise.

— Pentonville, suggéra William après un bref silence.

— Tu es sur la bonne voie. Mais à qui dois-tu t'adresser à Pentonville ?

— Au directeur ?

— Non, trop haut placé pour ce dont nous avons besoin.

William avait l'air perdu, et une fois de plus, il dut attendre que Lamont vienne à son secours.

— Tu m'as dit qu'Appleyard n'est resté que trois semaines à Pentonville avant son transfert à Ford Open.

— Oui, monsieur.

— Durant cette période, il n'aurait eu le droit qu'à trois visites. Alors il faut que tu essaies de savoir si une dénommée Angie s'est rendue au parloir de Pentonville pendant le séjour d'Appleyard. Si c'est le cas, ils auront ses coordonnées dans un dossier.

— Il faut aussi espérer qu'elle est toujours sa petite amie.

— Ça ne devrait pas poser de problème. Pour un taulard, un tatouage est l'équivalent d'une bague. C'est un engagement, et, regardons les choses en face, c'est tout ce que nous avons. Interroge le surveillant brigadier responsable du parloir.

Il s'appelle Leslie Rose. Mais pour toi, ce sera Monsieur. Transmets-lui mes amitiés.

William retourna à son bureau et chercha le numéro du responsable du parloir au HMP[1] Pentonville. Quelqu'un décrocha le combiné et une voix de stentor aboya :

— Rose !

— Bonjour, monsieur. Je suis l'agent Warwick et je vous appelle sur recommandation de mon patron, le commandant Lamont.

— Un couillon.

— Excusez-moi, monsieur ?

— N'importe quel imbécile qui pense qu'Arsenal peut gagner la Coupe est un couillon. Qu'est-ce que je peux faire pour vous, agent Warwick ?

— En 1981, vous aviez un prisonnier du nom d'Appleyard à Pentonville. Ken Appleyard. Il n'est resté chez vous que trois semaines, entre le 9 et le 30 avril, avant d'être transféré à Ford.

— Et ?

— Pendant son séjour, un autre prisonnier, dont il a oublié le nom...

— Ou dont il ne veut pas se souvenir.

— ... a peut-être reçu la visite d'une petite amie nommée Angie.

— Comment pouvez-vous en être sûr ?

— Appleyard se souvient d'un tatouage sur le bras droit de l'homme. Un cœur rouge avec le prénom Angie.

— Joli travail de limier, jeune homme. Les chances sont minces, mais je vous rappelle.

— Merci, monsieur.

— Transmettez mes amitiés à Bruce. Dites-lui d'abandonner tout espoir pour samedi.

— Tout espoir de quoi, monsieur ?

— Qu'Arsenal batte les Spurs.

— Je suppose que vous soutenez Tottenham Hotspur ?

— Je vois que le Yard continue à ne recruter que le haut du panier. Et vous, qui soutenez-vous ?

1. Her Majesty's Prison : prison de Sa Majesté (*Note du traducteur*).

— Fulham, monsieur. Et je me dois de souligner que vous ne nous avez pas battus depuis un moment.

— Et moi, je dois vous faire remarquer, agent Warwick, que nous n'avons pas joué contre vous depuis des années, et que ça ne risque pas d'arriver si vous continuez à dépérir en deuxième division.

Ils raccrochèrent.

William passa le reste de l'après-midi à rédiger un rapport sur son entrevue avec Appleyard et sur sa conversation avec le surveillant brigadier Rose de Pentonville. Il décida de laisser de côté les jurons et les références à Arsenal, avant de remettre sa version édulcorée sur le bureau du commandant Lamont sur les coups de 17 h 30.

William prévoyait de s'éclipser juste avant dix-huit heures, pour ne pas être en retard à la conférence de Tim Knox au Fitzmolean et à son dîner avec Beth ensuite.

Il s'apprêtait à partir quand le téléphone sonna. Jackie décrocha le combiné.

— C'est pour toi, Bill, annonça-t-elle en lui transférant l'appel.

Il sourit, s'attendant à entendre les intonations enjouées du surveillant brigadier Rose à l'autre bout du fil.

— Agent Warwick ? demanda une voix qu'il discernait à peine.

— Oui. Qui est-ce ?

— Je m'appelle Martin. Je travaille pour John Sandoe Books à Chelsea, vous êtes passé à notre boutique la semaine dernière. Votre homme est revenu, mais cette fois, il cherche une première édition de Dickens.

William leva la main, geste indiquant à tous les policiers disponibles de prendre leur combiné et d'écouter la conversation.

— Rappelez-moi votre adresse ?

— Blacklands Terrace, sur King's Road.

— Retenez-le le plus longtemps possible, ordonna William. J'arrive tout de suite.

— Une voiture vous attend, l'informa Lamont en raccrochant son téléphone. Foncez !

William courut hors du bureau, descendit les escaliers au pas de course et se rua à l'extérieur où l'attendait une voiture, moteur allumé et porte passager ouverte. Le conducteur démarra en trombe, sirène hurlante, avant que William ait pu fermer la portière.

— Danny Ives, salua le chauffeur, en tendant sa main gauche, l'autre fermement agrippée au volant tandis qu'il accélérait.

Il n'avait clairement pas besoin qu'on lui indique où aller.

— William Warwick, répondit William, qui savait qu'un collègue qui ne donnait pas son grade était probablement un simple agent de police. Même si, en réalité, la plupart des pilotes du Met se considéraient comme une classe à part ; à leurs yeux la capitale n'était rien de plus qu'un circuit de Formule 1, les piétons pour difficulté supplémentaire.

Ives entra dans Victoria Street et se faufila dans la circulation de la fin d'après-midi en direction de Parliament Square. Il grilla un feu rouge devant le Parlement. William avait déjà fait quelques trajets toutes sirènes dehors mais il se sentait encore tel un écolier réalisant ses rêves les plus fous alors que voitures, camionnettes, camions et bus s'écartaient pour les laisser passer. Tandis qu'ils approchaient du feu du Chelsea Bridge, Ives ralentit et ignora l'interdiction de tourner à droite, raccourcissant le trajet de plusieurs minutes. Il accéléra sur Chelsea Bridge Road en direction de Sloane Street, qui était particulièrement encombrée aux heures de pointe. Il atteignit les feux de circulation de Sloane Square alors qu'ils passaient au rouge et se glissa dans la voie de bus sans s'arrêter. Tandis qu'il tournait à droite après les grands magasins Peter Jones et continuait le long de King's Road, Ives coupa le son de la sirène mais pas les gyrophares.

— On ne voudrait pas qu'il nous entende arriver, pas vrai ? commenta-t-il. C'est une erreur qu'ils font souvent dans les films.

Il tourna dans Blacklands Terrace, où William remarqua un jeune homme devant la librairie, qui agitait les bras. Il se précipita à sa rencontre.

— Vous venez de le rater. Je n'ai pas pu le retenir plus longtemps. C'est lui, avec le trench beige, qui se dirige vers Sloane Square.

William regarda dans la direction que lui indiquait le libraire et entrevit l'homme qui tournait au coin de la rue.

— Merci ! cria William en poursuivant à pied.

Ses yeux fouillaient la foule devant lui, mais il devait slalomer entre les piétons, sans l'aide de la sirène. Puis il repéra un homme en trench beige. Il allait lui mettre le grappin dessus lorsqu'il remarqua qu'il poussait un landau d'une main et serrait celle d'un jeune enfant de l'autre.

William continua à avancer, de moins en moins confiant à chaque foulée, puis il entrevit un autre trench beige qui disparaissait dans la bouche de métro de Sloane Square. Lorsqu'il atteignit le tourniquet, il présenta son insigne mais ne laissa pas au contrôleur le temps de le vérifier alors qu'il avançait à vive allure. Il aperçut l'homme au bas de l'escalator, mais celui-ci disparut à nouveau. William se précipita dans l'escalator, écartant les voyageurs de la fin d'après-midi, et avait presque rattrapé l'individu, quand celui-ci tourna à droite pour rejoindre la District Line en direction de l'est.

William arriva sur le quai bondé à l'instant où le train s'arrêtait dans un bruit strident. Il regarda à droite et à gauche avant de repérer l'homme qui montait cinq wagons plus loin. William sauta dans la voiture la plus proche au moment où les portes se refermaient, agrippa la barre pour se stabiliser et reprendre son souffle.

Il descendit du train à la station suivante, mais le trench beige ne se montra pas. Alors, comme le roi d'un jeu d'échecs, il avança d'une case à la fois, se glissant dans un nouveau wagon à chaque arrêt.

Le passager au trench ne descendit pas, et quatre stations plus loin, William était dans le wagon attenant. Il prit un siège à l'avant et jeta un coup d'œil par la vitre entre les voitures pour mieux étudier sa proie. L'homme tournait une page de son *Evening Standard*, et à l'arrêt suivant, ne leva même pas les yeux. Le trajet promettait d'être long.

Lorsque l'homme replia enfin son journal, ils s'étaient arrêtés vingt et une fois, ce qui avait amplement donné à William le temps de s'assurer qu'il suivait bien le bon individu. Soixante, soixante-cinq ans, des cheveux grisonnants, un peu courbé. Il n'avait pas besoin d'entendre son accent pour savoir que c'était le même client que lui avait décrit le gérant de chez Hatchards.

L'homme descendit enfin à Dagenham East. William garda ses distances en sortant de la station. Au début, il put se fondre dans la foule, mais à mesure que les passagers se dispersaient, il devait prendre de plus en plus ses distances. Il avait songé arrêter l'homme sur-le-champ, mais il avait d'abord besoin de savoir où il vivait, pour découvrir où étaient cachées les preuves.

L'homme tourna dans une petite rue, et s'arrêta devant un portail. William continua d'avancer et nota le numéro, 43, tandis que l'homme déverrouillait sa porte d'entrée et disparaissait à l'intérieur. Quand William eut atteint le bout de la rue, il grava le nom Monkside Drive dans sa mémoire et décida à contrecœur qu'il serait sûrement plus sage de ne pas essayer d'entrer avant d'avoir fait un rapport au commandant Lamont et d'avoir obtenu un mandat de perquisition. Il était certain que l'homme au trench beige n'irait nulle part de sitôt.

William fit demi-tour et se dirigea vers le poste, triomphant, mais quelques secondes plus tard son état d'esprit changea. Il regarda sa montre : 19 h 21. Beth devait se demander où il était passé.

Il courut jusqu'à la station, mais seul, dans le froid du quai venteux, attendant le prochain train, il sut qu'il n'avait aucune chance d'arriver à Kensington à temps pour la conférence du Dr Knox. La progression sans cesse interrompue du train, que William n'avait pas remarquée à l'aller sous l'effet de la montée d'adrénaline et de sa concentration minutieuse, semblait interminable. Le train parvint finalement à South Kensington à 20 h 15. William courut dans l'escalator et sur Thurloe Place, mais lorsqu'il arriva devant l'entrée du Fitzmolean, le bâtiment était plongé dans le noir.

Alors qu'il marchait lentement vers chez Beth, il préparait un discours expliquant pourquoi il n'avait pas pu assister à la conférence. Il était presque parfait lorsqu'il atteignit la porte d'entrée.

Il attendit quelques instants avant de donner deux coups discrets au heurtoir. Quelques secondes plus tard, la porte s'ouvrit et un grand et beau jeune homme demanda :

— Que puis-je faire pour vous ?

William se sentit très mal.

— J'espérais voir Beth, articula-t-il, tandis qu'une silhouette dans une robe de chambre, une serviette sur la tête, apparaissait.

— Entre, William, dit Beth. J'ai hâte de savoir pourquoi tu m'as posé un lapin. Ai-je le droit d'espérer que tu as retrouvé le Rembrandt ? Pendant que je me sèche les cheveux, Jez, demanda-t-elle au jeune homme, peux-tu accompagner William dans le salon et lui servir un verre ? Même s'il ne le mérite pas.

11

— Vous êtes arrivé à temps à la librairie ? demanda Lamont quand William entra dans le bureau le lendemain matin.

— Oui, monsieur.

— Alors vous l'avez arrêté ?

— Non, monsieur.

— Pourquoi ça ?

— Je l'ai rattrapé dans le métro en direction de Dagenham East. J'ai décidé de découvrir d'abord où il habite, puis d'y retourner ce matin avec un mandat de perquisition.

— Imbécile, s'exclama Lamont. Vous auriez dû l'arrêter sur-le-champ et fouiller immédiatement son domicile. Espérons que vous n'ayez pas à expliquer à Hawk pourquoi il a disparu cette nuit.

— Il n'ira nulle part, monsieur.

— Et comment pouvez-vous le savoir, agent ? Vous êtes policier, pas diseuse de bonne aventure. Il vous a vu le filer ?

— Je ne crois pas, monsieur.

— Espérons-le, parce que vous lui avez laissé amplement le temps de détruire les preuves, et même de fuir.

William se sentait comme un écolier auquel le directeur passait un savon pour n'avoir pas correctement fait ses devoirs.

— Et autre question, petit, pourquoi portez-vous les mêmes vêtements qu'hier ?

— Je n'ai pas entendu mon réveil, j'ai mis la première chose qui me soit tombée sous la main, je ne voulais pas être en retard.

— Et c'est aussi pour ça que vous n'avez pas eu le temps de vous raser ?

William baissa la tête.

— Bien, j'espère qu'elle en valait le coup, commenta Lamont, parce que vous avez déjà assez d'ennuis comme ça. Je vais vous expliquer ce qui va se passer là, tout de suite. Vous allez rentrer chez vous, prendre une douche, vous raser, changer de vêtements, et revenir dans une heure ; à ce moment-là, j'aurai un mandat pour perquisitionner le domicile de votre suspect. Le brigadier Roycroft et vous, vous irez à Dagenhman pour l'arrêter, l'inculper et rassembler toutes les preuves possibles de façon à s'assurer qu'on le coince quand il comparaîtra au tribunal. Puis vous l'escorterez au commissariat local, où il restera jusqu'à son passage devant un magistrat demain matin. Et, Warwick, s'il s'est enfui ou qu'il a détruit les preuves, vous aurez affaire au commissaire divisionnaire, et je serai obligé de vous renvoyer en patrouille. Maintenant, magnez-vous, avant qu'il meure de son grand âge.

Pendant son trajet vers Victoria, William ne put s'empêcher de penser à ce qui s'était passé le soir précédent. Lui et Jez, le colocataire de Beth, avaient bu une bière, et Jez avait fait l'essentiel de la conversation. Il lui avait expliqué que lui et Beth avaient été à la fac ensemble et que leur relation était purement platonique. William n'avait pas eu besoin qu'il lui explique pourquoi.

Quand Beth se joignit à eux, encore dans sa robe de chambre, Jez s'éclipsa rapidement.

— Il ne fallait pas te laver les cheveux juste pour moi, dit William.

— N'essaye pas de t'en tirer à si bon compte, répondit Beth, en s'asseyant à côté de lui sur le canapé. Je veux quand même savoir pourquoi tu m'as posé un lapin.

William n'atteignit même pas Dagenham avant de l'embrasser une première fois, et il aurait fini son récit de la poursuite du faussaire de Churchill pendant le petit-déjeuner, si Beth ne lui avait pas rappelé l'heure.

— Je vais visiter la Fake Gallery demain, lui apprit-il en se dirigeant vers la porte. Tu veux m'accompagner ?

— Oui, enfin sauf si tu es retenu par l'étrangleur de Boston.

Lorsque William était arrivé à Scotland Yard plus tard ce matin-là, il avait passé quelques minutes dans les toilettes, faisant de son mieux pour paraître présentable. Mais ses piètres efforts n'avaient pas dupé Lamont.

À l'instant où il pénétra dans sa petite chambre à Trenchard House, il prit une douche, se rasa et enfila des vêtements propres. Il revint à son bureau dans l'heure. Lamont avait déjà identifié le suspect à partir de son adresse à Dagenham : un certain M. Cyril Amhurst. Il avait aussi obtenu un mandat de perquisition auprès d'un magistrat local.

— Jackie viendra avec toi, dit-il à William, puisque visiblement tu as besoin d'une baby-sitter pour te tenir la main. J'espère pour toi que M. Amhusrt ne s'est pas fait la malle.

William prit une voiture au parking et s'engagea vers l'est le long de l'Embankment en direction de Dagenham, avec sa baby-sitter sur le siège passager. C'était la première fois qu'ils passaient du temps ensemble, outre les occasionnels moments de camaraderie au Tank, le troquet au sous-sol de Scotland Yard. Il n'avait toujours pas trouvé la salle de billard.

Alors qu'ils traversaient l'East End, William découvrit que Jackie était divorcée, qu'elle avait une fille, Michelle, et une mère compréhensive qui lui permettait de faire ce travail qu'elle aimait.

William ne mentionna pas ses parents ou sa sœur, mais il raconta à Jackie qu'il avait l'intention de visiter la Fake Gallery de Notting Hill demain, avec une assistante de recherche du Fitzmolean.

— C'est à cause d'elle que tu étais en retard ce matin ?

— Oui, reconnut William, en se tournant pour regarder par la fenêtre.

— Alors, espérons qu'elle aussi soit compréhensive.

— Que veux-tu dire ?

— Il y a plus de ruptures dans la police que dans n'importe quel corps de métier. J'adore toujours mon ex-mari, mais il en a eu marre de ne jamais savoir quand je rentrais, ou même si je rentrais, alors il s'est trouvé quelqu'un qui est toujours là au dîner, et non au petit déjeuner. Sinon, il vaudrait mieux que tu informes le patron que tu comptes visiter la Fake Gallery demain.

— Pourquoi ? C'est mon jour de congé.

— Peu importe, il n'aime pas apprendre les choses après tout le monde.

— Merci du conseil, dit William, alors qu'ils arrivaient à Dagenham.

William en avait appris plus sur Jackie ces quarante dernières minutes que durant tout le mois précédent.

— Que ferons-nous s'il n'est pas là ? demanda-t-il alors qu'ils se garaient devant le 43 Monkside Drive.

— On attend qu'il rapplique. Une grande partie du travail de policier consiste à traîner.

— Toi ou moi ? interrogea William alors qu'ils remontaient l'allée.

— Toi. C'est toi qui es chargé de l'enquête.

William, nerveux, frappa à la porte, et alors que les secondes passaient, il se mit à redouter le pire. Il s'apprêtait à retourner à la voiture quand la porte s'ouvrit.

— Monsieur Cyril Amhurst ?

— Oui, répondit l'homme, avec un sourire affable. Que puis-je faire pour vous ?

— Je suis l'agent Warwick et voici ma collègue, le brigadier Roycroft.

Ils montrèrent leur insigne et le sourire d'Amhurst s'effaça.

— Pouvons-nous entrer, monsieur ?

— Oui, bien sûr, consentit-il, un peu moins chaleureusement.

Il les guida dans le salon, mais ne s'assit pas.

— C'est à quel sujet ? s'enquit-il

— Nous avons reçu plusieurs plaintes d'un certain nombre de librairies londoniennes selon lesquelles vous leur avez vendu des éditions signées de *La Seconde Guerre mondiale* de Winston Churchill.

— Je ne pensais pas que c'était un crime.

— Ça l'est si la signature est la vôtre et non celle de Sir Winston, répondit Jackie d'un ton ferme.

— Je dois également vous informer, ajouta William, que nous avons un mandat qui nous autorise à perquisitionner les lieux.

Amhurst devint blanc comme un linge et s'effondra sur le canapé. Pendant un instant, William pensa qu'il allait s'évanouir.

William et Jackie passèrent les deux heures suivantes attelés à leur tâche, l'un d'entre eux restant toujours dans le salon, où Amhurst était docilement assis sur le sofa. William se rendit rapidement compte que le brigadier Roycroft était coutumière de l'exercice.

— Voudriez-vous une tasse de thé ? demanda Amhurst alors qu'au centre de la pièce, le monticule de livres se changeait en montagne.

— Non, merci, répondit William, en plaçant deux bouteilles d'encre noire Waterman à côté des nombreuses feuilles de papier ligné couvertes de centaines de lignes de la signature de Winston S. Churchill.

Quand Jackie considéra la perquisition achevée, ils avaient découvert plusieurs trésors : une édition complète en six volumes de *La Seconde Guerre mondiale* de Churchill, dont trois étaient signés, ainsi que des livres de Lewis Carroll, du Field marshal Montgomery et du président Eisenhower, non signés. Mais le grand prix était une première édition d'*Un Conte de Noël,* signée par Charles Dickens.

Une fois que Jackie eut rangé chaque objet séparément dans un sachet étiqueté, William arrêta M. Amhurst et lui lut ses droits.

— Vais-je aller en prison ? interrogea Amhurst, inquiet.

— Pas pour le moment. Mais vous allez devoir nous accompagner jusqu'au commissariat de Dagenham où vous serez interrogé et probablement inculpé. L'officier de permanence aux cellules décidera ensuite si vous êtes libérable sous caution. Par précaution, je vous conseille de prendre un change.

Amhurst ne pouvait s'empêcher de trembler.

William et Jackie l'escortèrent jusqu'au commissariat local, l'enregistrèrent et remirent les pièces à conviction au brigadier de service. Quand Amhurst fut inculpé, il ne dit rien à part pour demander s'il pouvait téléphoner à son avocat. On prenait ses empreintes et sa photographie au moment où William et Jackie signaient le registre avant de retourner à Scotland Yard.

Une fois les clefs de la voiture rendues au parking, William rejoignit Jackie à la réception et ils prirent ensemble l'ascenseur vers le cinquième étage. En mettant le pied dans le couloir, William remarqua la lumière sous la porte du commissaire divisionnaire

— Tu crois qu'il la laisse toujours allumée, même quand il n'est pas là ?

— Ça ne m'étonnerait pas, répondit Jackie. Mais aucun de nous n'osera toquer à sa porte pour vérifier.

Dans le bureau, ils trouvèrent Lamont au téléphone, et une fois l'appel fini, il écouta leur rapport.

— Tu as eu de la chance, William, conclut-il à la fin du compte-rendu. Assure-toi de ne jamais refaire une erreur aussi stupide. Et n'oublie pas que tes responsabilités dans cette affaire ne sont pas terminées. Si Amhurst plaide non coupable, tu seras appelé pour témoigner.

— Je suis certain qu'il plaidera coupable, répondit William. Les preuves sont accablantes.

— Tu ne peux jamais en être sûr. Je n'aurais pas assez de temps pour te raconter combien de dossiers tout cuits j'ai perdus. Mais j'admets que celui-ci à l'air plutôt solide. D'ailleurs, le surveillant brigadier Rose a appelé depuis Pentonville. Il veut que tu lui passes un coup de fil.

William retourna à son bureau et resta silencieux quelques instants, tant de pensées différentes tourbillonnaient dans son esprit : Amhurst, suivi de Beth, elle-même évincée par Rose. Il décrocha le combiné, composa le numéro du HMP Pentonville et demanda qu'on lui passe le surveillant brigadier.

— Rose.

— Ici Warwick, monsieur, je vous rappelle.

— Vous avez de la chance, agent Warwick.

William ouvrit son calepin.

— Trois femmes nommées Angie ont rendu des visites au parloir de Pentonville entre le 9 et le 30 avril 1981. Mesdames Angie Oldbury, Angela Ibrahim et Angie Carter.

— Si je pouvais avoir les coordonnés des trois femmes, monsieur.

— Pas besoin, déclara Rose, l'un des prisonniers qui a reçu la visite d'une Angie est encore à Pentonville, et un autre est noir, ce qu'Appleyard aurait remarqué, j'imagine. Le troisième a été libéré il y a un peu plus d'un an.

— Comment s'appelle-t-il ?

— Patience, jeune homme. Celui qui peut vous intéresser est un vrai petit diable du nom de Kevin Carter, qui vit à Barnstaple. C'est dans le Devon, au cas où vous ne le sauriez pas. Il est graveur dans la journée, et cambrioleur de nuit. Maintenant, c'est à votre tour de prouver que vous êtes digne du préfixe devant votre nom.

— Je m'y mets de ce pas, monsieur.

— Et avez-vous passé mes amitiés à votre patron ?

— Je l'ai fait, monsieur.

— Et quelle a été sa réponse ?

— Je crois que vous feriez mieux de lui demander vous-même, monsieur.

— À ce point-là, répondit Rose avant de raccrocher.

William nota un mémo de sa conversation avec le surveillant brigadier Rose avant de le tendre à son patron.

— Quel est le premier mot qui ressort de cette page ? interrogea Lamont après l'avoir lu.

— Graveur.

— Vous apprenez vite, constata Lamont. Bien que Carter et Barnstaple, soient bons deuxième et troisième.

Il fit pivoter sa chaise.

— Jackie, vous feriez mieux de vous joindre à nous.

Une fois le brigadier Roycroft installée, son sempiternel stylo bic à la main, calepin ouvert, Lamont reprit.

— Vous allez passer tous les deux quelques jours dans le West Country pour garder un œil sur Carter. Je veux que vous découvriez ce qu'il mijote et ce qu'il grave sur l'argent acheté aux Vaults. Et pourquoi il s'est soudain mis à acheter, lui qui a l'habitude de voler. Il n'a pas ce genre de fonds, quelqu'un doit le financer. Mais qui ?

— Quand partons-nous, monsieur ? demanda Jackie.

— Aussi vite que possible. Sauf si l'un d'entre vous a quelque chose de plus important à faire à Londres ?

— Peut-être, répondit William. J'ai récemment rencontré une chercheuse du Fitzmolean, et bien que je n'aie rien découvert de nouveau sur le vol du Rembrandt, elle m'a suggéré de visiter la Fake Gallery à Notting Hill, ce que j'avais l'intention de faire demain matin.

— Pourquoi ? aboya Lamont.

— Pour le maigre espoir de repérer un tableau semblable à l'artiste qui a fait la copie du Rembrandt.

— Ça vaut le coup d'essayer, admit Lamont. Et emmenez la jeune femme avec vous, surtout si c'est elle qui vous a mis en retard ce matin.

Jackie retint un sourire.

— Bien, c'est réglé, reprit Lamont. Vous partirez tous les deux pour Barnstaple lundi matin à la première heure.

— Puis-je vous demander comment se passe le trafic de diamant, monsieur ? demanda William.

— Ne faites pas trop le malin avec moi, agent, ou vous vous retrouvez à Lambeth en service de nuit en un tournemain.

*

— J'ai quelque chose d'intéressant qui pourrait te plaire, annonça Clare en tendant une chemise marquée : CONFIDENTIEL.

Grace prit son temps pour prendre connaissance du dossier de son avouée avant de dire :

— Le juge n'autorisera jamais la poursuite du procès, au vu des circonstances, tu ne crois pas ?

— Il y a un précédent, lui apprit Clare. Le juge Havers a autorisé son fils et sa fille à comparaître devant lui, l'un d'eux représentait la Couronne et l'autre la défense. Mais pas avant que l'accusé n'ait donné son accord.

— Ce n'est pas mon terrain habituel, admit Grace en lisant l'acte d'accusation une seconde fois. Cependant, j'avoue que je trouve le défi irrésistible. Et je parie que mon père n'y verra aucune objection.

— Lui as-tu parlé de nous ? demanda Clare, essayant de dissimuler sa nervosité.

— Je ne suis pas entrée dans les détails.

— Comptes-tu le faire un jour ? soupira Clare avant d'ajouter : j'ai cherché le mot « réactionnaire » dans le dictionnaire, et j'ai trouvé le nom de ton père dans les exemples.

Grace éclata de rire.

— J'ai parlé de toi à ma mère, et elle a été on ne peut plus encourageante. Elle m'a demandé si tu voulais nous rejoindre pour déjeuner dimanche, et laisser mon père se débrouiller devant le fait accompli ?

— Qui crois-tu que ton père serait plus heureux d'accueillir comme membre du Garrick Club : un tueur en série ou une lesbienne ?

— En série, je ne sais pas, répondit Grace en reposant le dossier sur la table de nuit avant d'éteindre la lumière.

12

Ils étaient assis tous les deux en haut du bus à impériale qui se dirigeait vers Notting Hill.

— Avez-vous un plan, agent Warwick, demanda Beth, ou sommes-nous en train d'improviser ?

— On improvise, avoua William. Mais j'espère que, lorsqu'on remontera dans ce bus, je saurai qui a peint la copie du Rembrandt disparu.

— Tu as réussi à découvrir des choses intéressantes sur la galerie ?

— Elle a été fondée il y a douze ans par deux frères, Malcolm et Zac Knight. C'était tout d'abord une galerie de portraits, mais face au manque de rentabilité, ils se sont mis à faire des copies non signées de tableaux célèbres pour des clients qui ne peuvent pas se payer des originaux, mais veulent des chefs-d'œuvre pour un millième du prix. C'est là que leur commerce a décollé. Et toi ?

— J'ai demandé à mes amis du milieu. Un bon nombre ne voit pas la galerie d'un très bon œil, même si un ou deux ont admis qu'elle permettait à certains artistes sans le sou de gagner leur vie. Apparemment certaines des copies sont d'une qualité exceptionnelle. Mais je préférerais quand même avoir un original.

— Alors il faudra le voler. Ou épouser un homme riche.

— Ce ne sera pas nécessaire, répondit Beth. Je vis déjà avec certains des plus grands artistes que la Terre ait jamais portés, quant à mon nouveau petit ami, il n'a pratiquement pas un rond, alors ça ne me semble pas très prometteur.

— Mais la plupart de ces artistes sont des Néerlandais morts et enterrés, donc ton petit-ami doit avoir sa chance.

— Peut-être, s'il retrouve mon Rembrandt.

— Est-ce la raison pour laquelle tu m'as dragué ?

— C'est toi qui m'as draguée, au cas où tu l'aurais oublié. Et tu n'es même pas venu à notre deuxième rendez-vous.

— Tu m'as déjà fait la leçon, dit William en lui prenant la main.

— Alors j'espère que tu ne comptes pas quitter les Biens culturels avant d'avoir retrouvé mon Rembrandt.

— Je ne risque pas de bouger avant un moment. Mais si je réussis mon examen de brigadier, dans quelques années, je serais probablement transféré dans un autre service.

— Tu n'iras nulle part tant que mon Rembrandt ne sera pas de retour dans son cadre, sinon je devrai transférer mon affection sur ton remplaçant.

— Quel veinard ! Mais si nous trouvons qui a copié le *Syndic*, nous serons plus près de découvrir ce qui est arrivé à l'original.

Le bus s'arrêta, et William s'écarta pour laisser Beth descendre avant lui.

— Peu d'hommes font encore ce genre de chose de nos jours, commenta Beth alors qu'elle descendait les escaliers. J'ai hâte de rencontrer ton père. Il doit être un gentleman à l'ancienne.

— C'est quelque chose que j'ai toujours tenu pour acquis, admit William, et que je commence tout juste à apprécier.

— Tu te souviens de la phrase de Mark Twain à propos de son père ? dit Beth en descendant du bus. « Quand j'avais quatorze ans, mon père était si ignorant que je pouvais à peine supporter la présence du vieil homme. Mais quand j'ai eu vingt-et-un ans, j'ai été étonné de voir combien il avait appris en sept ans. »

William éclata de rire.

— Tu sais où on va ? questionna Beth.

— Non, admit William, mais j'ai aperçu quelqu'un qui pourrait nous aider.

Il arrêta un agent de police qui patrouillait et lui demanda où se trouvait Abbots Road.

— La deuxième à droite, monsieur.

— Merci.

— Tu as déjà porté un uniforme ? s'enquit Beth.

— J'ai passé quelques années en patrouille à Lambeth.

— Et les gens étaient-ils tous aussi reconnaissants et polis que toi ?

— Pas toujours, convint William doucement, avant de baisser la tête.

— J'ai dit quelque chose qu'il ne fallait pas ? s'inquiéta soudain Beth.

— Tu m'as rappelé le souvenir d'un vieil ami qui aurait dû être dehors à patrouiller ce matin, dit William alors qu'ils tournaient à l'angle d'une rue.

— Je suis désolée.

Elle lui prit la main, consciente qu'ils avaient encore tant de choses à apprendre l'un de l'autre.

— Tu ne pouvais pas savoir.

Alors qu'ils se promenaient sur Abbots Road, William repéra une enseigne colorée agitée par la brise.

— Essaye de ne pas avoir l'air d'un policier, murmura Beth en entrant dans la galerie.

Un homme vêtu d'une chemise rose ouverte, d'un blazer et d'un jean s'avança pour les accueillir.

— Bonjour, lança-t-il. Je m'appelle Zac Knight. Je suis le propriétaire de la galerie. Vous cherchez quelque chose en particulier ?

Oui, pensa William.

— Non, répondit Beth. Nous sommes juste entrés pour regarder.

— Bien entendu, dit-il avec un sourire amical. La galerie est sur deux niveaux. Ici, au rez-de-chaussée, se trouvent de superbes tableaux dans le style des maîtres modernes.

— Je suis surpris que ce soit légal, commenta William.

Beth fronça les sourcils tandis que Knight regardait William de plus près. Puis il décrocha un tableau du mur et le retourna pour dévoiler un large « FAUX » barbouillé à l'arrière de la toile en grandes lettres noires.

— Je vous garantis, monsieur, que si vous essayiez d'effacer ces lettres, vous abîmeriez irrémédiablement le tableau.

William acquiesça, mais comme Beth lui faisait toujours les gros yeux, il ne posa pas d'autres questions.

— Et au sous-sol, reprit Knight, en remettant le tableau au mur, vous trouverez des copies de chefs-d'œuvre célèbres, de la main d'artistes extrêmement talentueux.

— Est-ce que « faux » est inscrit au dos de ceux-là aussi ?

— Non, madame. Cependant, les tableaux ne sont jamais signés, et sont tous un peu plus petits ou un peu plus grands que les originaux, de façon à ce qu'aucun collectionneur sérieux ne puisse se laisser abuser. Je vous en prie, profitez des deux expositions, et n'hésitez pas si vous avez des questions.

— Merci, Zac, dit Beth en lui rendant son sourire.

Alors qu'ils faisaient un tour au rez-de-chaussée, William fut surpris par la qualité des faux. Si vous vouliez un Picasso, un Matisse ou un Van Gogh, vous pouviez vous en offrir un pour moins de mille livres. Même *A Bigger Splash* de David Hockney était exposé, un tableau dont il avait un poster dans sa chambre. Mais alors qu'ils se tenaient devant un Rothko qui aurait pu tromper même un expert, il glissa à Beth qu'il aurait préféré un Mary Fedden, un Ken Howard ou un Anthony Green pour le même prix.

— As-tu repéré ton homme ? murmura Beth.

— Non. Mais il y a plus de chance qu'il soit au sous-sol.

— Alors vas-y. Si M. Knight revient, je l'occuperai.

— Bonne idée, répondit William, et il disparut au sous-sol pour découvrir la seconde grande galerie, pleine de tableaux, qu'il reconnaissait pour la plupart.

Le Dernier Voyage du Téméraire de Turner pour deux mille livres, ou *Les Époux Arnolfini* de van Eyck, accroché à côté d'un nu familier de Goya.

Mais c'est lorsqu'il aperçut *La Danse de la vie humaine* de Poussin qu'il eut le souffle coupé. Il avait vu l'original à la Wallace Collection et il s'émerveilla de la façon dont l'artiste avait créé cette ressemblance. Un talent rare qui brillait au milieu d'imitations grossières et sans vie. Certaines des autres copies étaient excellentes, mais aucune n'était de ce niveau. William en était certain, il avait trouvé son homme, mais malheureusement, le cartel à côté du tableau n'indiquait pas qui était l'artiste.

Après avoir passé quelque temps devant le tableau, il remonta à contrecœur au rez-de-chaussée, où il trouva Beth au beau milieu d'une conversation avec le propriétaire.

— Je crois que vous admettrez que *Les Parapluies* de Renoir sont la preuve de ce que j'avance, disait Knight au moment où William les rejoint.

Il adressa un signe de tête à Beth.

— Si vous aviez l'obligeance de me le montrer, Zac, roucoula-t-elle.

— Suivez-moi, répondit Knight, en ignorant William.

Alors que Beth passait devant lui pour suivre le propriétaire jusqu'au sous-sol, William murmura « Poussin ». Il fit une deuxième fois le tour de la galerie, lentement, mais son esprit était ailleurs.

Jez était parti à Shropshire pour le week-end, et William voulait avouer à Beth ce qu'il ressentait pour elle, mais il s'inquiétait qu'elle ne soit pas encore prête pour un tel engagement, même si, quand son père avait demandé la main de sa mère après trois semaines, elle lui avait répondu, du moins c'est ce qu'on disait : « Qu'est-ce qui t'a pris tant de temps ? »

Beth et Knight étaient en bas depuis vingt minutes quand William se demanda s'il devait les rejoindre, mais il se retint néanmoins. Vingt-cinq minutes. Trente minutes. Alors qu'il se dirigeait vers les marches, Beth réapparut, suivie de près par le propriétaire.

— Merci, Zac, dit-elle. C'était très enrichissant, et j'ai hâte d'assister à la visite privée mercredi. Au fait, voici mon frère, Peter.

Zac serra la main de William.

— Bon, on ferait mieux de filer, frangine, si on ne veut pas faire attendre maman pour le déjeuner.

— Je dois reconnaître que je me suis tant amusée que j'en ai oublié notre chère maman.

— Tu as mon numéro, Barbara, rappela Zac. Appelle-moi quand tu veux.

William fit semblant de ne pas remarquer le sourire aguicheur que Knight arborait quand il ouvrit la porte.

— À mercredi, Zac, lança Beth.

Une fois dans la rue, William la pria :

— Continue de marcher, et essaye d'avoir l'air d'être ma sœur, et non ma copine, parce que Zac nous observe depuis sa vitrine.

Beth garda une distance fraternelle et ne dit pas un mot avant qu'ils tournent à l'angle de la rue. Quand ils atteignirent un café, elle entra la première et fonça vers un box dans un coin, bien caché de la rue.

— Une vraie Nell Gwynne, s'exclama William, en prenant place sur le siège en face d'elle.
— Plutôt Catherine II de Russie, suggéra Beth en se tournant dos à la fenêtre.
— Raconte-moi tout.
— Zac est aussi faux que ses tableaux, commença-t-elle. Il s'imagine qu'il est irrésistible. J'ai joué le jeu, jusqu'à ce qu'il ait les mains baladeuses.
— Je vais le tuer, s'exclama William en se levant d'un bond.
— Après ce que je vais t'apprendre, certainement pas. Une fois que je lui ai dit que tu étais mon frère, il n'a pas pu s'empêcher de me faire des avances.
— Pourquoi Peter ?
— Non, Peter Paul. Notre mère t'a nommé ainsi d'après Rubens et moi d'après Hepworth, ce qui me semblait approprié.
— Tu es une vraie diablesse.
— Futée, je l'admets.
— Alors qu'as-tu découvert ?
— Chaque chose en son temps, dit Beth au moment où une serveuse s'approchait d'eux. Un cappuccino, s'il vous plaît, commanda-t-elle.
— La même chose, ajouta William.
— Quand j'ai demandé à Zac qui avait peint *La Danse de la vie humaine*, il s'est d'abord montré méfiant et évasif. Il m'a dit que la galerie ne révélait pas le nom des artistes, au risque que les clients essayent de traiter directement avec eux, sans intermédiaire.
— Alors comment as-tu surmonté cet obstacle ?
— Je lui ai raconté que j'étais une secrétaire sans le sou, et que je ne pourrai jamais me payer l'un de ces magnifiques tableaux, même à moitié prix. Puis il a laissé entendre que l'artiste n'était plus disponible pour le moment. « Oh, je suis désolé, est-ce qu'il vous a quitté pour une autre galerie ? », ai-je demandé, d'un air compatissant. Il m'a répondu que c'était un peu plus compliqué que ça.
— Et tu t'es amusée en plus, coquine.
— Une autre remarque comme celle-là, agent Warwick, et je pourrais bien oublier tout ce que mon nouvel ami Zac m'a révélé. Maintenant, où en étais-je avant ton interruption ?

— « C'est plus compliqué que ça… »

— Ah, oui. « Je ne suis pas sûr de vous suivre », ai-je insisté. « Mais si vous ne pouvez pas en parler, je comprends très bien ». Puis il a avoué : « Je ne devrais pas vous dire ça, mais il est en prison. »

— Je t'adore.

— Chut.

— Il est en prison pour quoi ?

— Il a essayé de vendre un Vermeer perdu de longue date à un galeriste du West End et s'est fait prendre la main dans le sac. « Comment ? » ai-je voulu savoir. Apparemment, il n'a pas réclamé assez d'argent, ce qui a mis la puce à l'oreille du galeriste, qui a prévenu la police.

— Comment s'appelle-t-il ?

— Je n'ai pas demandé.

— Pourquoi pas ?

— Zac commençait à sembler suspicieux, alors je suis passé au Renoir, c'est pour cela que j'ai mis tant de temps à m'en dépêtrer. Dans tous les cas, ça ne devrait pas être difficile pour l'un des plus grands inspecteurs du pays de retrouver quelqu'un qui est en prison pour avoir réalisé un faux Vermeer.

— Vrai, mais Zac pense toujours que tu viendras à son vernissage mercredi ?

— Malheureusement, Barbara ne pourra pas être là, et elle ne pourra pas non plus le rejoindre ensuite pour dîner au Mirabelle.

— Mais tu lui as donné ton numéro.

— 01 730 1234.

— Qu'est-ce que c'est ?

— Le rayon épicerie fine des grands magasins Harrods.

— Je t'adore.

13

Ils ne s'assirent pas à la table du petit déjeuner avant dix heures, ce dimanche matin.

Beth voulait aller courir à Hyde Park, avançant qu'elle devait perdre quelques kilos. William ne voyait pas bien où pouvaient se trouver les kilos en question, mais accepta de l'accompagner.

— On n'a pas besoin de déjeuner chez mes parents, dit-il en beurrant un nouveau toast. Ça compte pour un brunch. Mais il faudra que j'appelle ma mère pour l'informer de mon absence.

— Tu pourrais encore être à l'heure si tu partais maintenant, taquina Beth.

William l'ignora pour se servir une grosse cuillère de marmelade.

— Jez et moi allons au cinéma d'habitude le dimanche soir, lui apprit Beth. Comme ça, on se couche à une heure décente.

— Ça me va. J'ai une réunion avec le commissaire divisionnaire demain matin à la première heure.

— Ça en impose.

— Parce qu'il est imposant, et à la tête de quatre services. Les Biens culturels est son préféré, même si c'est le moins important.

William mordit dans un toast avant d'ajouter :

— Toute l'équipe se réunit le premier lundi de chaque mois pour le tenir au courant des enquêtes sur lesquelles nous travaillons.

— Alors tu vas avoir plein de trucs à lui raconter, n'est-ce pas, agent Warwick ?

— Tu peux être certaine que si notre artiste est au placard, Hawk connaîtra son nom, la prison où il est et la durée de sa peine.

— Tu aimerais occuper son poste un jour, je me trompe ? demanda Beth, en se servant une autre tasse de café.

— Oui, mais je ne suis pas pressé. Et toi ? Tu voudrais remplacer Tim Knox ?

— J'aime beaucoup mon travail, et je serais contente de rester où je suis jusqu'à me voir offrir quelque chose de mieux.

— Je parie que tu seras directrice du Tate avant que je prenne la place de commissaire divisionnaire.

— Ça m'étonnerait qu'une femme soit un jour nommée à la tête du Tate.

— Même si elle a été déléguée de classe et capitaine de l'équipe de hockey ?

— Qui t'a dit ça ?

— Un policier ne révèle jamais ses sources.

— Je vais assassiner Jez.

— Dommage. Je l'aime bien.

— C'est le colocataire idéal, reconnut Beth. Propre, ordonné et prévenant, et son loyer m'aide à compléter le salaire dérisoire que me verse le Fitzmolean.

— Je ne savais pas que tu étais propriétaire de l'appartement.

— Ce n'est pas le cas. Il appartient à mes parents. Mon père travaille pour HSBC et il est en poste à Hong Kong pour trois ans. Quand ils reviendront, Jez devra partir et je reprendrai sa chambre.

Ou la mienne, aurait voulu dire William.

— Tu devrais appeler ta mère pendant que je commence la vaisselle. Le téléphone se trouve dans le bureau.

— Déléguée un jour, déléguée toujours, commenta William en la quittant pour se rendre dans le bureau.

Il prit le combiné et composa le premier numéro qu'il avait jamais appris. Il aurait préféré que son père décroche, mais ce fut une voix de femme qu'il entendit.

— Nettleford 4163.

— Salut Grace, c'est William. Je ne vais pas pouvoir venir déjeuner aujourd'hui. J'ai un empêchement. Tu m'excuseras auprès de Mère et Père ?

— Un empêchement ? Quelque chose ou quelqu'un ?

— En rapport avec le travail.

— Tu es vraiment un mauvais menteur, William. Mais je ne dirais rien, même si j'espérais que tu sois là aujourd'hui.

— Pourquoi, il y a un problème ?

— Papa va rencontrer Clare pour la première fois, alors je comptais sur toi comme soutien moral.

— Je ne suis pas grand amateur de joutes sanglantes.

— Merci beaucoup. Tu viendras la semaine prochaine ? J'ai hâte de rencontrer la fille qui a accepté un second rendez-vous avec toi.

— Et moi, celle qui a accepté de te revoir.

— Touché. Mais tout de même, j'aurais voulu que tu sois là.

— Tout va bien se passer, Grace. N'oublie pas, quand Père renâcle, c'est de l'air chaud qui sort, pas des flammes.

— C'est facile à dire quand tu te tiens à bonne distance.

— Et de toute façon, tu as Mère de ton côté.

— Deux contre un, c'est très serré. Trois contre un aurait peut-être fait pencher la balance en ma faveur.

— Je suis de tout cœur avec toi, répondit William avant de lui souhaiter bonne chance et de raccrocher.

Il allait sortir de la pièce quand il remarqua une rangée de cartes postales de vues de Hong Kong sur la cheminée. Le policier en lui voulut regarder au dos des cartes, mais il résista à la tentation. Il retourna à la cuisine et trouva Beth en train de faire la vaisselle.

— C'est Jez qui essuie d'habitude.

— Subtil, fit remarquer William en prenant un torchon. Quand on aura fini, je rentrerai enfiler un jogging et je te retrouverai dans le parc.

— Pas besoin. Il y a tout ce qu'il faut dans la chambre de Jez.

— Je me suis toujours demandé ce que ça faisait d'être dans un ménage à trois.

Un jogging dans le parc, suivi par *My Beautiful Laundrette*, puis une Margherita – une moitié chacun – avant de retourner chez Beth et de disparaître sous les couvertures, la fin d'un week-end idyllique.

*

Quand William se réveilla le lendemain matin, il dut se dépêtrer avant de pouvoir regarder sa montre.

— À l'aide ! cria-t-il en bondissant hors du lit pour se ruer dans la salle de bain.

C'était une réunion à laquelle il ne pouvait pas être en retard. Elle commencerait à neuf heures, avec ou sans lui.

Une fois de retour dans la chambre, il enfila ses vêtements et embrassa Beth, encore somnolente.

— Tu essayes de filer avant que je me réveille, c'est ça ?

— Il faut que je passe chez moi pour me changer. Je ne peux pas me permettre d'être à nouveau en retard.

Beth se redressa et s'étira.

— Maintenant que tu as fait ce que tu voulais de moi, agent Warwick, te reverrai-je ?

Elle soupira et, dans un geste théâtral, drapa une main alanguie contre son front.

— Je peux revenir directement après le travail si ça te va. Dans ce cas-là, je serai là vers sept heures.

— Très bien, on pourra manger tous ensemble. Jez fera la cuisine et toi la vaisselle.

William s'assit sur le lit et la prit dans ses bras.

— Et toi, que feras-tu ?

— Je lirai Proust.

— Au fait, dit William en se levant pour partir, ma sœur a hâte de te rencontrer.

— Pourquoi ?

— C'est un peu compliqué, je t'expliquerai ce soir.

— Trouve mon tableau, agent Warwick ! furent les derniers mots que William entendit avant de refermer la porte de la chambre.

Alors qu'il mettait un pied dehors, il repéra le bus 22 qui approchait de l'arrêt et réussit à sauter dedans juste avant le départ.

— Merde ! s'exclama-t-il.

— Plaît-il, jeune homme, s'indigna le chauffeur. Ce genre de langage n'a pas sa place dans mon bus.

— Je suis désolé, j'ai oublié de dire à ma petite-amie que je pars pour Barnstaple aujourd'hui.

— Dans ce cas, vous êtes assurément dans le mauvais bus.

*

— Je suis désolé de ne pas avoir pu vous accorder beaucoup de temps ce dernier mois, dit Hawksby en prenant place en tête de table. Vous êtes tous sans doute au courant de la saisie de drogue à Southampton la semaine dernière. Quatre-vingt-dix kilos de cocaïne et six arrestations.

Ils frappèrent tous contre la table du plat de la main.

— Ce n'est pas nécessaire, reprit Hawksby. Les six arrestations ne sont que du menu fretin. Les gros poissons se font encore dorer la pilule sur une plage du sud de la France, et le plus gros requin ne quitte jamais son domaine en Colombie, où la police fait partie de son personnel. Tout ce que nous pouvons faire, c'est intercepter la prochaine cargaison, attraper un nouveau banc de menu fretin, et pendant ce temps, on ignore tout des quantités qui passent sous notre nez. Réjouissez-vous de ne pas être aux stups.

Hawk se renfonça dans son siège, se tourna vers la droite et demanda :

— Alors, qu'avez-vous fait pendant mon absence, Bruce ?

— J'ai rencontré le même genre de problème que vous, monsieur, répondit Lamont. Il suffit de remplacer la drogue par des diamants. Les pierres brutes proviennent du Ghana et sont expédiées à Dubaï, avant d'être envoyées à Bombay où elles sont vendues. De cette façon, pas de taxes d'import-export, mais les prix de l'immobilier à Mayfair, en plein cœur de Londres, continuent de grimper.

— Les criminels préfèrent toujours vivre dans des pays qui respectent les lois, répondit Hawksby. Ça leur facilite la tâche.

— Et comme vous, monsieur, poursuivit Lamont, nous ne parvenons qu'à arrêter des seconds couteaux, qui considèrent que quelques années de prison font partie du contrat.

— Ce n'est pas étonnant que le crime représente quinze pour cent de l'économie mondiale, et qu'il soit en progression, fit remarquer Hawksby. Autre chose, Bruce ?

— Oui, monsieur. Je crois que l'agent Warwick a peut-être fait une découverte majeure dans l'enquête sur la disparition du Rembrandt, mais je vais lui laisser le soin de vous expliquer les détails.

— Après de plus amples investigations, nous... commença William.

— Nous ? coupa Hawksby.

— Grâce à l'aide d'une assistante de recherche du Fitzmolean, nous avons identifié un artiste qui pourrait avoir peint la copie du Rembrandt.

— Son nom ?

— Eddie Leigh, répondit Lamont. Il a essayé de vendre un faux Vermeer à une galerie du West End. J'ai été chargé de l'enquête, et il est enfermé à Pentonville depuis deux ans.

— Qu'est-ce qui vous fait penser que c'est Leigh qui a fait la copie du Rembrandt, agent Warwick ? interrogea Hawksby.

— J'ai vu un échantillon de son travail à la Fake Gallery de Notting Hill, monsieur. Il est très talentueux, cependant, je ne pense pas qu'il aurait pu produire une œuvre de cette qualité sans avoir vu l'original.

— Mais il aurait pu acheter un poster du *Syndic* au Fitzmolean pour cinq livres, rétorqua Hawksby.

— C'est vrai, mais avec seulement un poster, il n'aurait pas pu saisir les couleurs, l'éclat et l'élégance du tableau aussi bien qu'il l'a fait, ce qui me fait penser que l'original n'a peut-être pas été détruit.

— Cela reste quand même sacrément improbable, fit remarquer Lamont, sans trace d'un sourire.

— Combien de temps Leigh doit-il encore tirer ? demanda Hawksby.

— Un peu plus de quatre ans, monsieur, répondit Lamont. Et je crois qu'il a laissé échapper l'endroit où Faulkner compte frapper ensuite.

— Éclairez ma lanterne, ordonna Hawksby.

— Le surveillant brigadier Langley m'a appelé de Pentonville hier pour me faire savoir qu'il écoutait régulièrement les communications téléphoniques hebdomadaires entre Eddie Leigh et sa femme, mais il n'y avait rien eu d'intéressant avant vendredi dernier.

— Nous sommes pendus à vos lèvres, Bruce.

Lamont lut les mots exacts que Leigh avait dits à sa femme.

— « Le tableau avance bien ? » « Tu peux lui dire que j'ai fini *Femme sur une plage.* » « Juste à temps. »

— C'est une œuvre de la période bleue de Picasso, expliqua William.

— Je me fiche de savoir de quelle période il est, répondit Hawksby. Qui possède l'original ?

— Monsieur et Madame Brookes, dit Lamont. Le tableau se trouve dans leur maison de campagne dans le Surrey.

— Plus pour très longtemps, j'en ai peur, et maintenant que nous savons où Faulkner va frapper, nous devons découvrir quand.

— J'ai peut-être la réponse, intervint Jackie, l'air fière – elle marqua une pause avant de reprendre : ce « Juste à temps » est un indice, monsieur, parce que les Brookes partent en vacances dans deux semaines, et bien qu'ils partent pour quinze jours, il n'y aura qu'un soir où la maison sera vide.

Jackie marqua une nouvelle pause, plus longue cette fois.

— Continuez, brigadier, encouragea Lamont.

— Les Brookes ont un chauffeur, David Crann, et une cuisinière, Elsie. Ils sont tous les deux à demeure, mais la cuisinière part en vacances en même temps que les Brookes.

— Et le chauffeur ?

— Crann sera sur les lieux nuit et jour pendant les deux semaines, sauf le soir du lundi 23, où Chelsea rencontre Liverpool à domicile.

— Je ne vous suis qu'à moitié, répondit Hawksby, continuez.

— Crann a un abonnement annuel, et ne rate jamais un match à domicile de Chelsea. Le coup d'envoi sera donné à sept heures, il quittera la maison vers cinq heures et ne rentrera pas avant minuit.

— Il y a un système d'alarme ? demanda Lamont.

— Dernier cri, monsieur. Cependant, le commissariat le plus proche est à vingt minutes, ce qui donnera aux malfaiteurs amplement le temps de voler le tableau et d'être sur l'autoroute avant l'arrivée de la police locale.

— Un vrai travail de limier, brigadier.

— Merci, monsieur, répondit Jackie.

— Pour une fois, dit Lamont, je crois que nous avons un coup d'avance sur Faulkner.

— Espérons que lui n'ait pas deux coups d'avance sur nous, ajouta Hawksby. Néanmoins, préparez un plan pour le 23, Bruce, dans l'objectif de les prendre la main dans le sac cette fois. Mais nous avons aussi besoin de résultats concrets pour que le directeur ne soit pas sur mon dos. Alors avant de partir, Warwick, quels sont les derniers développements concernant Churchill et l'argent ancien ?

— Cyril Amhurst, le faussaire des signatures de Churchill, comparaîtra devant le tribunal de Snaresbrook plus tard dans la semaine, répondit William. On s'attend à ce qu'il soit libéré sous caution et passe en jugement dans les prochains mois. Je suppose qu'il plaidera coupable.

— Ne supposez rien, recommanda Lamont.

— Et l'argent ? demanda Hawksby.

— Il s'avère que c'est l'un de nos habitués, dit Lamont, reprenant le flambeau. Kevin Carter. Rentre et sort de prison comme un coucou suisse. Mais on ignore ce qu'il mijote en ce moment, même si une chose est sûre : il n'utilise pas ses propres fonds pour acheter autant d'argent. C'est bien trop gros pour lui. Le brigadier Roycroft et l'agent Warwick se rendent à Barnstaple aujourd'hui pour surveiller Carter et tenter de découvrir ce qu'il prépare.

« Eh merde », aurait voulu crier William pour la deuxième fois de la matinée. Il faudrait qu'il appelle Beth au musée, et il savait que son patron n'aimait pas ça.

— Tenez-moi au courant, commanda Hawksby. Et, Bruce, je suggère que l'agent Warwick et vous alliez faire un tour à Pentonville dès que William rentrera de Barnstaple. Maintenant, revenons au Rembrandt un instant : Me Booth Watson téléphone tous les jours à mon bureau pour demander qu'on rende la copie du tableau de son client.

— Pas tout de suite, dit Lamont.

— Pourquoi ? s'enquit Hawksby.

— Parce que si Jackie ou moi nous présentons chez Faulkner, nous ne passerons pas la porte d'entrée. Mais si nous envoyons un bleu, un jeune agent de police encore mal dégrossi pour rendre le tableau, il arrivera peut-être à passer la porte.

— Vous marquez un point, reconnut Hawksby. Mais pourquoi pas tout de suite ?

— Faulkner a un billet sur le vol British Airways à destination de Monte-Carlo lundi prochain, et il ne reviendra pas avant un mois.

— Comment en êtes-vous si sûr ?

— Il est réglé comme une horloge. Chaque décembre, il part pour Monte-Carlo et revient rarement avant la fin du mois de janvier.

— Et comment savez-vous dans quel avion il voyage ?

— Le chef de la sécurité de British Airways est un ancien du Met, il me tient au courant, monsieur.

— Quelque chose d'autre pourrait être intéressant, monsieur, remarqua Jackie. Cette fois, sa femme ne l'accompagne pas. À côté de lui, se trouve une Mlle Cheryl Bates, dont le billet a été payé avec la même carte American Express.

— Elle pourrait être sa secrétaire, suggéra Hawksby.

— Je ne crois pas que la dactylo soit sa spécialité, monsieur, souligna Jackie en faisant glisser une photographie de Mlle Bates en bikini jusqu'au commissaire divisionnaire.

Une vague de rires gagna l'équipe, mais l'ordre fut rapidement rétabli quand Hawksby dit :

— Donc, quand Warwick rapportera la copie du Rembrandt chez Faulkner dans le Hampshire, il sera déjà à Monte-Carlo.

— Exactement, monsieur, mais sa femme sera toujours dans le Hampshire, résuma Lamont.

— Très bien, j'ai l'impression que Mme Faulkner se révélera un peu plus conciliante que son mari, dit le commissaire en regardant une nouvelle fois la photographie de Mlle Bates.

14

— Je suis dans de beaux draps, constata William en tournant la clef de contact.

— Avec Hawk ou Lamont ? demanda Jackie, qui attachait sa ceinture.

— Encore pire. Avec Beth. Je lui ai promis que je serais rentré pour dîner ce soir, et maintenant je suis en route pour Barnstaple avec une autre femme.

— Dans ce genre de situation, rien de mieux qu'une douzaine de roses, conseilla Jackie. Et je connais la personne qu'il te faut.

Alors qu'ils passaient dans Earls Courts, Jackie dit :

— Arrête-toi là.

— Mais il y a une interdiction de stationnement, répondit William, et on est une proie facile pour les pervenches.

— Ce n'est que pour quelques minutes. Et de toute façon, c'est une affaire de police.

Jackie sortit de la voiture et William la suivit à reculons chez le fleuriste.

— Une douzaine de roses, commanda Jackie, et assurez-vous qu'elles soient belles ou sinon je vous arrête pour usurpation d'identité de fleuriste. Et nous devons les faire livrer.

Le fleuriste prit son temps pour choisir chaque rose avant de leur demander les coordonnées pour la livraison.

— Beth Rainsford, au Fitzmolean Museum, Prince Albert Crescent, dit William.

— Rainsford... Rainsford... Pourquoi ce nom me dit-il quelque chose ? s'interrogea Jackie.

— Voulez-vous ajouter un message ? proposa le fleuriste en tendant à William une carte et un stylo.

Désolé, j'ai un imprévu. Je ne pourrai pas être là ce soir. Bises, William.

— Je croyais que tu aimais vraiment cette fille, s'étonna Jackie en déchirant la carte. On dirait que tu écris à ta sœur pour lui dire que tu as les oreillons. Réessaye.

Tu me manques. Je t'appellerai ce soir pour t'expliquer. Je t'embrasse, William.

— Ce n'est pas beaucoup mieux, mais je viens d'apercevoir une pervenche, on ferait mieux d'y aller.

— Ça fera deux livres, monsieur, dit le fleuriste.

William tendit deux billets d'une livre au commerçant.

— Merci, Mike.

— Avec plaisir, Jackie, lança le fleuriste alors qu'ils se dépêchaient de retourner à la voiture.

— Bon, quel est le plan, une fois qu'on arrive à Barnstaple ? demanda William, alors qu'ils prenaient l'autoroute en direction de l'est.

— D'abord, nous devons découvrir où habite Carter, puis prendre une chambre dans un hôtel bon marché ou une maison d'hôtes à proximité.

— Et doit-on être attentif à quelque chose en particulier ? demanda William, qui n'avait jamais fait de planque.

— Les visiteurs, surtout ceux qui n'ont pas l'air du coin. Même si je ne pense pas que Monsieur Pactole vienne jusqu'à Barnstaple simplement pour nous rendre service. Mais nous devrons prendre des photos de tous ceux qui entreront et sortiront de la maison pour les comparer à notre fichier d'identité judiciaire quand on reviendra au Yard.

— Autre chose ?

— Les plaques d'immatriculation de toutes les voitures garées près de la maison, ou de tout véhicule à l'air suspect. On pourra les vérifier sur l'ordinateur central plus tard. Et ne pars pas du principe que la personne qu'on cherche se garera juste devant chez Carter. Le travail de policier n'est pas aussi simple.

— On se sépare ou on travaille en duo ?

— Ça dépendra de la possibilité de surveiller la maison depuis la voiture sans être repérés. Dans tous les cas, on est partis pour des heures de surveillance minutieuse, sans garantie de résultats.

— Tu crois qu'on va découvrir ce qu'il fabrique ?

— Peu de chance, répondit Jackie. Mais je te parie qu'on aura une ou deux surprises, et il faudra qu'on soit réactifs.

— Qui décide quand on pourra rentrer à Londres ?

— Lamont.

— Alors on peut rester coincés là-bas pour toujours.

Jackie partit d'un grand rire.

— Je ne crois pas. Tu oublies qu'il t'attend pour l'accompagner à Pentonville afin de rendre une petite visite à Eddie Leigh. Et il faut aussi que tu rapportes la copie du Rembrandt chez Faulkner.

Pendant un certain temps, ils conduisirent dans un silence amical.

— Lamont a-t-il de la famille ?

— C'est un triple récidiviste, répondit Jackie. Trois ex-femmes et cinq enfants. Ses trois premiers mariages ont duré six ans, trois ans et un an, et je ne sais pas si le dernier va survivre encore longtemps. Dieu seul sait comment il paye les pensions. Ça lui coûterait moins cher d'avoir une maîtresse, comme tout le monde.

William éclata de rire.

— Et Hawk ?

— Marié avec Josephine depuis plus de trente ans. Trois grandes filles, qui le mènent par le bout du nez.

— J'aimerais bien voir ça, dit William. Mais toi aussi tu as une fille, fit-il remarquer, espérant que Jackie était assez détendue pour échanger des confidences, mais elle resta silencieuse.

Il jeta un coup d'œil et vit qu'elle s'était assoupie. Roupille dès que tu peux, où tu peux, lui avait-elle déjà conseillé de nombreuses fois.

Jackie, qui n'avait pas voulu répondre à d'autres questions, avait fermé les yeux. Dès les premiers jours, elle avait su que William allait faire de grandes choses. Beaucoup plus grandes qu'elle ne pourrait jamais l'espérer pour elle-même.

Signaler un capitaine qui avait posé la main sur sa cuisse quand elle n'était encore qu'une jeune agent de police n'avait pas aidé ses chances de promotion. Et prendre six mois de congé maternité après la naissance de sa fille lui avait assuré qu'à son retour elle ne retrouverait que la patrouille. Mais ça ne l'avait pas dissuadée.

Pourtant, quand Mme Roycroft avait été citée à comparaître dans le divorce d'un gradé, le commissaire divisionnaire local avait suggéré que le moment était peut-être venu d'envisager une retraite anticipée. Elle avait fait remarquer qu'elle n'avait que trente-quatre ans, et aucune intention de laisser tomber un travail qu'elle adorait, bien consciente qu'il ne pouvait pas la virer. Elle s'était accrochée, mais avait fini par accepter que le grade de brigadier était probablement le plus élevé qu'elle n'atteindrait jamais.

William était différent. Il était peut-être naïf et un peu trop tendre, mais une fois qu'elle l'aurait initié au monde réel, où les criminels ne disaient ni « s'il vous plaît » ni « merci », elle était certaine qu'il gravirait rapidement les échelons. Mais elle devrait tout de même surveiller ses arrières quand il rencontrerait des collègues moins capables, trop contents de lui laisser porter la responsabilité de leurs erreurs, alors que lui, comme un écolier, ne moucharderait pas.

Lorsqu'il deviendra directeur, se souviendra-t-il même de mon nom ? se demanda Jackie.

William resta sur la file centrale et garda une allure constante pour ne pas la réveiller. Il ne lui fallut pas longtemps pour se remettre à songer à Beth. Combien de temps supporterait-elle un petit ami si peu fiable ? Il l'appellerait dès leur arrivée à Barnstaple et expliquerait pourquoi il ne pouvait pas dîner avec elle ce soir.

L'argent ancien, le Rembrandt disparu et un moyen de pénétrer chez Faulkner et de le rencontrer, voilà ce qui occupait son esprit, même si Beth tentait toujours de s'y faufiler.

Au moment où William quitta l'autoroute, Jackie se réveilla et commença à consulter la carte sur ses genoux.

— Dirige-toi vers le centre-ville, indiqua-t-elle, comme si elle ne s'était pas endormie. Puis tourne à gauche pour trouver la rue où habite Carter. Je te dirai quand on y sera.

Après quelques kilomètres supplémentaires, Jackie dit :

— Prends la prochaine à gauche et ralentis quand tu arriveras au numéro 91. Puis la première à droite et gare-toi hors de vue.

Jackie regarda attentivement la maison mitoyenne moderne avec son petit jardin au moment où ils passaient devant le 91 Mulberry Avenue, mais ce n'est pas la maison qui attira son attention. William tourna à droite et se gara derrière un grand camion.

Jackie sortit de la voiture, s'étira et regarda à l'horizon.

— Tu vois ce que je vois ? demanda-t-elle.

William regarda dans la direction qu'elle désignait.

— Tu veux parler de cette grande maison sur la colline ?

— Les Romains auraient occupé cette position et construit une forteresse pour garder leur ennemi à l'œil.

— C'est très loin pourtant.

— C'est vrai, mais on aura une vue panoramique de la ville, y compris sur la maison de Carter. Mais comme nous ne sommes pas Romains, espérons que ce soit un hôtel, répondit Jackie en remontant dans la voiture.

William garda le bâtiment dans son champ de vision alors qu'ils se frayaient un chemin sur la colline, jusqu'à apercevoir un panneau « Sea View Hotel », avec une flèche pointant vers une longue allée.

— Tout ce dont on a besoin pour le moment, c'est d'une chambre donnant sur le devant de l'hôtel, avec une baie vitrée, disponible pour les prochains jours, expliqua Jackie. Je te laisse parler. J'essayerai d'avoir l'air docile.

— Ce serait bien la première fois, marmonna William en garant la voiture.

— Bonjour, lança la jeune femme à la réception. Que puis-je faire pour vous ?

— Nous nous demandions si la chambre qui surplombe la baie est libre, répondit William.

— La suite « Reine Anne » ? Laissez-moi vérifier, monsieur.

Elle consulta le registre, avant de reprendre :

— Oui, mais seulement pour quelques jours. La chambre est réservée à partir de mercredi.

— Combien ? s'enquit William.

— Trente livres la nuit, petit-déjeuner compris.

William hésita.

— On la prend, déclara Jackie. M. et Mme Smith, murmura-t-elle avant de signer le registre.

— Le bagagiste va s'occuper de vos sacs, M. Smith, annonça la réceptionniste en lui tendant une clef.

William se demanda combien de M. et Mme Smith avaient occupé la suite « Reine Anne » au fil des années. Mais probablement aucun pour ce que lui et Jackie allaient y faire.

Ils prirent l'ascenseur jusqu'au dernier étage, où le bagagiste, valises à la main, les attendait devant une porte ouverte.

— Avez-vous besoin d'autre chose, monsieur ? demanda-t-il après leur avoir fait visiter la chambre.

— Non, merci, répondit William en lui donnant 50 cents, que Mme Walters ne rembourserait certainement pas.

Au moment où le bagagiste refermait la porte, Jackie regardait déjà par la fenêtre avec des jumelles.

— Un tueur à gages ne pourrait pas souhaiter une meilleure vue, dit-elle en se concentrant sur la porte d'entrée de chez Carter.

— Lamont ne fera pas d'histoires pour le prix de la chambre ?

— Seulement si on rentre à Londres les mains vides.

— Je prendrai le canapé, proposa William, en regardant avec envie le lit double.

— Personne ne va dormir sur le sofa, répondit Jackie. On travaillera par roulement, nuit et jour, comme ça, on pourra tous les deux dormir, sans jamais quitter Carter des yeux. Maintenant, surveille la maison pendant que je vais prévenir le commissariat local de notre présence. Et ne mange pas tous les biscuits, on ne commandera pas de room service.

William s'installa dans un fauteuil confortable et vissa ses jumelles sur la maison de Carter. Il pouvait discerner la plaque d'immatriculation sur la Volvo dans l'allée et la mémorisa. Il tourna son attention vers la grande cabane dans un coin du jardin, puis à nouveau vers la maison, où il avait aperçu quelqu'un dans la pièce à l'avant. Une silhouette solitaire, sûrement Carter, supposa-t-il, assis près de la cheminée, un journal entre les mains. Une femme entra dans la pièce pour passer l'aspirateur. Était-ce Angie ? Après avoir lu la dernière page, Carter replia le journal, se leva, attisa le feu et sortit de la pièce. Quelques instants plus tard, la porte d'entrée s'ouvrit, il traversa la pelouse, déverrouilla la porte de la cabane de jardin et entra. Une nouvelle fois, William le perdit de vue.

William fit volte-face quand la porte s'ouvrit derrière lui. Il savait que ce ne pouvait pas être Jackie.

— Je suis désolé, monsieur, dit la femme de chambre. Voudriez-vous que je fasse la chambre ?

— Non, merci, répondit William, qui se leva rapidement, s'assurant que les jumelles étaient hors de vue.

Une fois la porte refermée, il désobéit à Jackie et se mit à grignoter un biscuit, avant de reprendre son poste. Il s'intéressa de nouveau à la cabane de jardin et put discerner ce qui semblait être un établi et une silhouette voûtée qui travaillait sur quelque chose ; mais quoi ?

Environ une heure plus tard, Carter sortit de la cabane et retourna dans la maison. Il n'était à l'intérieur que depuis quelques minutes quand il réapparut dans la pièce à l'avant et s'installa à nouveau dans le fauteuil.

William commençait à comprendre ce que Jackie avait voulu dire en parlant d'interminables heures d'ennui, pour peu de résultats. Cela ne faisait que quelques heures qu'il observait Carter et il s'ennuyait déjà. Quand Carter s'assoupit dans son fauteuil, William eut envie de faire de même.

La porte s'ouvrit derrière lui une seconde fois et il se tourna vers Jackie, qui portait un sac de courses à la main.

— Tu as vu quelque chose d'intéressant ? demanda-t-elle, les yeux rivés sur l'assiette de miettes de biscuits.

— Carter est sorti de chez lui pour aller dans la cabane de jardin, et il y a passé une heure. Je crois qu'il travaille sur quelque chose mais je ne saurais pas dire quoi.

— Alors nous allons nous atteler à découvrir ça demain. J'ai expliqué au gradé local ce qui nous amène. Un type bien, peut-être un peu susceptible à l'idée que la Met marche sur ses plates-bandes. Il est au courant du casier de Carter – d'ailleurs, c'est un pro maintenant. Mais jusqu'à aujourd'hui, il ne lui a pas causé de problème. Un citoyen modèle, en vérité. Il fait un peu de gravure pour quelques écoles et clubs sportifs du coin, mais il dit qu'il est à la retraite.

— « Les criminels ne prennent jamais de retraite, récita William. Ils deviennent simplement plus futés. »

— Hawk ?

— Non, Fred Yates. Peux-tu prendre ma place ici, pendant que je vais voir tout ça de plus près ?

— Entendu. Si Carter sort de chez lui, suis-le. Mais s'il va au bistrot, n'entre pas. Tu vas te faire remarquer comme le nez au milieu de la figure.

— Et quand veux-tu que je revienne ?

— Vers minuit, tu pourras dormir un peu, je ferai le quart de nuit. J'ai laissé quelques sandwichs pour toi dans la voiture, mais je regrette maintenant de ne pas les avoir mangés, dit Jackie en jetant une nouvelle fois un œil aux miettes de biscuits.

— Désolé, répondit William. Je suis sûr qu'il y a quelque chose dans le frigo.

— Qui sera ajouté à notre note, et je n'ai pas besoin de te rappeler, agent Warwick, que nous ne sommes pas en vacances.

William se glissa hors de la chambre, conduisit jusqu'à la ville et s'arrêta entre deux voitures au bout de Mulberry Avenue, d'où il avait une vue dégagée de la maison. Un peu après onze heures, il vit la lumière du rez-de-chaussée s'éteindre et, l'instant d'après, celle à l'étage s'allumer. Vingt minutes plus tard, la maison était plongée dans le noir.

Il prit son temps pour manger les sandwichs, se sentant plus coupable à chaque bouchée. Craignant de s'endormir, il essaya différentes méthodes pour rester éveillé, parmi lesquelles : réciter *Morte D'Arthur* de Tennyson, chanter « Nessun dorma » d'une voix fausse et se rappeler des dix meilleures moyennes en test-matchs de tous les temps à la batte – Bradman 99,94, Pollock 60,97, Hadley...

À minuit, il retourna à l'hôtel et trouva Jackie debout, prête à prendre sa place.

— Alors ? Quelque chose d'intéressant ? demanda-t-elle.

— Il a regardé la télévision, dîné, regardé à nouveau la télévision, puis il est monté se coucher un peu après onze heures. Vingt minutes plus tard, les lumières étaient éteintes.

— C'est rarement plus animé que ça, lui apprit Jackie. Et le quart de minuit est de loin le pire. C'est facile de s'endormir, et si ça t'arrive, tu peux être certain que la Volvo ne sera plus dans l'allée à ton réveil.

— Ne rien faire est si fatigant, se plaignit William en lui tendant les clefs de la voiture.

— Tu seras de quart de minuit demain, alors assure-toi de bien dormir, furent les derniers mots de Jackie avant qu'elle ne sorte.

William se déshabilla, prit une douche et se glissa dans les draps chauds. Il repensa à Beth. Bon sang, il ne l'avait pas appelée, et maintenant il était trop tard. Un instant après, il dormait à poings fermés.

15

William se réveilla un peu après sept heures le lendemain matin, prit une douche, se rasa et s'habilla juste avant que Jackie revienne de sa surveillance de nuit. Assis devant la baie vitrée, ils savourèrent un copieux petit-déjeuner à base d'œufs et de bacon, tout en gardant un œil sur la maison. Carter ne descendit pas avant neuf heures, et ils n'eurent aucun moyen de savoir ce qu'il mangeait puisque la cuisine se trouvait à l'arrière de la maison.

— Et maintenant ?

— On va retourner à Mulberry Avenue et espérer qu'il sorte de chez lui. S'il prend sa voiture, on le suivra. S'il part à pied, je resterai dans la voiture pendant que tu essayeras de découvrir ce qu'il fabrique dans la cabane. Peut-être qu'il est blanc comme neige, mais Lamont voudra tout de même le savoir.

Vingt minutes plus tard, ils étaient garés de l'autre côté de la rue, en face de chez Carter, à une petite trentaine de mètres de son portail, les yeux rivés sur sa porte d'entrée.

— C'est complètement inutile, dit William après une nouvelle heure futile passée à discuter de tout et de rien : de l'éventuelle visite de la princesse Diana à Scotland Yard, à qui en serait le prochain directeur.

— Hawk est-il en lice ? voulut savoir William.

— Pas cette fois, répondit Jackie. Mais ce serait possible un jour, même s'il a des ennemis.

Une autre heure passa avant que William demande :

— Qu'est-il arrivé au type qui était avec toi lors de notre première rencontre, avec la copie...

— Ross Hogan.

Jackie s'arrêta puis ajouta :

— Hawk l'a renvoyé à Peckham.

— C'est là où je devais aller !

— Et où tu iras certainement si on ne trouve pas le Rembrandt. Parce que Ross a disparu des radars.

— Peut-être qu'il a démissionné après avoir été envoyé à Peckham.

— Ou peut-être qu'il travaille sous couverture.

— Ça m'aurait plu comme mission.

— Tu serais inutile, répondit Jackie. Tout en toi crie « enfant de chœur » à des kilomètres.

— Ross est le candidat idéal pour un travail infiltré. Il ressemble à s'y méprendre à un criminel.

— Concentre-toi, on ne sait jamais, tout peut basculer en une seconde.

— Mais quand cette seconde va-t-elle arriver ? demanda William à la fin de la troisième heure.

À ce moment-là, la porte d'entrée s'ouvrit et ils se turent tous les deux.

Carter, un sac de course vide à la main, posa le pied dehors. Il descendit l'allée, ouvrit le portail et se mit en route dans la direction opposée à la leur.

— Très bien, voilà notre chance, dit Jackie. Attrape l'appareil photo et essaye de prendre des clichés de ce qu'il se passe à l'intérieur du cabanon.

— Peut-on justifier ça ?

— À peu près. On dira qu'on avait des soupçons fondés, expliqua Jackie sans être vraiment convaincante. Quand il reviendra, je klaxonnerai une fois. Reste caché derrière le cabanon jusqu'à ce qu'il rentre dans la maison. Et n'oublie pas la règle des trois minutes.

— Et Angie ?

— Si elle sort, je klaxonnerai deux fois. Trois fois si elle te repère, et dans ce cas, cours, parce qu'il faudra qu'on quitte la ville en vitesse. Parfois, on n'a qu'une seule chance.

— Très rassurant ! lança William en s'emparant de l'appareil photo sur la banquette arrière, avant de sortir de la voiture et de traverser la route, jetant des coups d'œil dans toutes les directions.

Il avança à pas de loup vers le numéro 91. Pas âme qui vive, et Carter avait laissé le portail ouvert. Il fila derrière la Volvo, et se déplaça avec diligence jusqu'au cabanon. Il n'avait pas dû être visible depuis la fenêtre du salon plus de quelques secondes. Il essaya la porte mais elle était verrouillée, puis il entendit une voiture qui descendait la rue et se cacha derrière le cabanon jusqu'à ce qu'elle tourne au coin.

À travers la petite fenêtre du cabanon, il pouvait discerner un établi en bois et une chaise. Le plan de travail était jonché de limaille de fer mais il faisait si sombre qu'il ne parvenait pas à distinguer autre chose. Pouvait-il prendre le risque d'enclencher le flash ? Il appuya l'appareil photo contre la vitre et utilisa toute la pellicule, mais il n'avait aucun moyen de savoir si les photos donneraient quelque chose.

Il était en train de changer la pellicule et de la rembobiner quand il entendit un unique coup de klaxon. Carter, et non Angie. Il leva les yeux et aperçut la voiture de Jackie qui s'éloignait. Il se glissa rapidement derrière le cabanon juste au moment où Carter atteignait le portail, un sac du supermarché Sainsbury à la main. William entendit la porte d'entrée s'ouvrir puis se refermer. En rentrant chez lui, un homme va presque toujours directement aux toilettes, ce qui lui prend au moins trois minutes. William attendit trente secondes avant de bouger : vingt-sept, vingt-huit, vingt-neuf, trente. Il se releva, traversa rapidement la pelouse, contourna la Volvo et passa le portail. Il ne courut pas, et ne regarda pas en arrière.

Une centaine de mètres plus loin, il aperçut Jackie qui l'attendait, moteur tournant. Elle démarra dès qu'il eut refermé la portière.

— Tu crois qu'il m'a vu ? interrogea William, alors qu'ils se dirigeaient vers l'hôtel.

— Non. J'ai gardé un œil sur la porte d'entrée, et je n'ai vu aucun signe de l'un des deux. Alors, tu as découvert ce qu'il fabrique dans le cabanon ?

— Il faisait si sombre, je n'ai pas vu grand-chose, mais j'ai pris des photos, on devra attendre de voir ce qu'elles donnent.

*

— Nous devrons déménager demain, lui rappela William alors qu'ils se garaient dans le parking de l'hôtel.

— Je n'ai pas oublié, répondit Jackie. J'ai trouvé un *bed and breakfast* tout près, mais malheureusement, il n'a pas de vue sur la maison, il faudra qu'on passe la plupart du temps dans la voiture.

Une fois de retour dans la chambre, Jackie appela Lamont et le mit au courant des dernières avancées. William regardait par la fenêtre avec les jumelles tout en grignotant les derniers biscuits au gingembre. Carter était retourné dans le cabanon, où William pouvait voir un bras bouger de haut en bas, travaillant à quelque chose… Mais à quoi ?

— Qu'a dit Lamont ? s'enquit-il à Jackie quand elle eut raccroché.

— On reste ici pour le moment. Tu surveilles la maison et pendant ce temps je vais aller faire développer la pellicule.

William attendit qu'elle parte avant de s'asseoir au bout du lit et de composer le numéro de chez Beth. Pas de réponse. Elle ne devait pas être rentrée du travail. Il se demanda s'il devait prendre le risque de l'appeler au musée, mais décida que non.

Il retourna à la fenêtre et se reconcentra sur le cabanon. Carter était courbé au-dessus du plan de travail, son bras toujours en mouvement. Il ne retourna dans la maison qu'à la nuit tombée, où William le perdit de vue. Il était près de six heures quand Jackie revint, un air de triomphe sur le visage.

— Il fabrique des pièces de monnaie à l'aide d'un moule, exactement comme ton père l'a suggéré.

— Quel genre de pièces ?

— À part le fait qu'elles sont en argent, aucune idée. Il va falloir que tu en dégottes une demain. Tu sais crocheter une serrure ?

— Non, ça devait faire partie d'un cours que j'ai loupé à l'école de police.

— Alors je m'en chargerai.

— Sans mandat de perquisition ?

— Lamont veut absolument découvrir qui est le commanditaire de Carter, et ce qu'ils préparent. La dernière chose qu'il a dite en raccrochant c'est : « J'en ai ma claque d'arrêter du menu fretin. »

— Très bien, répondit William, mais nous, comment on fait ?

— C'est un problème pour demain. Là, tout de suite, tu vas descendre et prendre le quart de nuit pendant que je roupille. Quoi qu'il arrive, ne t'endors pas.

William quitta l'hôtel à contrecœur, mais pas sans avoir pris quelques barres Mars et une bouteille d'eau dans le frigo de la chambre. Mme Walters ne pourrait décemment pas le lui reprocher. Il pouvait l'entendre dire : « De l'eau du robinet à l'avenir, agent Warwick. » Il conduisit jusqu'en ville, tourna dans Mulberry Avenue, et se gara derrière une camionnette, d'où il avait une vue dégagée de la porte d'entrée de Carter.

Il remarqua une cabine téléphonique rouge à l'autre bout de la rue et laissa échapper un juron. Il n'avait toujours pas parlé à Beth. Il aurait dû l'emmener à la première du James Bond ce soir pour garder Faulkner à l'œil, au lieu de grelotter dans cette voiture à fixer une maison dans l'obscurité la plus complète. L'agent 007 parvenait à sauver le monde de la menace d'un criminel d'envergure en quelques heures, tandis que William essayait de rester éveillé pour surveiller un malfaiteur local. Il alluma la radio. Le synode général de l'Église anglicane débattait de l'ordination des femmes. « Une pente glissante. », pouvait-il entendre son père dire : « Et après ça, elles voudront être évêques. » Après les informations, on diffusa un programme sur la prolifération récente des mouches tsé-tsé en Afrique subsaharienne. Il s'endormit, et ne se réveilla qu'au son des bips qui précédaient le journal de cinq heures.

« Bonjour, vous écoutez la BBC. Le Premier ministre... »

William cligna des yeux, se frotta les paupières et regarda de l'autre côté de la rue : une lumière brillait à l'étage. Il se réveilla d'un coup ; son cœur battait à tout rompre. Quelques instants plus tard, la lumière à l'étage s'éteignit, et celle du rez-de-chaussée s'alluma. William ouvrit la bouteille d'eau, but une gorgée et s'aspergeait quelques gouttes sur le visage quand la porte s'ouvrit et que Carter apparut tenant un cabas plein à craquer qu'il rangea dans le coffre de sa voiture avant de monter. Il lui fallut trois essais avant que le moteur démarre dans un crachotement.

La Volvo quitta l'allée. William glissa la voiture sur la chaussée, phares éteints. Carter tourna à droite au bout de la rue, et William le suivit à bonne distance, puisque à cette heure de la matinée, il n'y avait que quelques automobiles sur la route. Carter tourna à gauche à un rond-point et rejoignit les quelques voitures qui allaient en ville.

— S'il te plaît, s'il te plaît, s'il te plaît, murmura William alors que Carter continuait en direction de l'autoroute.

Au rond-point suivant, les prières de William furent exaucées : il prit la troisième sortie et rejoignit une rangée de voitures qui allaient vers Londres.

Carter resta sur la file de gauche, et ne fit aucun excès de vitesse. Vraisemblablement, il ne voulait pas être arrêté par la police, ce qui laissa William songeur quant au contenu du cabas. À mesure que les kilomètres passaient, William en était de plus en plus certain : Carter se rendait à la capitale, peut-être pour rencontrer l'individu que Lamont voulait tant identifier. Mais soudain, sans prévenir, Carter s'extirpa de l'autoroute et se mit à suivre les panneaux en direction d'Heathrow, où il s'arrêta au dépose-minute.

William se gara à l'étage au-dessus, avant de suivre Carter jusqu'au terminal 2, où il l'observa se diriger vers le guichet de la British Airways. William resta en retrait pour l'observer qui s'enregistrait et retirait sa carte d'embarquement. Carter prit l'escalator jusqu'à l'étage, tenant fermement son cabas en cuir, et se dirigea vers les départs.

William avança rapidement vers le guichet et montra à la femme son insigne.

— À bord de quel avion M. Kevin Carter va-t-il monter ?

Elle hésita une seconde, puis pressa un bouton caché sous son bureau. Quelques instants plus tard, un homme grand et baraqué apparut. William montra à nouveau son insigne et répéta sa demande.

— Qui est votre patron ? interrogea l'homme.

— Le commandant Lamont, le chef du service des Biens culturels à Scotland Yard.

Le responsable de la sécurité décrocha le téléphone.

— Quel est son numéro ?

— 01 735 2916.

William pria pour que Lamont soit à son bureau.

— Ici Lamont, répondit une voix.

Le responsable de la sécurité tendit le téléphone à William, qui expliqua à Lamont pourquoi il se trouvait à Heathrow.

— Repasse-le-moi, petit, dit Lamont.

William tendit le combiné et écouta la moitié de la conversation qui s'acheva sur les mots « Oui, monsieur. »

Le responsable de la sécurité acquiesça, et la femme du guichet vérifia son ordinateur avant de dire :

— M. Carter est sur le vol 028 à destination de Rome. L'embarquement se termine dans vingt minutes.

— J'ai deux problèmes, déclara William, en se tournant vers le responsable de la sécurité. Il me faut une place sur ce vol, et je n'ai pas de passeport.

— Faites une carte d'embarquement pour l'agent de police Warwick, ordonna l'homme, et si possible, mettez-le quelques rangées derrière Carter.

— Il y a une place trois rangs derrière, leur apprit-elle, en tapant sur son clavier.

— On ne peut mieux, répondit William.

Elle imprima la carte d'embarquement et la lui tendit.

— Je m'appelle Jim Travers, dit le nouveau chaperon de William. Suivez-moi. Nous n'avons pas une minute à perdre.

William fut accompagné dans les coulisses de l'aéroport, et suivit Jim le long d'un sinistre couloir en briques grises, où il n'y avait pas de passagers, seulement des employés. Après une longue marche rapide, Jim poussa une porte donnant sur l'extérieur du terminal, où une voiture banalisée était garée près de la piste. Jim sauta dans l'automobile et le conduisit jusqu'au pied de l'avion.

— Bonne chance, lança-t-il avant que William monte les marches et embarque dans l'avion vide.

Il prit sa place, au fond, et n'eut pas à attendre longtemps l'arrivée des premiers passagers. Carter arriva parmi les derniers. Toujours agrippé à son cabas, il s'installa à son siège près du hublot, trois rangées devant William.

Après le décollage, William mangea son premier vrai repas depuis des jours, puis saisit cette chance de se détendre et de fermer les yeux. Après tout, Carter ne pouvait pas descendre avant leur arrivée à Rome.

L'avion atterrit à l'aéroport Da Vinci deux heures plus tard et roula jusqu'à la porte. Il n'y avait que quelques passagers entre Carter et lui quand ils entrèrent dans le terminal et se dirigèrent vers la douane. À l'aide, pensa William, en se rappelant qu'il n'avait pas son passeport. Mais il n'avait fait que quelques pas lorsqu'une jeune femme tirée à quatre épingles apparut à ses côtés et lui prit le bras.

— Venez avec moi, agent Warwick.

— Mais je risque de perdre l'individu que je file.

— Deux de nos hommes sont déjà en train de suivre Carter. Vous le rattraperez de l'autre côté.

Ils se dirigèrent vers la porte du personnel et étaient visiblement attendus : ils passèrent le contrôle des passeports sans même ralentir. William se sentait comme un membre de la famille royale, escorté hors du terminal, où une voiture l'attendait, portière arrière ouverte.

Il remercia la jeune femme et monta ; un homme dans un élégant uniforme beige était assis à l'arrière.

— Bonjour, dit-il. Je suis le lieutenant Antonio Monti. Je suis là pour fournir toute l'aide dont vous pourriez avoir besoin.

— *Grazie*, répondit William, en lui serrant la main.

— *Parla l'italiano ?*

— Juste assez pour me débrouiller. *Ma poi Roma è la mia città preferita.*

Ils attendirent une demi-heure que Carter sorte du bâtiment d'un pas tranquille, sac à la main, et rejoigne la file d'attente des taxis ; à ce moment-là, le lieutenant en savait autant sur Carter que William.

Le chauffeur italien se trouva être beaucoup plus adroit que William pour filer un suspect, ce qui lui permit de profiter de quelques monuments familiers : le Colisée, la basilique Saint-Pierre, la colonne Trajane ; des souvenirs qui dataient de ses études, quand, au fond d'un bus bondé sans climatisation, il se rendait à une auberge de jeunesse qui ne se trouvait pas exactement en centre-ville.

Quand le taxi de Carter s'arrêta enfin, ce n'était pas devant un hôtel, comme William s'y était attendu, mais au pied d'un grand bâtiment municipal, au fronton duquel battait un drapeau italien.

— Restez ici, je m'en occupe, déclara le lieutenant. On ne voudrait pas qu'il vous repère.

Il sortit de la voiture et suivit Carter à l'intérieur.

William sortit également, mais seulement pour se dégourdir les jambes. Soudain, il recula d'un pas et se cacha derrière une fontaine en apercevant une silhouette familière qui entrait dans le bâtiment. Ses yeux ne quittèrent pas la porte d'entrée plus de quelques secondes, mais il s'écoula une heure avant que le lieutenant le rejoigne à l'arrière de la voiture.

Carter ressortit quelques instants plus tard, et héla un taxi, mais Monti n'ordonna pas au chauffeur de le suivre.

— Il se rend à l'aéroport, lui apprit Monti. Le sac est vide maintenant, ajouta-t-il sans plus d'explications. Ils ont réservé sur le vol de 15 h 10 pour Heathrow.

— Alors je devrais être dans le même avion, dit William.

— Ce n'est pas nécessaire. Le brigadier Roycroft les attendra à Heathrow. De toute façon, nous avons des choses plus importantes à faire.

— Par exemple ?

— D'abord, il faut que vous goûtiez à l'hospitalité italienne. On déjeunera au Casina Valadier avant d'aller à la Galerie Borghèse, et vous aurez encore le temps de prendre le vol de 17 h 20 pour Londres.

— Mais mes notes de frais ne vont pas...

— Vous êtes en Italie, *mio amico*, rassura le lieutenant, et vous venez de rendre un grand service au peuple italien. Vous méritez donc une récompense. De toute façon, ici, on ne s'embête pas autant avec les notes de frais qu'en Angleterre.

Ici, ils n'avaient vraisemblablement pas de Mme Walters à affronter, pensa William.

— Peut-être voulez-vous jeter un œil à ceci ? suggéra Monti en tendant à William ce qui semblait être un document officiel.

William parcourut la page de garde.

— Mon italien n'est pas assez bon, reconnut-il.

— Alors il faudra que je vous explique, mot à mot, pendant le repas, parce que je dois savoir si vous voulez qu'on accorde à Monsieur Carter son autorisation ou si Scotland Yard préfère qu'on lui refuse.

*

William frappa à la porte d'entrée, Beth lui ouvrit et l'accueillit avec un :

— Bonjour, bel inconnu, quelle est votre excuse cette fois-ci ?

— J'étais à Rome.

— Auprès d'une autre femme ?
— La sœur de Napoléon.
— On m'a dit qu'elle était plutôt froide.
— Comme le marbre, répondit William en se penchant pour l'embrasser, mais il ne fit que frôler ses lèvres, car elle se détourna.
— Pas tant que je n'aurai pas entendu la version de Pauline sur toute cette histoire, dit Beth en le guidant vers la cuisine.

Au cours du dîner, il lui raconta tout ce qui était arrivé depuis leur dernière entrevue, y compris son repas mémorable à la Casina Valadier et l'après-midi en compagnie d'Antonio Monti à la Galerie Borghèse.

— Tu aurais dû entrer dans la police italienne, William, ils ont visiblement des galeries supérieures, de la nourriture meilleure et…
— Mais ils n'ont pas les femmes les plus adorables, coupa-t-il en la prenant dans ses bras.

Pour le taquiner, elle le repoussa et dit d'un ton ferme : « Pas avant que tu me dises pourquoi Carter avait besoin d'une autorisation. »

16

— J'ai organisé cette réunion en dernière minute, expliqua Hawksby, parce que j'ai appris qu'il y avait du nouveau dans l'affaire Carter.

— C'est le cas, monsieur, confirma Lamont. Carter a quitté Barnstaple tôt mercredi matin. L'agent Warwick l'a suivi jusqu'à Heathrow, où il a embarqué dans un avion pour Rome. Warwick m'a téléphoné de l'aéroport et je lui ai dit de continuer à suivre Carter, qui, puisqu'il n'avait avec lui qu'un cabas, ne partait clairement pas en vacances. Je vais laisser la parole à l'agent Warwick pour qu'il vous explique la suite des événements.

— J'étais assis trois rangs derrière Carter pendant le vol, continua William. À Da Vinci, j'ai été accueilli par le lieutenant Monti de l'unité spéciale de la police italienne, qui s'est montré on ne peut plus coopératif. Carter est monté dans un taxi, et nous l'avons pris en filature jusqu'à un bâtiment gouvernemental au centre de Rome. Monti l'a suivi à l'intérieur et m'a rapporté que Carter avait un rendez-vous au Bureau naval, où il a déposé une demande d'autorisation de plongée et de récupération pour fouiller une épave au large de l'île d'Elbe.

— Que cherche-t-il ? questionna Hawksby.

— Sept cents pièces de huit espagnoles en argent datant du dix-huitième siècle, lui apprit William. En 1741, durant une tempête particulièrement violente, un navire baptisé *Patrice* a sombré au large de l'île d'Elbe, avec à son bord cinquante-deux passagers, neuf membres d'équipage et une cargaison comprenant les pièces et d'autres objets de valeur. J'ai les registres de l'époque : « Cette réclamation a été confirmée par Loyd's of London qui a assuré le navire et la marchandise pour dix mille guinées et payé la totalité du montant ».

— Je ne vous suis qu'à moitié, reconnut Hawksby.

— Au fil des années, plusieurs tentatives ont été faites pour localiser l'épave et récupérer les pièces, sans succès.

— Et Carter pense qu'il aura un coup de chance, malgré les maigres probabilités ?

— Je ne crois pas qu'il compte sur la chance, monsieur, répondit Jackie. Pendant que l'agent Warwick se promenait à Rome, je suis rentrée à Londres et j'ai fait agrandir les photos du cabanon de Carter par nos spécialistes de Scotland Yard. Ils ont confirmé une chose : l'agent de police Warwick est loin d'être David Bailey.

Tout le monde éclata de rire.

— Néanmoins, après une étude minutieuse des photos, une de nos expertes a fait une suggestion très intéressante.

Jackie tendit à chacun des membres de l'équipe un agrandissement de l'établi du cabanon de Carter.

— Que cherche-t-on ? s'enquit Hawksby, en examinant l'image.

— Vous remarquerez l'équipement habituel d'un graveur : des gouges de tailles diverses, des brosses métalliques et même une lime à ongles. Mais en regardant plus attentivement, vous pourrez voir sur quoi travaille Carter.

Elle fit circuler parmi l'équipe trois agrandissements qui montraient le dessus de l'établi.

— Pour moi, ça ressemble à une demi-couronne, dit Hawksby.

— Même taille, même forme, mais valeur différente, développa William, comme je l'ai découvert quand j'ai rendu visite à un numismate du British Museum, qui était à peu près sûr qu'il s'agissait d'une pièce de huit espagnole, qui, comme vous pouvez le constater, est datée de 1649.

— Vous lui avez sans doute demandé sa valeur ?

— Il n'en avait pas la moindre idée, monsieur, mais il m'a conseillé de rendre visite à la maison de ventes Dix Noonan Webb à Mayfair, spécialisée dans ce domaine. M. Noonan m'a montré un exemple similaire de pièce de huit espagnole dans l'un de ses catalogues récents, qui a été vendue pour un peu plus de mille livres.

— Multipliez ça par sept cents, fit remarquer Lamont, et Carter finira avec plus de sept cent mille livres.

— Je crois savoir ce qu'il mijote, affirma William.

— Allez-y, crachez le morceau, répondit Hawksby.

— Je soupçonne que la totalité de l'argent ancien qu'il a récemment acheté a été fondue, et qu'il a passé ces derniers mois à frapper sept cents pièces de huit espagnoles.

— Si vous regardez les photos de plus près, intervint Jackie, vous verrez un détail qu'on aurait pu manquer dans des circonstances normales.

Elle montra du doigt le coin en bas à gauche d'une des photographies.

— Ça ressemble à un simple seau d'eau, dit Hawksby.

— C'est ce que j'ai d'abord pensé, déclara William, jusqu'à ce que je comprenne le prochain coup de Carter.

— Accouchez, lança Hawksby.

— Je crois qu'il va retourner à Rome le plus vite possible, récupérer son permis, puis lever les voiles à la recherche de son trésor englouti. Il reviendra au port quelques jours plus tard avec un coffre en bois plein de pièces d'argent. Et en examinant attentivement la photo 2B, vous trouverez le coffre qui sortira des profondeurs.

Après un moment, Lamont demanda :

— Et le seau d'eau ?

— De l'eau de mer, expliqua William.

— Bien sûr.

— Mais je croyais que les trésors sous-marins étaient la propriété du gouvernement auquel appartiennent les eaux, commenta Lamont.

— C'est vrai, monsieur, confirma William. Mais l'équipe qui l'a découvert reçoit généralement la moitié du montant en guise de commission, c'est probablement ce qui a appâté Booth Watson.

— Vous ai-je bien entendu ? demanda Hawksby.

— Oui, monsieur. Booth Watson est entré dans le bâtiment peu après notre arrivée.

— Vous gardez vraiment le meilleur pour la fin, William, dit le commissaire divisionnaire. Avez-vous une idée de la raison de sa présence ?

— Monti assure l'avoir vu examiner les documents avec attention avant de laisser Carter signer quoique ce soit.

— Ça pourrait être une autre des nombreuses entreprises de Faulkner, proposa Jackie.

— Booth Watson a tout de même d'autres clients, répondit le commissaire. Mais je suis d'accord, il y a fort à parier que ce soit Faulkner, qui peut espérer y gagner trois cent cinquante mille livres une fois que Carter aura retrouvé les pièces.

— Je crois que Carter n'y gagnera pas plus que quelques milliers, estima Lamont, maintenant que nous savons qui est derrière cette combine.

— Qu'est-ce qui te fait penser ça, Bruce ?

— Je l'ai arrêté trois fois ces dix dernières années, mais jamais pour quelque chose de cette envergure. Et comme l'a découvert le lieutenant Monti, quand Carter a déposé sa demande de permis de fouille, il a remis cinq mille livres en liquide au Bureau naval italien de Rome, alors que les frais normaux sont inférieurs à la moitié de cette somme.

— Ça explique pourquoi il n'a pas quitté son cabas des yeux, dit William. Et pourquoi, d'après Monti, il était vide quand il a quitté le bâtiment.

— Il s'attendait sans doute à ce que sa demande se retrouve mystérieusement sur le dessus de la pile, suggéra Jackie.

— En première position, ajouta Lamont.

— Ce sera peut-être le cas, répliqua William, mais le lieutenant Monti me l'a garanti, si nous voulons que la demande de Carter soit retenue indéfiniment ou même rejetée, nous n'aurons qu'à demander.

— Bruce ?

— À notre connaissance, Carter n'a commis aucun crime sur le sol britannique, et la seule façon de découvrir ce qu'il va faire, c'est de dire aux Italiens que nous n'avons pas d'objection à ce qu'ils accèdent à sa demande. En vérité, le plus tôt sera le mieux.

— Alors pourquoi ne pas arrêter Carter avant même qu'il atteigne l'aéroport et confisquer les pièces ? s'enquit Jackie.

— Et l'inculper de quoi ? opposa Hawksby. Avec Booth Watson à ses côtés, il pourra prétendre que les pièces ne sont que des reproductions qu'il souhaite vendre pour un petit bénéfice. Et puis, si nous voulons mettre la main sur celui qui finance Carter, nous devons le laisser continuer l'opération. Mais le cerveau derrière tout cela est forcément quelqu'un qui ne manque pas d'imagination, de cran et d'argent, une description qui, je suis d'accord, correspond de plus en plus à Faulkner.

— Avec votre permission, monsieur, dit Lamont, je vais appeler le lieutenant Monti pour lui demander d'approuver les yeux fermés la demande et de nous tenir au courant. Pendant ce temps, je demanderai à mon contact chez British Airways de me prévenir dès que Carter réservera un nouveau billet pour Rome.

— Où vous, le lieutenant Monti et l'agent Warwick irez l'attendre sur le quai d'un port, précisa Hawksby.

— Pas moi, monsieur, répliqua Lamont. Carter me connaît trop bien.

Jackie eut l'air pleine d'espoir.

— Alors je vais devoir me sacrifier et accompagner l'agent Warwick moi-même, dit Hawksby. Autre chose ?

— Juste une, monsieur. L'agent Warwick et moi allons à Pentonville demain matin pour interroger Eddie Leigh.

— L'homme qui, d'après Warwick, aurait copié le Rembrandt ?

— Oui, monsieur. Mais pour être honnête, je n'espère pas en tirer grand-chose. Les anciens collaborateurs de Miles Faulkner ne l'ouvrent pas, s'ils veulent rester en vie.

— Faites-le parler, ordonna Hawksby. Il pourrait laisser échapper un détail qu'il regrettera par la suite. Et quand Warwick doit-il rendre la copie du *Syndic* chez Faulkner ? Je ne demande ça que parce que Booth Watson me promet enfer et damnation.

— Faulkner part pour Monte-Carlo lundi matin, répondit Lamont. Donc cette semaine.

— Vous avez une semaine chargée devant vous, agent Warwick, conclut le commissaire divisionnaire. Je ne vous retiens pas plus longtemps.

17

— Le truc du gentil flic et du méchant flic, c'est un peu cliché de nos jours, dit Lamont alors que lui et William quittaient Scotland Yard pour se rendre à Pentonville. Et dans notre cas, un gamin de cinq ans pourrait deviner qui fait quoi. Il faut néanmoins décider ce qu'on espère tirer de cette entrevue.

— Assurément, notre premier objectif, répondit William, alors que la circulation à Trafalgar Square s'arrêtait, devrait être de savoir si oui ou non le *Syndic* a été détruit, et si non, où il se trouve.

— Ça, ce ne serait pas mon premier objectif, petit, répliqua Lamont dans un accent écossais plus prononcé qu'à l'accoutumée. Je veux établir le lien entre Leigh et Miles Faulkner, parce que je sacrifierais la moitié de ma pension pour mettre cet homme derrière les barreaux.

Je sacrifierais la moitié de ma pension pour avoir le talent d'Eddie Leigh, pensa William alors que la voiture empruntait Kingsway.

— Discutons de notre stratégie, reprit Lamont. C'est moi qui dirigerai l'interrogatoire, mais si je me renfonce dans ma chaise, ça voudra dire que tu dois prendre ma place. Mais ne m'interromps pas avant, parce que je sais exactement quelle piste poursuivre.

— Et que se passera-t-il s'il va dans une direction qu'aucun de nous deux n'aura vu venir ?

— C'est peu probable. N'oublie pas, nous avons affaire à un taulard qui sait déjà ce qu'il va dire.

Une fois de plus, William resta silencieux.

— Et si je me mets à négocier avec lui, ne l'ouvre pas. Hawk m'a bien fait comprendre jusqu'où je peux aller.

— Dans le pire des cas, que peut-il arriver ? interrogea William alors que la voiture tournait à gauche dans Grays Inn Road.

— Qu'il refuse de répondre à la moindre de nos questions, l'entrevue sera alors terminée en quelques minutes, et on aura perdu notre temps.

— C'est ma première visite en prison, tenta William après de longues minutes de silence.

Lamont sourit.

— La mienne, c'était à un irlandais jovial qui m'avait bien fait rire avec ses histoires de l'île d'Émeraude.

— Qu'avait-il fait ?

— Braquage d'un bureau de poste, ce qui s'avéra assez difficile à prouver, parce qu'il n'a jamais atteint le guichet et qu'il avait pour seule arme un concombre. Heureusement, il a plaidé coupable.

— Continue, continue.

— Une autre fois, répondit Lamont alors qu'ils arrivaient devant HMP Pentonville.

— On ne pourrait pas en vouloir à Sa Majesté, dit William, si elle décidait d'exclure les prisons de la liste de ses biens.

— Si elle le faisait, il faudrait aussi qu'elle apprenne à se passer de Buckingham Palace, répliqua Lamont tandis que le véhicule entrait dans Caledonian Road.

William regarda, au-delà du grand mur, le bâtiment en brique menaçant qui dominait le paysage.

La voiture s'arrêta devant la barrière et un gardien en uniforme s'avança. Lamont baissa sa fenêtre et présenta son insigne.

— M. Langley vous attend, monsieur, annonça l'homme après avoir étudié l'insigne. Si vous voulez bien vous garer là-bas, je vais le prévenir de votre arrivée.

Le conducteur se glissa dans la première place venue et éteignit le moteur.

— Je ne sais pas vraiment combien de temps durera la visite, Matt, prévint Lamont au chauffeur, qui prenait un livre dans la boîte à gant. Mais quand on reviendra, tu pourras me dire si ça vaut le coup d'emporter le dernier Len Deighton en vacances cette année.

— C'est le troisième d'une trilogie, monsieur, je vous recommande de commencer par le premier, *Réseau Brahms.*

Alors qu'il sortait de la voiture, un surveillant pénitentiaire dont le badge indiquait « Surveillant brigadier Langley » vint à leur rencontre.

— Comment vas-tu, Bruce ?

— Tout roule, Reg. Je te présente l'agent Warwick. Garde-le à l'œil. Il veut mon poste.

— Bonjour, monsieur, lança William, en lui serrant la main.

— Suivez-moi, ordonna Langley. Je m'excuse pour les mesures de sécurité excessives, mais ce sont celles en vigueur dans les prisons de catégorie B.

Ils signèrent tous les deux le registre à l'entrée puis reçurent des badges de visiteur. William compta cinq grilles déverrouillées puis reverrouillées avant de croiser le premier prisonnier.

— Leigh vous attend dans la salle d'interrogatoire, mais je dois vous avertir, Bruce, il est particulièrement peu coopératif ce matin. Et comme tu l'as pincé trois fois par le passé, je ne pense pas qu'il te porte dans son cœur.

Alors qu'ils descendaient un long couloir en briques vertes, William remarqua que les prisonniers leur tournaient le dos, souvent avec un juron, ou se contentaient de les ignorer. À une exception : un homme entre deux âges s'arrêta de laver le sol pour l'observer plus attentivement. William songea que l'homme lui était familier, et se demanda s'il l'avait arrêté quand il était de patrouille à Lambeth.

William ne put cacher sa surprise quand ils s'arrêtèrent devant un large cube transparent qui ressemblait plus à une sculpture moderne qu'à une salle d'interrogatoire. À l'intérieur, un prisonnier était assis à une table, tête baissée ; ce devait être Eddie Leigh.

— Avant que tu me poses la question, dit Lamont en montrant le cube transparent, c'est autant pour ta protection que pour la sienne. Quand j'étais jeune brigadier, on m'a accusé d'avoir frappé un détenu au cours d'un interrogatoire. S'il est vrai que j'en avais envie, je ne l'ai pas fait.

Il s'arrêta avant d'ajouter :

— Du moins, pas cette fois-là.

— Du café et des petits gâteaux ? proposa Langley.

— Laissez-nous quelques minutes avec lui d'abord, Reg, demanda Lamont.

William et Lamont entrèrent dans la pièce et s'assirent face à Leigh. Il n'avait ni menottes ni surveillant derrière lui. Un privilège accordé seulement à ceux qui n'étaient pas connus pour des faits de violence. Leigh devait avoir renoncé à son droit d'être assisté d'un avocat.

William observa attentivement le détenu. Au premier abord, le faussaire de quarante-sept ans ressemblait à n'importe quel autre taulard, vêtu de la tenue réglementaire de prisonnier : une chemise rayée bleue et un jean usé. Il n'était pas rasé, avait les cheveux sombres et les yeux marron, mais ce qui surprit William, ce fut ses mains. Comment un homme avec des mains de maçon pouvait produire des coups de pinceau si délicats ? Puis il ouvrit la bouche, révélant qu'il venait du même coin du monde que Lamont.

— T'as une cibiche, patron ? demanda-t-il poliment.

Lamont posa un paquet de cigarettes sur la table, en sortit une et la tendit au prisonnier. Il alla même jusqu'à lui allumer. Le premier pot-de-vin avait été offert et accepté.

— Je suis le commandant Lamont, dit-il comme s'ils ne s'étaient jamais rencontrés, et voici mon collègue, l'agent Warwick.

Leigh n'accorda même pas un regard à William.

— On est venu te poser quelques questions.

Pour toute réponse, Leigh souffla un gros nuage de fumée.

— On enquête sur le vol d'un tableau de Rembrandt au Fitzmolean Museum de Kensington, commis il y a sept ans. Nous sommes récemment tombés sur une copie de l'œuvre, et nous avons des raisons de penser que tu en es le peintre.

Leigh tira une autre bouffée de sa cigarette.

— As-tu peint ce tableau ? interrogea Lamont.

Leigh n'esquissa pas même une réponse, presque comme s'il n'avait pas entendu la question.

— Si tu coopères, reprit Lamont, on pourra peut-être faire une recommandation favorable au comité de probation quand ils examineront ton dossier dans quelques mois.

Toujours rien. William commençait à se rendre compte, en regardant les yeux renfrognés de Leigh, jusqu'où les tentacules de Miles Faulkner s'étendaient.

— D'un autre côté, si tu ne coopères pas, on pourra aussi en parler au comité de probation. La décision t'appartient.

Même cette menace n'avait pas l'air de faire réagir Leigh. Quelques secondes plus tard, la porte s'ouvrit et un prisonnier entra, avec un plateau chargé de café et de biscuits, qu'il posa sur la table avant de s'en aller rapidement. Leigh prit un mug de café noir, y laissa tomber quatre sucres et remua. Lamont s'enfonça dans sa chaise.

— Monsieur Leigh, intervint William, conscient qu'aucun gardien de prison ne l'avait appelé « monsieur » ces quatre dernières années, puisque vous n'avez visiblement pas l'intention de répondre à nos questions, j'aimerais vous dire quelque chose avant de partir.

Lamont ajouta un autre sucre à son café.

— Je suis un fana d'art, un aficionado, appelez cela comme vous voulez, mais le plus important, c'est que je suis un grand admirateur de votre travail.

Leigh se tourna afin de regarder William pour la première fois, alors qu'un gros morceau de cendre tombait du bout de sa cigarette sur la table.

— Votre Vermeer, *Jeune fille jouant du virginal*, est très accompli, même si je ne suis pas surpris que les éminents spécialistes des Néerlandais ne s'y soient pas laissé prendre, surtout M. Ernst van de Wetering. Mais votre copie du *Syndic* est incontestablement l'œuvre d'un génie. Elle se trouve actuellement dans notre bureau à Scotland Yard, et j'ai des scrupules à la rendre à Miles Faulkner, qui en réclame la propriété. C'est dommage que vous ne soyez pas né à Amsterdam il y a trois siècles, vous auriez pu être élève auprès de l'un des maîtres, ou même maître vous-même. Si j'avais une fraction de votre talent, je ne me serais pas embêté à rejoindre la police.

Leigh continua de fixer William, il ne fumait plus.

— Puis-je vous poser une question qui n'a rien à voir avec l'enquête ?

Leigh acquiesça.

— Je ne comprends pas comment vous avez réussi ce jaune sur le *Syndic*.

Leigh prit son temps pour répondre :

— Du jaune d'œuf.

— Oui, bien sûr, c'est idiot de ma part, répondit William, qui savait pertinemment que Rembrandt avait expérimenté le jaune d'œuf de mouette en mélangeant ses pigments.

— Mais pourquoi ne pas avoir ajouté le RvR habituel de Rembrandt ? C'est le seul détail qui m'a permis de le distinguer de l'original.

Leigh tira une autre bouffée sur sa cigarette, mais cette fois, il ne répondit pas, craignant sûrement d'être déjà allé trop loin. William attendit encore quelques instants, avant d'accepter que Leigh ne leur révélerait rien de plus.

— Merci. Ça a vraiment été un honneur de vous rencontrer.

Leigh l'ignora, regarda Lamont et demanda :

— Je peux avoir une autre cibiche ?

— Garde le paquet, lança Lamont avant de se tourner pour faire un signe de tête au surveillant brigadier Langley, lui indiquant que l'entrevue était terminée.

Langley les rejoignit dans la pièce vitrée.

— Retourne en cellule, Leigh, et magne-toi.

Leigh se leva lentement, rangea le paquet de cigarettes dans sa poche et se pencha au-dessus de la table pour serrer la main de William. Lamont ne put cacher sa surprise. Personne ne parla avant que Leigh ait quitté la pièce.

— Il a peint la copie, ça ne fait aucun doute, déclara Lamont, ce qui me convainc encore plus que Faulkner est responsable du vol. Tu as remarqué la façon dont ses mains tremblaient à la simple mention de son nom ? Toutes mes félicitations, William.

— Merci, monsieur.

— Et Reg, tu écoutes toujours les conversations téléphoniques de Leigh ?

— Oui. Tous les jeudis soir à six heures, et toujours à sa femme.

— D'autres mentions du Picasso ? s'enquit William.

— Pas la moindre, répondit Reg.

— C'était prévisible, dit Lamont. Leigh ne se risquera pas à répéter le message, Hawk devra décider si ces informations suffisent pour échafauder toute une opération.

— Moi je le ferais, répliqua William.

— Tu n'es pas encore à son poste, petit.

*

Une fois de retour à Scotland Yard, la première chose que fit William fut de chercher un numéro dans la section S-Z du bottin.

— Ici l'agent de police Warwick, annonça-t-il à la fille qui répondit. Pouvez-vous me dire si un dénommé Edward Leigh a un jour étudié à Slade ? Ça devait être au début des années 1960.

— Un instant, s'il vous plaît, monsieur Warwick, je vais me renseigner.

Quelques minutes plus tard, elle reprit le combiné.

— Oui, il a été diplômé avec les honneurs en 1962. Il a d'ailleurs gagné le Prix des Fondateurs cette année-là, et son exposition en solo a été un grand succès.

— Merci, cette information m'est très utile.

William raccrocha et sourit en vérifiant un autre dossier qui confirma que Faulkner avait étudié à Slade entre 1960 et 1963. Fred Yates lui avait appris à ne jamais croire aux coïncidences.

William passa l'heure suivante à rédiger un rapport de sa visite à Pentonville. Après l'avoir déposé sur le bureau de Lamont, il regarda sa montre. Il n'était que 17 h 30, mais il avait le sentiment qu'il pouvait partir avant l'extinction de la lumière sous la porte de Hawk.

Il attrapa son manteau et s'apprêtait à sortir furtivement quand Jackie lui lança :

— Passe un bon week-end. Tu l'as bien mérité.

— Merci, répondit William, qui était impatient de retrouver Beth et de lui annoncer qu'il y avait un mince espoir qu'elle soit réunie avec l'autre homme de sa vie.

De retour dans sa chambre de Trenchard House, il prit une douche et enfila une tenue plus décontractée. Il attendait avec impatience son week-end de débauche. Du moins, son idée de la débauche : un repas à l'Elena, quelques verres de vin rouge, un jogging dans Hyde Park le matin et un film dans la soirée – du moment que ce n'était pas un policier – puis au lit avec Beth avant onze heures.

Il décida de marcher jusque chez elle pour acheter des fleurs en chemin. Au moment d'arriver devant sa porte, il sentit son cœur battre la chamade. Il frappa deux fois et, quelques instants plus tard, Jez vint lui ouvrir et, remarquant les fleurs, demanda :

— Elles sont pour moi ?

— Dans tes rêves !

— Mais Beth est partie pour le week-end.

— Quoi ? Mais je pensais que...

— Elle m'a demandé de te transmettre ses excuses. Elle a eu un empêchement de dernière minute. Elle t'appellera dès son retour.

— Alors elles sont pour toi, déclara William en lui mettant le bouquet dans les mains.

Jez regarda le prétendant délaissé se retourner et s'éloigner lentement, les épaules voûtées. Il ferma la porte et retourna dans le salon, où il tendit les fleurs à Beth en lui demandant :

— Tu ne crois pas qu'il serait temps de lui dire la vérité ?

18

Beth appela William le dimanche soir pour s'excuser, expliquant qu'elle avait dû rendre visite à une amie à l'hôpital, et qu'elle avait hésité à l'appeler au travail.

— Bien sûr que tu peux m'appeler si c'est quelque chose de suffisamment important pour m'empêcher de dormir, la rassura William.

— Tu peux venir dîner demain ?

— Tant que je n'ai pas d'imprévu, répondit-t-il, regrettant la dureté de ses mots dès l'instant où il raccrocha.

William arriva le premier au travail le lundi matin. Il s'assit à son bureau et s'apprêtait à ouvrir un dossier quand le téléphone sonna. Il reconnut immédiatement la voix à l'autre bout du fil.

— William, tu m'as demandé de te prévenir dès que Carter aurait son permis pour se lancer à la recherche du *Patrice*, dit le lieutenant Monti. Il a été approuvé ce matin, et envoyé par courrier à son domicile. Il devrait l'avoir reçu d'ici la fin de la semaine.

— Merci, Toni. Je vais de ce pas en informer mon chef.

— M'informer de quoi ? demanda Lamont, qui venait d'entrer dans la pièce.

— Carter vient d'obtenir son permis de fouille, il pourrait se retrouver très vite sur le départ.

— Je vais téléphoner à la gendarmerie du Devon et leur demander de le garder à l'œil. Je vais aussi prévenir Jim Travers chez British Airways pour qu'il reste vigilant, il pourra nous avertir si Carter réserve un billet d'avion. Tu ne devrais pas être en route ?

— En route, monsieur ?

— Tu dois témoigner devant le tribunal de Snaresbrook, ce matin. Nous avons reçu un appel après ton départ vendredi après-midi disant que, à la surprise générale, Cyril Amhurst plaidait non coupable et que l'affaire serait entendue ce matin.

Tu ferais mieux d'y aller si tu ne veux pas perdre ton premier dossier avant même le début du procès.

William récupéra rapidement le dossier Amhurst-Churchill dans son tiroir et remit sa veste.

— Assure-toi qu'il prenne vingt ans, lança Lamont.

— Au moins, ajouta Jackie, qui apparut alors qu'il se dirigeait vers la porte.

Le long trajet en métro jusqu'à Snaresbrook donna à William le temps de se refamiliariser avec les éléments du dossier, mais arrivé à la dernière page, il ne comprenait toujours pas pourquoi Amhurst plaidait non coupable.

Le métro entra en station un peu après 9 h 45, et une fois dans la rue, William demanda à un kiosquier comment se rendre au tribunal. Il suivit les instructions de l'homme et aperçut bien vite un imposant bâtiment qui surplombait tout devant lui. Il monta les marches quatre à quatre et poussa la porte juste avant dix heures. Sur le planning du tribunal, il lut que l'affaire « la Couronne vs. Amhurst » était prévue à dix heures en salle d'audience cinq. Il courut dans d'autres escaliers jusqu'au premier étage, où il trouva un jeune homme dans une longue robe noire, perruque à la main, qui faisait les cent pas, anxieux.

— Vous êtes Maître Hayes ? questionna William.

— C'est bien moi, et vous êtes l'agent Warwick, je l'espère ?

William acquiesça.

— La première chose que je dois vous dire, déclara Hayes, c'est qu'étant donné le délai si court dans lequel le procès Amhurst a été fixé, je peux demander un renvoi pour remettre l'audience à plus tard.

— Non, non, allons-y, répondit William. Les arguments d'Amhurst ne sont qu'un tissu d'inepties.

— Je suis d'accord, mais votre témoignage pourrait tout de même s'avérer crucial, alors je vais rapidement vous rappeler ce que je considère comme les points essentiels.

— Vers quelle heure pensez-vous que nous serons appelés ? s'enquit William tandis qu'ils s'asseyaient sur un banc devant la salle.

— Il y a d'abord quelques dossiers de mise en liberté sous caution et une demande de licence de débit de boissons avant nous, donc aux environs de 10 h 30.

Lorsque Hayes eut fini de le préparer, William en était encore plus certain : la défense d'Amhurst reposait sur du vent, même s'il avoua à Hayes que c'était la première fois qu'il témoignait lors d'un procès.

— Je suis sûr que ça va bien se passer, le rassura Hayes. Je dois vous laisser maintenant, il faut que je m'installe dans la salle. Restez ici jusqu'à ce qu'on vous appelle.

Impossible. William fit les cent pas dans le couloir, de plus en plus nerveux à mesure que les minutes défilaient. Enfin, l'huissier poussa la porte et annonça :

— Agent de police Warwick.

William le suivit nerveusement à l'intérieur de la salle. Il passa devant l'accusé dans son box et, sans un regard, se dirigea droit vers la barre des témoins.

Le greffier tendit une bible à William et il prêta serment, soulagé d'entendre sa voix plus assurée qu'il ne l'était. Mais quand Me Hayes se leva, le peu de confiance en lui qu'avait rassemblé William s'envola.

— Agent Warwick, voulez-vous bien expliquer à la cour comment vous avez repris l'enquête.

William commença à décrire son entrevue avec M. Giddy, le gérant de Hatchards, et son inquiétude concernant une édition complète de *La Seconde Guerre mondiale* de Winston Churchill qui pourrait contenir de fausses signatures. Puis, il raconta ses visites dans d'autres librairies, parmi lesquelles un grand nombre s'était vu proposer, et certaines avaient acheté, un total de vingt-deux volumes des mémoires de Churchill prétendument signés par l'ancien premier ministre.

— Et qu'est-il arrivé ensuite ? demanda Hayes.

— J'ai reçu un appel d'un vendeur de John Sandoe Books à Chelsea, qui m'a informé du retour du suspect. Je me suis rendu au magasin le plus vite possible, mais il n'était plus là.

— Alors vous l'avez perdu ?

— Non. Le vendeur m'a montré un homme qui s'éloignait vers Sloane Square. Je l'ai poursuivi, et je l'avais presque rattrapé quand il a disparu dans la bouche de métro de Sloane Square. J'ai continué la poursuite, et je suis monté de justesse dans le train avant la fermeture des portes.

— Et ensuite ?

— Le suspect est descendu à Dagenham East, où je l'ai suivi jusqu'à une maison sur Monkside Drive. J'ai noté l'adresse et j'ai repris le métro direction Scotland Yard. Le lendemain, j'ai obtenu un mandat de perquisition concernant la maison de l'accusé, où j'ai découvert un certain nombre d'ouvrages signés, y compris une édition complète de *La Seconde Guerre mondiale* de Winston Churchill, dont trois volumes étaient signés, et des feuilles couvertes de lignes de signatures de Churchill.

— Elles sont dans la liste des pièces, Votre Honneur, déclara Hayes avant de se retourner vers le témoin. Et avez-vous découvert autre chose d'intéressant ?

— Oui, monsieur. Une première édition d'*Un Conte de Noël* signé par Charles Dickens.

— Votre Honneur, ajouta Hayes, celle-ci a aussi été versée au dossier. Peut-être que vous et le jury voudriez examiner les scellés.

Le juge acquiesça et les jurés prirent leur temps pour étudier les livres, ainsi que les feuilles de signatures, avant de rendre les documents au greffier.

— Qu'avez-vous fait ensuite, agent Warwick ?

— J'ai arrêté M. Amhurst et je l'ai escorté jusqu'au poste de police de Dagenham, où il a été alors inculpé de trois chefs d'accusation : escroquerie, faux et usage de faux.

— Merci, agent Warwick. Je n'ai plus de questions pour ce témoin, Votre Honneur, déclara Hayes avant de se rasseoir.

William était soulagé que tout fût terminé. Pas si terrible, pensa-t-il. Il allait quitter la barre quand Hayes se leva et dit :

— Restez ici, agent Warwick, je soupçonne ma consœur d'avoir une ou deux questions à vous poser.

— C'est effectivement le cas, confirma l'avocate de la défense, en se levant de sa place à l'autre bout du banc.

William la regarda sans en croire ses yeux.

— Avant de commencer mon contre-interrogatoire, Votre Honneur, je dois faire remarquer à la cour que le témoin est mon frère.

Le juge se pencha et observa attentivement Grace, puis William, mais ne dit rien.

— Je peux vous assurer Votre Honneur que ni mon avoué ni mon client n'ont d'objections à cette situation inhabituelle.

Mais il est évidemment possible que mon estimé collègue ou même le témoin lui-même en aient. Dans ce cas, je me retirerai et mon collaborateur conduira le contre-interrogatoire.

Me Hayes se leva d'un bond.

— Je crois que ce serait la solution la plus simple, Votre Honneur.

— C'est possible, convint le juge. Mais je suis plus intéressé par l'opinion de l'agent Warwick.

William se souvint des paroles de son père : Grace ne défend que des causes perdues et ne gagne jamais.

— À nous deux ! marmonna-t-il, en lançant un regard de défi à sa sœur.

— Je vous demande pardon ? lança le juge.

— Je serais très heureux que ma sœur procède au contre-interrogatoire, Votre Honneur.

— Dans ce cas, procédez, maître Warwick.

Grace s'inclina, arrangea sa robe et se tourna vers le témoin. Elle lui adressa un sourire chaleureux, qu'il ne lui rendit pas.

— Agent Warwick, j'aimerais commencer par vous dire à quel point j'ai apprécié la description très pittoresque de votre poursuite de mon client à travers la moitié de Londres, sans l'arrêter, mais en y retournant le lendemain pour essayer à nouveau. Ça ressemble beaucoup à un épisode de la *Panthère rose*, c'est pourquoi le jury se demandera peut-être depuis combien de temps vous êtes inspecteur.

William hésita.

— Ne soyez pas timide, agent Warwick. Parlons-nous de semaines, de mois ou d'années ?

— Trois mois, répondit William.

— Et c'était votre première arrestation depuis votre examen d'inspecteur ?

— Oui, reconnut William à contrecœur.

— Pourriez-vous parler plus fort, agent. Je ne suis pas sûr que le jury ait entendu votre réponse.

— Oui, c'est le cas, répéta William en agrippant la barre.

— Je serais maintenant curieuse de savoir pourquoi, après avoir poursuivi mon client de Chelsea jusqu'à Dagenham, vous ne l'avez pas arrêté avant qu'il rentre chez lui ?

— J'avais besoin d'un mandat pour perquisitionner sa maison.

— De plus en plus étrange, répliqua Grace. Parce que vous auriez vraisemblablement pu arrêter M. Amhurst dès sa descente du train à Dagenham East, l'escorter jusqu'au commissariat local et obtenir une autorisation au titre de la section 18 auprès du gradé de service, et ainsi fouiller sa maison le jour même.

William savait qu'elle avait raison, mais il ne voulait pas admettre qu'il avait fait une erreur si simple ; il garda le silence.

— Puis-je présumer, agent Warwick, que vous avez lu la section dix-huit de la loi sur la police et les preuves pénales, qui vous autorise à perquisitionner le domicile d'un suspect après son arrestation ?

Plusieurs fois, aurait voulu répondre William, mais il resta silencieux.

— Et puisque vous ne semblez pas disposé à répondre à mes questions, agent, puis-je supposer que vous ne craigniez pas que mon client puisse détruire des preuves ou s'absenter avant votre retour le lendemain matin ?

— J'étais certain qu'il ne m'avait pas vu, affirma William, essayant de se défendre.

— Vraiment, agent Warwick ? Vous souvenez-vous de ce que M. Amhurst a dit à vous et à votre collègue quand vous êtes arrivés le lendemain avec un mandat de perquisition ?

Grace tira sur les revers de sa robe, rajusta sa perruque et fixa son frère, avec le même sourire désarmant, avant d'ajouter :

— Cela vous aiderait-il si je vous le rappelais ?

Elle fit durer le malaise de William encore quelques instants avant de se tourner vers le jury.

— Il a dit : « Voulez-vous une tasse de thé ? »

Quelques personnes dans la salle se mirent à rire. Le juge leur jeta un regard noir.

— Cela ne ressemble pas exactement à la réponse d'un coupable, craignant d'être arrêté et jeté en prison, n'est-ce pas ? renchérit Grace.

— Oui, mais...

— Si vous pouviez vous contenter de répondre à mes questions, agent, sans offrir d'opinions personnelles, ce serait très aimable.

William fut abasourdi par la férocité de son attaque, et il n'était certainement pas préparé à sa question suivante.

— Êtes-vous expert dans la reconnaissance de signature forgée, ou êtes-vous simplement parti du principe que mon client était coupable ?

— Non, absolument pas. J'ai des déclarations écrites de la part de neuf libraires qui attestent que M. Amhurst leur a proposé des éditions complètes signées de *La Seconde Guerre mondiale* par Churchill.

— Aucun, malheureusement, y compris le gérant de Hatchards qui a déposé la plainte initiale, n'a trouvé le temps de venir au tribunal pour témoigner aujourd'hui. Étiez-vous, par chance, chez Hatchards samedi matin ?

— Non, répondit William, surpris par la question.

— Si vous l'aviez été, agent Warwick, vous auriez pu obtenir une copie du dernier roman de Graham Greene, *le Dixième Homme*, parce que l'auteur en a dédicacé une centaine, avant d'aller en signer des centaines d'autres dans plusieurs librairies du West End. De plus, comme Sir Winston était un homme politique, je ne pense pas qu'il ait fait des manières à l'idée de signer quelques exemplaires de son travail.

Un ou deux membres du jury acquiescèrent.

— Mais nous avons trouvé d'autres livres, bafouilla William, qui essayait toujours de s'en sortir. N'oubliez pas la première édition d'*Un Conte de Noël*, signé par Charles Dickens, par exemple.

— Je suis contente que vous abordiez le sujet de Dickens, enchaîna Grace, parce que mon client a longtemps chéri ce trésor de famille, que lui a légué son père, et qu'il n'aurait donc jamais envisagé de vendre. Effectivement, la cour sera peut-être intéressée d'apprendre que mon client est en possession du reçu original de la vente du livre, daté du 19 décembre 1843, au prix de cinq shillings.

Me Hayes bondit sur ses pieds.

— Votre Honneur, je dois protester. La défense ne m'a pas communiqué ce document.

— Il existe une raison simple pour l'expliquer, Votre Honneur, répondit Grace. Mon client est à la recherche du reçu depuis son arrestation, mais l'agent Warwick et sa collègue ont laissé son domicile dans un tel état qu'il ne l'a retrouvé que ce matin.

— Quelle coïncidence ! s'exclama Hayes, assez fort pour que le jury l'entende.

Le juge lui fit les gros yeux mais ne le réprimanda pas.

Une fois de plus, les jurés prirent leur temps pour étudier le reçu.

— J'espère, agent Warwick, dit Grace après que William eut brièvement étudié le document, que vous ne suggérez pas que mon client a également falsifié ceci ?

Quelques-uns des jurés se mirent à discuter entre eux, tandis que Hayes prenait des notes dans son calepin.

Grace sourit à son frère et ajouta :

— Je n'ai plus de questions pour ce témoin, Votre Honneur.

— Merci, maître Warwick, conclut le juge. Peut-être est-ce le bon moment de suspendre la séance pour le déjeuner.

*

— Nous ne sommes pas encore vaincus, déclara Hayes, qui savourait sa salade César à la cantine.

— Mais je n'ai pas vraiment servi notre cause, dit William, incapable de manger. J'aurais dû rappeler à ma sœur l'existence des feuilles de signatures de Churchill trouvées au domicile d'Amhurst.

— N'ayez crainte. Une fois qu'Amhurst aura mis un pied à la barre des témoins, je rappellerai sans cesse au jury les fausses signatures.

— Et ce reçu me laisse perplexe. Pourquoi ne l'avons-nous pas trouvé lors de la perquisition ?

— Je soupçonne qu'il n'y était pas. Amhurst vient sans doute de l'acheter pour couvrir ses traces. Une question que je lui poserai sous serment.

William jeta un coup œil à sa sœur, attablée à l'autre bout de la cantine avec son avouée, qui devait être Clare. Mais aucune des deux ne regarda dans sa direction.

*

Quand l'audience reprit, le juge Gray demanda à l'avocate de la défense si elle voulait appeler son premier témoin. Me Warwick se leva et dit :

— Je n'ai pas de témoins, Votre Honneur.

Un murmure parcourut la salle. William se pencha en avant et murmura à l'oreille d'Hayes :

— Si Amhurst ne témoigne pas, le jury ne va pas tout bonnement partir du principe qu'il est coupable, si ?

— C'est possible. Mais n'oubliez pas que votre sœur aura la parole en dernier. Et si je représentais Amhurst, c'est le conseil que je lui aurais donné.

Le juge se tourna vers l'avocat de la Couronne.

— Maître Hayes, êtes-vous prêt pour votre réquisitoire au nom de la Couronne ?

— Je suis prêt, Votre Honneur, répondit Hayes, en se levant et en plaçant ses réquisitions sur un petit pupitre devant lui. Il toussa, ajusta sa perruque et se tourna vers le jury.

— Chers jurés, quel dossier fascinant que celui-ci – même si vous avez probablement l'impression d'assister à une représentation d'*Hamlet*, le prince en moins. Laissez-moi commencer par une question : pourquoi ma consœur, au cours de son contre-interrogatoire de l'agent Warwick, n'a-t-elle pas mentionné les pages de signatures de Winston Churchill retrouvées au domicile de l'accusé, sur du papier déchiré d'un bloc ligné à 49 pennies de chez W. H. Smith ? Je pense que nous pouvons partir du principe qu'elles n'ont pas été signées par le héros de guerre lui-même, et pas seulement parce qu'il est mort avant le passage au système métrique.

» Nous savons également que l'agent Warwick a trouvé une édition complète de *La Seconde Guerre mondiale* de Churchill au domicile de l'accusé, dont seulement trois des six volumes étaient signés. Je dois donc me demander pourquoi les trois autres n'étaient pas signés.

Hayes marqua une pause.

— Peut-être étaient-ils les prochains sur la liste ?

Quelques-uns des jurés accordèrent un sourire à Hayes.

— Et enfin, vous devez vous intéresser à l'édition signée d'*Un Conte de Noël* de Charles Dickens. La défense voudrait vous faire croire à un trésor de famille, passé de génération en génération. Ne trouvez-vous pas cela un peu trop gros à avaler ? N'est-ce pas plus probable que M. Amhusrt ait acheté une édition sans signature d'*Un Conte de Noël*, accompagné de son reçu de l'époque, lors de l'une de ses nombreuses visites dans des librairies aux quatre coins de Londres ? Vous pouvez aussi vous demander pourquoi deux inspecteurs de Scotland Yard, après une fouille en bonne et due forme du domicile de M. Amhurst, n'ont pas trouvé ce reçu.

» C'est vous qui allez trancher, reprit Hayes, sans quitter le jury des yeux. Préférerez-vous croire la version plus romantique de ma consœur, ou bien la version plus plausible, démontrée par des faits ? Je suis certain que le bon sens va l'emporter.

Quand Hayes retrouva sa place sur le banc, William aurait voulu applaudir, il avait le sentiment qu'ils avaient de nouveau leur chance. Le juge regarda en direction de la défense et demanda si elle était prête à plaider.

— On ne peut plus prête, Votre Honneur, répondit Grace, en se levant.

Elle regarda le jury pendant quelques instants avant de prendre la parole.

Elle commença par leur rappeler que, dans le droit anglais, c'était le privilège de l'accusé de ne pas être contraint de témoigner, ce qui aurait pu être une épreuve pour « un vieil homme fragile ».

— Il n'a que soixante-deux ans, grommela Hayes, mais Grace maintenait son cap, malgré le mauvais vent.

— Tournons-nous maintenant vers ce qui est indéniablement une pièce cruciale dans cette affaire. Si M. Amhurst était coupable des faits qui lui sont reprochés, et en possession d'une première édition signée *d'Un Conte de Noël*, pourquoi ne l'a-t-il pas proposée à la vente, puisqu'elle serait partie pour dix fois le montant d'une édition signée de *La Seconde Guerre mondiale* par Churchill ? Je vais vous dire pourquoi : parce qu'il ne voulait pas se séparer d'un trésor de famille, qu'il transmettra à la prochaine génération.

— Il n'a même pas d'enfants, murmura William à l'oreille d'Hayes.

— Vous auriez dû me le dire plus tôt.

— La nuit dernière, chers jurés, reprit Grace, alors que je préparais ce dossier, j'ai calculé combien M. Amhurst aurait gagné en vendant les trois volumes des mémoires de Churchill que l'agent Warwick a versés au dossier et dont il prétend qu'elles portent de fausses signatures. Cela fait à peine une centaine de livres. C'est donc, mesdames et messieurs les jurés, difficilement le crime du siècle. Néanmoins, pour des raisons qui m'échappent, Scotland Yard a choisi de s'en prendre à M. Amhurst avec tout l'arsenal policier. Si vous croyez au-delà du doute légitime – elle accentua ces mots – que la Couronne a démontré que Cyril Amhurst est un maître faussaire et un arnaqueur accompli, alors il devra passer Noël en prison. Cependant, si vous trouvez, comme je pense que vous le ferez, que le dossier de la Couronne ne tient pas, vous le délivrerez de cette épreuve et lui permettrez, comme le père de Tiny Tim dans *Un Conte de Noël*, de passer Noël parmi les siens.

Au moment où Grace se rassit, Me Hayes se pencha et murmura à William :

— C'est une pro. Les chiens ne font pas des chats. Votre père serait fier d'elle.

— Mais pas de son fils, siffla William, qui aurait pu assassiner Grace.

Le résumé du juge fut juste et sans parti pris. Il présenta les faits sans essayer d'influencer le jury dans l'une ou l'autre direction. Il évoqua longuement les feuilles de signatures de Churchill inexpliquées, mais il expliqua également que la Couronne n'avait pas prouvé qu'*Un Conte de Noël* n'était pas un trésor de famille. À la fin de ses réquisitions, il ordonna au jury de se retirer pour délibérer.

Deux heures plus tard, les sept hommes et cinq femmes retournèrent sur le banc des jurés. Une fois installés, le greffier demanda au président du jury de se mettre debout. Une femme corpulente à l'air sévère, vêtue d'un élégant tailleur cintré à carreaux, se leva de son siège au fond du premier rang.

— Présidente du jury, avez-vous rendu votre verdict à la majorité absolue ?

— Oui, Votre Honneur.

— Concernant le premier chef d'accusation d'escroquerie, c'est-à-dire d'avoir utilisé la signature de Sir Winston Churchill sur dix-huit livres, avec l'intention de tromper autrui et d'en tirer profit. Déclarez-vous l'accusé coupable ou non coupable ?

— Non coupable, répondit-elle d'une voix assurée.

— Concernant le deuxième chef d'accusation d'usage de faux, c'est-à-dire la possession d'un ouvrage de Charles Dickens

portant une fausse signature avec l'intention de tromper autrui et d'en tirer profit. Déclarez-vous l'accusé coupable ou non coupable ?

— Non coupable.

— Et concernant le troisième chef d'accusation de faux, c'est-à-dire la possession de trois volumes de *La Deuxième Guerre mondiale* de Winston Churchill portant une fausse signature de Sir Churchill. Déclarez-vous l'accusé coupable ou non coupable ?

— Coupable.

Alors qu'une partie de la salle lâchait un cri de surprise, William, lui, laissa échapper un soupir de soulagement. Certes, il ne reviendrait pas au travail triomphant, mais au moins, il n'aurait pas à admettre qu'il avait complètement échoué.

— Le prisonnier veut-il bien se lever, énonça le greffier.

Amhurst, se leva, tête baissée.

— Cyril Amhurst, vous avez été déclaré coupable d'un crime grave, pour lequel je vous condamne à un an de prison.

William essaya de se retenir de sourire.

— Néanmoins, puisque vous n'aviez pas de casier judiciaire jusqu'à ce jour, et qu'il s'agit de votre première condamnation, la peine sera en sursis pour deux ans, période pendant laquelle je vous conseille ne pas fréquenter trop de librairies. Vous êtes libre.

— Merci, Votre Honneur, dit Amhurst, avant de quitter le box des accusés et de prendre longuement son avocate dans les bras.

William serra la main de Hayes, et le remercia pour son effort vaillant.

— Votre sœur est très brillante, reconnut Hayes. Avec presque aucune carte en main, elle nous a battus deux contre un, et à la fin, l'arbitre a rendu une décision en sa faveur. Je ne ferai pas la même erreur lors de notre prochaine rencontre.

— Moi non plus, répondit William, avant de se faufiler hors de la salle d'audience.

Dans le couloir, il tomba sur Grace qui l'attendait.

Elle lui adressa un sourire qu'il ne connaissait que trop bien.

— T'as le temps de boire un verre, frangin ?

*

Au dîner ce soir-là, William raconta à Beth tout ce qu'il s'était passé au tribunal. Elle éclata de rire et dit :

— Tu as été un crétin fini.

— Je suis d'accord. Je n'ai aucune envie de mettre les pieds au travail demain. Si on ne me renvoie pas à la patrouille, je risque quand même d'être lapidé.

— La seule chose qu'on va te jeter, je parie, ce sont des lazzis, répondit Beth. Si seulement j'avais pu voir ton expression quand le juge a décidé de donner du sursis.

— Heureusement que tu n'étais pas là. Mais si je dois un jour de nouveau affronter à ma sœur, je m'assurerais d'être mieux préparé.

— Elle aussi.

— De quel côté es-tu ?

— Je n'ai pas encore décidé, parce que tu ne m'as pas encore raconté ce qu'il est ressorti de l'entrevue avec Eddie Leigh à Pentonville.

William posa son couteau et sa fourchette et décrivit la rencontre dans les moindres détails. À la fin, Beth se contenta de dire :

— Du jaune d'œuf. Voilà qui compense largement tes maigres efforts à la barre des témoins ce matin. Mais crois-tu que Leigh sache où se trouve le Rembrandt ?

— Oui, j'en suis à peu près sûr, parce que j'ai découvert que lui et Faulkner étaient à Slade au même moment. Mais ce n'est pas à nous qu'il le dira. En vérité, je crois qu'il regrette de nous avoir parlé.

— Peut-être que tu en apprendras plus en rapportant la copie chez Faulkner demain.

— Peut-être que je ne passerais même pas le portail.

19

Assis à son bureau, William attendait nerveusement de connaître son sort. Il lisait les dernières nouvelles sur l'affaire du Picasso de la période bleue quand Lamont entra brusquement dans la pièce.

— Alors, quel est le verdict d'hier ? lança d'emblée le commandant.

William prit une profonde inspiration avant d'annoncer :

— Amhurst a été condamné à un an de prison, mais le juge a mis la peine en sursis pour deux ans.

— On ne peut mieux, déclara Lamont en se frottant les mains.

— Que veux-tu dire ? demanda William.

— J'ai raflé la cagnotte de la brigade. Un an avec sursis, expliqua-t-il au moment où Jackie entrait.

— Qui a gagné le gros lot ? voulut savoir Jackie avant même d'avoir enlevé son manteau.

— Moi, répondit Lamont.

— Et sur quoi tu avais parié ? l'interrogea William.

— Six mois avec sursis. Non seulement j'ai perdu, mais en plus tu m'as battu, petit veinard.

— Comment ça ?

— Le juge a débouté mon premier dossier, et moi avec. J'avais oublié une pièce cruciale dans ma voiture, l'accusé a été relâché avant même que je puisse témoigner.

William éclata de rire.

— Allez, mettons-nous au travail, s'exclama Lamont. Jackie, il faut que tu m'expliques l'opération de demain soir en détail avant que je puisse te donner le feu vert.

Jackie passa à son bureau pour prendre le dossier en question.

— William, la copie du Rembrandt se trouve dans une camionnette verrouillée garée en bas. Va chercher les clefs à la réception et mets-toi en route. Enfin, personne n'a parié que tu passerais le portail.

— Faulkner a bien pris l'avion pour Monte-Carlo hier ? s'enquit William.

— Oui, il a atterri à Nice à la mi-journée, et il n'est pas attendu ici avant un mois.

Le commissaire divisionnaire Hawksby glissa la tête par la porte et demanda :

— Alors, le verdict ?

— Un an avec sursis, répondit Lamont.

— Zut !

— Puis-je savoir ce que vous aviez parié, monsieur ? interrogea William.

— Cinquante heures de travaux d'intérêt général.

— Le brigadier Roycroft et moi pourrons-nous vous voir, monsieur, une fois les détails de l'opération « Période Bleue » mis au point ? demanda Lamont.

— Oui, bien sûr, Bruce. Et bonne chance avec Mme Faulkner, William.

William se rendit à la réception pour récupérer les clefs de la camionnette puis au parking sous-terrain. Il vérifia que la caisse du tableau était bien calée à l'arrière de la camionnette avant de quitter Scotland Yard par Broadway. Pendant son trajet vers Limpton, il passa en revue les parties A, B et C de son plan, conscient qu'il serait de retour pour le Yard d'ici une heure s'il ne passait pas la porte d'entrée.

En quittant Beth ce matin, il lui avait promis d'être rentré pour le dîner.

— Avec les six Syndics en sûreté à l'arrière de la camionnette, avait-elle plaisanté.

À cause du tableau, William ne dépassa pas une seule fois la limitation de vitesse. Lamont l'avait prévenu que si la toile n'était pas en parfait état, Me Booth Watson demanderait un dédommagement pour son client avant la fin de la semaine.

Quand il atteignit le pittoresque village de Limpton dans le Hampshire, il n'eut aucun mal à trouver la maison des Faulkner. Limpton Hall se dressait fièrement sur une colline qui dominait le paysage. William suivit un panneau qui le mena le long d'une tortueuse route de campagne pendant encore quelques kilomètres, avant de s'arrêter devant un grand portail en fer, cerné par deux piliers en pierre surmontés de lions accroupis.

Il sortit de la voiture et marcha jusqu'au portail pour trouver deux boutons nichés dans le mur. L'un des deux avait une plaque en laiton annonçant « Limpton Hall » et une autre plus bas « Entrée de service ». Il pressa le bouton du haut, et regretta immédiatement sa décision : il aurait sûrement eu plus de chance d'entrer en appuyant sur « Entrée de service ». À l'interphone, une voix demanda :

— Qui est-ce ?

— Une livraison spéciale pour M. Faulkner.

William retint sa respiration, et, à sa grande surprise, le portail s'ouvrit.

Il conduisit doucement, admirant les chênes centenaires qui bordaient la longue allée tout en réfléchissant à la suite de son plan. Il arriva devant une maison qui aurait eu sa place sur la couverture de *Country Life*.

Un homme grand et mince vêtu d'une veste noire à queue-de-pie et d'un pantalon à fines rayures vint ouvrir. Il regarda William comme s'il avait pris la mauvaise entrée. Deux hommes plus jeunes se précipitèrent au bas des escaliers et se dirigèrent vers l'arrière de la camionnette. Il était temps de passer à la partie B de son plan.

William prit un grand bloc-notes dans la camionnette, tandis que les deux hommes soulevaient la caisse avec précaution, montaient les marches et la posaient contre un mur de l'entrée. Le majordome allait fermer la porte quand William lança d'une voix autoritaire, semblable à celle de son père, du moins il l'espérait :

— J'ai besoin d'une signature pour la livraison du colis.

Il n'aurait pas été surpris si on lui avait claqué la porte au nez. Mais le majordome sortit à contrecœur un stylo de la poche intérieure de sa veste. Il fallait passer à la partie C.

— Je suis désolé, mais le formulaire doit être signé par M. Faulkner, expliqua William, en mettant son pied dans l'interstice de la porte, comme un démarcheur.

Si le majordome lui avait rétorqué « C'est ça ou rien. », il aurait dû se contenter de cette réponse et s'en aller.

— Mme Faulkner peut-elle signer ? demanda une voix à l'intérieur.

Une élégante femme entre deux âges apparut dans le couloir. Elle portait une robe de chambre en soie rouge qui soulignait sa silhouette gracieuse. Les riches, comme l'avait souvent fait remarquer Fred Yates, ne se levaient-ils jamais avant dix heures ? Pourtant, c'étaient ses cheveux noir de jais, sa peau bronzée et son air d'autorité tranquille qui confirmaient à William, sans l'ombre d'un doute, qu'elle était la maîtresse de maison.

Elle signa le formulaire et William allait partir quand elle dit :

— Merci, monsieur...

— Warwick, William Warwick, répondit-il, enfreignant sa propre injonction de ne pas avoir l'air d'un écolier.

— Je suis Christina Faulkner. Auriez-vous le temps de prendre un café, M. Warwick ?

William n'hésita pas une seconde, même si cette proposition ne figurait ni dans la partie A, B ou C de son plan.

— Oui, merci.

— Servez le café dans le salon, Makins, ordonna Mme Faulkner. Et lorsque le tableau sera déballé, j'aimerais que vous le raccrochiez.

— Oui, bien sûr, madame.

— Miles sera si content de revoir le tableau à sa place quand il finira par revenir, déclara Mme Faulkner, insistant sur les mots « finira par » tout en guidant William jusqu'au salon.

William ne put quitter des yeux les magnifiques toiles qui ornaient chacun des murs. Miles Faulkner était peut-être un escroc, mais il avait du goût. Le Sisley, le Sickert, le Matisse et le Pissaro auraient parachevé n'importe quelle collection, mais le regard de William s'arrêta sur une petite nature morte, des oranges dans un bol, d'un artiste qu'il ne connaissait pas.

— Fernando Botero, indiqua Mme Faulkner. Un de mes compatriotes, qui, comme moi, a fui la Colombie dès son plus jeune âge, ajouta-t-elle au moment où le majordome entrait avec le café et les biscuits.

William s'assit et regarda l'espace vide au-dessus de la cheminée où la copie du Rembrandt avait dû se trouver. Le majordome posa le plateau sur une table basse ancienne que William pensa reconnaître, mais il fut distrait par l'entrée des deux jeunes hommes qui apportaient la toile.

Le majordome s'occupa de l'accrochage, et une fois le tableau en place, il s'inclina devant Mme Faulkner avant de s'en aller discrètement.

— Ai-je raison de croire, commença Mme Faulkner en versant du café à son invité, que vous êtes inspecteur, monsieur Warwick ?

— Oui, c'est le cas, répondit William, sans préciser qu'il n'avait pas beaucoup d'expérience.

— Alors puis-je vous demander votre avis sur une affaire privée ? demanda-t-elle en croisant les jambes.

William détacha les yeux du *Syndic* et regarda son hôtesse.

— Oui, bien entendu, articula-t-il.

— Mais avant, je dois m'assurer que je pourrai compter sur votre discrétion.

— Bien entendu, répéta-t-il.

— J'ai besoin des services d'un enquêteur privé. Quelqu'un de discret, de professionnel et, plus important encore, en qui je peux avoir confiance.

— Un grand nombre d'anciens policiers du Metropolitan travaillent comme détectives privés, je suis sûr que mon patron sera très heureux de vous recommander quelqu'un. Officieusement, ajouta-t-il.

— C'est bon à savoir, monsieur Warwick. Néanmoins, je ne peux qu'insister sur le fait qu'il est primordial que mon mari n'en sache rien. Il est absent en ce moment et ne reviendra pas avant un mois.

— Je suis persuadé que je peux trouver la personne qu'il vous faut, madame Faulkner, et ce, bien avant le retour de votre mari.

Il déroba un dernier coup d'œil au tableau qu'il était quasi certain de ne jamais revoir.

— Vous aimez beaucoup ce tableau, n'est-ce pas ?

— Oui, c'est vrai, admit William, sans arrière-pensée.

— C'est aussi l'un des préférés de Miles, cela explique peut-être pourquoi nous en avons un autre comme celui-ci dans notre salon à Monte-Carlo. À vrai dire, je n'ai jamais su très bien les différencier.

La main de William se mit à trembler si fort qu'il renversa du café sur le tapis.

— Je suis désolé, s'excusa-t-il. Quel maladroit !

— Ne vous en faites pas, M. Warwick, ce n'est pas très important.

Si seulement vous saviez à quel point c'est important, pensa William, dont l'esprit tourbillonnait à l'idée des conséquences de cette révélation.

— Puis-je vous proposer de rester déjeuner ? demanda Mme Faulkner. Ce serait l'occasion de vous montrer le reste de la collection.

— C'est très aimable à vous, mais mon chef risque se demander ce que je fais. Je devrais y retourner.

— Une autre fois, peut-être.

William acquiesça nerveusement tandis que Mme Faulkner le raccompagnait dans l'entrée, où le majordome se tenait près de la porte.

— J'ai été très heureuse de faire votre connaissance, M. Warwick, dit-elle alors qu'ils se serraient la main.

— Moi aussi, Mme Faulkner, répondit William, conscient que le majordome le surveillait de près.

William n'avait qu'une hâte, retourner au Yard et annoncer à l'équipe que Mme Faulkner avait accidentellement révélé où se trouvait l'original du *Syndic* : accroché dans la villa de Faulkner à Monte-Carlo. Il pouvait déjà imaginer Beth sauter de joie quand il lui annoncerait la nouvelle. Mais alors que le portail se refermait derrière lui, il se frappa le front et lâcha : « Quel idiot ! » Pourquoi n'avait-il pas accepté son invitation à déjeuner ? Il aurait pu voir la totalité de la collection et peut-être identifier d'autres tableaux disparus.

— Imbécile ! ajouta-t-il encore plus fort.

Peut-être tairait-il cette occasion manquée dans son rapport pour Lamont.

*

William quitta à contrecœur Limpton Hall et, avant d'avoir gagné l'autoroute, il avait déjà répété plusieurs fois le mot « imbécile ».

De retour au Yard, il gara la camionnette, rendit les clefs et se dirigea droit vers son bureau. Il trouva Lamont et Jackie examinant une carte couverte de petits drapeaux rouges : ils mettaient les dernières touches à l'opération « Période Bleue », prévue pour le lendemain soir. Ils levèrent les yeux quand il entra dans la pièce.

— Tu as passé le portail ? demanda Lamont.

— Non seulement j'ai passé le portail, mais je peux te dire où se trouve le Rembrandt.

Les petits drapeaux rouges furent délaissés le temps que Lamont et Jackie écoutent le récit de William. Après un compte-rendu complet – enfin, presque complet – Lamont ne dit rien d'autre que :

— Nous devons en informer le commissaire divisionnaire sur-le-champ.

William et Jackie, partant du principe qu'il n'utilisait pas le nous de majesté, le suivirent hors de la salle, jusque dans le couloir qui menait au bureau de Hawksby.

— Angela, je dois voir le commissaire divisionnaire immédiatement, déclara Lamont à la secrétaire d'Hawksby en entrant dans la pièce.

— Le commandant Mullins est avec lui en ce moment, répondit-elle, mais je crois qu'ils n'en ont plus pour longtemps.

— Mullins ? murmura William à Jackie.

— Les stups. Prie pour ne jamais être transféré chez lui. Peu y survivent, et ceux qui s'en sortent ne sont plus jamais les mêmes.

Quelques minutes plus tard, la porte s'ouvrit et le commandant sortit, accompagné du commissaire divisionnaire Hawksby.

— Bonjour, Bruce, salua Mullins, sans ralentir le pas.

— J'espère que vous avez de bonnes nouvelles à m'annoncer, dit Hawksby. Jusqu'à maintenant, c'est plutôt une mauvaise journée.

— Peut-être une découverte majeure dans l'affaire du Rembrandt disparu, monsieur.

— Alors, venez dans mon bureau.

Une fois installés autour de la table, William raconta en détail sa rencontre avec Mme Faulkner. Il fut surpris par la réponse de Hawksby.

— Je ne crois pas que ce « nous en avons un autre comme celui-là dans notre salon à Monte-Carlo. À vrai dire, je n'ai jamais su très bien les différencier » soit un lapsus. Je crois que

Mme Faulkner savait exactement ce qu'elle était en train de révéler au jeune inspecteur qu'elle a invité à prendre le café.

— Je suis d'accord, approuva Lamont. En plus, elle a demandé le nom d'un détective privé de confiance. Pas étonnant que le portail se soit ouvert.

— Alors que mijote-t-elle ? demanda William.

— Au risque d'énoncer des platitudes, dit Jackie, je parie qu'elle a besoin d'un détective privé parce qu'elle a l'intention de divorcer et qu'un gros pactole ne lui sera pas suffisant. Elle veut se venger, et quoi de mieux que de nous indiquer où se trouve le Rembrandt ?

— Elle joue un jeu dangereux, affirma Hawksby, vu à qui elle a affaire.

— Elle a eu sept années pour y réfléchir, rappela William.

— Ce ne sera peut-être pas suffisant, fit remarquer Lamont.

— Tu as quelqu'un en tête pour ce boulot, Bruce ? questionna Hawksby.

— Mike Harrison serait mon premier choix. Compétent, fiable et digne de confiance. Et si elle lui offre le travail, on aura quelqu'un à l'intérieur.

— Organise un rendez-vous, répondit Hawksby, et s'il est d'accord, William le présentera à Mme Faulkner.

— Je m'y mets sur le champ, dit Lamont.

— Bon travail, William, même si ce ne sera pas facile de sortir le Rembrandt de Monte-Carlo pendant que Faulkner y séjourne. Mais avec sa femme de notre côté, peut-être que, pour une fois, on arrivera à le prendre par surprise. Maintenant, les problèmes plus pressants : Jackie, l'opération « Période Bleue » est-elle au point ?

— Tout est prêt pour demain soir, monsieur. La propriété sera si bien cernée qu'une taupe ne pourra pas y creuser un tunnel sans qu'on le sache.

— Et vous êtes sûr d'avoir tous les renforts nécessaires, Bruce ?

— La gendarmerie du Surrey a été on ne peut plus coopérative, monsieur. Ils ont détaché vingt gendarmes qui seront stationnés dans deux bus à l'entrée et à la sortie du domaine. Nous serons là pour cueillir les malfrats à l'instant où ils sortiront de la maison.

— Et les propriétaires ?

— Ils sont en vacances aux Seychelles, ce que Faulkner doit savoir, donc hors de danger.

— Appelez-moi une fois les voleurs en garde à vue, peu importe l'heure.

— Il y a des chances que ce soit vers deux ou trois heures du matin, monsieur, indiqua Jackie.

— Peu importe l'heure, répéta Hawksby.

Lamont, Jackie et William se levèrent ; ils savaient que l'entretien était terminé.

— Warwick, appela Hawksby, alors qu'ils se tournaient pour s'en aller. Pouvez-vous rester un instant ? J'aimerais vous parler en privé.

La tournure interrogative amusa beaucoup William, pourtant il s'attendait à se faire passer un savon pour son manque de préparation dans le dossier Amhurst.

— William, dit Hawksby une fois Lamont et Jackie hors de la pièce. Je mets un point d'honneur à ne pas me mêler de la vie privée de mes policiers sauf lorsque celle-ci pourrait influencer une affaire en cours.

William, au bord de son siège, était nerveux.

— Néanmoins, j'ai appris que vous vous étiez lié d'amitié avec une jeune femme qui travaille au Fitzmolean, et qui est donc une protagoniste dans la disparition du Rembrandt.

— C'est un peu plus qu'une amitié, admit William. Disons qu'à part vivre chez elle, nous faisons tout ensemble.

— Raison de plus pour se montrer prudent. Et ce que je m'apprête à dire est un ordre, et non une demande. Suis-je bien clair ?

— Oui, monsieur.

— Vous ne révélerez à personne en dehors de ce bureau ce que vous savez sur l'emplacement du Rembrandt, et ce, en aucune circonstance. En vérité, il serait plus sage de ne plus parler à Mlle Rainsford de quoi que ce soit concernant notre enquête, et je veux bien dire « quoi que ce soit ».

— Je comprends, monsieur.

— Je n'ai pas besoin de vous rappeler qu'en tant qu'officier de police, vous avez signé la loi sur les Secrets d'État, et si vous compromettiez cette opération, ou n'importe quelle autre dans laquelle vous êtes impliqué, vous pourriez vous retrouver devant le conseil de discipline, ce qui compromettrait votre carrière et pourrait même l'interrompre. Avez-vous des questions ?

— Non, monsieur.

— Alors rejoignez votre unité et ne parlez de cette conversation à personne, pas même à vos collègues. Est-ce bien clair ?

— Oui, monsieur.

De retour à son bureau, William regarda la pile de dossiers devant lui, mais ne put se sortir les mots du commissaire divisionnaire de la tête. Ce matin, il avait redouté de mettre les pieds au bureau. Ce soir, il redoutait de rentrer à la maison.

*

Quand Beth entendit la porte s'ouvrir, elle se précipita hors de la cuisine.

— Alors comment s'est passée ton entrevue avec Mme Faulkner ? demanda-t-elle avant même que William puisse enlever sa veste.

— Je n'ai même pas franchi le portail.

— Tu es un amour, dit-elle en passant ses bras autour de son cou, mais un si mauvais menteur.

— Non, c'est la vérité, protesta William.

Elle recula pour mieux le regarder.

— Que t'ont-ils dit sur moi ? demanda-t-elle, en changeant soudain de ton.

— Rien, je te jure. Rien du tout.

Puis il se rappela les mots de Hawksby : *Vous ne révélerez... en aucune circonstance... à Mlle Rainsford... quoi que ce soit concernant notre enquête, et je veux bien dire quoi que ce soit.* Quelles circonstances ? pensa William. Puis il se souvint des mots de Jackie lorsqu'il avait acheté des fleurs pour Beth avant d'aller à Barnstaple : *Rainsford... Pourquoi ce nom me dit-il quelque chose ?*

*

Dès son arrivée au bureau le lendemain matin, William s'attela à la rédaction du rapport détaillé de sa visite à Limpton Hall. Une fois le rapport rendu, il téléphona à Mme Faulkner sur sa ligne privée.

— Je crois que j'ai peut-être trouvé la personne qu'il vous faut, Mme Faulkner. Quand voudriez-vous la rencontrer ?

— Je serai à Londres lundi prochain. Pourquoi ne pas déjeuner ensemble ? Je ne peux pas prendre le risque de vous faire venir ici à nouveau.

— Pourquoi ? voulut savoir William, déçu.

— Makins serait au téléphone avec mon mari avant même que vous passiez le portail. D'ailleurs, Miles m'a appelé hier soir pour me demander pourquoi je vous avais laissé entrer.

— Que lui avez-vous dit ?

— Qu'en rapportant le tableau, vous aviez laissé échapper une information cruciale : l'enquête sur le Rembrandt était au point mort et avait été reléguée aux affaires classées sans suite.

— Vous pensez qu'il vous a crue ?

— Avec Miles, on ne peut jamais savoir. Je ne crois pas que lui-même sache quand il ment. Disons le Ritz, à treize heures ? Je vous invite.

Bien, ce n'était certainement pas Mme Walters qui allait les inviter, pensa William en raccrochant.

Plus tard ce matin-là, il retrouva Lamont pour un déjeuner d'un genre différent. Un pâté en croûte, un paquet de chips et une pinte de brune au pub, ainsi que l'occasion de rencontrer Mike Harrison. Un flic né, voilà comment Lamont l'avait décrit, et William comprit immédiatement pourquoi. Il était franc, direct et traita William d'égal à égal d'entrée de jeu. Plus important encore, il avait aussi hâte de trouver le Rembrandt disparu que le reste de l'équipe. Il avait fait partie de la brigade quand il avait été volé il y a sept ans ; pour lui, c'était une affaire personnelle.

Sur le chemin du retour vers chez Beth, William acheta un gros bouquet en guise de calumet de la paix. Mais dès qu'il tourna la clef dans la serrure, il sut qu'elle n'était pas là. Et puis il se souvint : le mardi était le jour des Amis du Fitzmolean. Sandwichs au saumon fumé, bols de cacahouètes et vin pétillant pour détendre les cordons des bourses des loyaux mécènes du musée. Elle ne rentrerait pas avant onze heures. Il retourna à Trenchard House pour la deuxième nuit d'affilée, l'appela à 22 h 30 et encore à 23 h, mais sans réponse, il alla se coucher.

20

5 h 43 Greenwich Mean Time

William fut réveillé par la sonnerie du téléphone. Il attrapa le combiné, se demandant qui pouvait bien l'appeler si tôt. Il espéra que ce fut Beth.

— Carter est sur le départ, annonça une voix qu'il reconnut immédiatement. On se retrouve à Heathrow, terminal 2. Une voiture est en chemin, elle devrait être là dans quelques minutes. Faites votre valise et n'oubliez pas votre passeport cette fois.

William raccrocha et se dirigea droit vers la salle de bain. Il prit une douche rapide, suivie par un rasage encore plus rapide, avec deux petites coupures pour le prouver, puis retourna dans sa chambre pour faire ses bagages. Deux chemises, un pantalon, des chaussettes et sa brosse à dents, avant de prendre son passeport dans un tiroir. La voiture était dehors, moteur allumé. Il reconnut tout de suite le chauffeur qui l'avait conduit à Chelsea.

— Bonjour, Danny, dit-il.

6 h 37 GMT

Jackie, elle, n'eut pas besoin d'un réveil téléphonique ce matin-là. Elle était déjà en route pour la gare de Waterloo quand William fonçait à toute allure sur la M4.

Lamont l'attendait sur le quai onze, et ils embarquèrent sur le 7 h 29 à destination de Guilford, en deuxième classe. À l'arrivée, ils retrouvèrent le commissaire Wall, le seul homme de la gendarmerie de Surrey qui était au courant dans les moindres détails de ce qu'ils avaient prévu pour le reste de la journée.

— Vous n'avez pas de chauffeur ? demanda Lamont, alors que Wall s'installait derrière le volant et tournait la clef.

— Coupes budgétaires, marmonna-t-il.

7 h 14 GMT

William le repéra dès qu'il entra dans le terminal. Un blazer croisé bleu marine, une chemise blanche et une cravate rayée. Le commissaire divisionnaire dormait probablement dans un pyjama croisé.

— Bonjour, monsieur.

— Bonjour, William. Carter a réservé sur le vol British Airways 003 à destination de Rome, qui part dans une heure et demie, et nous sommes sur le Alitalia dont le départ est prévu dans quarante minutes. Le lieutenant Monti nous retrouvera à l'aéroport avant de faire la route jusqu'à Civitavecchia. Nous resterons ici quelques minutes de plus pour être sûrs que Carter s'enregistre. S'il suspecte que quelqu'un le suit, il pourrait annuler tout le voyage, et dans ce cas-là, ce serait direction Scotland Yard et non Rome pour nous.

Le commissaire divisionnaire était encore en train de parler lorsqu'il attrapa le bras de William et lui montra d'un signe de tête les guichets de la British Airways. Carter avançait à grands pas vers le guichet d'enregistrement, accompagné d'un homme que William ne reconnaissait pas, qui portait un cabas volumineux et poussait un chariot surmonté de deux petites valises.

— Je pense savoir ce que contient ce cabas, dit Hawksby. Mais on ne peut rien y faire pour le moment.

— On pourrait les faire fouiller par la sécurité avant l'embarquement.

— C'est la dernière chose à faire.

— Pourquoi ?

— Pour deux raisons, expliqua Hawksby alors que Carter récupérait sa carte d'embarquement. La première, c'est qu'on doit avoir des soupçons légitimes sur l'existence d'un crime avant de fouiller ses bagages, et la deuxième, c'est que si on ne trouve rien de suspect, on leur aura mis la puce à l'oreille et on aura grillé notre couverture.

— Vous reconnaissez l'autre homme ? demanda William alors qu'ils se dirigeaient vers le contrôle des passeports.

— Damien Grant, condamné pour coups et blessures volontaires graves, ancien haltérophile qui travaille maintenant comme videur. Il est simplement là pour s'assurer que le cabas parvienne à destination.

— Dernier appel pour Alitalia, vol numéro...

10 h 07 GMT

Une fois installés dans le bureau du commissaire Wall, les trois policiers vérifièrent et revérifièrent chaque détail de l'opération « Période Bleue ». Quand Lamont eut répondu à sa dernière question, Wall regarda sa montre.

— Il est l'heure de descendre au parking et d'informer les troupes. C'est le seul endroit dont on dispose qui soit assez grand pour y installer votre petite armée.

Lamont et Jackie suivirent le commissaire dans les escaliers usés qui menaient au garage, où deux douzaines de policiers et deux policières bavardaient en attendant de découvrir la raison de leur présence. Ils se turent à l'instant où le commissaire entra.

— Bonjour à tous, lança-t-il, en frappant une badine contre sa jambe. Avec nous aujourd'hui, nous avons deux officiers de police du Metropolitan. Nous sommes ici pour les aider à mener une opération spéciale qui aura lieu sur notre territoire. Je cède la parole au commandant Lamont, qui va vous expliquer les détails de l'opération.

Lamont attendit que Jackie installe le chevalet et y place une photo aérienne d'une grande propriété à la campagne.

— Mesdames et messieurs, commença Lamont, la Metropolitan prépare cette opération depuis plusieurs mois, mais nous savons depuis le début que sa réussite ou son échec dépendront du professionnalisme des officiers sur le terrain.

Il les montra du doigt.

— C'est vous !

Des rires et des applaudissements retentirent.

— Nous avons des raisons de croire, continua Wall, qu'une bande de criminels très organisés va cambrioler cette propriété ce soir.

Jackie montra la photographie du grand manoir dessiné par Edwin Lutyens, entouré de plusieurs hectares de parc.

— L'objectif de cette bande est de voler un Picasso d'une valeur de plusieurs millions, et d'être hors de portée bien avant l'arrivée de la police. Mais nous les attendons au tournant. Vous vous demandez peut-être pourquoi nous avons besoin d'un aussi grand nombre d'officiers pour cette opération, alors qu'il n'y aura sûrement pas plus de trois ou quatre voleurs. C'est parce que nous savons qui est derrière cette combine, et qu'il nous a battus plus d'une fois par le passé. Cette fois, nous allons lui faire la peau avant même qu'il pense à remettre le couvert.

Une deuxième salve d'applaudissements, plus forte, retentit.

— Pour cette opération bien planifiée, je peux vous assurer que les malfaiteurs auront tout prévu, dit Lamont. Ils savent que les propriétaires sont en vacances et ils savent également que le commissariat le plus proche se trouve à vingt minutes, ce qui, ils le croient, leur donnera assez de temps pour prendre la poudre d'escampette avant l'arrivée de la police. Mon adjointe, le brigadier Roycroft, va maintenant vous expliquer les détails de l'opération « Période Bleue », et le rôle que vous allez y jouer. Brigadier Roycroft.

Jackie fit un pas en avant, heureuse d'être accueillie par tant de visages enthousiastes à l'idée d'attraper de vrais malfaiteurs, et surtout un en particulier.

12 h 45 Central Europe Time

Le vol Alitalia atterrit à l'aéroport Da Vinci avec quelques minutes de retard. La première personne que vit William en descendant les marches fut le lieutenant Monti patientant près d'une voiture banalisée.

William présenta Hawksby à Monti, qui le salua, ouvrit la portière et attendit qu'ils soient tous les deux montés. Hawksby fut surpris que le lieutenant ne soit pas rasé et que son haleine sente l'ail, mais il ne dit rien.

— Pas de contrôle des passeports, pas de douane ? demanda William.

— Si ça avait été juste toi, William, expliqua Monti, on se serait retrouvés dans le hall des arrivées, mais quand mon commandant a appris que le commissaire divisionnaire Hawksby t'accompagnait, il m'a dit de me mettre en quatre quartiers. C'est bien la bonne expression ?

— Exactement, répondit William. Mais c'est une expression un peu désuète. Pour autant, les versions plus modernes ont toutes la même origine : les abattoirs.

— Merci, agent Warwick, intervint Hawksby. Passionnant.

— Le trajet jusqu'à Civitavecchia ne sera pas long, prévint Monti en démarrant. Mais il faut qu'on y soit avant Carter et Grant. Ils ont réservé au Grand Hôtel – qui n'a de grand que le nom.

— Et nous, où logeons-nous ? demanda Hawksby.

— Je crains que votre hôtel soit encore plus petit. Mais il a l'avantage d'être au bord des quais, je vous ai pris une chambre avec vue sur le port.

— Et William ?

— Il restera collé à moi. Le capitaine de port m'a informé que Carter avait affrété un petit bateau de fouille en eaux peu profondes, tout équipé, pour les sept prochains jours. Le navire idéal pour les expéditions à la recherche de trésors engloutis.

— Pourquoi sept jours, s'enquit William, alors qu'ils savent qu'ils emmènent le trésor avec eux ?

— C'est du cinéma, expliqua Monti, même si on n'est pas sûrs du nombre de membres d'équipage impliqués dans la combine. On pense que le capitaine et les deux plongeurs sont au courant.

— Donc on reste à Civitavecchia et on attend qu'ils rentrent au port pour les arrêter ?

— Absolument pas, répondit Monti. Je nous ai engagés tous les deux comme matelots. Ils veulent visiblement autant de témoins innocents que possible pour assister à leur incroyable découverte.

— Mais mon italien n'est pas si bon, lui rappela William.

— Je sais, dit Monti. Une fois à bord, laisse-moi parler. Et je dois t'avertir, ces eaux peuvent être agitées.

— Et moi, je dois t'avertir, répliqua William, je ne suis pas un très bon marin.

12 h 21 GMT

— Des questions ? demanda Jackie, parvenue à la fin de ses instructions.

Une main se leva brusquement.

— Laquelle des deux équipes a le plus de chance d'être utile ?

— On ne le découvrira qu'au dernier moment. La maison a deux sorties, ici et ici ; les bus seront cachés à proximité, expliqua Jackie en montrant sur la carte. Mais nous n'avons aucun moyen de savoir quelle issue ils vont emprunter. Si, pour quelque raison que ce soit, nous ne parvenons pas à les intercepter, nous avons un hélicoptère en attente.

— Je me dois d'insister, intervint Lamont, pendant l'attente, vous ne pourrez pas écouter la radio, ni bavarder, car le moindre bruit risquerait de les alerter. Assurez-vous de ne pas être l'imbécile qui les fera fuir.

— Quel genre de véhicules pensez-vous qu'ils vont utiliser, monsieur ?

— Au vu de la taille du tableau qu'ils veulent voler, il y a des chances que ce soit une camionnette, répondit Lamont. Ils savent exactement ce qu'ils sont venus chercher, et vous pouvez être sûrs qu'ils connaissent toutes les issues sur le bout des doigts. C'est pour cela qu'on a besoin de tant d'officiers pour cerner la cible.

— Seront-ils armés ?

— C'est peu probable. La peine pour un vol à main armée peut monter jusqu'à perpétuité, tandis qu'un simple cambriolage va chercher dans les six ans. Mais par précaution, une petite brigade de policiers armés se tiendra bien cachée.

— A-t-on une idée de l'heure à laquelle ils frapperont ? demanda un jeune agent de police.

— Pas avant dix-huit heures et pas après minuit, répondit Lamont, sans autre explication.

Un long silence suivit.

— S'il n'y a plus de questions, conclut Jackie, allons déjeuner. Essayez de dormir cette après-midi, et assurez-vous d'aller aux toilettes avant de monter dans le bus. Le premier partira à

16 h 10. Le second vingt minutes plus tard, pour ne pas avoir l'air d'un convoi.

— Une fois en place, ajouta Lamont, n'oubliez pas que le silence est votre meilleure arme.

14 h 08 CET

Monti conduisit William et Hawksby directement à l'hôtel du commissaire divisionnaire, sur les quais à Civitavecchia, et ils se rendirent tous les trois dans la chambre réservée par Monti, au troisième étage. En premier lieu, Hawksby vérifia la perspective que lui offrait la fenêtre. Il avait une vue dégagée sur le port, et n'aurait pas besoin de jumelles pour surveiller le bateau affrété par Carter. Monti lui avait fourni un exemplaire en anglais de la brochure du fréteur de chasseur d'épave, avec une photo d'un naufrage en couverture pour attirer les clients. Ce qu'elle ne présentait pas, c'était le taux d'échec au fil des années. Cependant, l'équipage était au mieux constitué de pirates, tandis que les clients qui affrétaient ce bateau étaient souvent des romantiques, à la poursuite d'un rêve. Mais pas cette fois.

William s'apprêtait à prendre une douche quand Monti lui dit :

— Ne t'embête pas. Essaye de ne pas oublier que tu es matelot. Il ne faudrait pas que tu sentes la rose.

Hawksby comprenait maintenant pourquoi le lieutenant n'était pas rasé et sentait l'ail.

Monti ouvrit une large malle qu'il avait déposée plus tôt dans la chambre et en tira les costumes des rôles qu'ils s'apprêtaient à jouer : deux jeans usés ; deux t-shirts unis ; deux pulls, un bleu, l'autre gris ; et deux paires de tennis sans logo. Tout semblait, et était effectivement, de seconde main.

— Espérons que je ne me sois pas trompé de taille, dit Monti, alors que William enfilait l'un des jeans.

— Et moi ? demanda Hawksby.

— Ça ira très bien comme ça, monsieur, répondit Monti. Si vous vous baladez sur le port habillé comme vous l'êtes, tout le monde pensera que vous êtes propriétaire d'un yacht, et non que vous cherchez à débusquer des malfaiteurs.

— Si seulement.

— On va devoir vous laisser, monsieur. Il faut qu'on soit à bord avant l'arrivée de Carter.

— Aurais-je des renforts si leur plan venait à changer ?

— Vous ne les verrez que si vous en avez besoin, informa Monti. Mais je peux vous l'assurer : votre chambre n'est pas la seule que nous ayons réservée.

— Chapeau, dit Hawksby en joignant le geste à la parole.

Après le départ de Monti et William, le commissaire divisionnaire retourna à son poste d'observation et regarda les deux jeunes policiers longer le quai et embarquer avant de se présenter au matelot-chef. Comme il aurait voulu avoir vingt ans de moins...

13 h 08 GMT

Lamont et Jackie avaient rejoint l'équipe dans la cantine pour déjeuner, où le flot des bavardages impatients témoignait de leur hâte de lancer l'opération.

À 16 h, après les dernières instructions du brigadier Roycroft, Lamont divisa les jeunes officiers de police en deux groupes, puis les fit monter dans les deux bus. Au même moment, une brigade d'élite armée quittait Scotland Yard avec l'ordre de contacter le commandant Lamont dès son arrivée à destination.

À 16 h 11, le premier bus quitta le garage, remonta la rampe et sortit dans la grande rue. Il garda une allure constante, resta sur la voie du milieu et ne dépassa jamais la limitation de vitesse. À 16 h 33, le deuxième bus se fraya un chemin jusqu'à l'artère principale, où il fut pris dans le flot des premiers employés qui rentraient chez eux, tandis qu'eux se rendaient au travail.

Lamont avait été surpris quand le commissaire Wall lui avait annoncé qu'il les accompagnerait pendant l'opération. Lamont comprit que si Wall voulait ajouter le préfixe « principal » à son rang, l'opération « Période Bleue » ferait belle impression sur ses états de service. Lamont devait admettre, au moins à lui-même, que l'idée d'une promotion lui avait également traversé l'esprit.

Le commissaire, Lamont et Jackie quittèrent en dernier le commissariat de Guilford à bord d'une voiture banalisée. À leur arrivée, les deux bus étaient en place, moteurs coupés, phares éteints. Vingt-six hommes et trois femmes attendaient en silence.

16 h 23 CET

Après avoir rangé leurs sacs près des couchettes, les deux nouveaux matelots itinérants se présentèrent pour leur service sur le pont.

— Combien de temps allons-nous mettre à atteindre le site ? demanda Monti au matelot-chef.

— Il se trouve à environ quatre-vingts milles marins, donc un peu plus de huit heures. On larguera les amarres dès que les clients et les plongeurs seront à bord. Pendant ce temps, vous pouvez aider au chargement.

William et Monti y mirent du leur, transportant des choses aussi diverses que des caisses de pommes et un nouveau cabestan ; le capitaine voulait visiblement donner l'impression qu'ils allaient rester au moins sept jours en mer.

William venait seulement de faire une pause lorsqu'une Mercedes se gara le long de la coupée et que deux hommes posèrent le pied sur le quai. Il les reconnut immédiatement. Deux matelots prirent leurs bagages – pas grand-chose, pensa William, alors qu'ils avaient réservé pour une semaine. Grant tenait toujours fermement le cabas volumineux, et fit en sorte que les deux matelots ne s'en approchent pas.

William et Monti restèrent dans l'ombre, évitant tout contact avec les deux passagers qui embarquaient.

— Je ne crois pas qu'il se passera quoi que ce soit avant qu'on atteigne le site de fouilles, murmura Monti, mais c'est un risque qu'on ne peut pas se permettre de prendre. Il faudra qu'on reste sur le pont jusqu'aux huit coups de cloche.

18 h 22 GMT

— La brigade d'élite armée est en place, monsieur, annonça une voix solitaire à l'intercom, qui sembla comme un coup de tonnerre après des heures de silence.

— Bienvenue à bord, salua Lamont. Silence radio jusqu'à ce que les cambrioleurs entrent dans la maison.

— Compris, monsieur.

21

22 h 06 CET

William s'installa sur sa couchette un peu après dix heures, mais il ne dormit pas. Certains des matelots jouaient aux cartes, tandis que d'autres se racontaient des histoires peu crédibles de trésors qu'ils avaient repêché des profondeurs. Très vite, il apparut qu'ils n'avaient aucune idée de combien ce voyage allait être couronné de succès, et peu d'entre eux étaient optimistes.

Tandis que William se reposait, Monti continuait à travailler et à faire le guet sur le pont. Il retourna près de la couchette de William un peu après minuit, et lorsque le silence se fit, put faire un compte-rendu à son collègue sans risquer d'être entendu.

— Il ne s'est pas passé grand-chose là-dehors, dit-il. Carter et Grant n'ont pas quitté leur cabine depuis le départ. Je ne pense pas qu'on verra l'un ou l'autre avant le point du jour. Mais pour ne pas prendre de risque, il vaut mieux que tu prennes ma place. Sur le pont, tu verras un canot de sauvetage à tribord.

— C'est de quel côté tribord ? demanda William.

— À droite, bougre d'idiot. Moi qui croyais que tu venais d'un pays de marins. Glisse-toi sous la bâche, si quelqu'un sort sur le pont pendant ton quart, ils ne te verront pas. Prends garde de ne pas t'endormir. Réveille-moi à quatre heures et je te remplacerai.

William s'aventura dans l'escalier en colimaçon qui le mena sur le pont. Il repéra le canot de sauvetage, qui se balançait doucement dans la brise, et se glissa discrètement vers lui, s'arrêtant au moindre bruit suspect.

Un dernier regard pour s'assurer que personne ne l'observait. Il stabilisa le canot, se hissa et se glissa sous la bâche. Il se rendit bien vite compte qu'il n'avait aucun risque qu'il s'endorme. Il y avait en revanche de grandes chances qu'il soit malade.

Il essaya de maîtriser la technique consistant à caler ses mouvements sur ceux du bateau ; peu importait combien il regardait sa montre, les minutes ne défilaient pas plus vite. Puis, sans prévenir, il entendit des pas lourds qui s'approchaient, suivis par une voix qui parlait en anglais.

22 h 19 GMT

Jackie décida que c'était encore pire qu'une planque : ils attendaient quelqu'un qui n'était pas là, plutôt que quelqu'un qui était là et devait finir par se montrer.

00 h 58 CET

— Tout est en place. Maintenant, tout ce qu'on a à faire...

William ne bougea pas d'un iota avant que la voix s'évanouisse. D'autres mots furent prononcés, mais ils furent emportés par le vent. Il souleva légèrement la bâche, et ses yeux tombèrent sur un groupe de quatre hommes debout à seulement quelques mètres du canot de sauvetage.

Grant ouvrit le cabas et en tira le vieux coffre en bois que William avait aperçu dans le cabanon de Carter. Il le posa avec précaution sur le pont. Le matelot-chef noua avec dextérité une corde autour, comme s'il emballait un gros cadeau de Noël. Une fois certain qu'il était bien attaché, il traversa le pont et accrocha la corde au cabestan que William et Monti avaient aidé à transporter à bord. Le matelot prit l'anspect et le tourna lentement pour tendre le mou de la corde. Un homme plus âgé, au visage battu par les éléments et à la barbe noire broussailleuse, coiffé d'une casquette de marin, stabilisa le coffre tandis qu'il était soulevé du pont, centimètre par centimètre.

Alors qu'il était à un mètre du sol, le capitaine le guida doucement par-dessus le garde-corps du bateau. Le coffre entama son long trajet en direction de l'eau. William ne perdit pas de vue la boîte jusqu'à ce qu'elle disparaisse au milieu des vagues. Il fallut encore plusieurs minutes au marin au cabestan pour finir son travail et que le coffre soit maintenant au fond de l'eau, quelque quarante mètres au-dessous d'eux. Le capitaine et le matelot-chef hissèrent ensuite une petite ancre par-dessus bord. Elle était attachée à une bouée clignotante, marquant l'emplacement exact du dépôt.

Carter adressa au capitaine un salut parodique. Grant s'empara du cabas vide et les deux hommes traversèrent le pont. William se glissa à nouveau sous la bâche, mais il ne comprit pas ce qu'ils se disaient avant qu'ils passent devant le canot.

— J'espère qu'on peut leur faire confiance.

— Ils sont très bien payés et si...

William décida de ne pas bouger d'un iota et d'attendre d'être certain qu'ils soient dans leur cabine.

00 h 00 GMT

Le commissaire croisa les jambes. Il avait très envie d'aller aux toilettes, mais refusait d'être le premier à l'admettre. Lamont continuait à fixer, optimiste, le long chemin qui menait à la maison, l'oreille tendue dans l'espoir d'entendre le bruit d'un moteur.

Pendant les trois dernières heures, Jackie avait sans cesse vérifié l'heure, plus anxieuse à chaque minute.

02 h 00 CET

William souleva légèrement la bâche, et regarda dans toutes les directions. Personne en vue. Il jeta un coup d'œil à sa montre, avant de se glisser hors du canot qui tanguait et de se laisser maladroitement tomber par-dessus bord, perdant prise. Il atterrit tête la première sur le pont glissant.

Il essaya de se ressaisir pour se lever, mais était si faible et pris de vertige qu'il dut s'agripper à la rambarde du bateau. Enfin, il abandonna, se pencha au bastingage, et vomit copieusement. Quand il releva les yeux, il remarqua que le bateau tournait autour de la bouée.

Il lui fallut un certain temps avant d'être suffisamment d'aplomb pour descendre à tâtons les escaliers en colimaçon et s'effondrer sur sa couchette, où il resta immobile, de peur d'être à nouveau malade.

Il décida de ne pas réveiller Monti, puisque ça n'avait pas grand sens de passer les deux prochaines heures dans le canot alors que rien n'arriverait avant le point du jour. William, pourtant, ne put dormir.

01 h 07 GMT

Lamont entendit le bruit d'une voiture qui arrivait derrière lui. Quelques instants plus tard, une Jaguar verte les dépassa et remonta l'allée, tous phares allumés. Elle s'arrêta devant la maison.

Le conducteur en sortit, ouvrit la porte et entra dans la maison. Quelques instants plus tard, Lamont aperçut de la lumière dans l'entrée.

Il jura plusieurs fois, avant de briser le silence radio pour donner un ordre qu'il avait redouté.

— Opération « Période Bleue » annulée. Retour à la base.

Peut-être était-ce une bonne chose qu'il ne puisse pas entendre le concert de grognement et de jurons venant des deux bus où ses loyaux soldats étaient restés silencieux pendant plus de cinq heures. Plusieurs d'entre eux sautèrent du bus et se mirent à uriner à l'unisson.

06 h 09 CET

— Pourquoi ne m'as-tu pas réveillé à quatre heures ? demanda Monti.

Il lança un regard noir à William, qui était de la même couleur que son drap trempé, et qui suait encore. William mit un doigt devant ses lèvres et lui fit signe qu'ils devaient monter sur le pont.

Des goélands criaient en rôdant au-dessus d'eux alors que William montrait la bouée clignotante qui flottait au milieu des vagues, avant d'expliquer à Monti pourquoi il l'avait laissé dormir.

— Bien joué, répondit Monti.

Ils levèrent les yeux vers la passerelle, où le capitaine barrait le navire en cercles de plus en plus petits autour de la bouée. Nulle trace de Carter ou de Grant, mais William pensait peu probable qu'ils soient en train de dormir.

Pendant les quarante minutes suivantes, Monti et William obéirent à tous les ordres du matelot-chef, mais leurs regards se tournaient sans cesse vers l'entrée des quartiers privés tandis qu'ils attendaient l'arrivée sur scène des acteurs principaux.

Un peu après sept heures, Carter, accompagné des deux plongeurs en tenue, sortit sur le pont. Les plongeurs enfilèrent leurs masques et leurs palmes, s'assirent sur le garde-corps et ajustèrent leur détendeur de plongée. Puis ils se laissèrent tomber à la renverse et disparurent parmi les vagues.

05 h 20 GMT

Le commissaire Wall reconduisit Lamont et Jackie à Guilford et les déposa dans le centre-ville.

— Vous arriverez à retourner au poste par vos propres moyens, j'en suis sûr, dit-il avant de s'éloigner.

— On peut difficilement lui en vouloir, reconnut Jackie, vingt minutes plus tard, alors qu'ils se tenaient sur le quai gris et froid à attendre le premier train pour Waterloo.

— D'ici à ce qu'on arrive au Yard, on découvrira que le commandant Warwick dirige maintenant les Biens culturels, que j'ai été rétrogradé au rang de brigadier et que je dois l'appeler monsieur.

— Ce qui veut dire que j'aurais réintégré une patrouille, à faire la circulation, ajouta Jackie.

08 h 30 CET

Les deux plongeurs réapparurent quatre fois à la surface durant l'heure suivante, et à chaque apparition ils signalaient leur échec par un pouce baissé avant de recommencer. Après plusieurs heures, ils se hissèrent à bord, l'air exténué, et s'allongèrent sur le pont pour récupérer. William suspecta qu'ils n'étaient pas allés à plus de quelques mètres de profondeur.

Carter et Grant arboraient des mines déçues, et l'équipage commençait déjà à se désintéresser de leurs tentatives. Mais William savait qu'ils étaient simplement en train d'assister au premier acte de cette pantomime, et que le rideau s'apprêtait à se lever à nouveau après cet entracte.

Une fois les plongeurs reposés, ils se réattelèrent à leur tâche. Trois autres pouces baissés pendant les deux heures suivantes. Ce fut Monti qui remarqua la disparition de la bouée et de sa lumière clignotante.

— Ils ont dû trouver le coffre, murmura-t-il.

— Sauf qu'ils ne sont pas encore prêts à l'annoncer, constata William.

Les plongeurs disparurent à nouveau parmi les vagues, mais cette fois, lorsqu'ils refirent surface, l'un d'eux agitait frénétiquement les bras tandis que l'autre avait le pouce levé. L'équipage se rua à tribord et se mit à pousser des hourras, cependant, William s'aperçut que le capitaine semblait étrangement calme. Il était vrai que lui avait déjà lu le deuxième acte.

Le matelot-chef se rapprocha rapidement du cabestan et se mit à tendre la corde. Carter et Grant rejoignirent l'équipage, penché sur le garde-corps, plein d'impatience et d'espoir, et quand le coffre apparut à la surface quelques minutes plus tard, mollusques bien en place, ils eurent l'air tout aussi surpris et ravis que les autres.

Le matelot-chef ralentit ses efforts pour que le précieux chargement puisse être soulevé doucement au-dessus du garde-fou et posé sur le pont. Il tomba à genoux et se mit à dénouer la corde alors que le capitaine descendait de la passerelle. Tout le monde resta là, attendant impatiemment de découvrir ce que contenait le coffre. Enfin, presque tout le monde.

Une fois la corde enlevée, le matelot-chef s'écarta afin de laisser à Carter le soin de procéder à l'ouverture, mais il fit tout de même semblant d'avoir besoin de l'aide de Grant pour forcer le vieux cadenas rouillé. William se demandait chez quel antiquaire Carter avait bien pu dénicher un accessoire si convaincant. Le couvercle enfin soulevé, le silence complet se fit, tout le monde sur le pont fixait, incrédule, les sept cent douze pièces de huit en argent. Seul Carter connaissait leur nombre exact.

L'équipage du navire acclama Grant qui prit le coffre dans ses bras comme un nourrisson sauvé des flots. Puis il marcha lentement vers les quartiers privés, Carter tout sourire dans son sillage.

Le capitaine annonça à l'équipage qu'ils rentraient immédiatement au port, mais que chaque matelot recevrait tout de même une semaine de paie. Paroles accueillies par des acclamations encore plus fortes.

10 h 54 GMT

— Bureau du commissaire divisionnaire Hawksby.

— C'est Bruce Lamont, Angela. Pouvez-vous me passer le patron ?

— Il est toujours en Italie, Bruce. On ne l'attend pas avant lundi.

— Y a-t-il une chance qu'il reste là-bas à tout jamais ?

— Je vous demande pardon, commandant ?

— Vous n'avez rien entendu, Angela.

— Ça peut attendre lundi ?

— Ça devra. Et puis, je commence à avoir l'habitude d'attendre pour découvrir qu'il n'y a personne.

12 h 36 CET

Une fois le bateau amarré, William et Monti se penchèrent au-dessus du garde-corps et observèrent Grant traîner le coffre le long de la coupée. Il y était toujours cramponné en montant à l'arrière d'une voiture.

William reconnut le conducteur. Amusant, pensa-t-il, qu'il ait su exactement quand venir chercher les deux passagers alors qu'ils n'avaient aucun moyen de communiquer. Carter serra la main du capitaine, du matelot-chef et des deux plongeurs, dévoilant qui était de mèche dans la combine. Puis il descendit la coupée et rejoignit Grant à l'arrière du véhicule.

Alors que la voiture s'éloignait, et avant que William puisse poser la question, Monti dit :

— Ne t'en fais pas, on les suit. Dans tous les cas, on sait exactement où ils vont.

— Mais s'ils changent d'avis ? demanda William.

— On les arrête, on vole le coffre et on prend notre retraite.

William éclata de rire alors qu'un homme vêtu d'un élégant costume croisé qui ressemblait à un touriste fortuné, passait en flânant près du bateau en direction de son hôtel.

William et Monti firent la queue avec le reste de l'équipage pour recevoir leur paie. *Sacrées dépenses*, pensa William, mais Carter avait besoin que les figurants répètent une version plausible des événements à leurs familles et amis, et à qui voulait bien l'entendre.

Quand ils eurent tous les deux débauché, ils se rendirent à l'hôtel d'Hawksby, où celui-ci les attendait. William put enfin prendre une douche, et Monti se rasa et se lava les dents pour la première fois depuis des jours.

Vêtus de leurs tenues civiles, ils rejoignirent Hawksby pour le déjeuner. William n'avait pas vraiment faim. Ils avaient presque fini leur plat de résistance lorsque le serveur s'approcha pour annoncer au lieutenant Monti qu'il y avait un appel pour lui, qu'il pouvait prendre à la réception.

— C'est un homme bien, Monti, déclara Hawksby, en levant son verre après son départ.

— C'est bien vrai, répondit William en se servant de nouveau du vin. Je me demande comment s'est passée l'opération « Période Bleue » ?

Hawksby regarda sa montre.

— Elle doit être terminée maintenant, d'une façon ou d'une autre, dit-il alors que le lieutenant regagnait sa place.

— Je peux confirmer qu'un coffre en bois contenant plus de sept cents pièces de huit a été remis au Bureau naval italien à Rome. Un monsieur Carter a présenté son permis de fouille valide, et revendique sa découverte comme trésor ; à ses côtés se trouve un certain Me Booth Watson.

Hawk et William frappèrent la table du plat de la main.

— M. Carter a été vu posant pour une photo tout en bavardant avec des journalistes au sujet de son « incroyable découverte », leur apprit Monti, tandis que William remplissait son verre. Comment voulez-vous procéder ensuite, monsieur ?

— Je ne suis pas pressé, répondit Hawksby. Les rouages du gouvernement tournent lentement, alors pourquoi ne pas laisser quelques jours à nos malfaiteurs pour dépenser ces profits illégitimes avant d'annoncer au monde que leur incroyable découverte ne vaut pas, en réalité, plus de sept cent mille livres, mais au mieux, quelques milliers.

— Et ils ne mettront même pas la main sur cette somme, ajouta Monti, puisqu'on aura confisqué le coffre et son contenu comme pièce à conviction en vue du procès, qui n'aura pas lieu avant un an.

13 h 25 GMT

William et le commissaire divisionnaire se séparèrent à Heathrow.

— Je vous verrai dans mon bureau à neuf heures lundi pour un compte-rendu, annonça Hawksby. Passez un bon week-end.

Pour la première fois, William se sentait comme un membre à part entière de l'équipe.

Alors qu'il montait dans le métro londonien, il se demanda si Lamont et Jackie avaient eu autant de succès avec l'opération « Période Bleue ». Il songea à appeler Jackie à son domicile mais décida d'attendre la réunion avec Hawk lundi.

Il quitta la station South Kensington et se dirigea vers la maison de Beth. Mais y avait-il encore sa place ? Beth lui pardonnerait-elle, ayant déjà oublié leur première dispute, ou aurait-elle changé la serrure ? Et si c'était le cas, qui pourrait lui en vouloir ? Il marcha, plein d'appréhension, jusqu'à la porte d'entrée, mais lorsqu'il glissa sa clef, la porte s'ouvrit et il trouva ses fleurs dans un vase dans l'entrée.

Beth arriva en courant de la cuisine et se jeta à son cou.

— Je suis désolée, lança-t-elle. J'ai agi comme une idiote. Je comprends très bien que tu ne puisses pas parler de ton travail, surtout du Rembrandt. Mais s'il te plaît, la prochaine fois que tu disparais au milieu de la nuit, appelle-moi au moins et dis-moi quand tu rentreras. J'ai passé ces trois derniers jours à me demander si tu m'avais quittée, et comme tu ne m'as pas téléphoné...

— J'étais sur une affaire.

— Je n'ai pas besoin de le savoir, dit Beth en le guidant vers la cuisine.

La table était déjà mise, seules les bougies n'étaient pas encore allumées.

— J'ai préparé un repas spécial « querelle d'amoureux », une tentative de me faire pardonner mon effroyable conduite. Ce sera prêt dans une demi-heure et je pourrai alors t'annoncer une nouvelle.

William l'attira contre lui et l'embrassa.

— Tu m'as manqué.

— Toi aussi tu m'as manqué. D'ailleurs, j'ai bien cru t'avoir perdu.

Il lui prit la main et l'éloigna de la cuisine.

— Mais on n'a même pas encore dîné ! s'écria-t-elle alors qu'il la conduisait vers les escaliers.

— Il y a des gens qui font l'amour avant le dîner.

— Un véritable homme des cavernes, répondit-elle en déboutonnant sa robe.

*

William lisait un article du *Guardian* – un journal qu'il n'avait jamais ouvert avant de rencontrer Beth. Il parcourut l'article de leur correspondant à Rome une deuxième fois avant de tendre le périodique à Beth et d'attendre sa réaction.

— Wow, plus de sept cent mille livres ! s'exclama-t-elle. Quel butin ! C'est pour ça que tu as dû partir si vite ? Désolé, je n'aurais pas dû demander.

William acquiesça.

— La vérité devrait éclater très vite, et elle ne sera pas en page 12, mais en une. Jusque-là, je ne peux rien dire de plus.

— Je comprends, affirma Beth, en découpant le sommet de son œuf.

— Hier soir, rappela William, tu avais quelque chose à m'annoncer.

— C'était avant que tu m'interrompes, homme des cavernes.

— Alors tu vas me dire ce que c'est ?

— J'ai un nouveau travail.
— Tu quittes le Fitzmolean ?
— Non, pas avant que tu me rapportes le tableau dont je n'ai pas le droit de parler.
— Alors de quoi s'agit-il ?
— J'ai été promue conservatrice assistante.
— Ça me plaît de sortir avec une conservatrice assistante, même si je ne suis pas sûr de savoir ce que ça signifie.
— Je suis responsable de l'organisation de certains événements, comme l'exposition Van Eyck le mois prochain, et Mark Cranston, le conservateur, est mon supérieur direct.
— Avec une augmentation ?
— Négligeable. Mais pour être honnête, je ne pensais même pas être en lice pour le poste.
— Tes parents vont être si fiers de toi, affirma William.
— J'ai appelé mon père hier soir pour lui annoncer.
William fut surpris mais ne dit rien.
— Et il y a autre chose : Jez me quitte.
— Pour un autre homme ?
— Oui, il emménage avec son ami Drew, alors je cherche un nouveau locataire. Et avant que tu demandes, la réponse est non.

22

William et Beth quittèrent ensemble la maison le lundi matin. La nouvelle conservatrice assistante voulait arriver en avance pour son premier jour, et William devait écrire le rapport de son voyage en Italie.

Ils se séparèrent devant la station de métro South Kensington, Beth allant au musée à pieds. William repensa au week-end qu'ils avaient passé ensemble. Ces deux jours avaient été idylliques, et maintenant, il avait hâte de présenter Beth à ses parents. Il lui avait demandé si elle était libre pour le déjeuner dominical, mais elle avait à nouveau botté en touche en disant qu'elle avait promis une visite à un ami à l'hôpital cette après-midi-là, et qu'elle ne se sentait pas d'annuler si proche de la date. Peut-être dimanche prochain, avait suggéré William. Et puis quelque chose lui apparut tout à coup, quelque chose qui aurait dû inquiéter un inspecteur depuis longtemps. Il revérifierait les cartes postales de Hong Kong à son retour, ce soir.

En arrivant au travail, William fut surpris de ne voir ni Lamont ni Jackie. Il s'assit à son bureau et commença son rapport, songeant qu'il devait appeler Monti pour le remercier, puisque sans son aide, Carter aurait empoché ses gains et jouirait maintenant de ses biens mal acquis.

À 8 h 55, William prit le dossier « Carter », traversa le couloir et frappa à la porte du commissaire divisionnaire. Angela l'invita à entrer dans le sanctuaire, où Lamont et Jackie, déjà assis, écoutaient attentivement les paroles de leur supérieur.

Hawksby adressa un signe de tête à William, qui s'installa à sa place habituelle, à côté de Jackie.

— J'ai passé la majeure partie de mon week-end à prendre des appels du chef de la gendarmerie du Surrey, et du commissaire Wall de la police de Guilford, pesta Hawksby. Et je peux vous assurer qu'aucun d'eux n'a mâché ses mots. « Incompétents », « amateurs » et « fumistes » faisaient partie des plus agréables. Le chef de la gendarmerie m'a dit que si je ne faisais pas un rapport au contrôleur général d'ici midi, il le ferait lui-même. Et je ne peux pas lui en vouloir.

— C'est moi qui suis responsable, monsieur, intervint Jackie d'une petite voix. J'étais persuadée que mon contact était réglo, et c'est finalement moi qui ai été menée en bateau.

— Et avec vous, vingt-six officiers de police, sans mentionner une brigade d'élite armée, un hélicoptère et son personnel mobilisé, ainsi qu'un commissaire furieux dont le poste est maintenant sur la sellette.

Ni Lamont ni Jackie n'essayèrent de se défendre.

— Et comme si ce n'était pas suffisant, continua Hawksby, tout cela n'était qu'une ruse élaborée, car pendant que vous attendiez l'arrivée de vos malfaiteurs, ils cambriolaient une autre demeure à quelques kilomètres et emportaient un Renoir d'une valeur de plusieurs millions. Leigh était parfaitement conscient que vous écoutiez ses conversations téléphoniques, il vous a simplement envoyés vers la mauvaise maison, où vous pensiez qu'ils allaient voler un Picasso. Ne soyez pas étonnés quand Booth Watson passera un accord pour une large somme avec une compagnie d'assurances pour le compte de son client-mystère.

William pouvait voir que Jackie avait du mal à contenir ses émotions.

— Tout est de ma faute, répéta-t-elle, en regardant Hawksby.

Le commissaire divisionnaire referma le dossier, et William crut qu'il allait changer de sujet mais il ajouta :

— Pourquoi n'avez-vous pas suivi la simple règle que tout flic apprend lors de son premier jour de patrouille : n'accepte rien, bataille sur tout et ne crois personne ?

William se souviendrait toujours de celui qui lui avait appris cette règle d'or.

— Peut-être que votre récente promotion était trop précipitée, brigadier Roycroft, reprit Hawksby. Quelques semaines à la circulation ne devraient pas vous faire de mal.

Elle avait au moins vu juste là-dessus.

Un long silence suivit, qui fut interrompu par Lamont :

— J'ai cru comprendre que votre expédition en Italie s'est très bien passée, monsieur.

— Sauf que, comme le directeur l'a fait remarquer, quand Carter sera arrêté, c'est la police italienne et non le Metropolitan, qui recevra tout le mérite, pour une opération que nous avons échafaudée.

— Mais si nous retrouvions le Rembrandt et qu'on le rendait au Fitzmolean... intervint William, espérant secourir ses collègues.

— Prions pour que ce ne soit pas une autre fausse piste, répliqua Hawksby. Vous déjeunez toujours avec Mme Faulkner aujourd'hui ?

— Oui, monsieur. Je ferai mon rapport au commandant Lamont dès mon retour cette après-midi.

— Mike Harrison vient-il avec vous ? demanda le commissaire divisionnaire, un peu plus calme.

— Non, monsieur. Elle a rendez-vous avec lui à quatre heures cette après-midi.

— Cette femme mijote quelque chose, ajouta Lamont. On devrait partir du principe qu'elle est aussi sournoise que son mari, et qu'elle est bien capable de simplement nous faire miroiter le Rembrandt, surtout si elle sait que la petite amie de William travaille au Fitzmolean.

— Comment pourrait-elle le savoir ? interrogea William.

— Essaye de penser comme un criminel pour une fois ! aboya Lamont.

— Je suis d'accord, répondit Hawksby. Et s'il s'avère qu'elle te mène aussi en bateau, le brigadier Roycroft ne sera pas seule à la circulation. Maintenant, retournez tous au travail et je ne veux pas vous voir, à moins que vous n'ayez de bonnes nouvelles.

De retour dans le bureau, l'atmosphère était semblable à une cellule de prison, la condamnée attendait l'arrivée du prêtre qui lui administrerait l'extrême-onction.

William était soulagé de pouvoir s'éclipser pour son déjeuner de 12 h 30 avec Mme Faulkner.

*

Il traversa le parc d'un pas pressé et emprunta St. James's Street, pile à l'heure pour son rendez-vous. En entrant au Ritz, un portier en livrée le salua comme un habitué. William dut s'arrêter à la réception pour demander où se trouvait le restaurant.

— Au bout du couloir, monsieur. Vous ne pouvez pas le manquer.

Il marcha d'un pas nonchalant sur l'épaisse moquette, dépassant des petites alcôves remplies de gens qui bavardaient en commandant des cocktails exotiques. Francis Scott Fitzgerald avait vu juste, les riches étaient différents.

— Bonjour, monsieur, salua le maître d'hôtel. Avez-vous une réservation ?

— Je suis l'invité de Mme Faulkner.

Le maître d'hôtel consulta sa liste.

— Madame n'est pas encore arrivée, mais je vais vous conduire à sa table.

William le suivit dans la grande salle richement décorée jusqu'à une table qui surplombait Green Park. En attendant, il jeta des regards discrets aux autres clients. La première chose qui le frappa fut l'impression d'être au milieu d'un rassemblement des Nations unies.

Il se leva au moment où il aperçut Mme Faulkner qui entrait. Elle portait une élégante robe verte qui lui arrivait au-dessous du genou, une écharpe assortie et un sac à main en cuir brun clair que Beth lui aurait envié. Elle traversa la salle avec aisance, cela ne faisait aucun doute, contrairement à lui, ce n'était pas la première fois qu'elle mettait les pieds au Ritz. Malgré les avertissements de Hawk, lui non plus n'aurait pas pu nier qu'elle avait une certaine classe.

Alors qu'un serveur tenait sa chaise, un autre s'approcha.

— Désirez-vous quelque chose à boire, madame ?

— Seulement un verre de champagne, le temps de décider ce que je vais manger.

— Très bien, madame, dit-il avant de disparaître.

— Je suis très contente que vous ayez pu vous joindre à moi pour déjeuner, William, déclara-t-elle alors que le serveur revenait pour lui servir un verre. J'avais peur que vous annuliez à la dernière minute.

— Pourquoi aurais-je fait ça, madame Faulkner ?

— Christina, s'il vous plaît. Parce que le commissaire divisionnaire Hawksby aurait pu trouver ce rendez-vous inapproprié, au vu de ce qui est en jeu.

— Vous connaissez le commissaire divisionnaire ? demanda William, surpris.

— Je connais l'opinion de mon mari sur lui, raison pour laquelle je le veux dans mon camp, affirma-t-elle alors que le chef de rang leur apportait la carte.

— Je vais prendre le saumon fumé, Charles, dit-elle sans même ouvrir le menu. Et peut-être un autre verre de champagne.

— Très bien, madame.

William étudia les rangées de plats qui ne donnaient aucun indice quant à leur prix.

— Et vous, monsieur ?

— Un *fish and chips*, Charles.

Il ne put s'empêcher d'ajouter :

— Et un demi de brune.

Christina retint un rire.

— Très bien, monsieur.

— Êtes-vous sûre que ce n'est pas avec Mike Harrison que vous devriez déjeuner ? interrogea William après le départ du serveur.

— Certaine. Si quelque chose tourne mal, j'ai besoin de savoir que la cavalerie est de mon côté, pas seulement un ancien fantassin.

— Alors peut-être que vous auriez dû inviter le commissaire divisionnaire Hawksby.

— Si je l'avais fait, répondit Christina, Miles aurait été au courant avant le café, et je n'aurais eu aucune chance de réussir ma petite combine.

— Mais pourquoi moi ?

— Si Miles apprend que j'ai déjeuné avec un beau jeune homme, il pensera que nous avons une liaison, parce que c'est ainsi que fonctionne son esprit. Et du moment que vous parvenez à convaincre votre patron que je ne suis pas Mata Hari, il y a de bonnes chances que le Fitzmolean récupère son Rembrandt, et je ne veux pas parler d'une copie.

William voulait la croire, mais les mots de Lamont, « cette femme mijote quelque chose », resonnaient dans son esprit.

— Et qu'attendez-vous en retour ? demanda-t-il.

— Je suis certaine que vous savez que mon mari est parti pour Monte-Carlo la semaine dernière avec sa dernière pouffe, et je vais demander à M. Harrison de rassembler assez de preuves pour entamer une procédure de divorce.

Jackie avait vu juste, pensa William.

— J'ai aussi besoin de savoir où il est nuit et jour pendant le mois prochain.

— Pourquoi est-ce si important ? voulut savoir William, alors qu'on posait une assiette de saumon fumée très fin devant elle, et qu'on lui servait du cabillaud et des frites, mais pas dans du papier journal.

— Je vais y venir dans un instant, dit Christina alors qu'un autre serveur lui versait du champagne, et un demi de brune dans un verre en cristal à son invité. Mais d'abord, je dois vous expliquer ce que j'ai en tête concernant Miles, que, je crois, vous détestez autant que moi.

William essaya de se concentrer, conscient que le commissaire divisionnaire s'attendait à un compte-rendu verbatim des paroles de Mme Faulkner, de son arrivée à son départ.

— Connaissez-vous le grand acteur shakespearien Dominic Kingston ?

— Je l'ai vu jouer *Lear* au National l'année dernière, répondit William. C'était magnifique.

— Pas aussi magnifique que la dernière performance de sa femme.

— Je ne savais pas qu'elle était actrice.

— Ce n'est pas le cas, répliqua Christina, mais elle donne de temps en temps des performances qui cassent la baraque.

William arrêta de manger.

— Il s'avère que Mme Kingston connaît l'emploi du temps théâtral de son mari sur le bout des doigts, et en a tiré parti. J'ai l'intention de faire la même chose. Quand Kingston jouait *Lear* au National, il suivait une routine qui ne variait jamais. Il quittait sa maison de Notting Hill vers dix-sept heures et était dans sa loge au théâtre à dix-huit heures, ce qui lui laissait amplement le temps de se transformer en vieux roi avant le lever de rideau à dix-neuf heures trente.

» La première partie du spectacle durait un peu plus d'une heure, et le rideau tombait à la fin de la deuxième partie aux environs de vingt-deux heures vingt. Après avoir salué, Kingston retournait dans sa loge, se démaquillait, prenait une douche et se changeait avant d'être reconduit chez lui à Notting Hill, où on le déposait vers vingt-trois heures trente. Donc entre le moment où il quittait son domicile et celui où il rentrait chez lui, il s'écoulait plus de six heures. Amplement le temps.

— Amplement le temps pour quoi ? s'enquit William.

— Un jeudi soir, juste après dix-huit heures, reprit Christina, trois camionnettes de déménagement se sont garées devant la maison de M. Kingston et sont reparties cinq heures plus tard, heure à laquelle le moindre meuble de la maison, et plus important, toute sa célèbre collection d'œuvres d'art avait été escamotée. Quand M. Kingston arriva chez lui à vingt-trois heures trente, il trouva les placards vides, littéralement.

— Voudriez-vous autre chose à boire, monsieur ? demanda le sommelier.

— Non, merci, répondit William, qui ne voulait pas que Christina arrête de parler.

— Je dois beaucoup à M. Kingston, reprit-elle, parce que j'ai l'intention de provoquer encore plus de ravages chez Miles, et, plus important, je disposerai de sept jours et non sept heures, pour mener à bien mon petit subterfuge.

— Pourquoi avez-vous besoin de sept jours ? demanda William.

— Parce que, comme Mme Kingston, je sais exactement ce qu'il a prévu le mois prochain. Le 23 décembre, il a l'intention de larguer sa pouffiasse et de lui offrir un aller simple pour Stansted, avant de prendre un avion pour Melbourne afin de passer Noël avec certains de ses amis les plus sournois. Le 26 décembre, il sera assis dans un salon privé pour l'ouverture du second test-match de cricket, il ne sera donc pas de retour à Monte-Carlo ou en Angleterre avant au moins le 31 décembre. Pendant qu'il suivra passionnément son match à l'autre bout du monde, je serai en train d'emballer la plupart de ses tableaux de valeur à Monte-Carlo pour les rapatrier à Southampton. Puis je rentrerai en Angleterre, faire la même chose à Limpton Hall. Quand il reviendra à la maison, il ne restera qu'un seul tableau dans sa précieuse collection d'œuvres d'art : la copie du Rembrandt.

Le chef de rang enleva leurs assiettes tandis que le sommelier servait un autre verre de champagne à Mme Faulkner.

— Et Makins ? Il ne restera pas les bras croisés pendant que vous emporterez les tableaux de votre mari.

— Makins va passer Noël avec sa fille et son gendre dans le Lake District, il ne sera pas de retour avant le 2 janvier, date à laquelle je serai à New York, en train de décrocher les peintures de notre appartement sur la Cinquième Avenue. Parmi lesquels quelques Rothko, un Warhol et un magnifique Rauschenberg.

— Mais il ne vous laissera pas partir comme ça.

— Je pense que si, car ma dernière destination sera un pays où il est persona non grata, et risque l'arrestation avant même le contrôle des passeports. Je dois bien admettre que j'ai eu le choix entre plusieurs endroits.

— Vous comprenez bien que je répéterai tout ce que vous venez de me dire mot pour mot au commissaire divisionnaire Hawksby ?

— J'espérais que vous diriez ceci.

Elle toucha doucement la main de William avant d'ajouter :

— Je ne sais pas toi, chéri, mais je suis prête à regarder la carte des desserts.

*

— Vous croyez qu'il y a une chance pour qu'elle nous dise la vérité ? demanda Lamont une fois que William eut fini son rapport détaillé du déjeuner avec Mme Faulkner.

— C'est possible, répondit Hawksby, mais je n'en mettrai pas ma main à couper. Du moment que Mike Harrison est partant pour tenir Faulkner à l'œil, on ne peut pas faire grand-chose avant qu'elle invite William à la rejoindre à Monte-Carlo.

— Qu'est-ce qui vous fait penser que c'est ce qu'elle fera ? s'enquit William.

— Le Rembrandt est trop dangereux pour elle, et elle a compris que c'est sa seule chance de nous avoir de son côté. Je parie qu'elle ne te recontactera pas avant quelques semaines. D'ici là, Carter aura été arrêté et le souvenir de cette nuit désastreuse dans le Surrey se sera un peu estompé.

Le téléphone du commissaire divisionnaire se mit à sonner.

— Commissaire divisionnaire Hawksby.

— Bonjour, monsieur. Ici le lieutenant Monti. Je pensais vous appeler pour vous tenir au courant de l'évolution des choses de notre côté.

— C'est très aimable de votre part, lieutenant, dit Hawksby en mettant le haut-parleur pour que William puisse entendre.

— Comme vous le savez, Carter a déposé une demande auprès du Bureau naval italien pour obtenir cinquante pour cent de la valeur des pièces de huit, dont il dit à la presse qu'elles valent sept cent mille livres environ.

— Ce qui serait un bon prix si elles venaient de Madrid aux alentours de 1649, et non de Barnstaple en 1985.

— Une pièce a été envoyée au Musée archéologique de Florence afin d'être examinée par leur professeur en numismatique. J'attends son compte-rendu sur mon bureau dans quelques jours.

— Il va annoncer que les pièces sont en toc, ça ne fait pas l'ombre d'un doute, affirma Hawksby.

— En toc ?

— Qu'elles sont fausses.

— Je suis d'accord, monsieur, dit Monti. Et dès qu'il le fera, j'aurai besoin d'une demande d'extradition pour que vous arrêtiez Carter et Grant dès qu'ils poseront le pied en Angleterre.

— Que font ces deux-là en ce moment ?

— Ils séjournent à l'hôtel Albergo Del Senato, en attendant l'avis de l'expert.

— Ça va leur coûter un bras et une jambe, fit remarquer Hawksby.

— C'est le cas de le dire, ajouta William.

— Je ne suis pas sûr de comprendre, admit Monti.

— Au seizième siècle, les portraitistes italiens peignaient des bustes pour une somme fixe, mais si vous vouliez un portrait en pied, il fallait débourser un bras et une jambe.

— Fascinant, répondit Monti.

Hawksby, lui, n'avait pas l'air fasciné.

— Appelez-moi à l'instant où vous aurez le rapport du professeur entre les mains.

— Très bien, monsieur.

— Merci, lieutenant.

— En fait, monsieur, lors de notre prochaine conversation, je serai peut-être capitaine.

— Félicitations, répliqua Hawksby. C'est amplement mérité.

William retourna à son bureau et fixa la pile de dossiers qui semblait ne jamais diminuer. Il avait une semaine chargée devant lui, mais au moins, le week-end serait calme. Un rendez-vous chez le médecin pour son bilan annuel et un déjeuner avec ses parents le dimanche. Beth avait promis de revenir assez tôt de sa visite à l'hôpital pour qu'ils aillent au cinéma, mais il était tout de même déçu qu'elle n'ait toujours pas rencontré sa famille, parce qu'il ne voulait pas lui faire sa demande en mariage avant. « Qualifiez-moi de vieux jeu », pouvait-il entendre son père dire.

23

William arriva avec quelques minutes d'avance à son rendez-vous au 31A Wimpole Street et appuya sur l'interphone du Dr Ashton. Il était certain qu'il ferait un sans-faute. Après tout, il courait deux à trois fois par semaine, jouait régulièrement au squash, et il avait en général tenu sa nouvelle résolution de marcher huit kilomètres par jour quand il rentrait à pied à Fulham le soir.

— Tout ce que tu as à faire, lui avait conseillé Lamont, c'est toucher tes doigts de pied, faire vingt pompes et tousser quand il te touchera les couilles, et tu seras bon pour un an.

Le bruit de la sonnette retentit. William poussa la porte, marcha jusqu'à l'étage et donna son nom au réceptionniste.

— Le docteur est en consultation, monsieur Warwick, mais il sera bientôt à vous. Asseyez-vous.

William prit place dans un vieux fauteuil en cuir et examina le choix limité de lectures soigneusement étalées sur la table basse. De vieux exemplaires de *Punch* et de *Country Life* qui semblaient de rigueur dans toutes les salles d'attente de médecin. Le seul autre périodique était le bimensuel de la Metropolitan Police : *The Job*, dont il était proposé un large éventail.

Après avoir parcouru en long, en large, et en travers l'esprit aiguisé de *Punch* et admiré les photos de plusieurs maisons à la campagne qu'il ne pourrait jamais s'offrir, William céda et se plongea dans les exemplaires jaunis du journal du Metropolitan. Il feuilleta plusieurs numéros et ne s'arrêta qu'en tombant sur une photographie de Fred Yates sur une vieille couverture. Il parcourut l'éditorial, l'héroïsme de l'ancien mentor qui lui avait sauvé la vie s'étalait sur quatre pages ; William adressa une prière silencieuse en mémoire de Fred. Il allait reposer le journal sur la table quand le gros titre d'un numéro plus ancien lui coupa le souffle : « Rainsford condamné à la perpétuité pour l'assassinat de son associé. Deux policiers du Met félicités pour leur travail dans l'enquête. »

— Le docteur va vous recevoir, agent Warwick, annonça le réceptionniste, avant qu'il ait pu finir l'article.

Comme Lamont l'avait prédit, l'examen fut plutôt sommaire, même si le Dr Ashton vérifia sa fréquence cardiaque au repos une seconde fois, la trouvant élevée pour un homme de son âge.

Une fois la page de petites cases cochées, William fut déclaré apte au service.

— À l'année prochaine, lança le docteur Ashton.

— Merci, répondit William en remontant son pantalon.

De retour dans la salle d'attente, il prit le journal du Met et continua sa lecture de l'article. Si le meurtrier s'était appelé Smith ou Brown, il n'aurait pas relevé la coïncidence, mais Rainsford n'était pas un nom répandu. Il reposa le journal sur la table et essaya de chasser cette idée de son esprit. Mais il n'y arrivait pas.

— Quel idiot ! s'exclama-t-il.

Le réceptionniste eut l'air offensé.

— Désolé, dit William. Pas vous, moi.

Mais sur le chemin de la station de métro, il ne pouvait s'ôter la pensée de la tête, et connaissait la seule personne qui pouvait dissiper ses craintes.

William descendit à St. James's Park et traversa la rue comme n'importe quel jour de travail. Il alla droit à son bureau et chercha le numéro. Il savait très bien qu'il ne devait pas passer d'appel personnel depuis son poste, mais il n'avait pas le choix.

— Surveillant brigadier Rose, dit une voix.

— Bonjour, monsieur, répondit William. Ici l'agent Warwick, je vous appelle de Scotland Yard. Vous ne vous souvenez peut-être pas de moi. Je...

— Comment aurais-je pu vous oublier, agent Warwick ? Un pauvre bougre qui soutient Fulham. Que puis-je faire pour vous ?

— J'ai une question à propos de l'un de vos détenus, Arthur Rainsford, un condamné pour meurtre.

— Si Rainsford est un meurtrier, répliqua Rose, alors je suis Jack l'Éventreur. Vous voulez le voir ?

— Non, monsieur. Mais je me demandais si Rainsford attendait une visite aujourd'hui.
— Une minute, je vais vérifier.
William sentait son cœur battre à tout rompre. Heureusement que le Dr Ashton n'était pas en train de prendre son pouls.
— Oui, Rainsford attend une visite cette après-midi. De sa fille. C'est une habituée. Elle adore son père, et bien sûr, elle est convaincue de son innocence. Mais les proches le sont toujours.
— Et son nom ? demanda William, d'une voix hésitante.
Une autre pause.
— Elizabeth Rainsford.
— Sauriez-vous, par hasard, où elle travaille ?
— Tous ceux qui rendent visite à un prisonnier de catégorie A doivent renseigner leur lieu de travail.
Une autre pause avant que Rose ajoute :
— Elle travaille au Fitzmolean Museum. Et avant que vous le demandiez, je suis prêt à parier ma pension qu'elle n'a rien à voir avec le vol du Rembrandt.
— Ce n'est pas le Rembrandt qui m'inquiète.
— Je suis content de l'apprendre.
— Merci pour votre aide, monsieur, dit William, avant de raccrocher.
Il avait dû rester assis plus d'une heure, à essayer de trouver un sens à toute cette histoire. Il comprenait maintenant pourquoi il n'y avait pas de photographies du père de Beth dans l'appartement. Et lorsqu'elle lui avait raconté avoir appelé ses parents à Hong Kong, juste après son retour de Rome, elle n'avait pas pensé que c'était le milieu de la nuit en Extrême-Orient. Il regrettait de ne pas avoir regardé au dos des cartes postales. Ses pensées furent interrompues quand la porte s'ouvrit et que Hawksby entra.
— J'ai aperçu de la lumière sous la porte, dit-il, et je suis venu voir si tout allait bien.
William leva les yeux vers son patron, des larmes roulaient sur ses joues.
— Qu'est-ce qui ne va pas, William ? demanda Hawksby en s'asseyant à côté de lui.
— Depuis combien de temps le savez-vous ?

Hawksby ne répondit pas tout de suite.

— Depuis le vol du Rembrandt, nous faisons régulièrement des recherches sur tous les employés du Fitzmolean, et le nom de son père est ressorti. J'en ai parlé avec Bruce lorsque vous avez commencé à la fréquenter, mais nous sommes tous les deux partis du principe qu'elle vous avait parlé de son père.

— Je viens juste de le découvrir.

— Je suis vraiment désolé, répondit Hawksby en posant une main sur son épaule. Nous savons tous ce que vous ressentez pour elle, et Jackie nous a prévenu que votre relation risquait de devenir sérieuse.

— Et je viens seulement de comprendre à quel point, admit William. Je ne sais pas quoi faire.

— Si c'était moi qui vous conseillais, je vous suggérerais de tout raconter à votre père. C'est un homme avisé et prévenant, et, une chose est sûre, il ne vous dira pas simplement ce que vous voulez entendre.

— Vous vous souvenez de l'affaire, monsieur ?

— Pas très bien, mais je me souviens des deux officiers de police responsables, Stern et Clarkson. Le capitaine Stern a pris sa retraite peu après la fin du procès, et honnêtement, ce n'était pas trop tôt. Mais maintenant que vous savez tout, qu'allez-vous faire ?

— Rentrer à la maison et attendre que Beth revienne de Pentonville.

— Pourquoi ne pas aller à la prison ? Soyez là quand elle sortira, ramenez-la à la maison.

William, les yeux perdus dans le vague comme s'il ne l'avait pas entendu, ne répondit pas.

— Et si vous comptez arriver à temps, ajouta Hawksby en regardant sa montre, mieux vaut vous activer.

— Bien sûr, monsieur, répondit William.

Il se leva d'un bond, attrapa son manteau et se hâta vers la porte, se retournant pour ajouter :

— Merci.

Une fois dans la rue, William héla le premier taxi venu.

— Où va-t-on, chef ?

— La prison de Pentonville.

— C'est bien ma veine, maugréa le chauffeur tandis que William s'installait à l'arrière du taxi.

— Il y a un problème ?

— C'est vraiment la pire course pour un taxi.

— Comment ça ?

— Quand on emmène quelqu'un à Pentonville, on repart toujours à vide, parce que la plupart sont là-dedans à perpète !

William éclata de rire, chose qui lui aurait semblé impossible quelques minutes auparavant.

— Vous entrez ou c'est pour une visite ?

— Je vais chercher ma petite amie.

— Je ne savais pas qu'il y avait un quartier pour femmes à Pentonville.

— Il n'y en a pas. Elle rend visite à son père.

— Rien de trop grave, j'espère.

— Meurtre.

Le long silence qui suivit permis à William de rassembler ses esprits, et de préparer ce qu'il allait dire à Beth quand elle le trouverait devant la prison. Elle serait d'abord surprise, peut-être incapable dc croire qu'il veuille partager ses problèmes, et non la fuir.

Le taxi quitta la grande rue et descendit une ruelle en direction d'un immense mur en briques qui cachait presque le soleil. Ils s'arrêtèrent devant une barrière, où le chauffeur dit :

— Je n'ai pas le droit d'aller plus loin.

William leva les yeux vers le large portail en bois. À l'extérieur, un panneau annonçait « HMP PENTONVILLE ».

— Vous allez entrer, chef ?

— Non, je préfère attendre dehors.

— Vous voulez que je vous reconduise tous les deux ?

— Impossible, j'en ai peur, répondit William, après avoir vérifié le compteur et tendu ses dernières livres. J'ai à peine assez pour payer le retour en bus.

— Disons que celle-là est pour moi, chef. Dans tous les cas, il faudra que je retourne en ville.

— C'est très gentil, mais ça pourrait prendre du temps avant que...

— Ce n'est pas grave. Et ça me permettra à me faire pardonner pour n'avoir pas su me mêler de mes oignons.

— Merci, dit William, alors qu'une porte ne laissant passer qu'une personne à la fois s'ouvrait. Des visiteurs se mirent à sortir au compte-gouttes.

Pour la plupart des visiteurs, c'était un samedi après-midi comme les autres. Certains s'éclipsaient, tête baissée, tandis que d'autres voulaient clairement s'échapper le plus vite possible. Mères, pères, femmes, petites amies, certaines avec des enfants dans les bras, toutes avec une histoire à raconter. Et puis, elle apparut, l'air vidé, les joues baignées de larmes. Quand Beth l'aperçut, elle s'immobilisa, visiblement horrifiée qu'il ait découvert son secret.

William avança à grands pas vers elle et la prit dans ses bras.

— Je t'aime, déclara-t-il, et pour toujours.

Il sentit son corps se détendre, et dut presque la retenir de s'effondrer.

D'autres visiteurs les dépassèrent tandis qu'elle continuait à se tenir à lui, comme un prisonnier venant d'être relâché.

— Je suis désolée, dit-elle, sans le lâcher. J'aurais dû t'en parler lors de notre première rencontre, mais c'est devenu de plus en plus difficile à mesure que les jours passaient. Je n'avais pas prévu de tomber amoureuse de toi. Est-ce que tu pourras me pardonner ?

— Il n'y a rien à pardonner, rassura William en lui prenant la main.

Il tint la porte du taxi à Beth puis la rejoignit à l'arrière.

— Où va-t-on, chef ?

— 32 Fulham Gardens, indiqua-t-il, tandis que Beth posait la tête sur son épaule.

— Quand l'as-tu appris ?

— Ce matin.

— Je comprendrais si tu voulais me quitter.

— Je vais te le dire une fois, et une seule, Beth. Tu es coincée avec moi, alors il vaut mieux t'y faire.

— Mais...

— Il n'y a pas de « mais » qui tienne.

— Il y en a tout de même un, insista-t-elle doucement. Tu dois comprendre que je n'ai aucun doute sur l'innocence de mon père.

C'est ce qu'ils disent tous, pouvait-il entendre le surveillant brigadier Rose répéter.

— Ça n'a pas d'importance pour moi, déclara-t-il, essayant de la rassurer. Peu importe l'un ou l'autre.

— Sauf que pour moi c'est important, répliqua Beth, parce que je vais prouver son innocence, même si c'est la dernière chose que je fais.

Ils restèrent silencieux quelques instants avant que William dise :

— Est-ce que je peux te demander quelque chose ?

— Tout ce que tu veux. J'ai toujours cru que tu me quitterais dès que tu apprendrais la vérité au sujet de mon père. Alors demande-moi ce que tu veux.

— Comme tu le sais, mon père est l'un des avocats pénalistes les plus importants du Barreau.

— Et je suis bêtement tombée amoureuse de son fils.

— Si je le priais d'examiner le dossier et de me donner son opinion impartiale, serais-tu prête à accepter son jugement ?

Beth ne répondit pas tout de suite, mais après quelques instants de réflexion, elle déclara :

— Ce serait le moins que je puisse faire.

— Et seras-tu capable de passer à autre chose si sa réponse n'est pas celle que tu veux entendre ?

— Ça, ce sera sûrement plus compliqué.

— Bien, c'est un début, convint William. Si tu venais déjeuner avec ma famille demain, tu pourrais expliquer à mon paternel pourquoi tu es si convaincue de l'innocence de ton père.

— Je ne suis pas encore prête pour ça, souffla Beth en lui prenant la main. Le jour suivant la visite est presque pire que le jour-même. Parfois, je ne fais que pleurer toute la journée, j'attends le lundi avec impatience pour retourner au travail. Une chose à la fois, s'il te plaît. Je te raconterai toute l'histoire à la maison, mais il me faudra peut-être du temps avant d'affronter le jugement de ton père.

— Quel que soit son avis, tu devras quand même faire sa connaissance, car je veux que mes parents rencontrent celle qui sera ma femme.

La plupart des demandes en mariage sont des moments de bonheur et de réjouissance ; Beth pleura.

Lorsque le taxi arriva devant chez Beth, William sortit et remercia le chauffeur.

— Tout le plaisir est pour moi, chef, et je dois reconnaître que c'est la première fois qu'un client fait sa demande en mariage dans mon taxi.

Il fit rire William une seconde fois.

William ouvrit la porte d'entrée et s'écarta pour laisser Beth entrer. Elle se dirigea droit vers le bureau et déchira toutes les cartes postales sur la cheminée avant de les jeter dans la corbeille. Puis elle ouvrit le tiroir au bas du secrétaire et en tira une photographie de ses parents qu'elle posa sur le manteau de la cheminée.

— Plus de secrets, dit-elle, alors qu'ils pénétraient dans la cuisine. À partir de maintenant, rien que la vérité.

William acquiesça, se pencha par-dessus la table et lui prit la main quand elle commença à lui raconter comment et pourquoi son père avait été inculpé de meurtre et condamné à la perpétuité.

Il l'interrompait de temps en temps avec une question, et au moment où ils allèrent se coucher, lui aussi voulait croire que, peut-être, Arthur Rainsford était innocent. Mais il savait qu'en examinant les éléments du dossier, son père serait plus exigeant et sceptique qu'un jeune agent de police sans expérience et qu'une jeune femme qui adorait vraisemblablement son père sans réserve. Ils décidèrent tous les deux de se ranger au jugement de Sir Julian.

*

Dimanche matin, après une nuit sans sommeil et alors qu'il se préparait à faire face à son père, William avait en tête plus de questions que de réponses. Lorsqu'il partit pour la station de métro après le petit déjeuner, ni lui ni Beth n'avaient de doutes quant aux enjeux de l'entrevue.

Bien qu'il regardât par la vitre du train, William ne prêtait aucune attention à la campagne qui défilait. À Shoreham, il décida de marcher les trois kilomètres restants jusqu'à Nettleford pour rassembler ses esprits et passer en revue ce qu'il avait prévu de dire, conscient qu'il allait affronter non seulement son père mais aussi l'un des plus grands avocats du pays.

Quand le cottage au toit de chaume dans lequel il avait grandi apparut au loin, il ralentit son allure. Il ouvrit la porte d'entrée, sachant qu'elle ne serait pas verrouillée, et trouva son père dans son bureau, près de la cheminée, l'*Observer* à la main.

— Content de te voir, mon garçon, lança-t-il en reposant son journal. As-tu trouvé ce Rembrandt ou pas encore ?

— Père, j'ai rencontré la femme que je vais épouser.

— C'est une très bonne nouvelle. Ta mère sera ravie. Pourquoi cette jeune femme n'est-elle pas là pour le déjeuner ?

— Parce que son père purge une peine à perpétuité pour meurtre.

*

Sir Julian Warwick, en tête de table, écoutait avec attention son fils qui racontait à toute la famille comment sa vie avait été bouleversée ces dernières vingt-quatre heures.

— J'ai vraiment hâte de la rencontrer, s'exclama sa mère. Elle a l'air exceptionnelle.

Sir Julian ne fit aucun commentaire.

— Te souviens-tu de l'affaire, père ? demanda Grace quand William eut fini son récit.

— J'ai un vague souvenir du procès, sans plus. Rainsford s'est condamné lui-même quand il a avoué le crime devant deux gradés.

— Mais... entreprit William.

— Néanmoins, je veux bien lire les plumitifs, et si je n'ai ne serait-ce que l'ombre d'un doute, je rendrai visite à Rainsford à Pentonville et j'écouterai sa version de l'histoire. En revanche, William, je te préviens, le directeur des poursuites pénales n'acceptera pas la révision du procès sans nouvelles preuves suggérant qu'une erreur judiciaire ait pu être commise. C'est rare, mais pas impossible. Alors je suis heureux d'entendre que Beth est disposée à passer à autre chose si je trouve que le dossier de son père ne vaut pas le coup d'être défendu.

— Merci, Père. Je n'aurais pas pu en demander plus.

— Si tu rends visite à M. Rainsford, intervint Grace, pourrais-je venir avec toi ?

— Et pourquoi ça ?

— Parce que si tu penses qu'il est innocent, et si on découvre de nouveaux éléments, et si…

— Et si, et si. Où est-ce que tout cela va nous mener ?

— Si tu décides de prendre le dossier, et qu'il passe devant la cour, tu auras besoin d'une collaboratrice.

24

— Je te rappelle, Ross, dit le commissaire divisionnaire quand il entendit frapper à la porte.

Ils entrèrent tous dans le bureau de Hawksby et prirent place autour de la table pour leur réunion du lundi matin. Ils savaient tous qu'il y avait un problème, mais le commissaire divisionnaire était déterminé à continuer comme si de rien n'était.

— Je viens d'apprendre que Kevin Carter a été aperçu à Barnstaple, commença Lamont, et, d'après la police locale, sa maison est à vendre.

— Carter a donc enfin découvert la vérité, répondit William, et on dirait que Faulkner a même couvert ses frais.

— Le moment est peut-être venu d'avoir une autre discussion avec le lieutenant Monti, proposa Hawksby. Il a dû recevoir les conclusions du professeur, alors nous pourrons commencer à préparer l'arrestation de Carter.

— Rien ne me ferait plus plaisir que d'aller à Barnstaple arrêter moi-même ce salaud, déclara Lamont.

— Et peut-être même l'homme derrière toute l'arnaque, ajouta William.

— Encore mieux.

— Monti sait peut-être qui c'est, suggéra Hawksby. Je vais l'appeler et le mettre sur haut-parleur. Si l'un d'entre vous a quelque chose à dire, ne m'interrompez pas. Notez vos réflexions sur un papier et faites-les passer.

Il n'attendit pas leur aval et chercha le numéro de téléphone.

Une tonalité inhabituelle se fit entendre, et plusieurs secondes s'écoulèrent avant que quelqu'un réponde à l'appel.

— Bonjour, je suis le commissaire divisionnaire Hawksby....

— *Spiacente, non parlo inglese.*

Un long silence suivit, mais aucun bruit n'indiqua que la connexion avait été coupée.

— Bonjour, ici le capitaine Loretti. Que puis-je pour vous ?

— Bonjour, capitaine, je suis le commissaire divisionnaire Hawksby de Scotland Yard. J'aimerais parler au lieutenant Monti à propos d'une enquête sur laquelle nous travaillons ensemble.

— Le lieutenant Monti n'est plus des nôtres, monsieur. Cependant, je peux vous assurer que l'affaire à laquelle vous faites référence a été résolue de manière satisfaisante.

— Résolue ? Mais nous avions convenu d'attendre que Monti reçoive le rapport d'un professeur du Musée des antiquités de Florence pour annoncer conjointement que les pièces de huit espagnoles étaient fausses et que toute l'opération de fouilles était une arnaque.

— Ce n'est pas ce que j'avais compris, répondit le capitaine. Le professeur de Florence a authentifié l'une des pièces et par conséquent, le Bureau naval italien les a officiellement déclarées comme trésor. L'affaire a fait grand bruit dans la presse italienne. Et la bonne nouvelle, monsieur le commissaire divisionnaire, c'est que le lieutenant Monti a réussi un joli coup pour le département.

— Quel genre de joli coup ? voulut savoir Hawksby, essayant de garder son calme.

— Après plusieurs jours d'intenses négociations, le Bureau naval italien a accepté une évaluation du reste des pièces de huit bien en deçà du montant proposé par le représentant de M. Carter.

— Combien ? cracha Hawksby.

— Six cents mille livres, le gouvernement italien n'a eu qu'à payer trois cents mille livres. Les talents de négociateur du lieutenant Monti ont économisé au gouvernement quelques cinquante mille livres.

— Une seule pièce ? murmura William, désobéissant aux ordres du commissaire divisionnaire.

— Le lieutenant Monti n'a envoyé au professeur qu'une seule pièce à examiner ? demanda Hawksby.

— Oui, répondit le capitaine. Le reste a été conservé sous clef à Rome. Monti a considéré que c'était un risque inutile d'envoyer tout le coffre à Florence.

Lamont gribouilla quelques mots sur un bout de papier et le passa à Hawksby.

— Vous avez dit que le lieutenant Monti n'était plus des vôtres...

— Correct, monsieur le commissaire divisionnaire. Il a pris sa retraite anticipée.

— Pourtant, la dernière fois que je lui ai parlé, il évoquait la possibilité d'une promotion.

— Oui, son départ a été très soudain, affirma le capitaine Loretti. Il semblerait que sa mère ait un cancer, et en tant qu'enfant unique, il estimait de son devoir de démissionner pour rentrer s'occuper d'elle. C'est un sacré sacrifice, car, vous avez raison, il s'apprêtait à être promu capitaine et à prendre la tête du département.

Où est-il ? écrivit William.

— Y aurait-il un moyen d'entrer en contact avec lui ? s'enquit Hawksby.

— Nous avons une adresse de réexpédition en Sicile, je crois que sa famille vient de là.

Lamont fit un grand geste de désespoir.

— J'aurais dû naître en Italie, marmonna-t-il, alors que William écrivait une autre suggestion pour Hawk.

— Une dernière question, si je peux me permettre, ajouta Hawksby. Puis-je savoir qui a conduit les négociations pour Carter ?

— Un instant, s'il vous plaît, monsieur le commissaire divisionnaire, je vais vérifier.

William écrivit un nom et attendit la confirmation du capitaine.

— Ah voilà, dit Loretti. Un avocat du Lincoln's Inn à Londres. Un certain Me Booth Watson.

— Merci, capitaine, répondit Hawksby, essayant de ne pas avoir l'air exaspéré.

— Tout le plaisir est pour moi, monsieur le commissaire divisionnaire. C'est toujours un privilège de travailler avec nos collègues de la Metropolitan Police.

Hawksby raccrocha d'un coup sec tandis que Lamont répétait en boucle un fameux juron de cinq lettres.

— Pourquoi n'arrête-t-on pas Carter quand même ? demanda William calmement.

— Et risquer d'envenimer nos relations avec la police italienne ? Non, je crains que cela déplaise aux politiciens de nos deux pays.

— Alors on ne peut absolument rien faire ? s'indigna William.

— À part descendre Miles Faulkner, et espérer qu'il reste une balle pour Booth Watson, répliqua Lamont.

— Calme-toi, Bruce, nous n'avons aucune preuve de l'implication de Faulkner. Respirons un bon coup et passons à autre chose.

— Comme vous voudrez, patron, déclara Lamont, mais j'aurais voulu poser une dernière question.

Hawksby lui adressa un signe de tête.

— Combien de personnes au Bureau naval italien ont aussi pris leur retraite anticipée ? lança-t-il avant de quitter brusquement la pièce.

William s'apprêtait à le suivre quand Hawksby l'interpella :

— N'oubliez pas vos dossiers, agent Warwick.

— Mais je n'avais... commença William, en se tournant pour découvrir deux épais dossiers sur la table.

Il les prit et quitta la pièce sans un mot. De retour dans le bureau, il trouva Lamont qui frappait un annuaire téléphonique.

— Faulkner ou Carter ? demanda innocemment William.

— Le système, aboya Lamont. C'est lui qui donne toujours un avantage aux escrocs.

William prit place à son bureau et ouvrit le premier des deux dossiers que Hawksby avait laissés sur la table. Il n'eut qu'à feuilleter quelques pages pour mesurer le risque que prenait le commissaire divisionnaire.

*

— Où as-tu trouvé ça ? s'enquit Grace après un rapide coup d'œil au contenu.

— Je ne peux pas te le dire, répondit William.

Elle continua à tourner les pages.

— Ça a l'air prometteur, mais il faudra que je les lise plus attentivement en rentrant ce soir, puis que je fasse un rapport à l'avocat principal demain matin à la première heure.

— Ça signifie que Papa est d'accord pour rendre visite à M. Rainsford à Pentonville ?

— Oui. Il a passé le reste du week-end plongé dans les plumitifs du procès, et il a ponctué sa lecture de quelques « hum », « ah », et même plusieurs « quelle honte ! »

— Il pense donc qu'il pourrait y avoir une chance de...

— Non, en vérité, non, dit Grace d'un ton ferme. Néanmoins, il estime qu'il te doit une visite à M. Rainsford avant de rendre une décision réfléchie.

— Est-ce que je peux venir avec lui ?

— Oui, mais à une condition.

— Laquelle ?

— Que lorsque papa fera subir un interrogatoire à M. Rainsford, tu ne l'interrompras sous aucun prétexte. Si tu le fais, il quittera l'entrevue et se retirera purement et simplement du dossier.

— Je veux quand même y assister.

— Alors ne prends pas sa menace à la légère.

— Tu seras là aussi ?

— Oui, il m'a nommée collaboratrice et m'a confié la tâche peu enviable de trouver de nouveaux éléments qui lui permettraient de demander un nouveau procès.

— Tu as trouvé quelque chose ?

— Rien, mais je viens juste de commencer. Et si je dois lire les dossiers du capitaine Stern et de l'agent Clarkson avant minuit, il vaudrait mieux que je m'y mette.

— Est-ce que tu vas laisser ton amie Clare les lire ?

— Elle est d'accord pour travailler sur le dossier.

— C'est gentil de sa part, dit William. Maintenant, on a juste à attendre le verdict de Père.

— Tu devrais t'estimer heureux qu'il soit de ton côté. Parce que s'il pense qu'il y a eu une erreur judiciaire, non seulement il se battra comme le poids lourd qu'il est, mais il tiendra tous les rounds.

25

Sir Julian, Grace et William se rendirent à la prison de Pentonville par des moyens de transport différents : William prit le bus depuis Fulham – deux changements ; Grace, le métro depuis Notting Hill – un changement ; et Sir Julian, lui, se fit conduire par un chauffeur depuis Shoreham dans le Kent.

Ils se retrouvèrent à l'entrée, où un gardien de prison leur fit signer le registre.

— Rainsford vous attend, annonça le surveillant, avant de les accompagner jusqu'à la salle d'interrogatoire.

Arthur Rainsford se leva alors qu'ils entraient dans le cube transparent et leur serra la main à tous les trois.

— Je ne sais pas comment vous remercier de votre gentillesse, Sir Julian, dit-il. J'ai l'impression de déjà connaître votre fils puisque à chaque visite, Beth ne me parle presque que de lui. Même si je trouve très ironique qu'elle soit tombée amoureuse d'un inspecteur, étant donné que mon expérience avec la police n'a pas été très heureuse.

— Je crois que c'est moi qui suis tombé amoureux d'elle, intervint William alors que les deux hommes se serraient la main pour la première fois et prenaient place autour de la table. D'ailleurs, elle vous embrasse et attend avec impatience votre rendez-vous samedi.

— Merci, répondit Rainsford. J'ai hâte de la voir aussi.

Jusqu'à cet instant, Sir Julian n'avait pas prononcé un seul mot, mais ses yeux n'avaient pas quitté le prisonnier. Il essayait de se faire une opinion de l'homme, comme à chaque fois qu'il rencontrait pour la première fois un client potentiel. L'acte d'accusation de Rainsford lui avait appris qu'il avait cinquante-trois ans, mesurait un peu plus d'un mètre quatre-vingt et avait eu le nez cassé lors de sa carrière de boxeur à l'université. Il suspectait que c'était la prison qui avait rendu les cheveux de Rainsford gris. Il avait l'air en forme, ce qui voulait dire qu'il passait son heure de promenade chaque après-midi au gymnase plutôt qu'à faire le tour de la cour en fumant, et aussi qu'il évitait le régime carcéral de saucisses, haricots et frites. Il parlait doucement, avait visiblement reçu une bonne éducation, et n'avait certainement pas le profil d'un meurtrier. Néanmoins, au fil des années, Sir Julian avait appris que les meurtriers n'avaient pas toujours la tête de l'emploi, certains avaient des diplômes obtenus avec les félicitations du jury, d'autres avaient quitté l'école à quatorze ans.

— M. Rainsford, j'ai... commença Sir Julian.

— Arthur, s'il vous plaît.

— M. Rainsford, j'ai lu très attentivement les plumitifs de votre procès, examiné les preuves qui ont été présentées par la Couronne, étudié votre témoignage à la barre et considéré votre confession sous toutes les coutures. Cependant, comme c'est la première fois que nous nous rencontrons, j'aimerais entendre votre version des faits. Excusez-moi si je vous interromps à certains moments pour clarifier quelque chose ou poser une question.

— Bien sûr, Sir Julian. Je suis né à Epsom, où mon père exerçait en tant que médecin généraliste, et j'ai voulu marcher dans ses pas dès mon plus jeune âge. Je m'en suis suffisamment bien sorti à l'école pour être accepté en médecine à l'University College Hospital, ce qui a rendu mon père très heureux. Mais j'ai très vite compris que je n'avais pas l'étoffe d'un médecin. Alors à sa grande déception, j'ai raccroché ma blouse blanche pour une toge noire et obtenu un transfert à la London School of Economics afin d'étudier l'économie, sujet qui m'a plu dès le premier cours.

» Une fois diplômé, je suis entré comme apprenti à la banque Barclays, mais là encore, je me suis aperçu que ce n'était pas pour moi. Je suis donc retourné à la LSE pour des cours du soir en commerce, où j'ai enfin découvert ma vocation. Bardé de diplômes mais presque sans revenus, je suis entré dans une banque d'investissement à la City.

— Laquelle ? demanda Sir Julian.

— Kleinwort Benson. J'ai commencé au département des petites entreprises, où j'ai passé trois ans à aider les clients de la banque à développer leurs sociétés. Rien ne m'apportait plus de satisfaction que de les voir devenir de grandes entreprises.

» À l'époque, j'avais deux amis proches : Hamish Galbraith, un ancien camarade de classe, et Gary Kirkland, que j'ai rencontré à la LSE. Hamish est rentré chez John Lewis comme apprenti-manager après ses études. Il avait une aisance naturelle avec les gens, et le don de tirer le meilleur d'eux. Gary était beaucoup plus brillant que nous deux, mais a passé la plupart de ses études à boire et à se faire des amis. Honnêtement, j'ai été surpris qu'il obtienne son diplôme, et encore plus qu'il se classe parmi les meilleurs de sa promotion. Il est devenu comptable à la City et préfère lire des feuilles de calcul que des romans.

» Un vendredi soir, alors que nous avions tous un peu trop bu, Hamish a suggéré que nous montions notre propre entreprise. J'ai passé le reste du week-end à me demander s'il avait raison. Après tout, je conseillais des gens pour le développement de la leur depuis trois ans, peut-être étais-je donc prêt à monter la mienne. J'ai préparé le même projet détaillé que j'aurais attendu d'un client, avec moi comme commercial, Hamish comme directeur administratif et Gary comme comptable. Puis j'ai présenté mes idées à mes potentiels associés.

— Qu'est-il arrivé ensuite ? demanda Sir Julian.

— Naturellement, ils ont tous les deux voulu savoir ce que ferait la compagnie. Je leur ai expliqué que nous devrions ouvrir une société d'investissement et tirer parti de mon expérience et de mes contacts dans le domaine médical. À l'époque, il s'y faisait des découvertes intéressantes, qui offraient des possibilités d'investissement prometteuses.

» Il a fallu encore six mois pour que nous trouvions tous les trois le courage de démissionner, et je ne l'aurais peut-être pas fait si mon patron chez Kleinwort ne m'avait pas encouragé, et ne m'avait pas proposé de financer le capital de départ en échange de cinquante pour cent des parts de l'entreprise.

Grace prenait activement des notes ; William aurait voulu poser plusieurs questions ; tandis que Sir Julian, tel un sphinx, écoutait impassiblement.

— Nous avons fondé RGK Ltd. en 1961, et loué des bureaux dans le quartier de Marylebone, mais nous ne pouvions nous payer qu'une seule secrétaire pour trois. J'ai voyagé aux quatre coins du pays pour rencontrer des médecins, visiter des hôpitaux, tout en assistant à des conférences médicales. Les cinq premières années, l'entreprise rentrait à peine dans ses frais, mais la situation a changé du jour au lendemain quand j'ai investi une partie de l'argent de nos clients dans une petite société pharmaceutique juste avant qu'elle ne développe les bêtabloquants. L'année suivante nous avons généré un profit de quatorze pour cent pour nos partenaires financiers, et soudain, nous étions devenus la nouvelle coqueluche des investisseurs potentiels, ainsi que des chercheurs en manque de fonds.

» Nous avons fêté notre dixième anniversaire en rachetant nos parts à Kleinwort et en louant un autre étage à Marylebone.

William avait maintenant plusieurs questions qu'il était impatient de poser, mais un seul regard en direction de sa sœur lui rappela qu'il valait mieux ne pas s'aventurer sur ce terrain.

— Au cours des années suivantes, la seule chose qui grandissait plus vite que l'entreprise, c'était Beth. Malgré les incertitudes économiques des années soixante-dix, nous avions confiance en l'avenir. Je n'ai pas vu les problèmes arriver, alors qu'ils étaient juste sous mon nez. Je savais que le mariage de Gary battait de l'aile, et je n'aurais pas dû être surpris qu'il s'achève par un divorce coûteux. Au fil du temps, il a fréquenté tant de femmes différentes que je n'arrivais pas toujours à me souvenir de leur prénom. Mais je n'ai rien dit, même quand le comportement de Gary au sein de l'entreprise a poussé l'une de nos jeunes secrétaires à donner sa démission, tandis qu'une autre a menacé de nous faire un procès, que nous avons évité par un règlement à l'amiable.

» Comme j'étais sur la route cinq jours par semaine à démarcher, je ne me suis pas rendu compte de la gravité du problème avant la soirée de Noël de la société, où Gary, ivre, a fait des avances à ma secrétaire, qui était mariée. Elle a quitté l'entreprise le lendemain avec une généreuse indemnité, obtenue après la signature d'un accord de confidentialité.

» Hamish et moi avons été très clairs avec Gary : s'il dépassait une nouvelle fois les bornes, il devrait démissionner. Pour être honnête, à partir de ce moment-là, il n'y a plus eu d'autres plaintes, et quelques années plus tard, Gary a annoncé qu'il était fiancé à l'amour de sa vie, et était heureux de se remarier et de se ranger.

» Sa fiancée, Bridget, était une femme très belle et intelligente, et donnait l'impression de lui être dévouée. Mais il s'est avéré qu'elle n'en avait qu'après son argent et elle n'a pas mis longtemps à vider son compte en banque. Elle a ensuite rompu les fiançailles et s'est mise en quête de sa prochaine victime, laissant à Gary le soin de ramasser les morceaux. Malheureusement, peu de temps après, les femmes au bureau ont recommencé à se plaindre de son comportement, même lorsqu'il était sobre. Et le jour où, après un pot de départ, Beth m'a expliqué qu'elle comprenait pourquoi on le surnommait « mains baladeuses » dans les bureaux, j'ai perdu mon calme et admis qu'il fallait qu'il parte.

» J'aurais exigé sa démission dès le lendemain si je n'avais pas eu un rendez-vous prévu depuis un mois à Coventry avec un investisseur potentiel. J'ai appelé Hamish pour l'informer de ma décision, et nous sommes tombés d'accord : mieux valait attendre mon retour le lendemain afin de poser un ultimatum conjoint à Gary. Démissionner ou être viré.

» Après un rendez-vous fructueux avec mon potentiel nouveau client, je l'ai invité à déjeuner. Au café, il a mentionné la somme qu'il comptait investir chez RGK, qui était supérieure à ce que j'avais anticipé.

» Mais quand j'ai donné ma carte bleue professionnelle pour payer le repas, un serveur est revenu quelques minutes plus tard et m'a murmuré, l'air embarrassé, qu'elle avait été refusée. Pas très malin devant un investisseur potentiel. J'ai payé avec ma carte personnelle, seulement, le mal était fait. À la gare, j'ai appelé mon banquier et exigé une explication. Après tout, l'entreprise avait généré un profit de plus d'un million de livres l'année précédente. Il m'a appris que nous avions dépassé notre découvert et qu'il avait parlé de nombreuses fois de la situation à M. Kirkland.

» J'ai immédiatement téléphoné à Gary qui a nié en bloc. Il m'a suggéré de passer le voir sur le chemin du retour pour qu'il m'explique tout. En descendant du train à Euston, j'ai pris un taxi jusqu'au bureau.

» En ouvrant la porte d'entrée, un homme trapu, que je pensais avoir reconnu, m'est presque rentré dedans avant de s'éloigner en courant dans la rue. Je suis monté dans le bureau de Gary où je l'ai trouvé, étendu sur la moquette.

» Je me suis précipité vers lui, et je n'ai pas eu besoin d'être diplômé de médecine pour comprendre qu'il était mort. Sa mâchoire avait été brisée et il avait une profonde entaille à l'arrière du crâne. J'allais appeler la police quand j'ai entendu une sirène dans la rue, et un instant plus tard, une demi-douzaine de policiers a déboulé pour me trouver penché sur le corps. Et tout à coup, l'un d'eux me lisait mes droits.

— Vous avez dit quelque chose à ce moment-là ? demanda Sir Julian.

— Seulement qu'il y avait erreur sur la personne. Je suis parti du principe que la situation serait tirée au clair rapidement. On m'a conduit au commissariat le plus proche, et je suis resté en cellule plusieurs heures. Enfin, on m'a emmené dans une salle d'interrogatoire où deux inspecteurs m'attendaient.

— Le capitaine Stern et l'agent Clarkson ? demanda Sir Julian.

— C'est exact. Je leur ai raconté ce qui s'était passé, mais ils avaient déjà un avis tranché sur la question, c'était évident, et rien ne pouvait les faire changer d'opinion. Ils ont cependant laissé échapper, pendant l'interrogatoire, qu'ils avaient reçu un tuyau d'un appel anonyme, ce qui expliquait pourquoi la police était arrivée si vite.

Grace écrivit quelque chose et passa le bout de papier à son père, qui le lut attentivement.

— Et pendant le procès, vous avez souligné que c'était la preuve irréfutable que quelqu'un d'autre avait assassiné votre associé.

— Oui, j'ai également suggéré que l'homme sorti en courant du bâtiment était sûrement l'auteur de l'appel, mais ils n'ont pas semblé intéressés.

— Que s'est-il passé ensuite ?

— Stern m'a demandé si j'étais prêt à faire une déclaration. Bien sûr je l'étais, puisque je n'avais rien à cacher. Il a pris en note ce que je disais, et j'ai relu chaque page avant de signer, d'autant plus minutieusement que son haleine sentait l'alcool.

Grace écrivit de nouveau quelque chose.

— Pendant le procès, vous avez soutenu que votre déclaration originale faisait trois pages, tandis que la version que vous avez lue devant la cour n'en comportait que deux. Alors je dois poser la question, M. Rainsford, avez-vous signé les trois feuilles ?

— Oui, absolument. J'ai paraphé les deux premières avec mes initiales AR, mais j'ai signé la dernière de mon nom complet.
— Les trois feuilles étaient-elles numérotées ?
— Je ne m'en souviens pas.
— Comme c'est pratique. Quand la police a versé votre déclaration comme pièce à conviction avant le procès, il n'y avait que deux pages, clairement numérotés un sur deux et deux sur deux, et au bas de la deuxième feuille se trouvait votre signature en entier, à côté de celle du capitaine Stern et de l'agent Clarkson. Comment expliquez-vous cela ?
— La seule explication à laquelle je puisse songer, dit Rainsford, c'est que quelqu'un a retiré la page du milieu et a ensuite ajouté les numéros.
— L'homme-mystère, sans doute ? ironisa Sir Julian. Que s'est-il passé ensuite ?
— J'ai été présenté à un magistrat le lendemain matin et ma demande de libération sous caution a été refusée. J'ai été placé en détention provisoire et envoyé à Pentonville dans l'attente du procès.
— Qui a eu lieu cinq mois plus tard, tandis que vous restiez incarcéré.
— Oui. Mais je pensais encore que le jury me croirait, car j'ai été capable de reproduire chaque mot écrit sur la page manquante.
— Néanmoins, le juge Melrose ne vous a pas autorisé à verser la page manquante comme pièce à conviction. À la fin du procès, avez-vous eu l'impression que le juge avait résumé le dossier de façon juste, sans parti pris ou a priori ?
— Oui. Son récapitulatif était juste et équilibré, ce qui m'a encore plus convaincu que le jury rendrait un verdict en ma faveur.
— Mais ils ne l'ont pas fait.
— Non, ils ont délibéré pendant quatre jours, et quatre nuits qui m'ont paru encore plus longues. Le cinquième jour, ils m'ont déclaré coupable de meurtre par une majorité de dix contre deux. Le lendemain matin, le juge Melrose m'a condamné à perpétuité, avec une recommandation pour une libération conditionnelle après douze ans. À l'heure actuelle, j'ai purgé deux ans de ma peine.

Grace fit une autre note et souligna le mot « douze » avant de la faire passer à son père.

— Avez-vous, à un moment, envisagé de changer votre fusil d'épaule et de plaider coupable d'homicide involontaire ? demanda Sir Julian. Vous l'auriez frappé dans le feu de l'action, vous n'aviez pas l'intention de le tuer, vous le regretteriez pour le reste de votre existence ?

— Sauf que je ne l'ai pas frappé, Sir Julian. Mon avocat a fait la même suggestion à l'époque, et m'a assuré que si je plaidais coupable, je ne prendrais que quatre ans et que je sortirai dans deux ans, mais j'ai refusé.

— Pourquoi vous a-t-il fait cette suggestion ?

— Parce que, comme vous, mon avocat, n'a pas cru à mon innocence.

— Vous ne pouvez pourtant pas nier, M. Rainsford, que vous avez perdu votre sang-froid en apprenant que votre fille avait été harcelée sexuellement par M. Kirkland, et que votre colère n'a fait qu'accroître lorsque vous avez découvert qu'il détournait l'argent de l'entreprise pour entrenir ses différentes compagnes. Alors pourquoi le jury devrait-il croire qu'il y avait trois pages de déclaration et non deux, et que le meurtre a été commis par un homme-mystère sorti de nulle part qui a ensuite disparu comme par magie, pour ne jamais refaire surface ?

— Parce que c'est la vérité, Sir Julian, affirma Rainsford.

Il posa ses coudes sur la table et mit sa tête dans ses mains.

— Mais je comprends très bien que vous ne me croyez pas.

Un long silence s'installa, tandis qu'ils attendaient tous les trois que Sir Julian ramasse sa sacoche et quitte la pièce sans se retourner.

— Pourtant je vous crois, Arthur, déclara-t-il doucement. Vous n'avez pas tué votre associé, cela ne fait aucun doute pour moi.

Arthur, incrédule, leva les yeux vers l'honorable avocat qui lui souriait.

— Qu'est-ce qui t'a convaincu, Père ? voulut savoir William, ignorant le regard noir de sa sœur.

— Trois choses sans rapport, qui, si le jury en avait eu connaissance, les auraient sûrement poussés à rendre un verdict différent.

Sir Julian ne pouvait s'empêcher de faire les cent pas avant de rendre ses conclusions.

— Durant toutes mes années au Barreau, je n'ai jamais vu un meurtrier refuser de passer un marché pour une réduction de peine en plaidant l'homicide involontaire.

— Et la deuxième raison ? interrogea Grace.

— Le nombre d'années avant qu'Arthur soit éligible à une libération conditionnelle.

— Douze ans, rappela William.

— Précisément. Dans le milieu, le juge Melrose est connu comme « Perpétuité » Melrose. J'ai consulté son dossier la nuit dernière, et au cours de sa carrière au tribunal, il a présidé vingt-quatre procès pour meurtre où l'accusé a été déclaré coupable. Arthur est le seul qui ait obtenu une période de sûreté minimale de douze ans. Pourquoi « Perpétuité » Melrose aurait-il changé une habitude millénaire ? Peut-être parce qu'il n'était pas convaincu de la culpabilité d'Arthur.

— Et la troisième raison ? demanda Grace.

— Celle-ci, nous la devons à William.

Une fois de plus, Sir Julian ne put se retenir de parcourir la pièce d'un bout à l'autre. Il tira sur les revers d'une robe qu'il ne portait pas avant de parler.

— Tu m'as dit, William, que lorsque tu as mentionné le nom d'Arthur au surveillant brigadier Rose pour la première fois, il a d'abord répondu : « Si Rainsford est un meurtrier, alors je suis Jack l'Éventreur ». D'après mon expérience, un gardien de prison chevronné ne laisserait jamais échapper, pas même en privé, qu'un détenu puisse être innocent.

— Cela signifie-t-il que tu vas te saisir du dossier, Père ? demanda Grace.

— Nous l'avons déjà fait, ma chérie. Et avec cela, nous allons nous atteler à la tâche considérable de découvrir de nouveaux éléments pour convaincre le directeur des poursuites pénales d'ordonner un nouveau procès. Car s'il ne le fait pas, notre opinion personnelle n'a aucune importance.

— Pas complètement, Sir Julian, répondit Arthur, parce que je suis ravi que mon futur gendre croie en mon innocence.

26

Le téléphone se mit à sonner.

— Qui songerait à nous appeler le jour de Noël ? interrogea Sir Julian. Et juste au moment où je m'apprêtais à couper la dinde.

— Mea culpa, dit William. J'ai bien peur d'avoir informé le bureau de l'endroit où je me trouvais.

— Alors tu ferais mieux d'aller répondre pendant que le reste d'entre nous profite du repas. Beth, préférez-vous une cuisse ou du blanc ?

William se précipita dans le bureau de son père et décrocha le combiné.

— Ici William Warwick.

— C'est Christina Faulkner. Joyeux Noël, William.

— Joyeux Noël, Christina. D'où m'appelez-vous ?

— De Monte-Carlo.

— Vous déballez des cadeaux, sans doute.

— Disons plutôt que je les emballe, en fait, et c'est la raison pour laquelle je vous appelle. Il faut que vous me rejoigniez le plus vite possible pour que je vous offre votre cadeau, je l'ai sous les yeux en ce moment même.

— Je dois prévenir mon patron, répondit William, qui serait bien volontiers parti sur-le-champ. Le temps qu'il me donne sa bénédiction, je prendrai l'avion demain après-midi.

— Pas plus tard, insista Christina, car une fois emballées, les soixante-neuf caisses seront embarquées sur le yacht de Miles.

— Vous serez également à bord ?

— Non, ça ne fait pas partie de mon plan. Quand le *Christina* – nommé ainsi à la belle époque – aura levé les voiles pour Southampton, je prendrai l'avion direction Heathrow. Puis j'irai à Limpton Hall emballer encore d'autres cadeaux, qui doivent être prêts à l'arrivée des déménageurs le lendemain matin pour être transportés jusqu'à Southampton, où ils seront également embarqués sur le *Christina*. Tout est dans la gestion du temps.

— Me risquerai-je à demander ce qu'il va ensuite se passer ?

— Je vous expliquerai tout quand vous serez à Monte-Carlo demain. Prévenez-moi dès que vous aurez réservé votre billet, et j'enverrai une voiture vous chercher.

— Je vous rappellerai quand j'aurai parlé au commissaire divisionnaire. Au revoir, Christina, et joyeux Noël.

William raccrocha et retourna dans la salle à manger. Il aurait tant voulu tout leur raconter, surtout à Beth ; demain, à cette heure-ci, il pourrait être en possession du Rembrandt. Il s'assit à côté de sa fiancée et trouva devant lui une assiette vide.

— Tu as raté le plat de résistance, mon garçon. Mais ne t'inquiète pas, je suis sûr qu'il reste un peu de pudding.

— Ne fais pas attention à lui, intervint sa mère. Nous n'avons pas encore commencé. Joanna était en train de nous dire ce qu'elle a fait depuis l'incarcération d'Arthur.

William adressa un sourire à la mère de Beth, tout en se servant des choux de Bruxelles.

— Avec Arthur en prison, expliqua Joanna, nous nous attendions à ce que l'entreprise mette la clef sous la porte. Mais nous nous sommes vite rendus compte que Hamish était d'une autre trempe lorsqu'il a continué à faire fonctionner la société comme si Arthur était en déplacement.

» Arthur s'est mis à travailler depuis sa cellule de Pentonville, tandis que j'occupais son bureau à Marylebone. Je lui écrivais tous les jours, pour le tenir au courant.

— Mais que se passait-il quand quelqu'un prenait rendez-vous avec le président, et découvrait qu'il était en prison ? interrogea Grace.

— J'ai fini par le remplacer et je me suis même mise à voyager aux quatre coins du pays pour rencontrer les clients. J'ai eu l'heureuse surprise de constater que peu d'entre eux nous avaient abandonnés.

— La réputation est le bouclier des justes par temps difficiles, commenta Sir Julian.

— De qui est cette phrase ? demanda William.

— De moi, petit insolent. Je vous en prie, continuez, Joanna. Vous aviez perdu votre comptable, et la banque devait avoir des appréhensions.

— Barclays a fait tout son possible pour nous aider, répondit Joanna, mais c'est Kleinwort Benson qui est venu à notre secours et a donné aux investisseurs la confiance de rester avec nous. Et puis, à un moment inespéré, nous avons eu un coup de chance.

Tout le monde autour de la table cessa de manger.

— Gary Krikland n'avait pas rédigé de testament, et son fils Hugh a hérité de tout, y compris du don de son père pour les chiffres. Il est maintenant installé dans son ancien bureau et répond de chaque centime dépensé par l'entreprise. Et avant que vous ne posiez la question, sachez que, contrairement à son père, il est heureux en ménage.

— Cela signifie que l'entreprise est à nouveau sur les rails ? demanda Grace.

— Non, on est tout juste rentable, mais quand Arthur reviendra, nous devrions rapidement nous remettre à faire des profits.

— Voilà qui ne me met pas la pression, fit remarquer Sir Julian au moment où le téléphone sonna de nouveau. Est-ce qu'on fête Noël dans un standard téléphonique ? demanda-t-il dans un soupir exagéré. Comme c'est certainement pour toi, William, pourquoi ne pas inviter ton interlocuteur à nous rejoindre, dans l'espoir de ne plus être interrompu ?

William fila hors de la pièce et retourna dans le bureau de son père. Il décrocha, s'attendant à parler au commissaire divisionnaire.

— Ici William Warwick.

— Je suis désolé de vous déranger le jour de Noël, dit une voix qui ne pouvait venir que de New York, mais je dois parler à Me Grace Warwick à propos d'une affaire privée.

— Puis-je demander qui est à l'appareil ?

— Leonard Abrahams.

— Restez en ligne, s'il vous plaît, M. Abrahams, je vais la prévenir.

William se dépêcha de retourner dans la salle à manger.

— C'est pour toi, frangine. Un certain Leonard Abrahams.

— Pourrais-tu dire à cette personne, peu importe qui elle est, que nous espérions partager un repas en famille.

— Je crois que c'est le professeur, annonça Grace.

— Alors tu devrais immédiatement lui parler, répliqua Sir Julian, d'un ton soudain différent.

Grace acquiesça et quitta la pièce sur-le-champ.

— Professeur Abrahams, ici Grace Warwick. Je suis désolée de vous avoir fait attendre.

— Non, Mlle Warwick, c'est moi qui devrais m'excuser. Je n'aurais pas songé à vous déranger le jour de Noël si ce n'avait pas été aussi urgent, mais je voulais vous prévenir que je serai à Londres demain.

— Quelle heureuse nouvelle ! Où allez-vous séjourner ?

— Probablement dans un aéroport. Je n'ai que quatre heures de battement avant ma correspondance pour Varsovie, où je vais rendre visite à ma chère mère. Nous les juifs, nous avons de la ressource, ajouta le professeur. Nous savons toujours quand les goys sont en vacances, du moment que nous sommes de retour après le Boxing Day, le lendemain de Noël, vous ne remarquez pas notre absence.

Grace éclata de rire.

— Avez-vous eu l'occasion de lire les procès-verbaux des témoignages que je vous ai envoyés ?

— J'ai seulement pu les feuilleter. Mais je compte les lire plus attentivement durant mon vol. Je devrais pouvoir vous donner un avis préliminaire, d'ici l'atterrissage à Heathrow.

— Je vais réserver une chambre au Hilton de l'aéroport, pour que nous ne soyons pas dérangés. À quelle heure arrivez-vous ?

— Je prends le vol Pan Am 716 depuis JFK, nous devons atterrir vers 10 h 20, heure de Londres.

— Alors je vous attendrai aux Arrivées.

— C'est gentil de votre part. Mais comment allez-vous me reconnaître ?

— Ne vous inquiétez pas, j'ai lu votre livre.

— La photo a été prise il y a quelques années déjà, remarqua-t-il avec un gloussement. J'ai hâte de vous voir demain, Mlle Warwick, et encore une fois, je m'excuse de vous avoir dérangé le jour de Noël.

— N'y pensez pas. Je sais que mon père sera très heureux d'avoir de vos nouvelles.

Grace se faufila dans la salle à manger et reprit place sans un mot, mais William remarqua le signe de tête que s'échangèrent les deux avocats.

— Que vous soyez tous prévenus, lança Sir Julian alors que Marjorie apportait le beurre au brandy, si le téléphone sonne pendant le discours de Noël de Sa Majesté à quinze heures, personne ne répondra, même si c'est l'archevêque de Canterbury.

*

William arriva à Heathrow juste après neuf heures le lendemain matin. Il n'avait pas dit à Beth où il allait, et elle ne lui avait pas demandé. Un billet pour Nice l'attendait au guichet de la British Airways.

Malgré l'avertissement de son père, il avait appelé Scotland Yard à l'instant où la Reine finissait son discours. Le standard lui avait directement passé le domicile du commissaire divisionnaire.

Quand Hawksby eut entendu ce que William avait à lui apprendre, il répondit :

— Réservez sur le prochain vol pour Nice. Si Mme Faulkner est en possession du Rembrandt, on ne peut pas se permettre de la faire attendre. Quoiqu'il se passe, prévenez-moi immédiatement, à n'importe quelle heure du jour et de la nuit. De toute façon, je ne dormirai pas beaucoup avant de savoir.

William attacha sa ceinture de sécurité tandis que l'avion roulait jusqu'à la piste de décollage nord.

*

Grace se fit déposer à Heathrow un peu après dix heures, et vérifia le tableau d'affichage : le vol Pan Am 716 avait vingt minutes de retard. Elle acheta le *Guardian* et un cappuccino puis alla s'asseoir pour patienter.

Quand le panneau d'affichage indiqua que le vol 716 venait d'atterrir, elle vint se placer derrière une barrière qui ployait sous l'impatience de la foule venue chercher quelqu'un.

Le professeur Abrahams fit partie des premiers passagers à passer la porte, puisque ses bagages étaient transférés directement vers sa correspondance pour Varsovie. Il s'arrêta et scruta l'attroupement des yeux. Quand elle le repéra, Grace fut surprise. La photographie à l'arrière du livre ne dévoilait pas qu'il faisait à peine plus d'un mètre cinquante. Mais son front bombé et massif et ses verres en cul de bouteilles le rendaient immédiatement reconnaissable, même si le jogging jaune et les dernières baskets Nike à la mode détonnaient.

— Je porte toujours un jogging pendant les longs trajets en avion, expliqua-t-il, alors qu'ils se serraient la main. C'est une idée de Joan Collins, mais contrairement à elle, je ne me change pas avant l'arrivée pour les photographes.

— Je me suis dit que nous pourrions marcher jusqu'au Hilton, proposa Grace. Ce n'est pas très loin, et puisque la file d'attente pour le taxi est toujours longue, nous ne perdrons pas de temps.

— Et nous économiserons quelques dollars, ajouta le professeur alors qu'ils parcouraient la courte distance qui les séparait de l'hôtel, discutant de tout et de rien, sauf du sujet qui occupait leur esprit.

Grace avait réservé une suite pour deux heures, et le réceptionniste qui leur tendit la clef se demanda quelle raison pouvait bien pousser un couple aussi étrange à prendre une chambre à cette heure de la matinée.

Alors que Grace préparait au professeur une tasse de café noir fumant, il sortit un dossier de sa mallette et le posa entre eux sur la table. Il se mit à tourner les pages tout en lui donnant des explications, comme à un étudiant brillant assistant à l'un de ses cours, sur combien cette expertise précise pourrait – il n'arrêtait pas de répéter le mot « pourrait » – s'avérer utile dans l'affaire Rainsford. Une fois la dernière page tournée, il répondit aux questions de Grace avec une assurance qui ne laissait place à aucune contradiction. À la fin de la dernière réponse, Grace était certaine d'avoir trouvé l'homme de la situation.

Abrahams regarda sa montre et rangea le dossier dans sa mallette.

— Il faut que je m'active si je veux attraper mon vol, annonça-t-il en se levant de sa chaise. Je ne peux pas être en retard. Ma mère m'attend probablement déjà à l'aéroport.

Grace accompagna Abrahams au terminal 2, et avant qu'il passe la porte, elle le remercia encore une fois et lui demanda :

— Puis-je dire à mon père que vous seriez d'accord pour comparaître comme expert, s'il y a un nouveau procès ?

— Je ne vous aurais pas fait perdre votre temps si ce n'était pas le cas. En revanche, il va tout de même falloir que je voie les deux pages de la déclaration originale de Rainsford présentée à la cour pour déterminer si c'est moi qui risque de perdre mon temps.

*

Le professeur Abrahams monta dans son avion pour Varsovie juste au moment où William atterrissait à Nice. Comme il n'avait qu'un bagage à main, il se dirigea droit vers le contrôle des passeports et fit partie des premiers à entrer dans le hall, où il fut accueilli par un homme tenant une pancarte « Warwick ».

Il s'installa sur la banquette arrière d'une Bentley et essaya de rassembler ses esprits avant sa nouvelle rencontre avec Christina Faulkner. Malheureusement, le chauffeur avait autre chose en tête.

Au moment où ils arrivèrent à la Villa Rosa, William connaissait les opinions du conducteur sur des sujets comme le Centre Pompidou, conçu par un anglais, ou le Marché commun, que la Grande-Bretagne n'aurait jamais dû rejoindre. Cependant, il n'aborda pas une seule fois la seule question qui intéressait William : M. et Mme Faulkner.

Un large portail en fer forgé pivota alors que la voiture était encore à une centaine de mètres de l'entrée. Ils tournèrent dans une longue allée bordée des deux côtés de grand cyprès, qui débouchait sur une magnifique villa Belle Époque à côté de laquelle Limpton Hall ressemblait à un cottage.

Alors que William descendait de voiture, la porte d'entrée s'ouvrit sur Christina qui venait l'accueillir. Il l'embrassa sur les deux joues, à la française. Elle lui prit la main et l'attira dans un hall spacieux rempli de caisses en bois de tailles diverses. Les traces laissées sur les murs suffisaient à lui laisser imaginer ce qui avait dû s'y trouver la veille encore. Il commençait à comprendre pourquoi Christina avait besoin que son mari soit absent un mois complet pour mettre son plan à exécution.

— Il en reste un à emballer, dit-elle alors qu'il la suivait dans le salon, où une unique peinture encadrée était restée en place au-dessus de la cheminée.

William, ébahi, regarda le tableau que même un amateur d'art comme lui reconnaissait immédiatement comme l'œuvre d'un génie. Il tira de sa poche la carte postale du Fitzmolean et vérifia le coin en bas à droite de la toile pour confirmer que la signature emblématique de Rembrandt, RvR, s'y trouvait bel et bien. Ceci fait, il posa de nouveau les yeux sur les six Syndics solennels, dans leurs longues robes noires avec leurs rigides collerettes blanches, coiffés de larges chapeaux noirs tandis qu'ils appréciaient la gloire de leur position dans la société amstellodamoise.

— Je vois que votre cadeau de Noël vous plaît, déclara Christina.

*

Grace téléphona à son père dès son arrivée à son appartement de Notting Hill et lui fit un compte-rendu détaillé de son entrevue avec le professeur.

— Je crois que le moment est venu pour moi d'appeler pour prendre rendez-vous avec le directeur des poursuites pénales avant que mes collègues rentrent de leurs vacances de Noël, annonça Sir Julian. Il faut que la date du procès soit inscrite à l'agenda du tribunal aussi vite que possible.

— Ce ne sera peut-être pas si facile, fit remarquer Grace.

— Il y a toujours des renvois qui laissent des créneaux libres. Je dois m'assurer que mon nom est en haut de la file d'attente.

— Mais pourquoi est-ce qu'il te choisirait toi plutôt que n'importe quel autre requérant tout aussi méritant ?

— Je vais te l'expliquer, Grace, mais pas au téléphone.

*

William surveilla de près les déménageurs qui rangeaient précautionneusement le Rembrandt dans sa caisse sur-mesure avant de rejoindre ses camarades dans l'entrée.

Chacune des caisses portait une large étiquette carrée « Propriété de Mme Christina Faulkner. Doit rester à bord. » La seule exception était le Rembrandt, avec étiquette ronde encore plus grosse indiquant : « Propriété du Fitzmolean Museum, Prince Albert Crescent, Londres SW7. À débarquer. »

— Vous êtes certain, demanda Christina, que le commissaire divisionnaire sera sur le quai à attendre les passagers de marque du *Christina* quand ils arriveront à Southampton ?

— Il sera le premier à bord dès l'instant où nous amarrerons, avec la cavalerie derrière lui, assura William. Je l'appellerai demain, une fois que les tableaux seront tous à bord.

— Il n'aura d'yeux que pour l'un d'entre eux.

— Que va-t-il advenir du reste des tableaux ? voulut savoir William, bien qu'il pensât peu probable que Christina lui révèle leur destination.

— Prochain arrêt : New York, où ils seront rejoints par une magnifique collection d'artistes américains modernes qui résident présentement dans notre appartement de Manhattan.

— Mais d'ici à ce que le bateau arrive, votre mari pourrait être là à vous attendre sur le quai.

— Non, je ne crois pas. Après Melbourne, Miles a prévu de prendre l'avion pour Sydney, pour être l'un des premiers à entrer dans la nouvelle année ; à ce moment-là, tous les tableaux seront dans leur nouvelle maison – la mienne.

William ne perdit pas son temps à demander où cette nouvelle maison se trouvait.

*

Grace et son père passèrent toute la soirée terrés dans son bureau.

— Ce que le professeur Abrahams doit faire ensuite, déclara Grace, c'est étudier la déclaration originale d'Arthur qui a été présentée à la cour. Selon lui, elle pourrait démontrer qu'Arthur ment et que le jury a eu raison.

— Si cela arrive, répliqua Sir Julian, pas un mot à Joanna et Beth, si ce n'est que nous aurons été incapables de trouver des éléments inédits pour demander un nouveau procès.

— Et si Arthur dit la vérité ?

— Alors, mon prochain coup de téléphone sera pour le bureau du directeur des poursuites pénales afin de réclamer un nouveau procès.

— Tu ne m'as toujours pas expliqué, Père, pourquoi tu penses qu'il donnera la priorité à cette affaire.

— Desmond Pannel et moi étions à Oxford ensemble. J'étais son directeur de campagne quand il s'est présenté à la présidence du Barreau de l'Université, et tu ne devineras jamais qui était son grand rival. Occuper le poste de président était un travail ingrat, mais Desmond est le genre d'hommes à aimer ce type de besogne, raison pour laquelle il a fini directeur des poursuites pénales. Et maintenant, trente ans après, il va pouvoir me renvoyer l'ascenseur.

*

Peu après s'être mis au lit, William entendit la porte s'ouvrir. Soudain, il était complètement réveillé. Une silhouette voluptueuse se découpa dans la lumière de la lune, se glissa sous les couvertures et se mit à l'embrasser dans la nuque.

Il n'eut pas beaucoup de temps pour réfléchir à ce qu'il devait faire. Allumer la lumière et lui demander poliment de partir, fut sa première pensée, ou laisser les choses aller d'elles-même sans en parler à Beth, songea-t-il ensuite. Et puis il se demanda ce qu'elle dirait s'il lui racontait qu'il avait rejeté les avances de Christina et sacrifié le Rembrandt. Un coup d'un soir en échange d'un chef-d'œuvre. Il n'avait aucun doute sur ce qu'elle attendait de lui.

*

Le professeur Abrahams fit une escale de quelques jours à Londres sur le chemin de New York, et une fois de plus, Grace l'attendait aux Arrivées. Cette fois, il tenait à la main ce qu'il décrivit comme sa « boîte à magie ».

Le lendemain matin, Sir Julian et Grace l'accompagnèrent dans une pièce au sous-sol de Scotland Yard où, en présence d'un témoin, il passa les quelques heures suivantes à examiner les deux pages de la déclaration présentée au procès d'Arthur.

Sir Julian et Grace retournèrent ensuite au cabinet, où ils attendirent avec impatience les résultats des découvertes du professeur. Grace l'aperçut alors qu'il traversait d'un pas tranquille Lincoln's Inn, sa « boîte à magie » dans une main et une bouteille de champagne dans l'autre. Elle bondit de joie.

Après avoir écouté silencieusement les déclarations du professeur, ils le bombardèrent de questions auxquelles il trouva toujours une réponse. Enfin, Sir Julian décrocha son téléphone et composa un numéro privé. Quand le directeur des poursuites pénales prit la communication, Sir Julian se contenta de dire :

— Desmond, j'ai besoin d'un service.

*

À neuf heures le lendemain matin, un grand camion arriva devant la Villa Rosa, les déménageurs mirent presque deux heures pour charger les soixante-neuf caisses à son bord. Elles furent ensuite conduites doucement, tout doucement, au port, où il fallut trois heures pour les transférer dans la cale du *Christina*. Une fois la porte de la cale fermée et verrouillée sous ses yeux, William retourna à terre et appela le commissaire divisionnaire Hawksby afin de l'informer qu'il prenait le prochain vol pour rentrer.

— Non, répondit Hawksby d'un ton ferme. Remonte dans ce bateau et garde le Rembrandt à l'œil jusqu'à l'amarrage à Southampton.

— Mais est-ce qu'il ne vaudrait pas mieux que je surveille Mme Faulkner ?

— Tu dois t'occuper des six Syndics d'Amsterdam. Ils ne doivent pas nous échapper à nouveau.

William ne discuta pas.

— Quand vous arriverez demain soir, je serai sur le quai avec une petite armée pour m'assurer que le tableau retourne au Fitzmolean en toute sécurité, expliqua Hawksby.

Christina fut déçue, car elle espérait plutôt que ce soit elle que William doive garder à l'œil. William se pencha par-dessus le garde-corps et lui adressa de grands signes alors que le yacht quittait le port. À peine le bateau hors de vue, Christina ordonna à son chauffeur de la conduire à l'aéroport pour mettre à exécution la deuxième partie de son plan.

27

Si tout était dans la gestion du temps, comme Christina Faulkner l'avait suggéré à William, elle avait commis une erreur fatale. Elle avait dit à son avocat d'envoyer la demande de divorce le 22 décembre. La requête arriva sur le bureau de Booth Watson le 24.

Booth Watson n'en fut pas étonné, il se dit que Mme Faulkner avait maladroitement tenté de gâcher le Noël de son client. Il décida de ne pas contacter Miles avant de retourner à son cabinet le 28 décembre. Après tout, quelques jours ne faisaient pas une grande différence ? Il rangea la demande dans son coffre-fort et rentra chez lui.

*

Mike Harrison appela Mme Faulkner de Melbourne le 27 décembre pour lui raconter que son mari avait passé tout son temps dans un salon privé au Melbourne Cricket Ground à regarder la deuxième journée du test-match. Le soir, il était allé dîner avec des amis et avait pris sa clef à la réception de l'hôtel un peu après minuit.

— Était-il seul ? demanda Christina.

— Non, il était avec une jeune femme qui travaille comme serveuse. J'ai son nom et sa photo.

— Merci, Mike.

Harrison appela ensuite le commandant Lamont au Yard et lui répéta le même message avant d'aller se coucher.

*

Booth Watson revint à son cabinet juste après dix heures le matin du 28 décembre, heureux que Noël soit passé et qu'il puisse se remettre au travail. Il lut la demande de divorce une seconde fois, conscient que les motifs allaient poser un vrai problème. L'épouse de Faulkner préparait sans doute cette requête depuis quelque temps : plusieurs maîtresses de Miles étaient nommées. Il décida de téléphoner à son client pour l'informer de son divorce imminent, même s'il suspectait que ce ne serait pas une surprise.

Il appela d'abord Limpton Hall, mais comme il n'eut pas de réponse, il partit du principe que Makins était encore en vacances. S'il avait appelé une heure plus tard, il serait tombé sur Mme Faulkner. Puis il appela la maison de Faulkner à Monte-Carlo et une domestique décrocha. Vraisemblablement, l'anglais n'était pas sa langue maternelle.

— Puis-je parler à M. Faulkner ? demanda-t-il.

— Monsieur pas là.

— Savez-vous où il est ? questionna Booth Watson, articulant chaque mot avec soin.

— Non. Jeune homme a dit Australie.

Booth Watson nota sur son calepin : « Australie/jeune homme. »

— Et Mme Faulkner est-elle là ? s'enquit-il tout aussi lentement.

— Non, madame rentrée à la maison.

— À la maison ?

— Angleterre.

— Merci, répondit Booth Watson. Vous m'avez été d'une grande aide.

Il s'interrogea sur ce que Miles faisait en Australie et dans quelle ville il pouvait être. Reg Bates, le clerc du cabinet, vint à son secours.

— Il doit être à Melbourne, monsieur. Il doit assister au deuxième test-match.

Booth Watson n'avait que faire du cricket, et ordonna simplement au clerc de trouver son client.

Bates passa le reste de la matinée à contacter tous les grands hôtels de Melbourne et lorsque Booth Watson rentra de son déjeuner, il trouva sur son bureau un post-it jaune avec toutes les informations nécessaires. Il appela immédiatement le Sofitel et demanda à ce qu'on le mette en relation avec la suite de Miles Faulkner.

— Avant que je le fasse, monsieur, dit la voix à l'autre bout du fil, êtes-vous conscient qu'il est 1 h 30 du matin ici ?

— Non, je l'ignorais, admit Booth Watson. Je rappellerai plus tard.

Après avoir raccroché, il fit un rapide calcul et décida de réessayer quand il rentrerait chez lui ce soir-là.

*

Miles Faulkner était en train de se raser lorsque le téléphone de la suite sonna, mais il abandonna son rasoir en entendant la voix de Booth Watson. BW appelait rarement pour annoncer de bonnes nouvelles. Faulkner s'assit au bord du lit et écouta son avocat.

— Y a-t-il une raison de rentrer plus tôt, BW ? voulut-il savoir une fois que Booth Watson lui eut parlé de la demande de divorce. Le test-match est très équilibré. J'avais prévu d'aller à Sydney pour fêter le Nouvel An, je ne devrais pas être de retour avant le 3, au plus tôt.

— Ça ne devrait pas être un problème. Nous avons deux semaines pour accuser réception de la demande, on pourra s'en occuper à ton retour.

— Très bien. Alors je te téléphone dans deux semaines. Autre chose ?

— Oui, une petite chose. Il semblerait que ta femme ait passé Noël à Monte-Carlo avec un jeune homme. À ton retour, j'aurai son nom et tous les détails. Ça pourrait s'avérer utile quand viendra le moment de négocier le montant du divorce.

— Mets tout de suite un détective privé sur l'affaire, dit Faulkner.

— C'est déjà fait, répondit Booth Watson, et tu devrais partir du principe que ta femme a fait de même.

— As-tu au moins une bonne nouvelle ? interrogea Miles.

— J'ai remis le Renoir à Standard Life, et ils ont transféré le demi-million sur ton compte dans les îles Caïmans.

— C'est un demi-million sur lequel Christina ne pourra pas mettre la main.

— Profite du test-match, et appelle-moi dès ton retour.

Miles raccrocha et finit de se raser. Après le départ de la serveuse – dont il ne se souvenait pas du nom –, il décida de découvrir si sa femme était toujours à Monte-Carlo.

La domestique donna plus de détails à son patron qu'à Booth Watson, Faulkner parlant bien français. Il demanda quand madame était partie pour l'Angleterre et elle répondit :

— Je ne suis pas sûre, monsieur. Tout ce que je sais, c'est qu'elle a suivi le camion jusqu'au yacht.

— Quel camion ? questionna Faulkner.

— Le camion de déménagement venu emporter tous les tableaux.

Miles raccrocha d'un coup sec, puis souleva le combiné à nouveau.

— Je quitte la chambre, annonça-t-il à la réceptionniste. Réservez-moi un billet sur le prochain vol pour Londres, peu importe la compagnie.

— Mais l'Australie a l'air bien parti pour... commença-t-elle.

— Aux chiottes l'Australie.

*

Mike Harrison appela le numéro de Mme Faulkner à Monte-Carlo et la domestique lui répondit :

— Madame rentrée maison.

Il essaya ensuite Limpton Hall, en vain. Enfin, il appela le commissaire divisionnaire, qui se trouvait à son bureau.

— Faulkner a pris un billet sur un vol Qantas pour Heathrow qui atterrira à quatorze heures aujourd'hui. Ça ne faisait pas partie de ses plans.

— C'est tout ce que j'ai besoin de savoir, déclara Hawksby. Et je n'ai aucun moyen de contacter Warwick pour le prévenir.

*

Quand l'avion de Christina Faulkner atterrit à Heathrow, le chauffeur de son mari vint la chercher et la conduisit à Limpton Hall où elle prit un dîner léger avant d'aller se coucher. Après tout, une longue journée l'attendait le lendemain.

*

William, un verre de Pinot Grigio à la main, prenait un bain de soleil sur une chaise longue quand l'avion de Faulkner décolla pour son voyage de vingt-trois heures jusqu'à Londres. Il profitait d'une vue dégagée sur la cale, dont personne ne s'était approché ces deux derniers jours. Mais pourquoi quelqu'un l'aurait fait ? Le soleil brillait, la mer était calme, tout allait pour le mieux.

*

À neuf heures le lendemain matin, un camion Bishop Déménagements s'arrêta devant la porte d'entrée. Les déménageurs prirent leur temps pour emballer les soixante-neuf œuvres d'art dans des caisses avant de les charger dans le camion. Après une longue pause déjeuner, ils se mirent en route vers Southampton.

— Ne roulez, sous aucun prétexte, à plus de trente kilomètres à l'heure, ordonna Christina au chauffeur. On ne doit pas risquer d'abîmer les tableaux.

— Très bien, madame, répondit-il, heureux de se plier à cette exigence puisqu'ainsi, lui et ses employés feraient plus d'heures.

Christina savoura un déjeuner paisible dans une salle à manger décorée de crochets vides. Elle se mit en route pour Southampton juste après quinze heures, mais elle n'était pas pressée : le *Christina* ne devait entrer au port que plus tard cette après-midi. Elle espérait que Miles s'amusait à son match de cricket. Elle avait lu avec plaisir dans le *Mail* de ce matin que la partie était très équilibrée.

*

Miles Faulkner passa la douane à Heathrow un peu après quatorze heures. Il avait envisagé d'appeler Limpton Hall depuis la salle d'attente de première classe de l'aéroport de Melbourne pour demander à son chauffeur de venir le chercher, mais il y avait finalement renoncé, craignant d'alerter Christina de son retour imprévu.

Il réjouit le chauffeur de taxi qui lui demanda : « Où allez-vous, monsieur ? » quand il répondit :

— Limpton Hall dans le Hampshire. Et vous pourrez doubler le montant de la course si vous y arrivez en moins d'une heure.

*

Mike Harrison avait voyagé sur le même avion que Faulkner, mais pas dans la même classe. Il ne suivit pas sa cible à l'extérieur du terminal, il trouva plus important de contacter

Mme Faulkner pour la prévenir que son mari se dirigeait droit vers Limpton Hall, mais il n'obtint pas de réponse.

Il appela ensuite Scotland Yard et demanda à parler au commandant Lamont.

— Ici le brigadier Roycroft, fit une voix.

— Salut, Jackie, c'est Mike Harrison. Puis-je parler à Bruce ?

— Il est parti pour Southampton avec le commissaire divisionnaire Hawksby il y a une heure, Mike.

— Merci, répondit Harrison. Content de voir que tu es de retour, Jackie.

— Disons plutôt en conditionnelle, précisa Jackie avant de raccrocher.

Harrison égaya la journée d'un autre chauffeur de taxi en lui lançant :

— Southampton.

*

Il fallut plus d'une heure à Faulkner pour arriver à Limpton Hall, mais il s'était douté que le chauffeur n'avait aucune chance de relever le défi.

— Restez-là, ordonna-t-il en sautant de la voiture. Je ne vais peut-être pas rester longtemps.

Il gravit les escaliers quatre à quatre et déverrouilla la porte d'entrée. En pénétrant dans le hall, il en eut la nausée. Pas de Constable ni de Turner. Elle avait même enlevé le Henry Moore. Il fit lentement le tour de la maison, horrifié par l'étendue de son larcin, ne trouvant que des carrés et des rectangles plus clairs là où les tableaux avaient été accrochés, et des piédestaux vides là où les sculptures avaient été fièrement exposées. Mais il subit la plus cruelle humiliation dans le salon, où il trouva la seule toile qu'elle avait laissée. La copie du Rembrandt par Eddie Leigh était toujours accrochée au-dessus de la cheminée. Si Christina était entrée dans la pièce à ce moment-là, il l'aurait étranglée de bon cœur. Il sortit de la maison en courant et cria au chauffeur :

— Au portail !

Le taxi accéléra le long de l'allée et s'arrêta devant les grilles. Faulkner bondit au-dehors et entra précipitamment dans la cabane du garde.

— Avez-vous vu Mme Faulkner aujourd'hui ? demanda-t-il.
— Oui, monsieur, répondit le garde, après avoir vérifié sa liste des allées et venues. Elle est partie il y a une heure.
— Partie où ?
— Aucune idée, monsieur.
— Et eux, dit Faulkner en pointant du doigt les mots : « Bishop Déménagements, arrivée : 8 h 55 ; départ : 14 h 04 ». Où allaient-ils ?
— Aucune idée, monsieur, répéta le pauvre garde.

Faulkner attrapa le téléphone et il lui fallut deux appels et quantité de menaces avant qu'un directeur régional lui révèle à contrecœur l'information qu'il cherchait. Il sauta dans le taxi et cria « Southampton », sans prendre la peine de regarder le compteur. Le chauffeur de taxi ne pouvait en croire sa chance.

*

Le commissaire divisionnaire était assis seul à l'arrière de la voiture de tête. Ils étaient suivis par un fourgon cellulaire avec, à son bord, six agents de police et un brigadier. En queue de cortège : une Wolseley conduite par le commandant Lamont. L'artillerie lourde, voilà comment Lamont avait décrit l'opération, mais Hawk ne voulait prendre aucun risque.

Le petit convoi restait sur la file de gauche de l'autoroute et bien qu'ils n'aient pas une seule fois fait d'excès de vitesse, ils arrivèrent tout de même à la sortie du port de Southampton avec quelques heures d'avance.

Hawksby se présenta immédiatement au capitaine de port, pour se voir confirmer que le *Christina* devait amarrer au quai vingt-neuf à dix-neuf heures ce soir-là. Le commissaire donna ensuite au capitaine un mandat spécial qui autorisait l'enlèvement d'une caisse spécifique du yacht, sans interférence ou inspection du service des douanes.

— Ça doit être les joyaux de la Couronne, suggéra le capitaine de port, après avoir étudié le mandat.
— Presque, répondit Hawksby. Tout ce que je peux vous dire, c'est que ça doit être manipulé avec la plus grande précaution, et que son contenu ne doit pas être exposé à la lumière.
— On dirait Dracula.
— Ça, ce serait plutôt l'actuel propriétaire, répliqua Hawksby.

— Puis-je vous prêter main-forte ?

— Ça ne ferait pas de mal d'avoir quelques-uns de vos gars dans le coin, au cas où il y aurait un problème.

— Plutôt cerveaux ou muscles ?

— Deux de chaque, si possible.

— C'est comme si c'était fait. Ils seront avec vous une demi-heure avant l'arrivée du *Christina*. Je crois que je vais moi-même me joindre à vous, dit-il. Cette histoire m'a l'air intéressante.

Hawksby remonta dans sa voiture et le petit convoi avança jusqu'au quai vingt-neuf pour guetter l'arrivée des six Syndics qui reposaient paisiblement dans la cale du *Christina*.

Tout le monde était en place et attendait avec impatience quand une Bentley apparut sur les quais et se gara à un peu moins de cinquante mètres.

— Qui est-ce que donc... ? demanda Lamont.

— Ce doit être Mme Faulkner, répondit Hawksby. Faites comme si elle n'était pas là. Tant que le Rembrandt est rendu, ce qu'elle fait du reste de la collection de son mari, ce ne sont pas nos oignons, même si j'espère pour elle qu'elle sait qu'il est de retour au pays.

— Est-ce qu'on devrait lui dire ? s'enquit Lamont.

— Ce ne sont pas non plus nos affaires, rétorqua Hawksby.

— Et eux, que font-ils là ? interrogea Lamont tandis qu'un grand camion Bishop Déménagements avançait doucement sur les quais pour se garer derrière la Bentley.

— Ce n'est pas compliqué de deviner ce qu'il y a à l'intérieur, fit remarquer Hawksby alors que le chauffeur descendait de sa cabine et s'avançait vers la Bentley.

Mme Faulkner baissa sa fenêtre.

— Que font-ils là, ceux-là ? demanda le conducteur en désignant les trois voitures de police.

— Ils viennent chercher une caisse sur le yacht de mon mari afin de la rendre à son véritable propriétaire à Londres. Quand ce sera fait, ils partiront et vous pourrez commencer à monter les tableaux à bord.

— Qu'est-ce qui intéresse tant les flics ?

— Six gentilshommes d'Amsterdam, qui ont quitté le pays il y a plusieurs années sans visa.

— Très drôle, répliqua le conducteur avant de retourner dans son camion sans un mot de plus.

Christina était en train de remonter sa vitre lorsqu'un taxi noir fit son apparition. Mike Harrison paya le chauffeur, et rejoignit rapidement sa cliente à l'arrière de la Bentley, sans faire mine de reconnaître aucun de ses anciens collègues.

— Je crois que j'aperçois nos amis hollandais, déclara Lamont qui gardait une paire de jumelles rivées sur l'entrée du port.

Il les passa à Hawksby.

— Combien de temps avant qu'ils soient ici, vous pensez ? demanda Hawksby au capitaine de port, sans quitter le *Christina* des yeux.

— Vingt, trente minutes tout au plus.

— Je viens de voir Warwick debout sur la passerelle, annonça Hawksby. Vous pensez qu'il a pris le contrôle du bateau ?

— Plutôt qu'il a été mis aux fers, rétorqua Lamont. Dans tous les cas, je ferais mieux de prévenir les troupes.

Le commissaire divisionnaire, le capitaine de port, le commandant Lamont, un brigadier et six agents de police, Mme Faulkner, Mike Harrison et les déménageurs du camion observaient tous le *Christina* qui s'approchait, jusqu'à ce qu'il soit enfin amarré au quai. William fut la première personne à descendre par la coupée.

— Tout est prêt, monsieur. La caisse devrait être déchargée en quelques minutes.

— Alors nous allons... commença Hawksby au moment où un deuxième taxi passa devant eux à toute vitesse et freina bruyamment à côté du yacht.

Faulkner en bondit, remonta la coupée au pas de course, s'arrêta pour échanger quelques mots avec le capitaine du yacht avant de disparaître avec lui dans la cale.

— Ne bougez pas, ordonna Hawksby à William, qui était impatient de remonter à bord. Si notre caisse n'est pas déchargée, nous le tenons.

— Mais...

— Soyez patient, William. Il n'ira nulle part. Monsieur le capitaine de port, s'ils essayaient de s'enfuir...

— Ils ne passeraient même pas l'entrée des docks avant que mes hommes leur coupent la route.

— S'ils envisagent ne serait-ce que de larguer les amarres, dit Hawksby à William, alors tu as ma permission de monter à bord et d'arrêter Faulkner.

— On dirait que ce ne sera pas nécessaire, intervint Lamont alors que quatre membres d'équipage sortaient de la cale en transportant une large caisse.

Il leur fallut quelques minutes pour l'amener sur le pont, le long de l'étroite coupée, jusqu'au quai.

Hawksby prit son temps pour étudier l'étiquette « Propriété du Fitzmolean Museum, Prince Albert Crescent, Londres SW7. À débarquer. » Il acquiesça et quatre agents de police remplacèrent les quatre marins.

— Chargez-la à l'arrière de la camionnette, ordonna Hawksby, et ne la perdez pas de vue.

Les quatre jeunes agents de police soulevèrent la caisse et, comme des crabes, se mirent à avancer lentement vers le fourgon.

— Très bien, Bruce, dit Hawksby. Je crois que tu as gagné le droit de prendre la tête du convoi jusqu'à Londres. Warwick, tu peux monter avec moi. Il faut que je te parle de quelque chose.

William ne bougea pas. Il regardait toujours Miles Faulkner, qui se tenait sur la passerelle, un air satisfait sur le visage, tandis que l'équipage se préparait pour un départ imminent.

— Allons-y, Warwick. Nous avons ce que nous sommes venus chercher.

— Je ne suis pas sûr de ce que nous avons, monsieur.

— Mais nous avons notre caisse. Vous avez vu l'étiquette.

— Oui, j'ai vu l'étiquette, mais je ne suis pas convaincu que nous ayons la bonne caisse. Avons-nous le pouvoir d'ouvrir n'importe quelle caisse à bord, monsieur ?

— Non, répondit Hawksby. Il nous faudrait un mandat de perquisition.

— Moi j'en ai le droit, intervint le capitaine de port, se dirigeant droit vers la coupée, William dans son sillage.

Hawksby et Lamont se lancèrent après eux.

William se rendit directement dans la cale, où lui faisaient face quatre-vingts caisses de tailles différentes.

— L'étiquette de l'une d'entre elles a dû être changée, annonça-t-il.

— Mais laquelle ? demanda Hawksby.

— Je vous en prie, dit Faulkner, qui se dirigeait tranquillement vers la cale, le capitaine derrière lui. Mais si vous abîmez la moindre de mes œuvres inestimables, je peux vous assurer que vous ne pourrez pas payer les dommages et intérêts même avec tous vos salaires mis bout à bout, ajouta-t-il avec un rictus.

William observa Faulkner plus attentivement. S'il s'était attendu à un voyou au nez cassé, aux muscles saillants et couverts de tatouages, il n'aurait pu être plus loin de la réalité. Faulkner était grand et élégant, avec une épaisse chevelure blonde et bouclée et de profonds yeux bleus. Son sourire chaleureux expliquait pourquoi il avait séduit tant de femmes. Il portait un blazer et un pantalon de toile, une chemise blanche ouverte et des mocassins, ce qui lui donnait plutôt des airs de play-boy que de criminel récidiviste.

Pour la première fois, William comprit ce que le commissaire divisionnaire avait voulu dire en lui suggérant d'attendre d'avoir rencontré l'homme avant de s'en faire une opinion.

— Peut-être qu'il serait plus sage de vous rappeler ce qui est arrivé la dernière fois que vous avez fait une descente dans l'une de mes propriétés, déclara Faulkner. J'ai été capable de vous présenter des reçus pour chacune de mes œuvres. Et au cas où vous l'auriez oublié, cette fois-là aussi vous pensiez avoir trouvé le Rembrandt.

William hésita, il parcourut la cale des yeux mais n'apprit rien.

— Alors laquelle voulez-vous ouvrir, agent Warwick ? lança Hawksby d'un ton de défi.

— Celle-ci, indiqua William en s'approchant d'une large caisse et en tapant fermement dessus.

— Êtes-vous absolument certain que c'est la bonne ? demanda Faulkner.

— Oui, répondit William, plus par bravade que par réelle conviction.

— Je vois, monsieur le commissaire divisionnaire, que c'est maintenant un bleu qui dirige votre service, lança Faulkner.

— Ouvrez-la, ordonna Hawksby.

Le capitaine de port s'avança et, aidé par deux de ses employés, se mit à arracher un à un les clous jusqu'à pouvoir forcer le couvercle de la caisse. Une fois les nombreuses couches d'emballage retirées, les six Syndics d'Amsterdam leur faisaient face, les regardant droit dans les yeux.

— J'en rêve depuis des années, dit Hawksby.

Le commissaire divisionnaire s'avança et signifia à Faulkner qu'il était en état d'arrestation, puis lui lut ses droits. Lamont lui mit les mains dans le dos, lui passa les menottes et le fit descendre du yacht alors que quatre agents de police portèrent lentement la caisse le long de la coupée avant de la charger précautionneusement à l'arrière du fourgon, à côté de son compagnon non identifié.

— Comment as-tu su dans quelle caisse se trouvait le Rembrandt ? demanda Lamont à William une fois sur la rive.

— Je n'en étais pas certain, avoua William, mais c'était la seule qui avait une large trace circulaire là où devait se trouver l'étiquette originale. Faulkner a vraisemblablement interverti les étiquettes, mais il n'a pas remarqué que la caisse qu'il a choisie est beaucoup plus grande que celle du Rembrandt ou qu'il restait une marque sur la caisse du Rembrandt, à l'emplacement où l'étiquette a été arrachée.

— Tu feras peut-être un fin limier au bout du compte, répliqua Hawksby.

— Alors qu'y a-t-il dans l'autre caisse ? voulut savoir Lamont.

— Aucune idée, répondit William. On ne le découvrira que lorsqu'elle aura été livrée au Fitzmolean, comme l'étiquette nous y oblige.

Mme Faulkner était restée dans la Bentley pour observer toute l'opération à bonne distance. Elle ne bougea pas avant de voir qu'on arrêtait Miles, moment où elle bondit hors de la voiture et courut vers le quai en criant :

— Arrêtez-les ! Arrêtez-les !

Mike Harrison se tenait juste derrière elle tandis qu'ils regardaient tous les deux le *Christina* sortir du port en direction de la haute mer.

— Pour quels motifs ? demanda Harrison lorsqu'il l'eut rattrapée.

— Mes tableaux sont toujours à bord.

— Ça va être difficile à prouver, constata Harrison, quand le capitaine ne fait probablement qu'obéir aux ordres de votre mari.

— De quel côté est-ce que vous êtes ? interrogea Christina.

— Le vôtre, madame Faulkner, et une fois que votre mari sera derrière les barreaux, je suis certain que vous trouverez un moyen de tous les récupérer.

— Mais il va s'en prendre à moi, protesta Christina.

— Je ne crois pas, répondit Harrison. Votre mari va à Pentonville, et je ne le vois pas sortir de prison avant quelques années.

— Très bien, les gars, déclara Hawksby. Il est temps de rendre le Rembrandt, et ce qui se trouve dans l'autre caisse, à son véritable propriétaire.

— Désolé de vous déranger, s'excusa un homme qui avait l'air encore plus ébranlé que Mme Faulkner. Mais le monsieur que vous venez d'arrêter me doit 274 livres pour la course de taxi.

— J'ai bien peur que vous n'en voyiez pas la couleur de sitôt, répondit Lamont. Je vous suggère de contacter son avocat : Me Booth Watson, au Lincoln's Inn. Je suis certain qu'il sera très heureux de vous rendre service.

— Du très bon travail, agent Warwick, félicita Hawksby alors que William le rejoignait à l'arrière du taxi et que le petit convoi se dirigeait vers Londres. Tu peux être fier du rôle que tu as joué.

William ne répondit pas.

— Il y a un problème ? s'inquiéta le commissaire divisionnaire. Nous avons arrêté Faulkner, récupéré le Rembrandt, plus le bonus éventuel du contenu de l'autre caisse que nous n'attendions pas. Que demander de plus ?

— Quelque chose ne colle pas, répondit William.

— Comme quoi ?

— Je ne sais pas. Mais Faulkner souriait quand vous l'avez arrêté.

28

— Je crois savoir ce qui se trouve dans l'autre caisse, déclara William.

— Mais tu ne comptes pas me le dire, n'est-ce pas ? répondit Beth.

— Non. Si j'ai tort, tu seras déçue.

— Tu te rends bien compte qu'il faut que le tableau soit d'origine néerlandaise ou flamande et date d'avant 1800 pour que notre comité envisage de l'exposer.

— Si j'ai raison, répliqua William, ce ne sera pas un problème. Et sa provenance sera aussi impressionnante que celle du Rembrandt. Dans tous les cas, grâce à toi, je suis invité à l'inauguration.

— Je n'y suis pour rien. C'est le directeur du musée, Tim Knox, qui t'a invité à la « cérémonie d'ouverture des caisses ». De toute façon, tu n'aurais pas été mon premier choix.

— Oserais-je demander ?

— Christina Faulkner, celle qui a tout rendu possible, et que j'ai hâte de rencontrer et de remercier personnellement.

William n'avait pas besoin qu'on lui rappelle la dernière fois qu'il avait vu Christina, et il se demandait s'il aurait une meilleure occasion de raconter à Beth ce qui s'était passé cette nuit-là à Monte-Carlo.

— Je vais peut-être la croiser samedi, si elle va à Pentonville consoler son mari, ajouta Beth.

— Ça m'étonnerait. En revanche, Grace et mon père y vont ce matin pour annoncer quelque chose d'important à ton père.

— Une bonne ou une mauvaise nouvelle ? demanda Beth, inquiète.

— Je ne sais pas du tout. Il n'a même pas voulu en parler à ma mère.

— J'aurais aimé être là, dit Beth, mais nous ferions mieux de nous dépêcher si nous ne voulons pas arriver en retard à la

« cérémonie d'ouverture des caisses ». C'est l'un de ses jours où je voudrais pouvoir être à deux endroits à la fois.

*

— Bonjour, Sir Julian. Le prisonnier vous attend dans la salle d'interrogatoire.

— Merci, monsieur Rose.

L'avocat et sa collaboratrice suivirent le gardien de prison le long d'un couloir qui commençait à leur paraître un peu trop familier.

Arrivé dans la salle, Sir Julian serra la main de son client.

— Bonjour, Arthur.

— Bonjour, Sir Julian, répondit Arthur avant de faire la bise à Grace.

— Commençons par la bonne nouvelle, annonça Sir Julian en s'asseyant et en posant sa sacoche à côté de lui.

Arthur avait l'air inquiet.

— Grâce aux compétences du professeur Leonard Abrahams, un spécialiste de l'expertise en écritures de l'université Columbia de New York, le directeur des poursuites pénales a accepté de soutenir notre demande de réouverture du procès, ce qui revient peu ou prou à un nouveau procès.

— C'est une excellente nouvelle ! s'exclama Arthur.

— Et encore mieux, ajouta Grace, votre affaire devrait être entendue dans quelques semaines.

— Comment avez-vous réussi cela ?

— Parfois, on a de la chance, expliqua Sir Julian.

— Surtout quand le directeur des poursuites pénales était avec toi à Oxf...

— Un peu de tenue, Grace, coupa son père. Mais je dois avouer que j'ai joué tous mes atouts.

— Je vous en suis très reconnaissant.

— Ça valait la peine d'être patient, répliqua Sir Julian, sans plus d'explications. Cependant, comme nous n'avons qu'une heure, Arthur, nous ferions mieux d'employer notre temps de façon constructive. D'abord, je dois vous dire que je ne compte appeler que trois témoins.

— En ferai-je partie ? demanda Arthur.

— Non, ça ne devrait pas être nécessaire, répondit Sir Julian. Les audiences en révision se déroulent devant trois juges, et non devant un jury, et vous n'aurez rien à leur dire. Ils ne s'intéresseront qu'aux nouvelles pièces.

— Alors qui allez-vous faire citer ?

— Les deux officiers de police qui ont témoigné au premier procès.

— Mais il y a peu de chance qu'ils changent leur version des faits.

— Vous avez sûrement raison. Néanmoins, William a obtenu certaines informations, d'une source inattaquable, qui pourrait rendre leur témoignage initial un peu moins crédible. Notre témoin principal sera en revanche le professeur Abrahams. C'est Grace qui a eu affaire directement à lui, c'est donc elle qui va vous parler des preuves qu'il a réunies, et surtout, de ses conclusions.

Grace tira un épais dossier de sa mallette et le posa sur la table.

— Commençons par...

*

— Commençons par vous souhaiter la bienvenue à ce que ma collègue Beth Rainsford décrit comme la « cérémonie d'ouverture des caisses », annonça Tim Knox, le directeur du Fitzmolean Museum, devant une petite assemblée d'amis, de mécènes et de collègues. Une fois le Rembrandt sorti de sa caisse et remis en place, nous ouvrirons la seconde pour découvrir le trésor qu'elle renferme.

Allez, dépêchez-vous, aurait voulu crier William.

Beth se contenta de dire :

— J'ai tellement hâte.

— Dès que seras prêt, Mark, indiqua le directeur.

Mark Cranston, le conservateur, s'avança et souleva lentement le couvercle de la première caisse, comme un magicien, pour révéler un tas de morceaux de polystyrène que son équipe mit quelque temps à enlever, avant de s'apercevoir que la toile était enveloppée dans plusieurs couches de mousseline. Cranston défit délicatement chaque couche jusqu'à ce que le chef-d'œuvre longtemps perdu se dévoile.

L'auditoire captivé retint son souffle, et un instant plus tard, se mit à applaudir à tout rompre. Le conservateur et son équipe soulevèrent avec précaution la toile et la firent descendre doucement dans son cadre, la fixant à l'aide de petites pinces. Une deuxième salve d'applaudissements retentit quand le tableau fut suspendu aux crochets qui l'avaient attendu, pour remplir un espace resté vacant pendant sept ans.

— Bienvenue chez toi, lança le directeur.

Le public regarda avec émerveillement les six Syndics de la guilde des drapiers, qui ne répondirent à leur admiration qu'avec du dédain. Il s'écoula de longues minutes avant que le conservateur suggère d'ouvrir la seconde caisse ; certains des mécènes ne s'arrachaient qu'à contrecœur à leurs compagnons longtemps disparus.

Ils finirent tous par se joindre au directeur autour de la deuxième caisse, certains avec de l'espoir, d'autres avec des attentes. Ils attendirent en silence que la cérémonie se répète. D'abord le couvercle fut soulevé par le conservateur, puis les morceaux de polystyrène retirés, avant que les couches de mousseline ne révèlent un rival sérieux pour Rembrandt.

Une exclamation collective s'éleva alors qu'apparaissait une magnifique représentation de *La Descente de Croix* par Pierre Paul Rubens.

— Quelle générosité de la part de M. Faulkner ! s'écria l'un des donateurs, tandis qu'un autre risqua : « Deux pour le prix d'un. Nous sommes vraiment gâtés. »

— Dois-je l'accrocher à côté du Rembrandt ? demanda le conservateur.

— J'ai bien peur que non, répondit le directeur. En fait, je dois vous demander de le ranger et de clouer le couvercle.

— Pourquoi ? demanda un autre donateur. L'étiquette sur la caisse indique clairement que le tableau est la propriété du Fitzmolean.

— C'est vrai, reconnut le directeur. Et je ne peux pas nier que ce tableau remarquable aurait embelli notre collection, et attiré les amateurs d'art du monde entier. Mais malheureusement, j'ai reçu ce matin une lettre d'un certain Me Booth Watson qui souligne que les étiquettes des deux caisses auraient manifestement été interverties par quelqu'un, mais certainement pas par son client. M. Faulkner aurait donc toujours eu l'intention de rendre le Rembrandt, et est très heureux de le savoir à sa place légitime. Cependant, le Rubens, qui fait partie de la collection privée de M. Faulkner depuis vingt ans, devra lui être retourné dans les plus brefs délais.

William comprenait maintenant pourquoi Faulkner avait souri lors de son arrestation, mais il ne put s'empêcher de demander :

— Où va-t-il l'accrocher ? Dans sa cellule ?

— Bien sûr, j'ai immédiatement demandé une opinion juridique, reprit le directeur en ignorant l'interruption, et nos avocats ont confirmé que nous n'avions d'autre choix que d'accéder à la requête de Me Booth Watson.

— Ont-ils donné une raison ? s'enquit le conservateur.

— Ils sont d'avis que si un litige concernant la propriété du tableau finissait devant la justice, non seulement nous perdrions, mais en plus cela nous coûterait très cher. Pour le moment, la toile sera placée dans un endroit sécurisé jusqu'à ce que le conseil d'administration rende sa décision, et qu'ils m'ordonnent de rendre le Rubens à M. Faulkner, même si je n'ai aucune raison de croire qu'ils seront en désaccord avec nos avocats.

Certains des donateurs et des invités se remirent à admirer le Rubens, conscients qu'ils ne le reverraient plus jamais. William ne détourna le regard qu'une fois le couvercle refermé. Il fut parcouru d'un frisson dans le dos quand il se tourna et aperçut Beth en pleine conversation avec Christina Faulkner. Il se demandait si Christina était en train de lui dire la vérité sur cette nuit à Monte-Carlo.

*

Me Booth Watson ne salua pas Sir Julian quand ils se croisèrent dans le couloir.

— Ce n'est pas bien difficile de deviner avec qui il a rendez-vous, remarqua Grace. Quels sont les paris dans les couloirs du tribunal ?

— Faulkner encourt six ans au minimum, peut-être huit, mais le fait que les tabloïds en parlent comme d'un Arsène Lupin moderne plutôt que comme le vulgaire criminel qu'il est, n'aide pas.

— C'est le juge qui décidera de la durée de la peine, pas la presse, répondit Grace.

— C'est partir du principe que le jury ne va pas l'acquitter. Tu peux être certaine qu'il aura un discours bien ficelé quand il arrivera à la barre, et qu'il le récitera avec conviction.

Ils quittèrent la prison au moment où Booth Watson entrait dans la salle d'interrogatoire.

— Bonjour, Miles, dit-il en se laissant tomber sur la chaise en face de son client. J'aurais préféré que tu restes à Melbourne pour regarder la fin du test-match, comme je te l'avais conseillé.

— Si je t'avais écouté, répliqua Faulkner, la totalité de ma collection d'œuvres d'art se trouverait à l'autre bout du monde.

— Pas si tu m'avais laissé m'occuper de Warwick à Southampton avant qu'il ne descende du *Christina*.

— Qui est Warwick ?

— Le jeune inspecteur qui a rendu visite à ta femme à Monte-Carlo. Il s'est arrangé avec elle et a conclu l'accord au lit plus tard cette nuit-là.

— Alors tu pourras le mettre en pièces quand il témoignera.

— S'il se présente à la barre. À la place de la partie adverse, je ne l'enverrais pas. Je ferais plutôt appel à un vieux briscard comme Hawksby pour témoigner, et non à Warwick. Pour le moment, nous devons l'oublier et nous concentrer sur ta défense, qui, honnêtement, est un peu faible sur les bords.

— Quels sont les chefs d'accusation ?

Booth Watson tira une feuille de papier de sa mallette.

— « Que tu as de plein gré et en toute connaissance de cause dérobé un trésor national sans intention de le rendre à son propriétaire légitime. » Et avant que tu dises quoi que ce soit, je dois t'avertir qu'il sera difficile de clamer que tu n'as jamais vu le Rembrandt auparavant, puisque ta femme va sans aucun doute témoigner qu'il se trouvait chez toi à Monte-Carlo ces sept dernières années. Et la Couronne posera certainement la question : si tu n'as pas échangé les étiquettes, qui l'a fait ?

— Et pour faire court ? demanda Faulkner.

— Huit ans au maximum, mais probablement six, en fonction du juge qu'on aura.

— Peux-tu arranger ça, BW ?

— Pas en Angleterre, Miles. J'ai une équipe de communication qui travaille sur ton image, et pour le moment, tu es décrit comme un mélange entre le Mouron rouge et Arsène Lupin par les médias. Malheureusement, ce n'est pas l'opinion publique, mais celle du jury, qui décidera de ton sort.

— Tu n'aurais pas une carte « sortie de prison » dans ta manche, BW ?

Booth Watson regarda son client dans les yeux avant d'ajouter :

— Seulement si tu es prêt à un sacré sacrifice.

29

La presse s'en donna à cœur joie. Un jugement de meurtre en appel à l'Old Bailey, la Cour centrale de la Couronne, et le retour d'un trésor national dérobé dans la même semaine. Fleet Street, où se trouve le siège de tous les journaux, eut bien du mal à décider quelle affaire ferait la une en ce lundi matin.

Le *Guardian* préféra Arthur Rainsford et la possibilité d'une erreur judiciaire, tandis que le *Daily Mail* se pencha sur Miles Faulkner et demanda à ses lecteurs : « Arsène Lupin ou Raspoutine ? »

Le *Sun* les mit tous les deux en une et présenta comme un scoop la révélation d'un lien entre les deux hommes : l'agent de police Warwick avait arrêté le grand voleur d'art et était fiancé à la fille du « Meurtrier de Marylebone ».

Plusieurs journaux dressèrent le portrait des deux éminents avocats pénalistes impliqués dans ces affaires : sir Julian Warwick et Me Booth Watson. Le *Times* sous-entendait qu'ils n'étaient pas en bons termes, tandis que le *Mirror* proclamait qu'ils étaient ennemis jurés.

William et Beth étaient tout aussi divisés. Ils quittèrent l'appartement de Fulham ensemble ce matin-là mais se séparèrent devant les marches de la Cour royale de justice, sur le Strand, pour aller chacun de leur côté : William dans la salle d'audience quatorze afin de suivre le procès Faulkner et Beth dans la salle d'audience vingt-deux pour soutenir son père. Ils se levèrent tous les deux quand les juges entrèrent dans leur salle respective.

La Couronne vs Rainsford

Les trois magistrats entrèrent dans la salle vingt-deux et prirent place sur l'estrade ; le juge Arnott présidait tandis que ses deux confrères siégeaient pour débattre des subtilités de la loi.

Le juge Arnott s'installa au milieu et ajusta sa robe rouge tandis que tout le monde reprenait place. Sir Julian aimait à croire que les juges étaient comme des arbitres de cricket – justes et impartiaux – et, bien qu'il ait croisé le fer de nombreuses fois avec le juge Arnott, il ne l'avait jamais vu être partial.

— Sir Julian, commença le juge, balayant la salle d'un regard bienveillant. Mes collègues et moi-même avons passé un temps considérable à examiner les éléments du procès initial, à l'issue duquel l'accusé a été condamné pour le meurtre de son associé, M. Gary Kirkland. Le seul but de cette procédure est l'étude de toute nouvelle pièce qui puisse suggérer l'existence d'une erreur judiciaire à cette occasion. Je vous demanderai donc, Sir Julian, de garder cela à l'esprit.

— Je le ferai, monsieur le juge, déclara Sir Julian en se levant. Néanmoins, il me faudra peut-être, de temps en temps, faire allusion au premier procès. Mais je ferai tout mon possible pour ne pas épuiser la patience de Votre Honneur.

— Je vous en suis reconnaissant, Sir Julian, répondit le juge Arnott, qui ne semblait pas le moins du monde reconnaissant. Peut-être pourriez-vous entamer votre déclaration liminaire.

La Couronne vs Faulkner

Dans la salle d'audience quatorze, Me Booth Watson arrivait à la fin de sa déclaration liminaire. Si, quand Me Adrian Palmer acheva son réquisitoire pour la Couronne, les jurés voyaient en Miles Faulkner le diable incarné, lorsque Me Booth Watson reprit sa place, l'accusé semblait en passe d'être canonisé.

— Vous pouvez appeler votre premier témoin, maître Palmer, annonça le juge Nourse depuis l'estrade.

— Nous appelons Mme Christina Faulkner, déclara Palmer.

Au moment où ils posèrent les yeux sur la femme saisissante qui passait la porte, les journalistes dans la salle savaient pertinemment qui occuperait la une des journaux le lendemain matin.

Vêtue d'un simple tailleur Armani gris bien coupé, un rang de perles au cou, Mme Faulkner s'installa à la barre comme chez elle et prêta serment d'un ton calme mais assuré.

Me Palmer se leva et sourit à son témoin principal.

— Madame Faulkner, vous êtes la femme de l'accusé, M. Miles Faulkner.

— Pour le moment, oui, maître Palmer, mais plus pour longtemps, je l'espère, répondit-elle, alors que son mari lui lançait des regards furieux depuis le box des accusés.

— Madame Faulkner, reprit le juge, vous vous en tiendrez aux questions des avocats, sans nous faire part de votre opinion.

— Je suis désolée, Votre Honneur.

— Depuis combien de temps êtes-vous mariée à l'accusé ? demanda Palmer.

— Onze ans.

— Et vous avez récemment déposé une demande de divorce pour adultère et cruauté mentale.

— Est-ce important, maître Palmer ? voulut savoir le juge.

— Seulement pour montrer, Votre Honneur, que la relation entre eux deux est irrémédiablement brisée.

— Je pense que vous avez atteint votre but, maître Palmer, passez à la suite.

— Comme vous voudrez, Votre Honneur. Ce procès, vous le savez, madame Faulkner, concerne le vol du *Syndic de la Guilde des drapiers*, de Rembrandt, une œuvre d'art à la valeur inestimable, et reconnue par les amateurs d'art comme un trésor national. Je dois donc vous demander : quand avez-vous été en contact avec ce tableau pour la première fois ?

— Il y a un peu plus de sept ans, lorsque je l'ai vu accroché au mur du salon de notre maison de Limpton Hall.

— Il y a un peu plus de sept ans, répéta Palmer, en regardant le jury droit dans les yeux.

— C'est exact, maître Palmer.

— Et votre mari vous a-t-il raconté comment il était entré en possession d'une telle œuvre d'art ?

— Au début, il a été évasif, mais j'ai insisté et il m'a confié qu'il avait acheté le tableau à un ami qui avait des difficultés financières.

— Avez-vous déjà rencontré cet ami ?

— Non, jamais.

— Et quand avez-vous appris que le tableau avait en réalité été volé au Fitzmolean Museum ?

— Deux semaines plus tard, quand je l'ai vu dans *News at Ten*.

— Avez-vous parlé à votre mari de ce reportage télé ?

— Non, certainement pas. J'avais beaucoup trop peur, je savais parfaitement comment il réagirait.

— C'est compréhensible.

— Maître Palmer, dit le juge d'un ton ferme.

— Je suis désolé, Votre Honneur, s'excusa Palmer, en s'inclinant légèrement, bien conscient qu'il avait atteint son but.

Il se retourna vers le témoin.

— Et lorsque vous n'avez plus pu tolérer cette supercherie, vous avez décidé de prendre les choses en main.

— Oui, je me suis dit que si je ne faisais rien, je cautionnais un crime. Alors quand mon mari est parti en Australie à Noël dernier, j'ai emballé le tableau et je l'ai envoyé vers l'Angleterre sur notre yacht, avec des instructions claires pour qu'il soit remis au Fitzmolean.

Booth Watson inscrivit quelque chose sur le calepin devant lui.

— Mais n'étiez-vous pas inquiète des conséquences de cette décision au retour de votre mari ?

— Très inquiète, c'est pour cette raison que j'avais prévu de quitter le pays avant son retour.

À nouveau, Booth Watson releva quelque chose.

— Pourquoi ne pas l'avoir fait ?

— Parce que Miles a, d'une façon ou d'une autre, découvert ce que je prévoyais, et a sauté dans un avion pour Londres afin d'essayer de m'empêcher de rendre le tableau à son véritable propriétaire.

Elle baissa la tête d'un air craintif

— Et ensuite, quand avez-vous revu votre mari ?

— À Southampton, lorsqu'il est monté à bord de notre yacht. Il était si désespéré à l'idée de perdre le Rembrandt qu'il a échangé les étiquettes avec une autre caisse.

Booth Watson prit des notes pour la troisième fois.

— Pourtant cette tentative de berner la police a échoué.

— Oui, fort heureusement, mais seulement parce qu'un inspecteur de Scotland Yard, qui avait fait le voyage jusqu'à Southampton pour récupérer le tableau, a eu des soupçons et a insisté pour que l'autre caisse soit ouverte. C'est là qu'ils ont découvert le Rembrandt.

Les stylos des journalistes ne s'arrêtaient pas.

— Et grâce à votre courage et à votre détermination, madame Faulkner, ce trésor national a retrouvé sa place sur l'un des murs du Fitzmolean Museum.

— Effectivement, maître Palmer, et je me suis récemment rendue au musée pour assister au retour de ce chef-d'œuvre à sa juste place. C'était très satisfaisant de voir combien le reste de l'assemblée, comme moi, prenait plaisir à ce spectacle.

— Merci, madame Faulkner. Je n'ai plus de questions, Votre Honneur.

Booth Watson regarda le jury, qui semblait sur le point d'applaudir quand Me Palmer retourna s'asseoir.

— Maître Booth Watson, intervint le juge, voulez-vous procéder au contre-interrogatoire de ce témoin ?

— Bien entendu, Votre Honneur, répondit Booth Watson, en se levant et en adressant un sourire doucereux au témoin.

— Rappelez-moi, madame Faulkner, quand avez-vous vu le tableau pour la première fois ?

— Il y a sept ans, dans notre maison de campagne.

— Alors je me dois de vous demander : pourquoi avoir pris tant de temps ?

— Je ne suis pas certaine de vous suivre, reconnut Christina.

— Je crois que vous savez pertinemment où je veux en venir, madame Faulkner. Mais si vous voulez, je peux me montrer plus clair. Tout simplement, si vous saviez pendant sept ans que le tableau était volé, pourquoi avoir autant attendu avant de prévenir la police ?

— J'attendais le bon moment.

— Et ce moment ne s'est pas présenté en sept ans ? interrogea Booth Watson, l'air incrédule.

Christina hésita, ce qui permit à Booth Watson de la poignarder.

— Je dirais plutôt, madame Faulkner, que vous attendiez de voler la totalité de la collection d'œuvres d'art de votre mari alors qu'il se trouvait à l'autre bout du monde ?

— Mais je n'avais pas...

Elle hésita à nouveau, laissant à Booth Watson une chance d'enfoncer le couteau dans la plaie.

— Je crois que vous prépariez cet effroyable vol aggravé depuis un long moment déjà, madame Faulkner, et que vous avez simplement utilisé le Rembrandt comme leurre pour vous donner une meilleure chance de vous en sortir.

Un flot de murmures parcourut la salle d'audience, mais Booth Watson attendit le silence complet pour extraire lentement la lame.

— Madame Faulkner, pendant que votre mari se trouvait à Melbourne, avez-vous fait emballer toutes les œuvres d'art de son domicile à Monte-Carlo pour les faire transporter dans la cale de son yacht ?

— La moitié aurait été à moi de toute façon, protesta Christina.

— Je suis bien conscient que vous avez entamé une procédure de divorce, répondit Booth Watson, comme mon confrère l'a si subtilement fait remarquer, mais dans ce pays, madame Faulkner, nous laissons le tribunal décider quelle part de la fortune de son mari une femme doit recevoir. Visiblement, vous ne vouliez pas attendre.

— Il ne s'agissait que d'un tiers de sa collection.

— Possible, pourtant une fois le yacht parti de Monte-Carlo pour Southampton avec le tiers de la collection d'œuvres d'art de votre mari à son bord, qu'avez-vous fait ?

Christina baissa à nouveau la tête. William fronça les sourcils.

— Comme vous ne semblez pas décidée à répondre à la question, madame Faulkner, permettez-moi de le faire à votre place. Vous avez pris le premier vol pour Londres, vous vous êtes rendue dans votre maison de campagne et, une fois de plus, vous vous êtes attelée au décrochage de chacun des tableaux de la maison.

Un ou deux des membres du jury laissèrent échapper un cri de surprise, tandis que Booth Watson attendait patiemment une réaction de la part du témoin. Quand aucune réponse ne vint, il tourna une page de ses notes et reprit :

— Le lendemain matin, un camion de déménagement se trouvait devant la maison afin d'emporter les tableaux, et, selon vos instructions, de les amener à Southampton pour attendre l'arrivée du yacht de votre mari, où ils seraient embarqués. Vous aviez donc deux tiers de sa collection, expliqua Booth Watson, lançant un regard mauvais à sa victime, qui ne pouvait que le regarder avec l'air hypnotisé d'un lapin pris dans des phares.

» Et cela ne vous a même pas suffi, continua Booth Watson, parce que vous avez ensuite informé le capitaine du yacht de votre présence à bord pour rejoindre New York, où vous comptiez directement vous rendre à l'appartement de votre mari sur la Cinquième Avenue, afin de le détrousser du reste de sa légendaire collection. Puis, comme le hibou et la chatte du poème de Lear, vous aviez l'intention de voguer pendant un an et un jour dans votre joli bateau vert, ou pour être plus précis, dans le somptueux yacht de votre mari.

— Mais cela ne change rien au fait que Miles a volé le Rembrandt, puis qu'il a changé les étiquettes sur les caisses pour empêcher son retour au Fitzmolean.

William sourit.

Le juge acquiesça d'un air sérieux, ce qui poussa Booth Watson, tel un timonier aguerri, à changer de cap.

— Permettez-moi de vous poser une question simple, madame Faulkner, dit-il, presque dans un murmure. Décririez-vous votre mari comme un homme intelligent ?

— Intelligent, manipulateur et plein de ressources, répondit-elle du tac au tac.

— Je dois donc vous demander, madame Faulkner, pourquoi un homme si intelligent, manipulateur, et plein de ressources, pourquoi cet homme aurait-il échangé l'étiquette de la caisse contenant le Rembrandt avec une autre caisse qui contenait un tableau d'une valeur encore supérieure au tableau qu'il aurait, selon la Couronne, volé ?

Booth Watson ne laissa pas le temps au témoin de répondre avant d'ajouter :

— Non, madame Faulkner, c'est vous qui êtes intelligente, manipulatrice, et pleine de ressources, et c'est ce qui vous a permis de voler l'une des plus prestigieuses collections d'œuvres d'art au monde, tout en complotant pour que mon client soit condamné pour un crime qu'il n'a pas commis. Je n'ai plus de questions, Votre Honneur.

La Couronne vs Rainsford

— Sir Julian, vous pouvez appeler votre premier témoin.

— Merci, monsieur le juge. J'appelle M. Barry Stern à la barre.

— Est-ce l'inspecteur qui était le principal témoin de la Couronne lors du procès initial ? demanda le juge au nom de ses confrères.

— Oui, monsieur le juge. Et j'ai dû l'assigner à comparaître puisqu'il n'est plus officier de police. Il doit donc être considéré comme témoin récalcitrant.

— J'espère que vous allez produire de nouvelles pièces, Sir Julian, et non nous emmener à la pêche aux informations.

— Je vais le faire, monsieur le juge, mais, comme vous, je suis prêt à tordre quelque peu les limites de la loi si cela permet de donner à un homme innocent, la moindre chance d'obtenir la justice qu'il mérite.

Le juge Arnott n'avait pas l'air ravi, mais se contenta de froncer les sourcils tandis que la porte de la salle d'audience s'ouvrait pour laisser entrer un jeune quinquagénaire trapu, cheveux en brosse, vêtu d'un jean et d'une veste en cuir. Stern s'installa à la barre et prêta serment sans un seul regard sur le texte que lui tenait le greffier. Puis il lança un regard noir à la défense, comme un boxeur attendant que la cloche annonce le début de la rencontre.

— Pendant combien d'années avez-vous servi comme officier de police, monsieur Stern ?

— Vingt-huit ans. Les meilleures années de ma vie.

— Vraiment ? dit Sir Julian. Dans ce cas, pourquoi avoir pris votre retraite anticipée, quand vous auriez été éligible à une pension complète avec seulement deux années supplémentaires de service ?

— Je voulais partir au meilleur de ma forme, n'est-ce pas ?

— En finissant votre carrière sur une condamnation pour meurtre ? Mais avant que j'en vienne à cela, je dois vous demander, monsieur Stern : pendant les meilleures années de votre vie, combien de fois avez-vous été suspendu ?

— Ce genre de questions est-il bien nécessaire, Sir Julian ? intervint le juge Arnott.

— C'est précisément le cœur de cette affaire, monsieur le juge, objecta Sir Julian en prenant le premier des deux dossiers du personnel que William avait trouvé.

Il l'ouvrit ostensiblement sur une page marquée d'un large onglet rouge.

— Combien de fois ? répéta-t-il.

— Trois, répondit Stern, qui ne semblait plus si confiant.

— La première fois pour avoir été en état d'ivresse pendant le service ?

— Ça a pu m'arriver de boire quelques bières un vendredi soir, avoua Stern.

— Quand vous étiez en service ?

— Seulement après avoir arrêté un malfrat.

— Et combien de fois exactement avez-vous été réprimandé pour état d'ivresse en service, après avoir arrêté un malfrat le vendredi soir ?

— Deux fois, je crois.

— Essayez encore, monsieur Stern, insista Sir Julian, laissant au témoin le temps de réfléchir.

— C'était peut-être trois.

— Quatre en réalité, monsieur Stern. Et combien d'autres fois avez-vous été ivre en service mais sans recevoir de sanctions ?

— Jamais, dit Stern, sa voix montant dans les aigus. Seulement ces quatre fois en vingt-huit ans.

— Toujours un vendredi soir ?

Stern eut l'air perplexe.

— Et la deuxième fois que vous avez été sanctionné, pouvez-vous dire à la cour ce qui vous a été reproché ?

— Je ne me souviens pas. C'était il y a si longtemps.

— Laissez-moi vous le rappeler, monsieur Stern. Vous avez été surpris en train d'avoir des relations sexuelles avec une prostituée alors qu'elle était en cellule. Vous vous en souvenez, maintenant ?

— Oui. Mais elle était...
— Elle était quoi, monsieur Stern ?
Stern ne répondit pas.
— Alors peut-être devrais-je vous remettre en mémoire ce que vous avez dit à cette occasion.
Sir Julian consulta le dossier tandis que Stern gardait le silence.
— « C'est qu'une petite pute, qui n'a eu que ce qu'elle mérite, ni plus ni moins. »
Soudain, un flot de murmures s'éleva dans la salle et le juge Arnott attendit le silence avant de demander :
— Ce sont des propos rapportés, Sir Julian ?
— Non, monsieur le juge, je me contente de lire la déposition de M. Stern versée au compte-rendu du tribunal.
Le magistrat acquiesça d'un air grave.
— Monsieur Stern, vous avez déclaré à la cour il y a quelques instants que vous n'avez fait l'objet de sanction que trois fois, mais il s'agit déjà de la cinquième infraction que je relève et je n'ai pas fini.
Les trois juges fixaient le témoin.
— Je voulais dire pour trois infractions différentes.
— Donc vous n'exprimez pas toujours ce que vous voulez réellement dire.
Stern eut l'air prêt à répondre, mais il se contenta de serrer les poings.
— Alors passons au sixième incident, qui a mené à une enquête interne et pour lequel vous avez été suspendu six mois.
— Sans perte de salaire, et les poursuites ont été abandonnées.
— Ce n'est pas exactement la vérité, n'est-ce pas, monsieur Stern ? En réalité, vous avez pris votre retraite anticipée quelques semaines avant la fin de l'enquête. Et cette fois-là, vous étiez accusé d'avoir volé quatre mille livres à un prisonnier en garde à vue.
— C'était un trafiquant de drogue.
— Vraiment ? rétorqua Sir Julian. Vous considérez donc acceptable qu'un officier de police vole un trafiquant de drogue ?
— Ce n'est pas ce que j'ai dit. Vous me faites dire ce que je n'ai pas dit. De toute façon, il a retiré son accusation le lendemain.

— C'est certain. Cependant...

— Je crois que nous devrions passer à autre chose, Sir Julian, interrompit le juge Arnott, comme au rôle que cet officier de police a joué dans le procès de monsieur Rainsford.

— Très bien, monsieur le juge, répondit Sir Julian en adressant un signe de tête à Grace, qui lui tendit le deuxième dossier. Au procès de monsieur Rainsford, monsieur Stern, ai-je raison de penser que vous étiez le gradé chargé de l'enquête ?

— Oui, c'est le cas, confirma Stern, qui avait l'air de se sentir de nouveau plus sûr de lui.

— Au cours de votre enquête, avez-vous envisagé d'essayer de retrouver l'homme trapu qui, comme mon client vous l'a maintes fois répété, l'avait bousculé dans le couloir de son bureau, la nuit du meurtre ?

— L'homme-mystère, vous voulez dire ? s'enquit Stern. Pourquoi s'embêter, quand il n'est rien de plus qu'un produit de l'imagination de Rainsford.

— Et vous n'avez pas non plus essayé de remonter la piste de l'appel anonyme qui avait prévenu la police de la mort de M. Kirkland ?

— Ce n'est pas le sens du mot anonyme ? répliqua Stern, qui fut le seul à rire dans la salle.

— Ne vous est-il pas venu à l'esprit, monsieur Stern, que cet appel anonyme n'avait pu venir que de quelqu'un qui avait assisté au crime ?

— Mais Rainsford a avoué. Qu'est-ce que vous voulez de plus ?

— Je veux la justice, répondit Sir Julian. Et avec cette remarque apparemment innocente, monsieur Stern, vous avez soulevé la question cruciale restée en suspens dans cette affaire. Qui dit la vérité : vous ou M. Rainsford ?

— Moi, affirma Stern, comme l'a conclu le jury.

— Alors vous n'aurez aucune difficulté à convaincre trois juges, n'est-ce pas ?

Stern leva les yeux vers l'estrade, en direction des trois juges à l'expression absolument impassible.

Sir Julian laissa un instant aux juges avant de continuer :

— M. Rainsford disait-il la vérité lorsqu'il a affirmé que sa déposition initiale, que vous avez prise, faisait trois pages, dont l'une a donc disparu par la suite ? Ou devons-nous croire, comme vous l'avez juré à la barre des témoins pendant le procès, qu'il n'y a toujours eu que deux pages ?

— Il n'y a jamais eu de page du milieu, répondit Stern.

— « Page du milieu », monsieur Stern ? Je n'ai pas parlé de « page du milieu ».

— Qu'est-ce que ça change ?

— Ce que ça change, c'est que vous démontrez ainsi savoir quelle page manque. Permettez-moi de vous demander, avez-vous numéroté les pages du témoignage de M. Rainsford ?

— Bien sûr que je l'ai fait, un et deux, et Rainsford a signé les deux. Et en plus, l'agent Clarkson et moi avons été témoins de la signature.

— Mais quand l'agent Clarkson a-t-il contresigné la déposition, monsieur Stern ?

Stern hésita avant de répondre :

— Le lendemain matin.

— Ce qui vous a donné largement le temps de retirer la page du milieu.

— Combien de fois faut-il que je vous dise qu'il n'y avait pas de page du milieu ?

— Nous devons vous croire sur parole, monsieur Stern.

— Et celle de l'agent Clarkson, qui a ensuite été promu, sans parler du jury qui n'a pas semblé émettre de doute sur la culpabilité de votre client.

— Au contraire, ils ont plutôt émis un doute important, répondit Sir Julian, en l'interrompant. Il leur a fallu quatre jours pour délibérer, et avec une majorité de seulement dix contre deux.

— Moi, ça m'a suffi, s'exclama Stern, sa voix montant légèrement.

— Bien entendu, répliqua Sir Julian, puisque cela vous a permis de terminer votre carrière sur une victoire, comme vous l'avez si élégamment dit, et de vous en aller sans avoir à affronter une nouvelle enquête.

Me Alun Llewellyn, qui représentait la Couronne, se leva à contrecœur de l'autre bout du banc et dit :

— Puis-je rappeler à mon confrère que c'est le procès de son client et non celui de M. Stern ?

Une expression de satisfaction apparut sur le visage de Stern.

— Étiez-vous sobre quand vous avez arrêté Arthur Rainsford à 17 h 30 ce vendredi soir ? demanda Sir Julian.

— Parfaitement sobre, et même droit comme la justice, répondit Stern en adressant un sourire en coin aux trois juges, dont aucun ne lui rendit.

— Et également quand vous l'avez amené au commissariat à 18 h 42 ? questionna-t-il, en regardant ses notes.

— Comme la justice, répéta Stern.

— Et quand vous l'avez mis en cellule à 18 h 49 et que vous l'avez laissé tout seul pendant presque deux heures ?

— Je voulais lui laisser assez de temps pour réfléchir à ce qu'il allait dire, n'est-ce pas ? expliqua Stern, en souriant aux trois juges.

— Vous laissant à vous le temps de descendre quelques bières, après avoir de nouveau arrêté un malfrat un vendredi soir.

Stern serra les poings et lança un regard de défi à son adversaire.

— Et même si j'avais bu quelques bières ? J'étais assez sobre pour...

— Assez sobre pour prendre la déposition de M. Rainsford à 20 h 23 ?

— Oui, oui, oui, déclara Stern, sa voix montant dans les aigus à chaque mot. Combien de fois faut-il que je vous le répète ?

— Et assez sobre pour retirer la page du milieu de la déposition de mon client cette nuit-là pour vous assurer de prendre votre retraite sur une victoire ?

— Je n'ai rien retiré cette nuit-là, répliqua sèchement Stern.

— Alors le lendemain matin, peut-être ? demanda Sir Julian avec calme. J'imagine que vous étiez assez sobre pour la retirer le lendemain matin.

— Et j'étais assez sobre la nuit précédente pour m'assurer que ce salaud ait ce qu'il mérite, ni plus ni moins, cria Stern, un doigt pointé en direction de l'avocat de la défense.

Un silence de plomb tomba sur la salle d'audience, tous les yeux étaient rivés sur le témoin.

— « Et j'étais assez sobre la nuit précédente pour m'assurer que ce salaud ait ce qu'il mérite, ni plus ni moins », répéta

Sir Julian, en soutenant le regard de Stern. Je n'ai pas d'autres questions, messieurs les juges.

— Vous pouvez disposer, monsieur Stern, déclara le juge Arnott avec lassitude.

Alors que Stern avançait vers la sortie, Sir Julian considéra les trois magistrats, qui étaient au beau milieu d'une conversation. Grace se pencha vers lui et interrompit le fil de ses pensées :

— Je vais m'éclipser quelques instants. Je ne serais pas longue.

Sir Julian acquiesça et sa collaboratrice quitta en vitesse de la salle d'audience. Elle descendit le large escalier en marbre et se retrouva dans la rue, où une meute de photographes attendait la « photo du jour » : Faulkner sur les marches du tribunal. Leur seule chance de prendre une photographie d'Arthur Rainsford était qu'il soit libéré.

Grace les observa quelque temps à bonne distance, avant d'en choisir un dont les yeux étaient constamment à la recherche d'une bonne photo de une. Elle traversa la rue et lui murmura :

— Peut-on discuter en privé ?

Le paparazzi s'éloigna du groupe pour écouter sa demande.

— Je serais très heureux de vous aider, affirma-t-il à Grace alors qu'elle lui tendait un billet de cinq livres. Ce ne sera pas nécessaire, mademoiselle, ajouta-t-il en lui rendant l'argent. Arthur Rainsford n'aurait jamais dû aller en prison.

30

Le lendemain matin, Sir Julian arriva à la Cour royale de justice une heure avant le début de la reprise du procès. Un greffier les accompagna, Grace et lui, jusqu'aux cellules au sous-sol, pour une entrevue avec leur client.

— Vous avez démoli Stern, lança Arthur en serrant chaleureusement la main de Sir Julian. Si vous m'aviez représenté au premier procès, le verdict aurait peut-être été différent.

— C'est gentil de votre part, Arthur, mais malgré les quelques coups bien sentis que j'aie pu assener à Stern, je ne suis malheureusement pas parvenu à le mettre au tapis. D'autant plus que nous sommes face à trois juges de la cour, et non à un jury. La décision des juges ne sera pas basée sur le doute légitime mais sur un critère beaucoup plus exigeant, avant qu'ils envisagent de casser le verdict des jurés et de déclarer l'erreur judiciaire. Tout repose maintenant sur le témoignage du professeur Abrahams.

— Je ne sais pas vraiment ce que les trois vénérables Salomon vont penser du professeur, fit remarquer Grace.

— Moi non plus, admit Sir Julian. Mais il représente notre meilleure chance.

— Il y a encore le contre-interrogatoire du brigadier Clarkson, lui rappela Arthur.

— L'acolyte de Stern ne fera que répéter comme un perroquet les mots de son maître. Vous pouvez être certain que Stern et lui ont passé la soirée dans un pub à analyser chacune de mes questions.

Sir Julian regarda sa montre.

— Nous ferions mieux d'y aller. On ne peut pas se permettre de faire attendre les juges.

*

— Tu as battu ma femme à plates coutures hier, BW, dit Faulkner au milieu du petit-déjeuner au Savoy. Il avait été libéré sous caution.

— Merci, Miles. Mais quand Palmer fera ton contre-interrogatoire, il faudra tout de même que tu expliques au jury où se trouvait le Rembrandt ces sept dernières années, comment tu l'as obtenu et pourquoi tu as échangé les étiquettes des caisses. Il vaudrait mieux que tu aies des réponses convaincantes à toutes ces questions, et à d'autres encore, car Palmer ne va pas y aller de main morte.

— Je suis prêt. Et j'ai décidé de faire le sacrifice que tu m'as conseillé.

— C'est plus prudent. Mais pour le moment, garde cet atout dans ta manche, et laisse-moi décider quand le jouer.

— Bien reçu, BW. Alors que va-t-il se passer ?

— La Couronne va appeler le commissaire divisionnaire Hawksby, et il corroborera sans aucun doute le récit de ta femme. Pour lui, elle est le moindre mal.

— Alors il faudra que tu le mettes en pièces.

— Je n'ai pas l'intention de faire de contre-interrogatoire.

— Pourquoi ça ? demanda Faulkner, tandis que le serveur leur resservait du café.

— Hawksby est un vieux briscard, les jurés lui font confiance, il faut l'écarter le plus vite possible.

— Ça, ça ne s'applique pas à l'enfant de chœur, fit remarquer Faulkner.

— C'est vrai, mais la Couronne ne le laissera pas s'approcher de la barre des témoins. Ce serait un trop gros risque.

— Pourquoi ne l'appelle-t-on pas dans ce cas ?

— C'est aussi trop risqué. Warwick est une inconnue, et les avocats aiment avoir les réponses avant de poser les questions. De cette façon, impossible d'être pris par surprise. Alors, très honnêtement, Miles, il faut que tu donnes le meilleur de toi-même, parce que la chose qui aura le plus de poids dans l'esprit du jury pendant les délibérations sera ta crédibilité.

— Bien, tout repose sur mes épaules, répliqua Miles.

— Tu as déjà été dans le pétrin par le passé.

— Jamais à ce point.

— C'est pour cette raison qu'il faut que tu sois au meilleur de ta forme.

— Et si je ne le suis pas ?

Booth Watson vida son café.

— Tu ne remangeras pas du bacon et des œufs au Savoy avant un long moment.

La Couronne vs Rainsford

— Messieurs les juges, dans la tradition du Barreau pénal anglais, un avocat peut appeler son collaborateur pour mener un interrogatoire lors d'un procès. Avec votre permission, messieurs les juges, je vais inviter ma collaboratrice à interroger le témoin suivant.

— Permission accordée, Sir Julian, répondit le juge Arnott après une brève discussion avec ses collègues.

Il adressa ensuite à Grace son sourire le plus chaleureux depuis le début du procès.

Grace se leva, mal assurée, consciente non seulement que tout le monde avait les yeux rivés sur elle, mais que le sort d'Arthur Rainsford reposait maintenant entre ses mains. Toutes ces années d'études et de formation, sans parler des heures passées auprès de son père à l'écouter interpréter la loi et expliquer les procédures judiciaires. Et maintenant, il lui passait le relais, s'attendant à ce qu'elle coure la dernière distance.

Sir Julian reprit place ; avec un peu chance, personne ne remarquerait qu'il était aussi nerveux que sa fille. Pour ne rien arranger, la mère de Grace était assise entre Beth et Joanna Rainsford, au fond de la salle d'audience. Ces dernières étaient penchées en avant, comme des supporteurs de football attendant un but décisif.

Grace posa son dossier sur un petit pupitre que son père lui avait offert à l'occasion de son premier jour au cabinet. Elle l'ouvrit, regarda la première page et tout à coup, fut incapable de se souvenir de quoi que ce soit.

— Êtes-vous prête à appeler le témoin suivant, Me Warwick ? demanda le juge Arnott, d'une voix d'oncle bienveillant.

— Nous appelons le professeur Leonard Abrahams, annonça Grace, surprise par la clarté de sa voix, alors que ses jambes n'avaient pas la même assurance.

Si la porte de la salle d'audience ne s'était pas ouverte puis refermée, les spectateurs auraient pu se demander si le prochain témoin était bien entré dans la pièce. Abrahams cligna des yeux, regarda autour de lui et aperçut enfin la barre des témoins à l'autre bout de la salle. Quand il l'atteignit, il constata qu'aucune chaise ne l'attendait et qu'il devrait témoigner debout. *C'était bien les Anglais,* pensa-t-il.

Le greffier leva la feuille sur laquelle était inscrit le serment, apparemment insensible au fait que le témoin porte une blouse blanche sur une chemise verte ouverte au col. Abrahams posa une main sur la Bible – du moins sur l'Ancien Testament –, puis lut à haute voix :

— Je jure devant Dieu de dire la vérité, toute la vérité et rien que la vérité.

Avant d'ajouter :

— Que Dieu me vienne en aide.

Puis il jeta un regard à la salle d'audience, soulagé d'apercevoir sa « boîte à magie » installée entre la barre et les trois juges, comme il l'avait demandé.

Son regard s'arrêta finalement sur Grace, l'une des plus brillantes jeunes femmes qu'il ait rencontrées pendant toutes ses années à enseigner à de brillantes jeunes femmes. Il l'avait appréciée dès le premier instant, à Heathrow, mais ce ne fut que plus tard qu'il en était venu à respecter son sens du détail, son analyse rigoureuse des faits et sa conception passionnée de la justice. Il se demandait si Sir Julian se rendait compte combien sa fille était douée.

— Professeur Abrahams, dit Grace, je voudrais commencer par vous poser quelques questions sur votre parcours, pour que messieurs les juges puissent saisir les compétences spécifiques et l'expertise que vous apportez à cette affaire.

Il avait tant pris l'habitude que Grace l'appelle Len qu'il fut surpris quand elle l'appela « professeur ».

— De quelle nationalité êtes-vous, professeur ?

— Je suis américain, mais je suis né en Pologne. J'ai émigré vers les États-Unis à l'âge de dix-sept ans, quand j'ai obtenu une bourse pour étudier la physique à l'université Columbia à New York. J'ai obtenu mon doctorat à Brown, où j'ai soutenu une thèse sur l'utilisation de l'ESDA dans les affaires criminelles.

— L'ESDA ? répéta Grace, pour toute la salle, à part eux deux.

— La détection électrostatique ESDA.

— Et depuis, vous avez écrit deux travaux majeurs sur le sujet, et récemment reçu la National Medal of Science des mains du président.

— C'est exact.

— En plus de cela, vous...

— Je crois, maître Warwick, coupa le juge Arnott, que vous avez établi le prestige du professeur dans son domaine. Peut-être le moment est-il venu de nous montrer la pertinence de son expertise dans cette affaire. J'espère seulement, ajouta-t-il en se tournant vers le témoin, que mes confrères et moi-même serons capables de vous suivre, professeur.

— Ne vous inquiétez pas, Votre Honneur, le rassura Abrahams. Je ferai comme si vous étiez tous les trois des élèves de licence.

Sir Julian retint sa respiration alors que Grace jeta un regard anxieux aux juges, s'attendant à un reproche austère, qui n'arriva pas. Les deux juges sourirent, tandis que le juge Arnott répondit :

— C'est très gentil de votre part, professeur, et j'espère que vous m'excuserez si je dois vous poser quelques questions.

— N'hésitez surtout pas, Votre Honneur. Et pour répondre à votre première préoccupation, concernant l'intérêt de l'ESDA dans cette affaire, je dois admettre que je n'aurais pas envisagé de prendre cette mission si elle ne m'avait pas donné l'occasion de rendre visite à ma mère.

— Votre mère vit en Angleterre ? demanda le juge Arnott.

— Non, Votre Honneur, à Varsovie. Mais l'Angleterre se trouve sur le chemin.

— Je n'avais jamais pensé que l'Angleterre pouvait se trouver sur le chemin de quoi que ce soit, répondit le juge, mais continuez, je vous en prie, professeur.

— Pour ce faire, Votre Honneur, je dois d'abord expliquer pourquoi la détection électrostatique ESDA est maintenant considérée par le Barreau américain comme une arme importante de son arsenal. Cela n'a pas toujours été le cas. Le changement a eu lieu très récemment, quand un membre du Congrès que je déteste a témoigné, à son procès pour fraude, qu'il avait lu toutes les pages d'un bon de commande militaire sensible et suspectait que certaines avaient été rajoutées ensuite. J'ai pu prouver qu'il mentait, ce qui l'a obligé à démissionner, et l'a aussi envoyé en prison pour un long moment.

— Mais dans cette affaire, si je comprends bien, intervint le juge Arnott, vous allez essayer de prouver exactement le contraire, c'est-à-dire qu'une feuille de papier a été retirée et non ajoutée.

— C'est exact, Votre Honneur. Et si vous m'autorisez à examiner la preuve en votre présence, je crois que je vais également pouvoir établir qui, d'Arthur Rainsford ou du capitaine Stern, a menti sous serment. Parce qu'ils n'ont pas pu dire tous les deux la vérité.

Le professeur avait maintenant l'attention de toute la salle.

— Au-delà de tout doute raisonnable ? demanda Arnott, les sourcils froncés.

— Le doute ne fait pas partie du vocabulaire des scientifiques, Votre Honneur. Ce sont soit des faits, soit de la fiction.

Le juge garda le silence.

— Mais pour corroborer ma théorie, Votre Honneur, je vais avoir besoin de votre permission pour quitter la barre et procéder à une expérience.

Le juge donna son accord. Le professeur Abrahams s'avança vers une machine qui ressemblait à une petite photocopieuse. Il enfila une paire de gants en latex et se tourna vers les juges.

— Votre Honneur, dit Grace, puis-je suggérer que vous et vos collègues nous rejoigniez pour suivre l'expérience de plus près ?

Le juge Arnott acquiesça, et les trois magistrats quittèrent l'estrade pour descendre dans la salle, où les avocats des deux parties les rejoignirent pour former un cercle autour de la boîte.

— Soyez attentifs, conseilla Abrahams, comme il le faisait toujours en s'adressant à ses étudiants au début des cours. Personne n'a suggéré, commença-t-il, que M. Rainsford n'a pas mis ses initiales au bas de la première page de sa déposition qui a ensuite été présentée comme pièce à conviction au procès. Le litige concerne le nombre de pages, trois au lieu de deux. Et si je veux le prouver, je vais avoir besoin de la déposition originale de deux pages.

— Les deux parties ont donné leur accord, messieurs les juges, intervint Grace.

Arnott adressa un signe de tête au greffier, qui tendit la déposition au professeur Abrahams.

— Bien, reprit Abrahams, je suppose que nous avons tous besoin de nous remettre en mémoire la formulation de cette déposition initiale. Je le répète : aucune des deux parties n'a de réserves concernant la première page.

Il se mit à lire.

> « *Je m'appelle Arthur Rainsford. J'ai cinquante et un ans et mon domicile est situé au 32 Fulham Gardens, London SW7. Je suis le directeur commercial d'une petite firme de financement spécialisée dans les investissements dans les entreprises pharmaceutiques naissantes.*
>
> *Le 5 mai 1983, j'ai pris le train pour Conventry pour rencontrer un investisseur potentiel. Après ce rendez-vous, nous avons déjeuné. Au moment de payer l'addition, j'ai donné ma carte de crédit professionnelle et ai été très gêné quand elle a été refusée, puisque ce n'est pas vraiment ainsi qu'on impressionne un nouveau client. J'étais très énervé, et j'ai contacté notre directeur financier, Gary Kirkland, pour découvrir comment c'était arrivé. Il m'a assuré que je n'avais aucun souci à me faire, et qu'il s'agissait certainement d'une simple erreur de la banque. Il m'a suggéré de passer à son bureau sur le chemin du retour ce soir-là, pour passer les comptes en revue avec moi. Plus tard, j'ai regretté d'avoir perdu mon calme, je n'aurais jamais dû...* »

Le professeur posa la première page et prit la seconde.

— Comme vous le savez, dit-il à son auditoire attentif, ceci est la deuxième page de la déposition introduite comme pièce à conviction, bien que M. Rainsford maintienne que c'est en réalité la troisième page. Il reprit sa lecture.

> « *...le frapper. J'ai immédiatement compris, en voyant l'entaille profonde à l'arrière de son crâne, qu'il avait dû se cogner contre le rebord de la cheminée ou contre le garde-feu en cuivre en tombant. Je me souviens avoir ensuite entendu une sirène, et quelques instants après, une demi-douzaine de policiers ont fait irruption dans la pièce. L'un d'eux, le capitaine Stern, m'a arrêté, et plus tard m'a inculpé du meurtre*

de Gary Kirkland, l'un de mes plus vieux amis. Je regretterai sa mort jusqu'à la fin de mes jours.

Arthur Rainsford
Déposition relue en présence du capitaine Stern et de l'agent de police Clarkson ».

Le professeur s'arrêta un instant pour s'assurer qu'il avait toujours l'attention de ses étudiants. Satisfait, il continua.

— Maintenant, veuillez vous tourner vers la machine ESDA – la détection électrostatique. Je vais déposer la seconde page sur le plateau en bronze de l'ESDA. Y a-t-il des questions ?

Personne ne dit mot.

— Très bien. Je vais maintenant recouvrir la page d'un film de polyester, avant de la sceller.

Le professeur prit un petit rouleau de sa « boîte à magie », et le fit rouler dans tous les sens sur le film de polyester, jusqu'à être certain d'avoir éliminé toutes les bulles d'air. Il tira ensuite un petit appareil métallique de son sac et expliqua qu'il s'agissait d'une couronne. Elle émit un faible bourdonnement quand il l'alluma. Il la tint deux centimètres au-dessus du plateau et la passa plusieurs fois par-dessus la feuille.

— Que fait la couronne ? demanda le juge Arnott.

— Elle bombarde le film de polyester de charges positives, Votre Honneur, qui seront attirées par les sillons sur la page.

Une fois la tâche accomplie, le professeur éteignit la couronne et annonça :

— Je suis maintenant prêt à saupoudrer du toner sur la surface de la feuille, après quoi nous découvririons vite si mon expérience a porté ses fruits ou si nous avons perdu notre temps.

L'auditoire attentif, tête baissée, fixait la feuille tandis que le professeur soulevait un côté du plateau en bronze avant de l'asperger de poudre révélatrice, semblable à des grains de poivre, qui coulaient le long de sa surface pour disparaître dans une gouttière au bas du plateau. Une fois certain que la feuille était entièrement recouverte de poudre, il remit le plateau de bronze en place et observa son travail.

— Regarde Arthur, murmura Grace.

Sir Julian leva les yeux vers le prévenu, qui se tenait toujours dans le box des accusés. Arthur semblait n'avoir aucun doute quant au résultat, tandis que le juge Arnott et ses deux collègues avaient encore l'air sceptiques, et que Me Llewellyn paraissait peu convaincu.

Le professeur Abrahams se pencha sur la machine et plaça soigneusement une feuille d'adhésif transparent au-dessus du film de polyester, avant de décoller avec adresse le film du plateau de bronze. Enfin, il sépara l'adhésif du film et, plaçant une feuille blanche derrière, il la tint pour que tout le monde puisse voir.

Tous remarquèrent l'empreinte de la page manquante.

Me Llewellyn n'avait toujours pas l'air impressionné quand le juge Arnott dit :

— Peut-être aurez-vous l'amabilité, professeur, de nous lire les mots qui ont laissé leur empreinte sur la page, puisque j'ai le sentiment que vous les avez déjà lus.

— Plusieurs fois, Votre Honneur. Mais je dois vous avertir qu'il y aura certainement des trous. D'abord, avant de passer à la seconde page controversée, puis-je vous rappeler la dernière phrase de la première.

Le juge acquiesça.

— *Plus tard, j'ai regretté d'avoir perdu mon calme, je n'aurais jamais dû...*

Le professeur tira une grande loupe de son sac et étudia avec attention les empreintes sur la page avant de continuer.

— *le faire avant d'avoir entendu version faits. De retour Euston S pris taxi jusqu'à notre,* il hésita, *bureau à Marylebone. Quand ouvert la porte, j'ai vu un hom baraqué cour vers moi. Je lui tenu la porte, mais rentré edans et da la rue. J n'y ai pensé sur momen mais aprè compris il pouvait le meu trier. Je suis bureau de Gary au étage et l'ai trouv étend sur sol près cheminée. J'ai cour vers lui mai c' tait trop tard. Quelqu'un avait dû...*

Le professeur tourna la troisième page et reprit :

— *... le frapper.*

Une ou deux personnes autour de la machine applaudirent, tandis que les autres restaient en proie à un profond silence.

Le juge Arnott remercia le professeur et ajouta : « Mesdames et messieurs, veuillez retourner à vos places. »

Grace attendit que tout le monde se soit installé avant de se lever pour dire :

— Je n'ai pas d'autres questions, messieurs les juges.

Et de se laisser tomber sur le banc.

— Chapeau, murmura son père, en joignant le geste à la parole.

— Maître Llewellyn, voulez-vous procéder au contre-interrogatoire du témoin ? demanda le juge Arnott.

Le professeur Abrahams se prépara.

— Non, messieurs les juges, déclara l'avocat de la Couronne, sans prendre la peine de se lever.

— Nous vous sommes redevables, professeur Abrahams, dit le juge Arnott. Je suis heureux que votre mère vive à Varsovie, et que vous soyez passé nous voir. Vous pouvez disposer.

— Merci, Votre Honneur, répondit le professeur avant de quitter la barre et de rassembler sa « boîte à magie ».

Grace aurait voulu le prendre dans ses bras alors qu'il traversait la salle d'audience et faisait un clin d'œil à Arthur avant de sortir.

— Avez-vous d'autres témoins, Sir Julian ? s'enquit le juge Arnott.

— Un seul, messieurs les juges. Le brigadier Clarkson, l'autre signataire de la déposition originale de M. Rainsford. Il a été convoqué pour apparaître devant vous à dix heures demain matin.

— Nous allons lever la séance jusque-là.

Sir Julian s'inclina et resta debout en attendant que les trois juges aient rassemblé leurs nombreuses notes et soient sortis.

— Tu crois que Clarkson sera vraiment là demain ? interrogea Grace.

— Je ne parierais pas là-dessus, répliqua son père.

31

La Couronne vs Faulkner

— Veuillez décliner votre identité et votre profession pour le compte-rendu d'audience, dit Me Booth Watson.

— Miles Adam Faulkner. Je suis fermier.

— Monsieur Faulkner, la cour a entendu que vous étiez propriétaire d'une impressionnante collection d'œuvres d'art, ainsi que de maisons à New York et Monte-Carlo, d'un domaine dans le Hampshire, d'un yacht et d'un jet privé. Comment est-ce possible, si vous êtes fermier ?

— Mon cher père m'a légué la ferme de Limpton, ainsi que trois mille hectares.

William griffonna un mot qu'il passa à l'avocat de la Couronne.

— Ceci n'explique toujours pas votre train de vie extravagant ni votre capacité à collectionner des œuvres d'art coûteuses.

— La vérité c'est que, même si ma famille possède Limpton Hall depuis plus de quatre siècles, il y a quelques années, le gouvernement a émis une déclaration d'utilité publique pour construire sur mes terres une autoroute à six voies, me laissant uniquement la maison et quelques centaines d'hectares. Je m'y suis opposé et les ai traînés en justice, mais j'ai malheureusement perdu en appel. La compensation que m'a versée le gouvernement m'a néanmoins permis de m'adonner à ma passion de longue date pour l'art. Et grâce à plusieurs investissements astucieux en bourse, j'ai réussi à rassembler une collection satisfaisante.

William nota une deuxième chose.

— Que vous avez sans doute l'intention de transmettre à la prochaine génération, suggéra Booth Watson en regardant une liste de questions préparées à l'avance.

— Non, maître. J'ai peur que cela soit impossible.

— Pourquoi ?

— Malheureusement, ma femme ne veut pas d'enfants, et comme je ne souhaite pas disséminer ma collection, j'ai décidé de tout léguer à la nation.

Miles se tourna vers le jury en souriant, exactement comme Booth Watson lui avait dit de le faire. Il fut récompensé par un ou deux sourires.

— J'aimerais maintenant me concentrer sur un tableau en particulier, monsieur Faulkner, *Le Syndic de la guilde des drapiers* de Rembrandt.

— Un chef-d'œuvre, sans aucun doute, commenta Faulkner. Il m'a fasciné dès la première fois que je l'ai aperçu, petit garçon, le jour où ma mère m'a emmené visiter le Fitzmolean.

— La Couronne voudrait nous faire croire que vous admiriez tant ce tableau que vous l'avez volé.

Miles rit.

— Je dois admettre, dit-il en regardant à nouveau le jury, que je suis un amateur d'art, et même un mordu d'art, mais je ne suis pas, maître Watson, un voleur d'art.

— Alors comment expliquez-vous que votre femme ait déclaré, sous serment, que vous étiez en possession du Rembrandt depuis sept ans ?

— Elle a raison. Je possède *le Syndic* depuis sept ans.

Les jurés fixaient maintenant l'accusé avec un air incrédule.

— Avouez-vous le vol ? demanda Booth Watson, feignant la surprise.

Le jury aussi semblait confus, tandis que Me Palmer paraissait soupçonneux. Seul le juge restait impassible, alors que Faulkner se contentait de sourire.

— Je ne suis pas sûr de comprendre ce que vous sous-entendez, continua Booth Watson, qui comprenait exactement ce que son client sous-entendait.

— Je me demande, monsieur, dit Faulkner en se tournant vers le juge, si je peux montrer à la cour le tableau qui est accroché depuis sept ans au-dessus de ma cheminée, dans le salon de ma maison du Hampshire, de façon à prouver mon innocence ?

Maintenant, le juge Nourse lui-même paraissait interdit. Il jeta un coup d'œil à Me Palmer, qui haussa les épaules, avant de reporter son attention vers la défense.

— Nous attendons avec impatience de découvrir ce que votre client a en réserve pour nous, maître Watson.

— J'en suis ravi, Votre Honneur, répondit ce dernier.

Il adressa un signe de tête à sa collaboratrice, qui s'était placée à l'entrée de la salle. Elle ouvrit la porte et deux armoires à glace entrèrent, chargés d'une large caisse qu'ils déposèrent entre le juge et le jury.

— Votre Honneur, intervint Palmer en se levant d'un bond, la Couronne n'a pas été prévenue de cette pantalonnade, et demande à ce que vous la rejetiez pour ce qu'elle est.

— C'est-à-dire, maître Palmer ?

— Rien de plus qu'une combine destinée à détourner l'attention du jury.

— Alors découvrons si elle va réussir, maître Palmer, répondit le juge. Parce que je soupçonne les jurés d'être aussi curieux que moi.

Tous les yeux restèrent rivés sur la caisse tandis que les déménageurs changeaient de fonction. Ils enlevèrent d'abord les clous, puis les morceaux de polystyrène et enfin la mousseline, dévoilant un tableau qui laissa certains bouche bée et d'autres déconcertés.

— Monsieur Faulkner, auriez-vous l'amabilité d'expliquer comment il est possible que *Le Syndic de la guilde des drapiers* se trouve dans cette salle, demanda Booth Watson, et non, comme votre femme l'a précédemment déclaré, accroché au Fitzmolean Museum ?

— Ne paniquez pas, maître Watson, répondit Faulkner à un homme qui ne paniquait jamais. L'original est toujours au Fitzmolean. Ceci n'est rien d'autre qu'une copie, d'une qualité exceptionnelle, que j'ai achetée il y a plus de sept ans dans une galerie de Notting Hill. J'ai la facture qui le prouve.

— Donc, ceci, dit Booth Watson, est le tableau que votre femme a devant les yeux depuis sept ans, avec la certitude erronée qu'il s'agit de l'original ?

— J'en ai bien peur, monsieur, mais Christina n'a jamais vraiment été intéressée par ma collection, si ce n'est pour sa valeur. Dans ce cas, elle est de cinq mille livres.

— Monsieur Faulkner, intervint le juge, en observant le tableau de plus près, comment un profane tel que moi peut-il s'assurer qu'il s'agit bien d'une copie et non l'original ?

— En observant le coin inférieur droit, monsieur le juge. Si c'était l'original, vous y trouveriez les initiales de Rembrandt : RvR. Il signait presque toujours ses tableaux. À sa décharge, voilà quelque chose d'autre que ma femme ignorait.

— J'accepte vos explications, monsieur Faulkner, déclara Booth Watson, mais je ne comprends toujours pas comment l'original, qui est maintenant revenu au Fitzmolean, a pu entrer en votre possession.

— Il faut d'abord savoir, maître, que je suis un collectionneur très connu dans le milieu de l'art. Chaque année, je reçois des centaines de catalogues d'exposition, ainsi que plusieurs offres pour des tableaux, souvent de vieilles familles qui ne veulent pas voir leurs difficultés financières s'ébruiter.

— Achetez-vous régulièrement ces tableaux ?

— Rarement. J'effectue la plupart de mes achats auprès d'un galeriste ou d'une maison de vente reconnue.

— Mais ça n'explique toujours pas comment le Rembrandt original est entré en votre possession.

— Il y a quelques semaines, quelqu'un a proposé de me vendre un tableau qui, selon lui, était un Rembrandt. Dès qu'il a décrit l'œuvre, j'ai compris que c'était celle volée au Fitzmolean.

— Qu'est-ce qui vous a fait dire ça ? demanda le juge.

— Un Rembrandt sur le marché, c'est presque du jamais vu, monsieur le juge. La grande majorité de ses œuvres sont la propriété de musées nationaux ou de galeries. Il en reste peu chez des particuliers.

— Alors si vous saviez que le tableau avait été volé, reprit Booth Watson, pourquoi vous être impliqué ?

— Je dois avouer que je n'ai pas pu résister au défi. Néanmoins, quand on m'a invité à me rendre à Naples pour voir la toile, j'ai compris que le tableau avait dû être volé par la Camorra. J'aurais dû tourner les talons. Mais comme un footballeur convaincu qu'il va marquer, j'ai continué à avancer.

Booth Watson n'était pas vraiment friand de cette métaphore mais la fila quand même.

— Et avez-vous marqué le but de la victoire ?

— Oui et non, expliqua Faulkner. J'ai pris l'avion pour Naples, où m'attendait un jeune avocat tiré à quatre épingles accompagné par deux brutes qui n'ont pas desserré les dents une seule fois. On m'a conduit dans un coin délabré de la ville, considéré comme une zone de non-droit, y compris par la police. Je n'avais jamais vu tant de pauvreté de ma vie. Sur les murs des immeubles décrépis, les seules images étaient celles de la Vierge Marie ou du pape. J'ai été emmené au bas d'un escalier en pierre, dans un sous-sol sombre, où un grand tableau était posé contre le mur. Il ne m'a fallu qu'un coup d'œil pour savoir que c'était le vrai.

— Qu'est-il arrivé ensuite ?

— Les négociations ont commencé, et il est vite apparu qu'ils souhaitaient s'en débarrasser rapidement, alors nous nous sommes entendus sur cent mille dollars. Je savais, et eux aussi, que le tableau vaut cent fois ce prix, mais on ne peut pas dire que les acheteurs se bousculaient au portillon. Je me suis engagé à leur donner l'argent une fois la toile parvenue au Fitzmolean. Ils m'ont dit qu'ils resteraient en contact et ne m'ont pas raccompagné à l'aéroport. Il a fallu que je marche un moment avant de trouver un taxi.

— En rentrant, avez-vous partagé votre expérience ?

— Il fallait que je raconte ce que je venais de subir, alors je l'ai bêtement dit à Christina. Je n'aurais jamais imaginé qu'elle en tirerait parti, ni qu'elle mentirait sous serment.

— Et les hommes que vous avez rencontrés en Italie n'ont pas tenu parole, ils n'ont pas rendu le tableau au Fitzmolean.

— La Camorra s'aventure rarement hors de son territoire, répondit Faulkner. Je n'ai pas eu de nouvelles pendant tout le mois suivant, alors j'ai pensé que le marché était tombé à l'eau.

Le juge nota quelque chose.

— Mais ce n'était pas le cas ?

— Non. Les deux brutes rencontrées à l'aéroport se sont présentées chez moi à Monte-Carlo au milieu de la nuit avec le tableau, en réclamant leurs cent mille dollars. L'un d'eux avait un couteau.

— Vous avez dû être terrifié.

— Je l'étais. Surtout quand ils ont menacé d'égorger d'abord les six membres du Syndic, les uns après les autres si je ne payais pas.

Le juge consigna une nouvelle information.

— Vous aviez cent mille dollars en liquide à portée de main ?

— La plupart des gens qui veulent me vendre leurs trésors de famille, maître Watson, ne s'attendent pas à repartir avec un chèque.

— Qu'avez-vous fait ensuite ?

— Le lendemain matin, j'ai téléphoné au capitaine de mon yacht et lui ait annoncé qu'une grande caisse arriverait bientôt sur les docks. Il devait l'emmener à Southampton et la livrer personnellement au Fitzmolean Museum à Londres.

— Et, Votre Honneur, intervint Booth Watson, si la Couronne le désire, je pourrai appeler à la barre le Capitaine Menegatti, qui confirmera que c'était bien les instructions données par M. Faulkner.

— Comme c'est pratique, maugréa William. S'il veut garder son travail, il le fera.

— Vous avez pris l'avion pour l'Australie le lendemain, pensant que vos ordres seraient mis à exécution.

— Oui. J'espérais que ma femme viendrait avec moi, mais elle a changé d'avis au dernier moment. Apparemment, elle avait rendez-vous avec un jeune homme.

William serra les poings pour essayer de s'empêcher de trembler.

— Elle savait très bien que j'avais des billets pour le traditionnel test-match du lendemain de Noël à Melbourne, continua Faulkner, et que je ne rentrerai pas en Angleterre avant le Nouvel An.

— Pourtant vous êtes rentré au milieu du match ?

— Oui, le capitaine Menegatti m'a appelé à mon hôtel à Melbourne pour me dire que ma femme s'était présentée au yacht non pas avec une seule caisse, comme je lui avais dit, mais avec toute ma collection de Monte-Carlo. Puis qu'elle lui a ordonné de les emmener à Southampton, où elle le retrouverait avant de partir pour New York.

— Comment avez-vous réagi ?

— J'ai pris le premier avion pour Londres, et je n'ai pas eu besoin des vingt-trois heures du vol pour comprendre ce qu'elle mijotait. Dès l'atterrissage à Heathrow, j'ai sauté dans un taxi direction le Hampshire, conscient que je n'avais pas une minute à perdre.

— Pourquoi ne pas avoir demandé à votre chauffeur de venir vous chercher ? interrogea Booth Watson.

— Cela aurait alerté Christina de mon retour, et c'était la dernière chose dont j'avais besoin.

— Votre femme était-elle là quand vous êtes arrivé chez vous ?

— Non, et mes œuvres d'art non plus. J'ai découvert qu'elles étaient également en route pour Southampton. Je suis arrivé juste à temps pour empêcher qu'elles soient emportées à New York.

— Donc vous êtes monté à bord du yacht et avez ordonné que vos œuvres d'art soient renvoyées à vos domiciles dans le Hampshire et à Monte-Carlo...

— Avec une exception notoire, coupa Faulkner. J'ai toujours eu l'intention de rendre le Rembrandt au Fitzmolean, peu importent les conséquences.

Une fois de plus, il se tourna vers le jury, leur adressant sa plus belle « expression de sincérité ».

— Mais avant que vous en ayez eu l'occasion, la police est passée à l'abordage, vous a arrêté et vous a accusé d'avoir échangé les étiquettes sur les caisses pour garder le Rembrandt.

— Ceci, maître Watson, est une accusation grotesque, et ce, pour trois raisons. Premièrement, je ne suis resté à bord du yacht que quelques minutes avant d'être arrêté, il est donc évident que ma femme avait déjà informé la police de la présence du Rembrandt à bord. Deuxièmement, c'est elle qui a dû changer l'étiquette au nom du Fitzmolean avant que les tableaux soient embarqués à Monte-Carlo.

— Mais pourquoi aurait-elle échangé les étiquettes puis dit à la police que le Rembrandt était toujours à bord ? demanda innocemment Booth Watson.

— Parce que, si j'étais arrêté, rien ne pouvait plus l'empêcher de voguer jusqu'à New York pour voler le reste de ma collection, ce qu'elle avait clairement prévu de faire pendant que j'étais à l'autre bout du monde.

— Vous avez évoqué une troisième raison, monsieur Faulkner.

— Oui, c'est vrai, maître Watson. Le commissaire divisionnaire Hawksby était accompagné par deux officiers de police. Bien entendu, ma femme leur avait dit que le Rembrandt se trouvait à bord. Pourquoi échanger les étiquettes alors que le capitaine de port avait le pouvoir d'ouvrir toutes les caisses ? Non, ce que Christina avait prévu, c'était mon arrestation, et qu'en même temps, je perde mon Rubens. Elle a échangé les étiquettes car elle savait qu'elle me priverait ainsi de mon tableau préféré.

— Au moins, le Rubens a été rendu à son propriétaire légitime, ainsi que le reste de votre collection.

William remarqua le léger signe de tête que Booth Watson adressait à son client.

— Oui, c'est le cas, maître Watson. Tim Knox, le directeur du Fitzmolean, a reconnu qu'une erreur manifeste avait été commise et a gentiment retourné le Rubens chez moi, à Limpton Hall. Mais au bout de quelques jours, j'ai commencé à avoir des doutes. Comme vous le savez, la collection néerlandaise et flamande du Fitzmolean est la deuxième plus prestigieuse après celle du Rijkmuseum d'Amsterdam. Je me suis demandé si *La Descente de Croix* de Rubens n'y avait pas trouvé sa juste place, et après un long examen de conscience, j'ai décidé d'en faire don à la nation, pour que d'autres en tirent le plaisir qu'il m'a apporté au cours des trente dernières années.

À la virgule près, pensa Booth Watson, en regardant le jury. Il était maintenant convaincu qu'au moins la moitié d'entre eux était du côté de son client.

— Et enfin, je dois vous demander, monsieur Faulkner, si, avant ce regrettable malentendu, vous avez déjà été inculpé du moindre crime.

— Non, jamais, monsieur. Je dois néanmoins avouer que, lorsque j'étais en école d'art, j'ai dérobé le casque d'un agent de la circulation et je l'ai porté au bal du Chelsea Arts Club. J'ai fini par passer la nuit en cellule.

— Vraiment, monsieur Faulkner ? Eh bien, espérons que vous n'en passerez pas d'autres. Je n'ai plus de questions, Votre Honneur.

*

— Où veux-tu en venir ? demanda Sir Julian tandis que Grace étalait une série de grandes photographies noir et blanc entre eux sur le banc.

— Les photos montrent Stern quittant le tribunal après le contre-interrogatoire.

— Ça, je le vois. Mais que prouvent-elles, à part qu'il aime être sous le feu des projecteurs ?

— Plus pour longtemps, j'en ai peur. Si tu regardes attentivement, Père, tu remarqueras quelque chose que Stern ne veut pas qu'on voie.

— Je ne comprends toujours pas, avoua son père après avoir étudié une nouvelle fois les clichés.

— Sa veste en cuir vient de chez Versace, et ses chaussures sont des mocassins Gucci, du haut de gamme.

— Et sa montre ? demanda Sir Julian, qui commençait à deviner.

— Une Tank, de chez Cartier. Et une vraie, contrairement à l'homme, qui a tout d'un faux-jeton.

— Stern ne peut certainement pas s'offrir ce genre de choses avec une retraite de capitaine.

— Et ce n'est pas tout, renchérit Grace en désignant d'autres photos qui montraient Stern montant dans une Jaguar S-Type. La voiture est à son nom.

— Je crois que le moment est venu d'aller chercher un juge dans son bureau, et de lui demander s'il nous autoriserait à inspecter les comptes bancaires de Stern.

*

— Penses-tu que le jury a avalé un seul mot de ces bobards ? s'enquit William, une fois que le juge Nourse eut ordonné une suspension d'audience.

— Je n'en suis pas sûr, admit Hawksby. Mais le fait que Mme Faulkner ait si ouvertement projeté de voler la collection d'œuvres d'art de son mari ne nous aide pas. Le jury aura la tâche peu enviable de décider lequel des deux est le plus gros menteur. Comment ça se passe en salle vingt-deux ?

— Je vais aller voir Beth pour me tenir au courant. D'ailleurs, ajouta-t-il en baissant la voix, les dossiers que vous m'avez laissés sur la table dans votre bureau m'ont été très utiles.

*

À peine entré dans la salle d'audience vingt-deux, William aperçut Arthur Rainsford qui disparaissait dans les escaliers vers les cellules du sous-sol, escorté par un policier.

— Nous en avons fini pour la journée, dit Beth, alors que William s'asseyait à côté d'elle. On peut tout aussi bien rentrer à la maison.

William envisagea d'aller discuter avec son père, mais quand il l'aperçut en pleine discussion avec Grace, il décida de ne pas les déranger. Beth lui prit la main sans dire un mot avant qu'ils aient quitté le bâtiment.

— Ta sœur a été magistrale en interrogeant le professeur Abrahams, fit-elle remarquer alors qu'ils avançaient dans la rue.

— Mon père a permis à Grace d'interroger le témoin principal ? demanda William, incrédule.

— Et Abrahams a été si convaincant que la Couronne n'a pas fait de contre-interrogatoire.

— Une fois de plus, j'ai sous-estimé le paternel, répliqua William. Grace a-t-elle réussi à prouver qu'il existait une page manquante ?

— Quand le professeur Abrahams a quitté la barre, même l'avocat de la partie adverse en était persuadé, répondit Beth alors qu'ils rejoignaient la file d'attente du bus.

— C'est une très bonne nouvelle. Et les juges ? Après tout, il n'y a que leur opinion qui compte.

— Impossible de le savoir. Comme des joueurs de poker expérimentés, ils ne révèlent rien.

— Qui est le prochain que mon père va mettre en pièces ? demanda William, une fois dans le bus.

— Le brigadier Clarkson, l'ancien équipier de Stern.

— Il est moins solide que Stern, il pourrait bien craquer sous la pression.

— Comment le sais-tu ?

— J'aurais aimé que tu voies Hawksby à la barre, dit William. Même le juge était impressionné.

Beth comprit le message et se prêta au jeu.

— Mais Booth Watson ne lui a-t-il pas fait passer un mauvais quart d'heure ?

— Non, il n'a même pas fait de contre-interrogatoire. Il avait visiblement décidé qu'il n'y avait rien à y gagner.

— Et comment était Faulkner à la barre ?

— Impressionnant, admit William, mais pas complètement convaincant. Il avait l'air un petit peu trop préparé et n'a pas arrêté de rejeter la faute sur sa femme.

— Le jury ne doit pas aimer ça.

— Booth Watson a annihilé Christina hier.

William regretta immédiatement de l'avoir appelée par son prénom et passa rapidement à autre chose.

— Et Faulkner a enfoncé le clou aujourd'hui. Il a également fait une promesse qui nous a tous pris par surprise, mais je ne crois pas qu'il ait l'intention de l'honorer.

— Qu'il allait donner le Rubens au Fitzmolean ?

— Comment l'as-tu deviné ?

— J'ai appelé la galerie pendant la pause déjeuner, et Tim Knox m'a appris que Booth Watson lui avait téléphoné pour lui dire que Faulkner donnerait le Rubens dès la fin du procès.

— Ça m'a tout l'air d'un pot-de-vin, commenta William au moment où le bus s'arrêtait dans Fulham Road. Le juge le comprendra certainement.

— Peut-être que tu devrais donner à Faulkner le bénéfice du doute pour une fois.

— Je crains que ce soit précisément ce que fasse le jury. Mais il va en falloir beaucoup plus pour me convaincre qu'il n'est pas en possession du Rembrandt depuis sept ans.

— Crois-tu qu'un jour on pourra passer une journée entière sans discuter de l'une ou l'autre de ces affaires ?

— Ça dépend si ton père est libéré et si Faulkner passe quelques années en prison.

— Mais si c'est l'inverse qui arrive ?

32

— J'apporte de bonnes nouvelles, s'exclama Booth Watson, au moment où un serveur arrivait. Mais d'abord, commandons le petit-déjeuner.

— Seulement du café, des toasts et de la marmelade pour moi, répondit Faulkner. J'ai perdu l'appétit.

— Je prendrai un petit-déjeuner anglais complet, demanda Booth Watson.

Il attendit que le serveur se soit éloigné avant de poursuivre.

— J'ai reçu une proposition de la partie adverse. Ils sont prêts à laisser tomber le vol si tu plaides coupable pour le recel.

— C'est-à-dire ? interrogea Faulkner.

— Si on accepte leur offre, tu prendras deux ans, ce qui signifie que tu sortiras dans dix mois.

— Comment ça ?

— Si tu te comportes bien, tu ne feras que la moitié de ta peine, avec deux mois en moins puisque c'est ta première condamnation. Tu seras libre d'ici Noël.

— Dix mois à Pentonville, ce n'est pas ce que j'appelle une offre généreuse, et plus important encore, ça laisse amplement le temps à Christina de voler toute ma collection.

— Ça ne devrait pas être un problème, répondit Booth Watson. Pendant ton absence, je m'assurerai qu'elle ne s'approche pas de tes biens.

Faulkner ne semblait pas convaincu.

— Et si je n'accepte pas leur offre ?

— Si tu es déclaré coupable des deux chefs d'accusations, vol et recel, la peine maximale est de huit ans, assortie d'une amende faramineuse.

— Je me contrefous de l'amende. J'ai l'impression que Palmer sait qu'il plaide une cause perdue et qu'il espère sauver la face. De toute façon, je crois que le jury est de mon côté. Deux d'entre eux au moins m'ont souri aujourd'hui.

— Deux, ce n'est pas assez, fit remarquer Booth Watson avant de s'arrêter pendant que le garçon leur resservait du café. Le président du jury m'a l'air d'être un colonel à la retraite ou le directeur d'une école privée, le genre à croire que la punition doit être à la hauteur du crime.

— C'est un risque que je suis prêt à prendre, BW. Tu peux dire à Palmer d'aller se faire cuire un œuf. Tu veux un verre de champagne ?

La Couronne vs Rainsford

— J'appelle le brigadier Bob Clarkson, déclara le greffier.

Grace ne quitta pas Clarkson des yeux tandis qu'il traversait la salle d'audience pour s'installer à la barre. Il prêta serment sans arrogance, contrairement à Stern.

Un bon flic, honnête, facilement influençable et parfois manipulable, était l'une des phrases que Grace avait soulignées dans le dossier de Clarkson.

Sir Julian resta assis pendant l'interrogatoire sommaire de la Couronne, qui se déroula sans surprises. Mais de toute façon, il n'en attendait aucune.

— Souhaitez-vous procéder au contre-interrogatoire ? demanda le juge Arnott.

Sir Julian acquiesça et se leva. Il avait toujours voulu que Stern le considère comme un ennemi, mais pas Clarkson.

— Brigadier Clarkson, commença-t-il, d'une voix douce et persuasive, en tant que policier, vous connaissez les conséquences d'un parjure. J'aimerais que vous preniez le temps de réfléchir avant de répondre à mes questions.

Clarkson ne dit rien.

— Le jour où Arthur Rainsford a été arrêté et inculpé du meurtre de son associé, M. Gary Kirkland, étiez-vous présent sur la scène de crime ?

— Non, monsieur. Je me trouvais au poste.

— Vous n'avez donc pas assisté à l'arrestation ?

— Non, monsieur.

— Mais vous êtes l'officier subalterne qui a signé la déposition que M. Rainsford a faite plus tard dans la soirée.

— Oui, monsieur.

— Cette déposition, écrite par le capitaine Stern et contresignée par vous-même, faisait-elle deux ou trois pages ?

— À l'origine, je pensais qu'elle en faisait trois, mais le capitaine Stern m'a assuré le lendemain matin qu'elle n'en faisait que deux, et je l'ai cru sur parole.

Ce n'était pas la réponse que Sir Julian avait anticipée. Il s'arrêta un instant, conscient que ses cinq prochaines questions seraient redondantes, avant de demander la confirmation de ce qu'il venait d'entendre.

— Donc vous avez initialement cru que la déposition faisait trois pages, et non deux, comme le prétend M. Stern ?

— Oui, monsieur, et après avoir étudié le compte-rendu de l'audience d'hier, j'accepte sans l'ombre d'un doute les conclusions du professeur Abrahams.

— Mais cela implique que M. Stern ait retiré une page de la déposition originale, répliqua Sir Julian.

— Oui, monsieur. Et je regrette de ne pas l'avoir remis en cause à l'époque.

— L'avez-vous questionné à propos de la possibilité d'un homme-mystère, l'homme que M. Rainsford dit avoir vu courir en entrant dans l'immeuble et dont il a toujours suggéré qu'il pouvait être le meurtrier ?

— Oui, je l'ai fait, mais le capitaine Stern a affirmé que c'était un produit de l'imagination de Rainsford et qu'il fallait tout simplement l'ignorer.

— Et l'appel anonyme informant la police du meurtre de M. Kirkland ? Était-ce également un produit de l'imagination de M. Rainsford ?

— Non, monsieur. Nous avons effectivement reçu un appel d'un homme avec un accent étranger, qui nous a raconté qu'il venait de traverser la rue, quand il a entendu le bruit d'une dispute entre deux hommes, puis un silence et enfin, quelques instants plus tard, qu'il a vu un individu courir dans la rue, raison pour laquelle il a immédiatement téléphoné à la police.

— Vous a-t-il donné son nom ?

— Non, monsieur, mais ce n'est pas inhabituel dans ce genre de cas.

— Comme le prouve la page disparue de la déposition de M. Rainsford, la police est arrivée aux bureaux de RGK quelques instants après lui.

— C'est ce qu'un coupable soutiendrait s'il voulait faire porter le chapeau à quelqu'un d'autre, expliqua Clarkson. Par conséquent, je n'ai pas pris la peine de suivre cette piste, notamment parce que remonter la piste d'un appel anonyme est un travail ingrat qui finit, le plus souvent, par être une perte de temps totale.

— Vous n'avez donc jamais découvert l'identité de cet homme-mystère ?

— Si, monsieur, répondit Clarkson.

Une fois de plus, Sir Julian fut pris par surprise. Il fit un pas vers l'inconnu.

— Veuillez expliquer à la cour, avec vos propres mots, brigadier, comment vous avez découvert l'identité de l'homme-mystère, s'il vous plaît.

— Quelques jours après l'inculpation de Rainsford, un chauffeur de taxi noir s'est présenté au poste de police et nous a dit qu'il avait vu l'histoire au journal télévisé. Il a indiqué avoir pris Rainsford à Euston l'après-midi du meurtre et l'avoir déposé devant un immeuble de bureaux dans Marylebone High Street. Il venait tout juste de rallumer le signal vert de son véhicule quand un individu est sorti en courant du bâtiment et lui a demandé de le conduire au pub l'Admiral Nelson à West Ham, mais après une centaine de mètres, l'homme a demandé au conducteur de s'arrêter. Il est sorti et s'est précipité vers la cabine de téléphone la plus proche. Il est revenu quelques minutes plus tard afin que le chauffeur reprenne le trajet vers West Ham.

— A-t-il donné une description de l'homme ?

— Puis-je consulter mes notes de l'époque ? interrogea Clarkson en se tournant vers les magistrats.

Le juge Arnott acquiesça et Clarkson ouvrit un petit calepin noir et tourna plusieurs pages avant de reprendre.

— Selon la déclaration du chauffeur de taxi, un peu plus d'un mètre soixante-dix, cheveux sombres et aurait pu sans problème perdre un peu de poids. Il a aussi dit qu'il aurait parié que l'homme était grec ou turc.

— Qu'est-ce qu'il lui a fait penser ça ? voulut savoir Sir Julian.

— Le chauffeur avait fait son service militaire à Chypre pendant le soulèvement, et était quasi sûr d'avoir reconnu l'accent.

— Avez-vous rapporté cette conversation au capitaine Stern ?

— Oui, et il n'était pas ravi. Mais il a affirmé qu'il irait à l'Admiral Nelson pour faire des vérifications.

— Et a-t-il découvert qui était cet homme-mystère ?

— Oui. Mais il m'a dit que l'homme avait un alibi en béton. Il était à l'Admiral Nelson au moment du meurtre, ce qu'a confirmé le propriétaire ainsi que plusieurs autres clients qui s'y trouvaient également. Dans tous les cas, m'a rappelé Stern, nous avions des aveux signés, que pouvions-nous vouloir de plus ?

— Vous n'avez donc pas suivi cette piste ?

— Non. Après tout, le capitaine Stern était l'officier gradé responsable de l'enquête et je n'étais qu'un bleu à peine titularisé, je ne pouvais pas faire grand-chose.

— Et il n'existe aucun document prouvant que le capitaine Stern se soit effectivement rendu à l'Admiral Nelson ou qu'il ait interrogé ce soi-disant homme mystère.

— Le capitaine Stern n'était pas porté sur la paperasse. Il disait que son boulot, c'était de mettre les criminels à l'ombre, pas de leur dédier des poèmes.

— Et je crois comprendre que vous n'avez pas été appelé à la barre au procès de M. Rainsford ?

— Non, monsieur. Et quand Rainsford a été condamné, je suis parti du principe que le capitaine Stern avait raison depuis le début. Jusqu'à ce que je lise l'appel de Rainsford dans le *Daily Mail* et que je me mette à regretter de ne pas avoir interrogé M. Fortounis à l'époque, au lieu de…

— Vasilis Fortounis ? s'enquit Arthur en se levant d'un bond de sa chaise, dans le box des accusés.

— Oui, je suis à peu près sûr que c'est son nom, répondit Clarkson.

— Sa fille était la secrétaire de Gary Kirkland, s'écria Arthur.

— Sir Julian, maîtrisez votre client avant que m'en charge, avertit le juge Arnott d'un ton ferme.

Arthur se rassit mais se mit à faire de grands signes frénétiques dans la direction de Sir Julian.

— Je crois que le moment est venu de suspendre la séance, Sir Julian, puisque votre client a vraisemblablement envie vous consulter. Retrouvons-nous dans une heure.

La Couronne vs Faulkner

— Mesdames et messieurs les jurés, dit le juge Nourse, vous avez entendu les arguments présentés par les deux parties, et c'est maintenant mon devoir de résumer l'affaire d'une façon impartiale et objective. Ce sera à vous, et à vous seuls, de décider si M. Faulkner est coupable ou non coupable des trois chefs d'accusation pour lesquels il est poursuivi.

» Examinons ces chefs d'accusation l'un après l'autre. D'abord, M. Faulkner a-t-il volé le tableau de Rembrandt au Fitzmolean Museum ? Pensez-vous que la Couronne ait produit suffisamment de pièces pour démontrer la culpabilité de l'accusé au-delà du doute raisonnable ? Dans le cas contraire, vous devrez vous prononcer en faveur de l'accusé. Deuxièmement, si M. Faulkner n'était pas directement impliqué dans le vol, était-il tout de même impliqué en tant que complice ? Votre décision doit être basée uniquement sur les éléments présentés dans cette salle d'audience.

Faulkner s'autorisa un bref sourire, tandis que Booth Watson se renfonçait dans son siège, bras croisés, bien conscient que le juge n'avait pas encore énoncé la pièce la moins convaincante de la défense de son client.

— Puis vient l'accusation selon laquelle M. Faulkner a, en toute connaissance de cause, acheté le tableau volé, comme le déclare sa femme. Bien que M. Faulkner ait pu produire une copie du Rembrandt, vous devez vous demander depuis combien de temps l'original est en sa possession.

» Allez-vous croire le témoignage de M. Faulkner concernant sa visite à Naples et sa tentative de passer un marché avec la Camorra afin d'acheter le tableau contre la somme de cent mille dollars dans le seul but de le rendre au Fitzmolean ? Et croyez-vous plausible que la Camorra ait initialement refusé son offre, mais se soit ensuite présentée à son domicile à Monte-Carlo avec l'œuvre pour réclamer les cent mille dollars ? Et ce, malgré le fait que M. Faulkner nous ait dit que, d'après son expérience (le juge regarda ses notes), « la Camorra s'aventure rarement hors de son territoire. »

» Et estimez-vous crédible que l'un de ces hommes, qui ne lui avait jamais parlé quand il était à Naples, ait menacé de couper les gorges des six Syndics, puis celle de M. Faulkner, s'il ne payait pas ? Ou considérez-vous que ce puisse être un enjolivement de trop ? Vous seuls pouvez décider qui croire – M. ou Mme Faulkner – parce qu'ils ne peuvent pas tous les deux dire la vérité. Néanmoins, vous devez aussi vous demander si les éléments apportés par Mme Faulkner sont fiables, alors qu'elle a admis assez ouvertement qu'elle était en train de prendre toutes les œuvres d'art de son mari de leur maison de Monte-Carlo et Limpton Hall, pendant qu'il était en Australie, et je n'ai aucun doute sur le fait qu'elle aurait navigué jusqu'à New York pour répéter la manœuvre, sans l'intervention de celui-ci. Et enfin, jurés, vous devez prendre en compte le fait que l'accusé n'a pas de casier judiciaire.

» Jurés, conclut-il, en regardant directement les cinq hommes et sept femmes, une fois que vous aurez pesé tous les éléments, vous devrez être certains de la culpabilité, au-delà du doute légitime, avant de condamner. Si vous n'êtes pas sûrs, vous devrez prononcer l'acquittement. Si, durant la délibération, vous avez besoin d'aide sur n'importe quelle question juridique, n'hésitez pas à revenir dans cette salle, et je ferais de mon mieux pour vous éclairer. L'huissier va maintenant vous accompagner jusqu'à la salle des jurés pour que vous puissiez procéder aux délibérations. Prenez votre temps pour étudier tous les éléments avant de rendre un verdict.

La Couronne vs Rainsford

— Sir Julian.

— Messieurs les juges, je suis reconnaissant d'avoir pu m'entretenir avec mon client et souhaite que la cour rappelle M. Stern et convoque également M. Vasilis Fortounis, puisque la défense aimerait avoir l'occasion de les interroger tous les deux sous serment.

— J'accède à votre demande, Sir Julian, et suggère que nous ajournions la séance jusqu'à demain matin, moment où, je l'espère, l'huissier aura pu trouver les deux hommes.

— Merci, monsieur le juge, répondit Sir Julian, essayant d'avoir l'air confiant.

Les trois magistrats se levèrent, s'inclinèrent et sortirent de la salle.

— J'ai hâte d'être à demain, déclara Beth.

— Ne te fais pas trop d'espoir, répondit Grace en rassemblant ses dossiers. Stern et Fortounis seront au courant de ce qui s'est dit ici cet après-midi, et je doute fort que l'un et l'autre se dirigent actuellement dans notre direction.

La Couronne vs Faulkner

— Vous désirez mes conseils ? demanda le juge Nourse après que les jurés soient revenus à leur place.

— Oui, Votre Honneur, répondit le président du jury, un gentleman à l'air distingué, vêtu d'un costume croisé gris-anthracite et d'une cravate aux couleurs des régiments de cavalerie. Nous nous sommes mis d'accord sur un verdict au sujet du premier et du deuxième chef d'accusation, mais nous sommes divisés sur le troisième, le recel.

— Croyez-vous pouvoir rendre un verdict à la majorité qualifiée, avec au moins dix personnes du même avis ?

— Je crois, Votre Honneur, si nous pouvons avoir un peu plus de temps.

— Dans ce cas, nous allons suspendre la séance plus tôt, et nous retrouver à dix heures demain matin, pour que la nuit porte conseil aux jurés.

Tout le monde dans la salle d'audience se leva pour s'incliner. Le juge Nourse fit de même avant de quitter son estrade.

— Est-ce que vous ne souhaitez pas, parfois, pouvoir sauter les prochaines vingt-quatre heures et voir ce qui va advenir ? demanda William.

— Ce ne sera plus le cas quand tu auras mon âge, répondit Hawksby.

33

La Couronne vs Rainsford

— Sir Julian, vous pouvez appeler votre prochain témoin.

— Cela m'est impossible, monsieur le juge. Malgré l'émission des citations à comparaître hier, conformément à vos directives, l'huissier de la cour n'a pas pu remettre les assignations à M. Stern ni à M. Fortounis.

— Alors nous devrons attendre que ce soit fait, répondit le magistrat.

— Il se peut que l'attente soit longue, monsieur le juge.

— Qu'est-ce qui vous fait dire ça, Sir Julian ?

— On m'a appris que M. Fortounis était retourné à son domicile de Nicosie quelques jours avant l'ouverture du procès et que personne ne l'a vu ou n'a reçu de ses nouvelles depuis.

— D'où tenez-vous ces informations ?

— Du propriétaire du débit de boissons l'Admiral Nelson à West Ham Grove, où il était un habitué.

— Et M. Stern ?

— Il a apparemment pris l'avion à l'aéroport de Birmingham hier, tard dans la nuit.

— Laissez-moi deviner, répliqua le juge, un vol en direction de Nicosie.

— Et comme il a réservé un aller simple, l'huissier rencontrera peut-être quelques difficultés à faire appliquer cet ordre, et comme je pense que vous le savez, monsieur le juge, la Grande-Bretagne n'a pas de traité d'extradition avec Chypre.

— Alors je vais demander la saisie des biens de M. Stern, et son arrestation immédiate s'il remet les pieds dans ce pays. Je suppose que c'est un peu trop espérer que, comme pour le vicomte Bolingbroke, l'exil s'avère une punition plus dure que l'incarcération.

Tout le monde resta silencieux.

Me Llewellyn se leva :

— Puis-je m'approcher pour vous parler, messieurs les juges ?

Le juge Arnott acquiesça. Me Llewellyn et Sir Julian rejoignirent les magistrats à l'avant de la salle. Ils discutèrent à voix basse avec les trois juges pendant quelque temps avant que le juge Arnott ne lève la main et se mette à débattre avec ses confrères.

— De quoi parlent-ils ? murmura Beth à Grace.

— Aucune idée. Mais j'ai l'impression qu'on ne va pas tarder à le savoir.

La Couronne vs Faulkner

— Si toutes les personnes impliquées dans l'affaire Miles Faulkner veulent bien regagner la salle d'audience quatorze, retentit une voix dans le haut-parleur, le jury s'apprête à revenir.

Plusieurs personnes qui se tenaient dans le hall arrêtèrent de bavarder, alors que d'autres écrasèrent leur cigarette avant de rentrer en vitesse dans la salle. William rejoignit le commissaire divisionnaire Hawksby, le commandant Lamont, les avocats, les journalistes et les simples curieux, tandis que l'huissier ramenait ses ouailles dans la salle pour reprendre leur place sur le banc des jurés.

Une fois tout le monde installé, le greffier intima :

— Président du jury, levez-vous, s'il vous plaît.

Le président du jury se leva de sa place au premier rang.

— Êtes-vous parvenu à un verdict sur les trois chefs d'accusation ? interrogea le juge Nourse.

— Oui, Votre Honneur, répondit-il.

Le juge adressa un signe de tête au greffier.

— Monsieur le président du jury, sur le chef d'accusation de vol du tableau de Rembrandt *Le Syndic de la guilde des drapiers* au Fitzmolean Museum de Londres, déclarez-vous l'accusé Miles Faulkner, coupable ou non coupable ?

— Non coupable, Votre Honneur.

Faulkner s'autorisa un sourire. Booth Watson restait impassible. William fronça les sourcils.

— Concernant le deuxième chef d'accusation, que l'accusé ait été complice du vol. Déclarez-vous l'accusé coupable ou non coupable ?

— Non coupable.

Lamont jura à voix basse.

— Et sur le troisième chef d'accusation, celui de recel de biens volés, ici du tableau de Rembrandt susnommé, déclarez-vous l'accusé coupable ou non-coupable ?

— Par une majorité de dix contre deux, Votre Honneur, nous déclarons l'accusé coupable.

La salle s'emplit soudain de bavardages bruyants et les journalistes se ruèrent sur les téléphones pour transmettre le verdict à leur rédaction. Le juge attendit que la salle se soit apaisée pour se tourner vers le prisonnier.

— Accusé, levez-vous, s'il vous plaît, ordonna le greffier.

Une silhouette moins assurée se dressa lentement, trébucha et dut se retenir à la rambarde.

— Miles Faulkner, énonça le juge d'un ton grave. Vous avez été déclaré coupable de recel de biens volés, en l'espèce d'un tableau d'une importance nationale. À cause de la gravité de votre crime, je voudrais passer quelques jours à réfléchir à la peine appropriée. Je vais donc retarder l'énoncé de la peine jusqu'à mardi prochain à dix heures.

— Que prépare-t-il ? s'enquit Hawksby alors que Booth Watson se mit debout.

— Monsieur le juge, puis-je demander que la liberté provisoire de mon client soit étendue jusqu'à cette date ?

— Accordé, répondit le juge Nourse, à la condition qu'il remette son passeport à la cour. Et je suis certain, maître Watson, que vous expliquerez en détail à votre client les conséquences s'il ne se présentait pas devant moi dans cette salle d'audience mardi matin.

— Oui, absolument, Votre Honneur.

— Maître Watson et maître Palmer, auriez-vous l'amabilité de me rejoindre dans mon bureau ?

— Que prépare-t-il ? répéta le commissaire divisionnaire.

La Couronne vs Rainsford

La salle d'audience était comble bien avant que le juge Arnott et ses deux confrères fassent leur entrée à dix heures le lendemain matin.

Le juge Arnott posa un dossier rouge face à lui et s'inclina devant la cour. Puis il prit place sur la chaise au centre, lissa sa longue robe rouge et ajusta ses lunettes avant d'ouvrir le dossier et de tourner la première page.

Un silence si pesant était tombé sur la salle qu'il dut lever les yeux pour vérifier que tout le monde était bien là. Il regarda les visages impatients, puis le prisonnier dans le box des accusés, avant de rendre son jugement. Il était désolé pour Rainsford.

— Au cours de ma carrière de magistrat, j'ai statué sur de nombreux dossiers, commença Arnott, et pour chacun, j'ai essayé de rester détaché, non seulement pour que justice soit faite, mais qu'elle le soit au grand jour.

» Je crains néanmoins que, cette fois, je me sois impliqué émotionnellement. Après avoir entendu le témoignage de M. Stern, je n'avais aucun doute : une injustice avait été commise. Ce sentiment n'a fait que croître quand le professeur Abrahams a apporté tout le poids de son expertise. Moi et mes collègues avons finalement été convaincus lors du contre-interrogatoire du brigadier Clarkson, dont le témoignage honnête et franc est à mettre au crédit de sa profession.

» Bien que les vrais auteurs du crime ne soient peut-être jamais appréhendés, je suis certain qu'Arthur Edward Rainsford a été faussement inculpé du meurtre de Gary Kirkland, son ami et associé. Par conséquent, je casse le verdict du premier procès.

Des acclamations s'élevèrent dans la salle et ne cessèrent que lorsque le juge fronça les sourcils ; il n'avait visiblement pas fini de parler.

— Un verdict de ce type ne devrait jamais être pris à la légère, continua-t-il. Je ne pense pas que le jury du premier procès soit à blâmer : ils ont cru sur parole le témoignage d'un capitaine de police, et c'est à cause de la duplicité de cet individu, qu'ils n'ont jamais pu consulter la page manquante à la déposition faite par M. Rainsford à la police le soir de son arrestation. Une grande injustice a ainsi été faite à un homme innocent. Je suis extrêmement heureux de libérer le prisonnier mais également de pouvoir dire haut et fort qu'il n'y a jamais eu, qu'il n'y aurait jamais dû avoir, de tache sur la réputation de cet homme. Monsieur Rainsford, vous êtes libre.

Beth et Joanna Rainsford furent les premières à sauter de joie et à taper des mains alors que leur tragédie prenait fin. Néanmoins, le moment dont Arthur se souviendrait longtemps après que le tumulte de la bataille se soit apaisé fut l'instant où Me Llewellyn quitta le banc de la Couronne, s'avança vers le box des accusés et serra la main de l'accusé. Arthur dut se baisser pour entendre ses paroles par-dessus la clameur de la foule :

— Pour la première fois de ma vie, monsieur, murmura Llewellyn, je suis content de perdre une affaire.

*

Le juge Nourse avait enlevé sa robe, ôté sa perruque et se servait un verre de whisky quand on frappa à la porte.

— Entrez, lança-t-il.

La porte s'ouvrit, Booth Watson et Palmer le rejoignirent dans son bureau.

— Pendant que je fais le service, voulez-vous quelque chose, BW, Adrian ?

— Non, merci, Martin, déclina Booth Watson en enlevant sa perruque. Vous n'allez pas me croire, mais j'essaye encore de perdre du poids.

— Adrian ?

— Oui, s'il vous plaît, monsieur le juge, répondit Palmer. Je veux bien partager un verre de whisky avec vous, si possible.

— Asseyez-vous tous les deux, proposa le juge en tendant son verre à l'avocat de la Couronne.

Il but une gorgée et attendit qu'ils soient installés pour reprendre la parole.

— Je voulais échanger un mot en privé avec vous, BW, mais j'ai pensé qu'il valait mieux qu'Adrian soit présent pour éviter tout malentendu.

Booth Watson leva les sourcils, chose qu'il n'aurait jamais faite pendant une audience.

— Je suis curieux de savoir si votre client envisage sérieusement de donner son Rubens au Fitzmolean ?

— Je n'ai pas de raison de croire le contraire, répondit Booth Watson. Mais si vous estimez que c'est important, je peux certainement me renseigner et vous le dire.

— Non, non. J'étais simplement curieux. Et pendant que vous êtes là, laissez-moi vous féliciter tous les deux sur la façon dont vous avez mené vos dossiers. Je pense qu'on peut honnêtement parler de match nul.

— Je ne suis pas certain que mon client le verra de cet œil, fit remarquer Booth Watson.

— Peut-être aurait-il dû accepter mon offre, répliqua Palmer en vidant son verre.

— Oserais-je demander ? intervint le juge.

— La Couronne aurait abandonné l'accusation de vol s'il avait plaidé coupable pour recel.

— Alors le jury a eu raison, dit Nourse, avant de boire une nouvelle gorgée. La deuxième moitié, Adrian ?

— Merci, monsieur le juge.

— Et vous, BW, vous êtes sûr que je ne peux pas vous tenter ?

— Non, merci, Martin. J'ai un entretien avec mon client dans quelques minutes, je ferais mieux d'y aller.

— Oui, bien sûr, BW, à mardi prochain.

Booth Watson se leva et se dirigea vers la porte.

— Et peut-être pourriez-vous me dire si votre client donne le Rubens au Fitzmolean, comme il l'a déclaré sous serment (il marqua une pause) avant mardi.

Booth Watson se contenta d'acquiescer.

Palmer but une autre gorgée de whisky et attendit que la porte soit fermée pour demander :

— Est-ce que je viens juste d'être témoin d'une subtile tentative de forcer la main d'un inculpé ?

— Absolument pas, rétorqua le juge en levant son verre. J'ai déjà décidé du sort de M. Faulkner, mais je dois bien avouer que s'il montrait le plus petit signe de remords, je pourrais peut-être envisager une petite concession. D'un autre côté, peut-être que je ne le ferais pas.

*

— Pourquoi crois-tu qu'il t'a demandé ça ? interrogea Faulkner.

— Il arrive que les juges fassent des concessions au dernier moment, mais seulement s'ils ont l'impression de discerner de vrais remords.

— Vrais à quel point ?

— Si tu donnais le Rubens au Fitzmolean avant mardi, j'ai de bonnes raisons de croire que monsieur le juge pourrait interpréter ce geste comme une véritable contrition.

— Et que puis-je espérer en retour ?

— Nourse est bien trop futé pour laisser transparaître autre chose qu'un soupçon d'allusion, mais il est en son pouvoir de choisir entre le tarif maximum pour ce genre de crime, quatre ans, ou le minimum, six mois. Il y a même une possibilité de sursis avec une amende de dix mille livres – mais ce n'est qu'une possibilité, ne te fais pas trop d'espoirs.

— Comme tu le sais, BW, je me contre-fiche de l'amende. Mais si je devais passer ne serait-ce que six semaines en prison, Dieu seul sait les ravages que Christina pourra causer en mon absence.

— Cela veut dire que tu es prêt à donner le Rubens au Fitzmolean ?

— Cela veut dire que je vais y penser.

— Avant mardi.

*

Arthur s'endormit à vingt-deux heures, ce qui embarrassa légèrement le reste de sa famille puisqu'ils étaient tous en train de fêter la victoire au San Lorenzo, son restaurant préféré, où il avait été accueilli comme s'il n'avait jamais été absent.

— Extinction des feux à vingt-deux heures, expliqua-t-il. Après près de trois ans, ce n'est pas une habitude dont il est facile de se défaire.

— Quelle est la première chose que tu vas faire en te réveillant demain matin ? demanda Grace.

— À six heures, précisa Arthur.

— Saucisses, œufs, bacon et haricots ? suggéra William.

— Des œufs brouillés qui ne sortent pas d'un sachet, et peut-être que je m'autoriserai une fine tranche de saumon fumé, des toasts qui ne sont pas carbonisés et une tasse de café chaud avec du lait qui ne soit pas en poudre, répondit Arthur.

— Et après le petit-déjeuner ?

— Une longue balade dans le parc, avant d'aller faire les magasins. J'ai besoin d'un nouveau costume si je veux avoir l'air élégant quand je reprendrai le travail le lendemain matin.

— Pourquoi ne pas vous accorder une pause ? suggéra Sir Julian. Prenez des vacances.

— Ça, non, répondit Arthur d'un ton ferme. J'ai déjà fait une pause de trois ans. Non, j'ai l'intention de me remettre au travail le plus tôt possible.

— Tu pourrais repousser encore d'un jour, Papa ? insista Beth. Maman et toi êtes invités au Fitzmolean demain pour l'inauguration du Rembrandt, et je compte sur la présence de tout le monde ici pour mon moment de triomphe.

— *Ton* moment de triomphe ? renchérit William.

Tout le monde éclata de rire, sauf Arthur, qui s'était déjà endormi.

*

La salle d'audience quatorze était remplie bien avant dix heures du matin, et, comme des spectateurs de théâtre, les bavardages allaient bon train avant le lever de rideau.

Le commissaire divisionnaire Hawksby, le commandant Lamont, le brigadier Roycroft et l'agent Warwick étaient assis quelques rangs derrière Me Adrian Palmer, l'avocat de la Couronne.

Me Booth Watson et son avoué, Me Mishcon, étaient assis à l'autre bout du banc et discutaient de la couverture qu'avait reçue leur client dans la presse nationale ce matin-là. Ils s'accordaient à dire qu'elle était on ne peut plus positive.

Une photo de Miles Faulkner, debout, près de la *Descente de Croix,* ornait les unes des journaux, accompagnée des mots que Booth Watson avait écrits et que son client avait répétés verbatim : « *Je suis triste, bien sûr, de me séparer de l'un de mes tableaux préférés, c'est presque comme se séparer de son unique enfant, mais mon Rubens n'aurait pas pu trouver meilleur domicile que le Fitzmolean.* »

Les bancs réservés à la presse, le long d'un mur de la salle d'audience, étaient si pleins que plusieurs vieux briscards, incapables de trouver une place, devaient se tenir debout derrière leurs moins illustres collègues. Une fois la peine prononcée, ils courreraient jusqu'au téléphone le plus proche et rapporteraient la décision du juge à leur rédaction.

L'*Evening Standard* serait le premier journal à sortir et son gros titre était déjà composé : « Faulkner prend *X* années ». Seul le chiffre devait être ajouté. Le correspondant police-justice avait rendu deux papiers la veille et un secrétaire de rédaction devrait décider lequel des deux serait imprimé.

Depuis sept heures ce matin-là, une file d'attente de badauds et d'indiscrets, avait commencé à se former devant l'entrée du public de la Cour royale de justice, et quelques minutes après l'ouverture des portes, tous les sièges étaient occupés. Tout le monde savait que le rideau se lèverait sur les coups de dix heures. Mais cloîtré dans la salle d'audience, personne ne pourrait entendre les cloches de la cathédrale Saint-Paul.

Au moment où le juge Nourse fit son apparition, les bavardages cessèrent, laissant place à une atmosphère fébrile. Le juge s'installa dans son fauteuil à haut dossier en cuir rouge, baissa les yeux vers son royaume et passa en revue ses sujets, feignant de ne pas remarquer qu'il n'avait jamais vu une salle d'audience si pleine. Il leur rendit leur révérence et posa deux dossiers rouges devant lui.

William se tourna pour apercevoir Faulkner qui prenait place dans le box. Vêtu d'un costume bleu marine, d'une chemise blanche et d'une cravate aux couleurs de la prestigieuse Harrow School, il ressemblait plus à un agent de change de la City en route pour le travail qu'à un prisonnier en chemin pour Pentonville. Il se tenait droit, presque fier, l'air calme et détendu.

Le juge Nourse ouvrit le premier dossier rouge, intitulé « Jugement », et jeta un coup d'œil au prisonnier avant de lire son verdict manuscrit.

— Monsieur Faulkner, vous avez été déclaré coupable de recel de biens volés, et non d'une quelconque babiole insignifiante, mais d'un trésor national inestimable, *Le Syndic de la guilde des drapiers* de Rembrandt. Je n'ai aucun doute sur le fait que vous étiez en possession de cette œuvre d'art unique pendant un temps considérable, vraisemblablement pendant les sept années suivant son vol au Fitzmolean Museum, et que vous n'aviez aucune intention de le rendre à ses véritables propriétaires. Si votre femme n'avait pas envoyé le tableau en Angleterre sans votre consentement, il serait probablement toujours au mur de votre domicile à Monte-Carlo.

Me Adrian Palmer s'autorisa un sourire en coin au nom de la Couronne.

— Monsieur Faulkner, continua le juge, vous n'êtes pas, comme certains tabloïds voudraient nous le faire croire, un simple gentleman-cambrioleur amateur de grands frissons. Et de loin. Vous n'êtes en réalité rien de plus qu'un vulgaire criminel, dont le seul but était de priver une institution nationale de l'un de ses plus beaux joyaux.

Booth Watson, mal à l'aise, se tortillait sur son siège.

Le juge tourna une page et reprit :

— Miles Edward Faulkner, vous payerez une amende de dix mille livres, le montant maximum que je puisse imposer, bien que je le considère terriblement insuffisant dans le cas présent.

Le juge ferma le premier dossier rouge et s'agita sur sa chaise, embarrassé. Faulkner devait lui donner raison : le montant était « terriblement insuffisant », et il retint un petit sourire à l'idée de s'en tirer avec si peu.

Le juge ouvrit ensuite le deuxième dossier et jeta un coup d'œil au premier paragraphe avant de reprendre la parole.

— En plus de l'amende, je vous condamne à quatre ans de prison.

Faulkner pâlit soudain et regarda le juge, incrédule.

Ce dernier tourna la page et posa les yeux sur le paragraphe qu'il avait barré la veille et réécrit le matin même.

— Néanmoins, reprit-il, je suis forcé d'admettre que j'ai été touché par la générosité de votre don de *La Descente de Croix* de Rubens au Fitzmolean Museum. Je comprends que cela a dû être un déchirement considérable, devoir vous séparer du clou de votre collection, et je manquerai à mes devoirs si je ne voyais pas dans cet acte de générosité un signe de remords sincère.

— Il va annuler l'amende, murmura le commissaire divisionnaire, mais de toute façon, Faulkner s'en fiche.

— Ou peut-être réduire la peine, répondit William, qui ne savait pas lequel des deux regarder : le juge ou Faulkner.

Faulkner ne sourcilla pas, souhaitant désespérément entendre un mot, qui n'était pas « amende ».

— J'ai donc décidé, reprit le juge, peut-être en dépit du bon sens, pour faire preuve d'un peu de magnanimité, d'assortir cette peine de sursis, avec l'instruction très claire que si vous deviez à nouveau commettre n'importe quelle infraction pénale, aussi mineure soit-elle, pendant les quatre prochaines années, la durée complète de votre peine de prison sera automatiquement rétablie.

Faulkner considéra que cet « acte de générosité », comme l'avait gentiment décrit le juge, en avait valu la peine.

— Vous êtes donc libre de quitter cette salle d'audience, Monsieur Faulkner, conclut le juge, d'un ton qui suggérait qu'il regrettait déjà sa décision.

William était vert de rage, et ne s'en cacha pas. Lamont, lui, était bouche bée et Hawksby songeur. Après tout, le juge Nourse avait précisé « n'importe quelle infraction pénale, aussi mineure soit-elle ».

Quand Beth apprit la nouvelle, plus tard dans l'après-midi, elle déclara simplement :

— Si je devais choisir entre quatre ans de prison pour Faulkner et un tel trésor pour le Fitzmolean, je n'aurais pas besoin d'y réfléchir à deux fois.

— J'espérais plutôt le beurre et l'argent du beurre, commenta William. Le Fitzmolean aurait eu le Rubens et Faulkner aurait passé les quatre prochaines années à dépérir à Pentonville.

— Mais qu'aurais-tu choisi entre Faulkner en prison pour quatre ans et le Rubens au Fitzmolean à perpétuité ?

— Le Fitzmolean, bien sûr, répondit William, essayant d'avoir l'air convaincant.

34

— Votre Altesse Royale, mesdames et messieurs. Je m'appelle Tim Knox et, en tant que directeur du Fitzmolean Museum, j'ai le plaisir de vous accueillir à l'inauguration officielle du chef-d'œuvre de Rembrandt, *Le Syndic de la guilde des drapiers*. Les membres du Syndic, comme vous le savez, ont été enlevés au musée il y a un peu plus de sept ans, et certains pensaient qu'ils ne reviendraient jamais. Néanmoins, notre confiance en leur retour était telle que nous n'avons jamais mis d'autre tableau à leur place.

Des applaudissements spontanés se firent entendre. Le directeur attendit le silence complet pour reprendre.

— Je vais maintenant inviter Son Altesse Royale à dévoiler le chef-d'œuvre retrouvé.

La princesse royale s'avança vers le micro.

— Avant, dit-elle, puis-je rappeler, Tim, que c'est mon arrière-arrière-grand-père qui a inauguré ce musée plus d'un siècle auparavant. J'espère que lorsque je tirerai sur ce cordon, exercice que ma famille maîtrise parfaitement, nous découvrirons un Rembrandt et non un cadre vide là où se trouvait autrefois *le Syndic*.

Tout le monde rit. La princesse Anne tira le cordon et le rideau rouge s'écarta pour leur permettre de contempler le tableau, certains pour la première fois. William jeta un coup d'œil au coin inférieur droit afin de s'assurer que le RvR était bien à sa place avant d'applaudir de concert.

— Merci, reprit Knox. Mais ce soir, c'est deux pour le prix d'un, puisque, comme vous l'avez remarqué, un deuxième tableau attend d'être dévoilé. Seulement pour le moment, je vous invite à profiter du champagne et à admirer le Rembrandt, avant que nous vous présentions notre nouvelle acquisition.

William ne bougea pas tandis qu'il continuait de s'extasier devant le tableau qu'il avait d'abord vu à Monte-Carlo et qu'il n'avait pas été certain de revoir un jour. Il ne remarqua pas le commissaire divisionnaire s'approcher de lui avant qu'il interrompe sa réflexion.

— Félicitations, William, lança Hawksby. C'est un triomphe personnel pour vous.

— C'est une victoire collective, monsieur, répondit William en quittant le tableau des yeux à contrecœur pour se tourner vers son chef.

— Foutaises ! L'œuvre n'aurait jamais été rendue à son véritable propriétaire si vous n'aviez pas rejoint l'équipe. Je dois toutefois vous prévenir, dès notre retour au Yard, je ferai mon rapport au directeur et m'attribuerai tout le mérite.

William sourit.

— Je suis content que Jackie ait été invitée ce soir, affirma-t-il, en regardant à l'autre bout de la pièce, où elle discutait avec Beth. Elle a fait une très grande partie du travail de préparation avant même que j'arrive dans le service.

— Je suis d'accord. Et malgré sa rétrogradation, je suis heureux que le service ne l'ait pas tout bonnement perdue. Mais cette situation pose un problème : suite à des restrictions budgétaires, il ne peut y avoir plus qu'un seul agent de police dans les effectifs des Biens culturels.

William connaissait la règle : en cas de coupes budgétaires, le dernier arrivé dans une unité était le premier à partir. Il espérait seulement ne pas retourner en patrouille.

— J'ai bien peur, William, d'avoir à vous transférer dans un autre service, néanmoins pas avant que vous ayez passé l'examen de brigadier.

— Il me reste un an à attendre avant de pouvoir le passer, monsieur.

— Je sais bien, Warwick. C'est pour cela que je vais vous inscrire au système de promotion accéléré des diplômés que vous avez tant essayé d'éviter en vous engageant dans la police.

William aurait voulu protester, mais il savait que c'était un combat perdu d'avance.

— Et quel service avez-vous en tête pour moi, monsieur ?

— J'hésite entre les stups, les fraudes et la criminelle ?

— Peut-être pas la criminelle, j'ai eu assez de meurtres pour quelque temps, monsieur, mais je vous serai éternellement reconnaissant de m'avoir aidé à assurer la libération de mon futur beau-père.

— N'évoquez plus jamais cette histoire, en public ou en privé, répondit Hawksby alors qu'Arthur traversait la salle pour les rejoindre.

— J'ai hâte de découvrir ce qui se cache derrière l'autre rideau, lança Arthur. Beth en a fait toute une histoire.

— Et à raison, renchérit William. Tout ce que je suis autorisé à dire, c'est que vous ne serez pas déçu.

Tim Knox fit tinter une cuillère sur son verre de champagne plusieurs fois avant que tout le monde se taise et se tourne vers lui.

— Par le passé, dit-il, nous avons toujours considéré le *Syndic* comme la plus belle étoile de notre galaxie, mais quand le deuxième rideau s'ouvrira, je me demande si vous estimerez qu'un sérieux rival a rejoint le firmament.

Sans un mot de plus, il tira le cordon qui dévoila *La Descente de croix* de Rubens, accueilli par un concert d'exclamations suivi d'un tonnerre d'applaudissements.

— Cet incroyable ajout à notre collection, reprit-il une fois les acclamations achevées, a été rendu possible par l'immense générosité d'un philanthrope et collectionneur bien connu, M. Miles Faulkner. Puisqu'il est parmi nous ce soir, je vous demande de lever votre verre et de boire à sa santé.

— Sans moi, marmonna William, malgré les « Hourra ! » et le tintement des verres.

— Eh bien, moi, si, répondit Beth en levant son verre. Tant qu'il aura encore d'autres joyaux que nous serions très heureux de voir sur les murs du Fitzmolean.

— C'est lui que je voudrais voir sur un mur, cloué de préférence, ajouta William.

— Je crois que je ferais mieux d'aller sauver mon père et de le ramener à la maison. C'est presque l'heure d'aller au lit pour lui, et il ne faut pas oublier qu'il retourne au travail demain.

William acquiesça.

— Je te rejoins dans un instant, dit-il, incapable de se détacher du Rubens.

— Mon œuvre d'art préférée va me manquer, fit une voix derrière lui.

William fit volte-face et vit Faulkner qui admirait également le tableau, mais il fit mine de ne pas l'avoir remarqué. Cela n'empêcha pas Faulkner de lui dire :

— Si jamais vous vous trouvez un jour à New York, agent Warwick, passez-moi un coup de fil, j'aimerais vous inviter à boire un verre dans mon appartement sur la Cinquième Avenue.

— Et pourquoi le ferais-je ? demanda William, qui crachait presque ses mots.

Faulkner se pencha vers lui et lui murmura à l'oreille :

— Parce qu'ainsi, je pourrais vous montrer l'original.

Remerciements

Merci au commissaire divisionnaire William Hucklesby QPM (Queen's Police Medal)

Pour leurs précieux conseils et leur expertise, mes remerciements à :

Simon Bainbridge, Maître Jonathan Caplan QC, Gregory Edmund, Colin Emson, Eric Franks, Vicki Mellor, Alison Prince, Ellen Radley (experte en écriture, à la retraite), Catherine Richards, Susan Watt et Johnny Van Haeften.

Je tiens à remercier tout particulièrement le brigadier Michelle Roycroft (à la retraite) et le Commissaire principal John Sutherland (à la retraite).

Dernières parutions

Domaine étranger

M. J. Arlidge
À cache-cache

Fatima Bhutto
Comme des lions

Anja Baumheier
La Liberté des oiseaux

Jennifer Cody Epstein
Les Lueurs du lendemain

Esther Safran Foer
Sache que nous sommes encore là

Hannah Gadsby
Vers Nanette

Iona Grey
Les heures étincelantes

Lesley Kara
La Rumeur

Kiese Laymon
Balèze

Gilly MacMillan
La Nanny

Rebecca Makkai
Les Optimistes

Alice Nelson
La Consolation des inconnus

Olivia Potts
Une année douce-amère

Kate Elizabeth Russell
Viens que je t'adore

Alexis Schaitkin
Un si joli nulle part

Joost de Vries
Leurs ailes de géants

Elizabeth Wetmore
Glory

DOMAINE FRANÇAIS

Catherine Bardon
Et la vie reprit son cours

Fabienne Betting
La Théorie des poignées de main

Caroline Laurent
Rivage de la colère

Anne de Rochas
La Femme qui reste

Pour en savoir plus sur l'actualité des Escales,
vous pouvez consulter notre site Internet
www.lesescales.fr
et nous suivre sur les réseaux sociaux

Editions Les Escales

@LesEscales

@LesEscales

MIXTE
Papier issu de
sources responsables
FSC® C003309

L'éditeur de cet ouvrage s'engage
pour la préservation de l'environnement
et utilise du papier issu de forêts gérées
de manière responsable.

Achevé d'imprimer en juin 2020
par Normandie Roto Impression s.a.s.
N° d'impression : 2001622

Imprimé en France